Ulrich Magnus Hammer
Die Akte Serkassow

Ulrich Magnus Hammer

Die Akte Serkassow

Thriller

fredeboldundfischer
derdeutscheautorenverlag

1. Auflage Juli 2007

fredeboldundfischer
fredebold&partner gmbh
schaafenstraße 25, 50676 köln

Originalausgabe: „Die Akte Serkassow“

Titelabbildung: pecher und sorion, Köln
Umschlaggestaltung: Roland Pecher, Köln
Satz: D.I.E. Grafikpartner, Köln
Druck und Bindearbeiten: Ebner & Spiegel, Ulm
Printed in Germany
ISBN 978-3-939674-09-2

www.fredeboldundfischer.de

Die Akte Serkassow
Personen und Institutionen

Die Personen in alphabetischer Reihenfolge:

Olga Abramowa
Ehemalige Geliebte Dostojewskis und Ex-Agentin des FSB.
Dimitri Berischkin
Russischer Milliardär und ehemaliger Öltycoon. Einst Wahlhelfer Romanows, jetzt Romanow-Feind. Vom FSB ermordet.
Major Berojow
Offizier der russischen Armee. Betrifft Serkassows Zeit in Afghanistan.
Charlotte Blais
Tochter von Regine Blais
Regine Blais
Lebensgefährtin des Alexander Serkassow in Paris. DST-Agentin.
Juri Blawski (Pseudonym: Blonski)
International bekannter russischer Milliardär. Ehemaliger Förderer des Präsidenten Romanow, der in Ungnade gefallen und nach London geflohen ist. Ehemaliger Arbeitgeber Serkassows und Woykows.
Blonski
Pseudonym von Juri Blawski.
Michail Boskowitsch
Erscheint auf einem Foto und soll von Dostojewski identifiziert werden.
Brolin
Russischer Geschäftsmann (Millionär und Mitglied der sogenannten Oligarchie), der sich mit Serkassow am Tage seiner Vergiftung in London getroffen hatte.
Thomas Cromby
Agent des britischen Secret Service.
Offizielle Bezeichnung: MI6.

Wayne Darth
Berüchtigter Spekulant. Ehemals amerikanischer Staatsbürger. Regiert jetzt als Staatenloser ein Milliarden-Imperium von seiner Yacht aus.
Leutnant Demski
Offizier der russischen Armee. Betrifft Serkassows Zeit in Afghanistan.
Michail Dostojewski (Deckname; möglicher zweiter Deckname: Daniel Kaminski)
Ehemaliges Mitglied der Puschkin-Brigade. Von Puschkin beauftragt, den Fall Serkassow zu lösen.
Robert Duvaux
Agent des französischen Geheimdienstes (DST).
Besitzt Informationen über Serkassow.
Karl Faber
Informant im Auftrag Dostojewskis.
Fink
Ehemaliger Mitarbeiter der Stasi in der DDR. Arbeitet für Dostojewski.
David Gambini
Londoner Galerist, der Skulpturen Serkassows ausstellen will.
Golakschuk
Freund Romanows, Politiker und Oligarchen.
Wiktor Golzin
Serkassows Identität in Deutschland.
Nicolai Grischin
Professor für Geschichte und intimer Freund Dostojewskis.
Dr. Hersfelder
Stationsarzt an der Universitätsklinik Charité in Berlin.
Dorothe Hülsen
Serkassows Lebenspartnerin in Deutschland. Sie kennt ihren Mann nur unter dem Namen Wiktor Golzin.
Iwan der Prophet
Russischer Untergrund-Oppositioneller, der in einer Internetzeitung subversive Leitartikel schreibt.

Anatol Kalin
Ehemaliger KGB-Agent im diplomatischen Dienst. Möglicherweise ein zweiter Deckname Puschkins.
Daniel Kaminski
Deckname von Michail Dostojewski.
Karolow
Verfasser einer FSB-Analyse über die russische Politik im Kaukasus.
Lev Kaschkin
Ehemaliger FSB-Agent, Diplomat und Geheimdienstkenner.
Leo Kerenski
Russischer Geschäftsmann und ehemaliger oder noch aktiver FSB-Agent. Vermutlich in den Mord an Serkassow verwickelt.
Major Kirin
Hat Kenntnis von illegalen Aktivitäten Trebkos in Afghanistan.
Der Koi (Sergej Koitschew)
Computerspezialist beim FSB.
Leutnant Koljew
FSB-Agent. Beschattet die Journalistin Anna Ryschkowa.
Fjedor Kosslanow
Russischer Ex-Minister und Romanow-Kritiker.
Igor Kreschnikow
Serkassows Identität in Paris.
Jeremy Landers
Crombys Chef beim MI6.
Jean Leroi
Pariser Starkünstler, der Serkassow unter dem Namen Kreschnikow kannte.
Boris Levin (Deckname: Levinetschko)
Zwielichtiger ehemaliger KGB-Agent.
Levinetschko
Deckname von Boris Levin.
Leutnant Lubinski
Hat Kenntnis von illegalen Aktivitäten Trebkos in Afghanistan.
Luboschenko
Mitarbeiter der russischen Botschaft in Berlin.

Lukarin
Pate der russischen Mambow-Mafia.
Pjotr Luschkin
Oligarch (Multimillionär aus dem Kreis der ehemaligen Politbüromitglieder).
Tom Marriotti
Früherer CIA-Agent, Geheimdienstkenner.
Peter Moore
Zwielichtiger Chef der Londoner Sicherheitsfirma ARIS, die Serkassow kurz vor seiner Vergiftung aufgesucht hat.
Alexander Serkassow (Identitäten: Wiktor Golzin, Igor Kreschnikow, Jan Poulsen)
Ex-Agent des KGB und seiner Nachfolgeorganisation FSB. Späterer Regimekritiker. Ermordet mit dem radioaktiven Gift Polonium.
Nentschew
Russischer Geschäftsmann (Millionär und Mitglied der sogenannten Oligarchie), der sich mit Serkassow am Tage seiner Vergiftung in London getroffen hatte.
Georg Olbricht
Kriminalkommissar in Berlin.
Wassili Ostropowitsch
Russischer Geschäftsmann und ehemaliger oder noch aktiver FSB-Agent. Vermutlich in den Mord an Serkassow verwickelt.
Dimitri Petruschkin
Russischer Exilant, der als Künstler in Paris lebt. War mit Serkassow befreundet.
Plugatow
Freund Romanows, Politiker und Oligarchen.
Jan Poulsen
Dritte Identität Serkassows.
Puschkin (Deckname; möglicher zweiter Deckname: Anatol Kalin)
Ehemaliger KGB-Mitarbeiter. Chef der Puschkin-Brigade, einer Truppe von Akademikern, die sich mit Analysen zum Status quo der Sowjetunion befasste.

Leutnant Rogalski
FSB-Agent in Moskau. Mit der Observation Anna Ryschkowas beauftragt.
Romanow
Russischer Präsident.
Anna Ryschkowa (Pseudonym: Elena Tschechowa)
Russische Journalistin. Regime-Kritikerin, vom FSB verfolgt und bedroht.
Oberst Sakirow
Offizier in einem Lager für radioaktives Material der russischen Armee.
Valerij Sawronski
Russischer Geschäftsmann (Millionär und Mitglied der sogenannten Oligarchie), der sich mit Serkassow am Tage seiner Vergiftung in London getroffen hatte.
Oberst Scherpinski
Offizier der russischen Armee. Betrifft Serkassows Zeit in Afghanistan.
Sirkow
Freund Romanows, Politiker und Oligarchen.
George Soros
International bekannter Finanzjongleur und Milliardär.
Leutnant Terschinski
FSB-Offizier. Mit der Bespitzelung von Anna Ryschkowa beauftragt.
Major Trebko
Informant Dostojewskis. Trebko und Dostojewski kennen sich aus dem Afghanistan-Krieg.
Leutnant Trettnow
Leutnant Terschinski
FSB-Offizier. Mit der Bespitzelung von Anna Ryschkowa beauftragt.
Elena Tschechowa
Pseudonym von Anna Ryschkowa.
Genadi Wondrowski
Russischer Journalist und Freund Anna Ryschkowas.

Oleg Woykow
Russischer Geschäftsmann und ehemaliger oder noch aktiver FSB-Agent. Vermutlich in den Mord an Serkassow verwickelt.
Sergej Zeranov
Pjotr Luschkin
Oligarch (Multimillionär aus dem Kreis der ehemaligen Politbüromitglieder).

Institutionen:

CIA
Central Intelligence Agency. Ist dem US-Präsidenten direkt unterstellt.
DST
Französischer Inlandsnachrichtendienst.
FSB
Eigentlich der russische Inlandsnachrichtendienst. Arbeitet aber genauso auch im Ausland wie sein Vorgänger, der KGB.
KGB
Russischer Geheimdienst während der Zeit der Sowjetunion.
MI5
Englischer Inlandsgeheimdienst.
MI6
Englischer Auslandsnachrichtendienst, auch Secret Service genannt.
NSA
Gilt als der größte amerikanische Geheimdienst. Befasst sich in erster Linie mit elektronischer Spionage.
OMON
Sonderpolizei des russischen Innenministeriums. Für brutales Vorgehen gegen Demonstranten berüchtigt. Häufig in Nachrichtensendungen über Russland zu sehen.
GUR
Russischer militärischer Geheimdienst.

Sonstiges:

GUS

Gemeinschaft Unabhängiger Staaten. Staatenverbund ehemaliger Mitglieder der UdSSR.

Oligarchen

In der Oligarchie übt eine Minderheit die Macht über die Mehrheit aus. In Russland sind es zwanzig bis dreißig Superreiche. Der Grundstein ihres Reichtums wurde bei der Privatisierung des Volkseigentums der Sowjetunion gelegt. Häufig stammen die Oligarchen aus Familien der ehemaligen Sowjetelite.

doku a-serk-001
(in eig. Sache)
20.09.06
C-Kurier Mitteilung von Puschkin
an Dostojewski

Sollten Sie sich wider Erwarten doch entschlossen haben, meine Nachricht zu dechiffrieren, nehme ich an, dass Sie vielleicht wieder zur Verfügung stehen. Ich weiß: Sie haben das Spielfeld verlassen. Ich respektiere das. Dennoch, es geht um eine brisante Angelegenheit, die sich zu einem Desaster entwickeln könnte. Man wird in den nächsten Tagen darüber in den Zeitungen lesen können. Weltweit. Und man wird es verwenden, um Russland zu diskreditieren. Es geht um jemanden, der Ihnen kein Unbekannter sein dürfte: Alexander Serkassow.

Serkassow wurde am 17.09. um 22:00 in die Berliner Charité eingeliefert. Noch in derselben Nacht diagnostizierten die Ärzte eine Vergiftung mit unbekannter Ursache. Am 18.09. gegen 10:00 wurden die Behörden informiert. Die Polizei nahm sofort die Ermittlungen auf. Ich bin gegen 18:00 von einem Informanten, dessen Identität ich noch nicht herausgefunden habe, darüber unterrichtet worden. Am Vormittag des 19.09. wurde ich ins Innenministerium gerufen. Es herrschte große Aufregung. Die Stichworte: Es geht um Russland, das Ansehen der Regierung, mögliche ungünstige Auswirkungen in der Außenpolitik und um Maßnahmen zur Schadensbegrenzung. Wie üblich ist Romanow erst einmal in Deckung gegangen. Die offizielle Version: Er war in einer Konferenz mit Ölmanagern. Es gab verschiedene Versuche, Romanows Gedanken und Absichten zu erraten, um dementsprechende Vorschläge zu erarbeiten. Das ist der neue Stil, Probleme zu lösen. Da niemand das Risiko einer konkreten Entscheidung auf sich nehmen wollte, hat man mich beauftragt, ein Dossier zu erstellen. Am Abend kam eine erste Stellungnahme von Romanow. Er behauptet, die Besorgnis nicht zu verstehen, und man solle sich von den zu erwartenden Übertreibungen der ausländischen Presse nicht beeindrucken lassen. Gegen 21:00 erhielt ich einen zweiten Anruf von dem anonymen Informanten. Offenbar verfügt er über Insiderwissen. Er wusste bereits von dem Treffen im Innenministerium und deutete an, dass auch andere Kreise den Fall beobachten. Man ist an einer genauen Analyse interessiert. Es wurde ein überzeugendes Honorar in Aussicht gestellt. 50.000 Euro sind für Sie als Anzahlung einkalkuliert. Die Angelegenheit wird als dringend betrachtet, weshalb ich Ihnen nur 24 Stunden Zeit geben kann, sich zu entscheiden, ob Sie für mich eine umfassende Akte zu Serkassow erstellen wollen.

In der Hoffnung auf Ihre Zusage
Puschkin

doku a-serk-002
(in eig. Sache)
21.09.06
an Puschkin

Habe Ihre Nachricht zwar dechiffriert, aber trotzdem kein Interesse. Ich bin ein wenig aus der Übung, und es gab gute Gründe, das Spielfeld zu verlassen. Es gibt nur wenige, es wieder zu betreten. Ihre Informationen sind zudem äußerst vage. Ich weiß weder, für wen Sie jetzt arbeiten, noch welchem Zweck das Dossier letztendlich dienen soll. Dennoch hat es mich gefreut, von Ihnen zu hören. Immerhin sind etliche unserer alten Kollegen nicht mehr unter uns.

Im Übrigen, ich habe während meiner aktiven Zeit einiges zurückgelegt und bin auch durch das Honorarangebot nicht zu überzeugen, mein Leben wieder zu verändern. Sie werden es nicht glauben, aber ohne Dauerstress lebt es sich ganz gut. Vielleicht liegt es auch an meinem Alter und am zunehmend mangelnden Vertrauen in die Gesundheit, dass ich lieber in den Bergen wandern gehe, als meine Nase in den zu erwartenden Sumpf zu stecken. Ich hoffe, Sie haben Verständnis für meine Absage. Auch glaube ich, dass ich für solche Aufgaben nicht mehr der Geeignete bin.

Mit herzlichen Grüßen
Dostojewski

doku a-serk-003
(in eig. Sache)
21.09.06
Mitteilung von Puschkin
an Dostojewski

Ich verstehe Sie sehr gut. Natürlich bleibt mir nichts anderes übrig, als Ihre Ablehnung zu akzeptieren. Ich möchte Ihnen aber sagen, dass meine Entscheidung, Sie anzusprechen, reiflich überlegt war. Diese Sache zieht ihre Kreise bis in die höchsten Regierungsebenen hinein. Sie wissen genauso gut wie ich, dass sich die Moral in unseren Kreisen sehr verändert hat. Absolute Diskretion ist verlangt. Und ich kann es mir nicht leisten, dass irgendetwas schiefgeht. Die Zahl der Männer, an die ich mich wenden kann, ist dementsprechend klein. Besser gesagt, kaum vorhanden. Ich habe das Problem mit meinem Auftraggeber besprochen. Mein Budget ist erweitert worden. Hiermit ist Ihr Honorar verdoppelt. Mehr ist nicht drin. Also, überlegen Sie es sich noch einmal. Allerdings bräuchte ich noch bis heute Nacht 12:00 eine Antwort.

Alles Gute, und enttäuschen Sie mich nicht
Puschkin

Aktennotiz

Dostojewski

Ich habe mich dazu entschlossen, den Auftrag anzunehmen. Im Folgenden werden alle Dokumente (doku a-serk), die durch meine persönlichen Nachforschungen gewonnen wurden, mit „(eig. Recherche)“ gekennzeichnet. Dabei handelt es sich sowohl um Zeitungsartikel, Telefonate wie auch um E-Mails, Briefe etc. Kommen sie über jemand anderen, wird die Herkunft (der Informant) als Quelle bezeichnet. Alle Dokumente (Protokolle, Mitteilungen per E-Mail oder per geheimer Nachrichtenübermittlung, genannt C-Wege), die mit „(in eig. Sache)“ bezeichnet sind, betreffen meine Person und könnten in Zusammenhang mit dem Fall Serkassow stehen. Sie werden später in der offiziellen Version, die ich abgeben werde, wieder entfernt. Kompromittierende Dokumente, die meiner persönlichen Absicherung dienen (in Russland Kompromat genannt), werden nach Abschluss des Auftrags ebenfalls aus der Akte entfernt und entsprechenden Dossiers zugeordnet.

Meine eigenen Zusatzbemerkungen werden als Aktennotiz bezeichnet.

doku a-serk-004
(eig. Recherche)
21.09.06
Zeitungsartikel aus der *Iswestija* – Moskau
Titel: Russland, der ewige Sündenbock
von Anatol Gorodin

Der Mann hat schon einmal von sich reden gemacht. Da war er noch in Russland und arbeitete für unseren Geheimdienst. Er heißt Alexander Serkassow und gehörte zur Elite unseres Landes. Serkassow diente in Afghanistan, galt als vorbildlicher Offizier, wurde mit Orden ausgezeichnet und nach dem Ende des Krieges vom FSB zum Agenten ausgebildet. Auch hier waren seine Vorgesetzten voll des Lobes über ihn. Aber dann fing Serkassow an, sich allmählich zu verändern. Ehemalige Kollegen sprechen von einem Nervenleiden als Überbleibsel einer Kriegsverletzung. Der Spitzenagent wurde zunehmend unzuverlässiger und zeigte gravierende charakterliche Schwächen. Dennoch blieb Serkassow im Dienst.

Dann gab es erste Verlautbarungen von Serkassow über interne Vorgänge beim FSB. Kollegen stellten immer häufiger paranoide Zustände fest. Serkassow unterzog sich einer medikamentösen Behandlung, die aber nur kurzfristig Wirkung zeigte. Statt seiner Arbeit nachzugehen und unser Land zu schützen, schrieb Serkassow Dossiers, gefüllt mit wilden Beschuldigungen gegen seinen Arbeitgeber. Etliche Zeitungen, die aus

Kreisen stammten, denen auch der inzwischen in London lebende Multimillionär Juri Blawski angehörte, druckten die Absurditäten ab. Peinlich nur, dass es für keinen Einzigen der Vorwürfe Beweise gab. Leider wurde darüber aber von den Journalisten, die permanent nach Möglichkeiten suchen, Romanow zu diffamieren, nichts berichtet. Das ist typisch für die sogenannte Opposition. Die Verschwörungstheorien eines offensichtlich geistesgestörten Menschen brachen in sich zusammen.

Kurz darauf verschwand Serkassow spurlos von der Bildfläche. Ein Teil jener Presse, die sich schamlos den westlichen Interessen andient, unterstützte Gerüchte, nach denen der Agent vom FSB ermordet worden sei. Aber er wurde nicht ermordet! Jetzt ist er plötzlich wieder aufgetaucht und knüpft nahtlos an die früheren Beschuldigungen an.

Serkassow hatte sich unter dem Namen Wiktor Golzin am 13.09. in London mit einem dubiosen Geschäftsmann in einem China-Restaurant getroffen. Aus unbestätigten Quellen wird verlautet, Serkassow sei in Waffengeschäfte mit der kirgisischen Mafia verwickelt gewesen. Einen Tag später litt Serkassow unter starken Vergiftungserscheinungen. Warum Serkassow anschließend nach Deutschland flog und sich in ein Berliner Krankenhaus zur Behandlung begab, ist noch rätselhaft. Informationen aus Geheimdienstkreisen besagen, Serkassow hätte einige Jahre unter dem Namen Wiktor Golzin in Deutschland gelebt. Angeblich wissen die Berliner Mediziner nicht, welches Gift verwendet wurde. Jetzt ist Serkassow wieder in seinem Element und verkündet von der Intensivstation aus seine abenteuerlichen Verschwörungstheorien. Natürlich muss wieder einmal der FSB herhalten. Der russische Geheimdienst ist es, dem Serkassow die Vergiftung anlastet.

Die westliche Presse nimmt diesen Vorfall, dessen Hintergründe noch in keiner Weise geklärt sind, einmal mehr zum Anlass, mit dem Finger auf Russland zu zeigen. Ein kranker Mann, der zu Zeiten der alten Sowjetunion als Verräter verurteilt worden wäre und dessen Reputation ihn ganz gewiss nicht als Kritiker Russlands qualifiziert, wird jetzt als Kronzeuge gegen unsere Regierung aufgebaut. Wir verstehen sehr gut, dass die zunehmende Abhängigkeit Europas von unserem Öl und Gas Irritationen weckt. Man möchte wissen, was man von der russischen Regierung halten soll, und man möchte sich auf uns verlassen können. Das ist nur recht und billig. Aber der Westen sollte endlich begreifen, dass es seit dem Zerfall der Sowjetunion niemals mehr eine Regierung von derartiger Stabilität gegeben hat. Und das ist ganz sicher in erster Linie ein Verdienst Romanows. Die Polemik aus dem Westen erinnert verdächtig an Methoden aus dem Kalten Krieg.

Dass es auch anders geht, zeigt man in Deutschland. Abgesehen von den Intellektuellen, die immer etwas zu kritisieren haben, sieht man die Dinge im Land der Dichter und Denker ein wenig differenzierter. Der Rest Europas könnte sich ein Beispiel daran nehmen. Niemand muss sich vor Russland fürchten. Wir führen keine Kriege, bedrohen niemanden und schicken auch keine bösen Agenten in die Welt, um einen pathologischen Lügner zu vergiften.

A. Gorodin

Aktennotiz

Die extrem einseitige und polemische Berichterstattung einer einstmals so renommierten Zeitung zeigt eindeutig, dass hier in Wahrheit der Geheimdienst (FSB) seine Direktiven gibt.

doku a-serk-005

(in eig. Sache)
21.09.06
C-Kurier Mitteilung an Puschkin

Angenommen! Haben Sie etwa geglaubt, ich wollte ein höheres Honorar herausholen? Sie sollten mich besser kennen. Natürlich akzeptiere ich das Angebot. Aber es hat nicht den Ausschlag gegeben. Andererseits vermute ich, dass meine Spesen sehr hoch werden könnten. Aber ich habe inzwischen einen Artikel in einer regierungstreuen russischen Zeitung gelesen. Das ist eine Sprache, die mir aus lange vergangenen Zeiten bekannt vorkommt. Und Sie und ich wissen sicher auch, was sie zu bedeuten hat. Ich mag sie nicht. Sie gehört nicht mehr in unsere Zeit, und ich hatte einmal gehofft, nie mehr so etwas lesen zu müssen. Serkassow hat damals eine Menge Staub aufgewirbelt, und für den FSB wird er als Verräter gelten. Dass ein russischer Ex-Agent vergiftet wurde, ist nicht sonderlich spektakulär, aber der Umstand, dass man an Sie herangetreten ist und eine derartige Summe zur Verfügung stellt, legt die Vermutung nahe, dass da etwas ganz Besonderes ausgeheckt worden ist. Der Fall fängt an, mich zu interessieren.

Arrangieren Sie für Ihren Teil alles nach den obligaten Regeln, und sichern Sie mir schnelle Kommunikationswege, wenn möglich aus der C-Liste. Ich habe einen Flug nach Berlin gebucht und melde mich, sobald ich angekommen bin.

Dostojewski

doku a-serk-006

(in eig. Sache)
22.09.06
C-Kurier Mitteilung von Puschkin

Ich hatte damit gerechnet, dass Sie Ihre Meinung noch ändern würden. Ihre Zusage erleichtert mir einiges. Ich habe alle notwendigen Schritte für Ihren Einsatz vorbereitet. Die Kommunikationswege werden sich vielleicht noch verändern. Um sich ein Bild über den Stand der Ermittlungen der Berliner Behörden zu verschaffen, empfehle ich, einen Kontakt zu Faber herzustellen. Er hat früher für das Ministerium für Staatssicherheit (MfS) der ehemaligen DDR gearbeitet und unterhält nach meinen Informationen immer noch gute Kontakte zur Polizei.

Viel Erfolg
Puschkin

doku a-serk-007
(in eig. Sache)
22.09.06
Telefonat mit Faber
autom. Mitschnitt

Ich: Mein Name ist Dostojewski. Puschkin müsste mich avisiert haben.

Faber: Ja, hat er. Schießen Sie los!

Ich: Ist die Leitung sauber?

Faber: Ich garantiere dafür. Aber keine Namen im Klartext!

Ich: Einem meiner alten Freunde geht es schlecht. Er wurde in die Charité eingeliefert. Ein Russe. Die Zeitungen haben darüber berichtet. Zweifellos wurde ihm übel mitgespielt. Die Berliner Polizei wird die Hintergründe untersuchen, und ich möchte gerne auf dem neuesten Stand der Erkenntnisse sein. Puschkin sagt, Sie hätten die richtigen Verbindungen.

Faber: Verstehe! Ich weiß, von wem Sie reden. Meine Nase sagt mir, dass das eine heiße Sache ist, von der man sich besser fernhalten sollte.

Ich: Haben Sie Verbindungen oder nicht?

Faber: Habe ich. Aber ich sagte bereits …

Ich: Lassen Sie die Spielchen! Ich muss Entscheidungen fällen. Wie viel?

Faber: Das hängt ganz von den Details ab. Informationsbeschaffung muss ich nach dem Schwierigkeitsgrad berechnen. Observationen fallen unter den Tagessatz. Das sind 300 Euro am Tag. Mit aufwendigen technischen Mitteln 400 Euro und je nach Objekt behalte ich mir eine Gefahrenzulage von 100 bis 500 Euro vor.

Ich: Für den Anfang reicht Informationsbeschaffung.

Faber: Für interne Behördendokumente und Protokolle berechne ich pauschal 500 Euro pro Dokument.

Ich: Das scheint mir ein wenig überzogen. Ich brauche Ihre Mitarbeit vielleicht über einen längeren Zeitraum. Offerieren Sie mir ein anderes Angebot!

Faber: Tut mir leid, ich bin dabei, mich aus dem Geschäft zurückzuziehen, und lege keinen Wert darauf, noch in Schwierigkeiten zu kommen. Zu meinen Bedingungen oder gar nicht. Und erzählen Sie mir nicht, Ihr Budget wäre knapp. Wenn Puschkin seine Finger mit drin hat, dürfte Geld kaum eine Rolle spielen.

Ich: Also gut. Aber fangen Sie sofort an. Ich brauche schnelle Ergebnisse.

Faber: Mach ich. Vielleicht gewähre ich Ihnen einen Rabatt. Wir werden sehen.

Ich: Melden Sie sich über den provisorischen Informationsweg C-1. Da wird sich noch etwas ändern.

Aktennotiz

24.09.06

Berlin – Hotel Brandenburg

Was ist an dem Fall so wichtig? Warum wollte Puschkin, dass ich mich einschalte? Weiß er mehr, als er mir gesagt hat? Die Zeitungsartikel der letzten drei Tage bringen keine sensationellen Neuigkeiten. Sie versuchen in ihrer Unwissenheit erst einmal den Giftanschlag in einen passenden Rahmen einzuordnen.

Das ist sicher auch sinnvoll, da Auftragsmorde, die von Russland aus gesteuert werden, anderen Regeln gehorchen als westeuropäische Varianten der Mafiakriminalität.

doku a-serk-008

(in eig. Sache)
24.09.06
Fax-Mitteilung von Dostojewski
an Puschkin

Faber hat seine Mitarbeit zugesagt. Meine Sympathie für ihn hält sich in Grenzen und ich muss sicherstellen, dass er im Notfall jedem Druck standhalten wird. Niemand darf erfahren, für wen er Informationen sammelt. Sollten Sie irgendwelches Material über Faber besitzen, bitte ich um eine Kopie.

Dostojewski

doku a-serk-009

(in eig. Sache)
24.09.06
Fax-Mitteilung von Puschkin
an Dostojewski

Ich verstehe Ihr Misstrauen vollkommen.

Anbei eine Kopie von Fabers Bewerbungsbrief betreffend Mitarbeit beim Ministerium für Staatssicherheit der ehemaligen DDR. Ich vermute, das Dokument wird Ihrem feinsinnigen Gemüt zuwider sein und einen gewissen Ekel in Ihnen erregen.

Zusätzlich verfüge ich noch über die Abschrift einer Zeugenaussage, nach der Faber als Stasi-Offizier zwei Regimegegner, die der Spionage für den westdeutschen BND verdächtigt wurden, auf der Flucht erschossen hat. Faber behauptete eindringlich, aus reiner Notwehr gehandelt zu haben. Zwei ehemalige Kollegen widersprachen seiner Aussage.

Die diesbezüglichen Dokumente kann ich Ihnen leider nicht zur Kenntnis geben, aber seien Sie versichert, dass sie ausreichen, um Fabers Verschwiegenheit zu garantieren.

Bewerbungsbrief des Karl Faber (Schreibmaschine)

Karl Faber
Berlin – Grolmannstraße 5a, den 05.02.1978

An das Ministerium für Staatssicherheit
z. Hd. Major Hornig

Betr.: Mein Ersuchen um Mitarbeit als inoffizieller Informant beim MfS
Bez.: Empfehlung von Oberst Gossman

Lieber Genosse Major,

geboren am 03.07.1951 in Berlin Potsdam, habe ich dort die Karl-Reimers-Schule besucht.

Selbstverständlich war ich Mitglied bei den Jungpionieren, den Tählmann-Pionieren und in der FdJ.

Mein Vater, Peter Faber, arbeitete bis zu seinem frühen Tod vor zwei Jahren in der Verwaltung der SED. Meine Mutter, geb. Irene Martens, ist Leiterin einer HO-Gaststätte und Ehrenvorsitzende des Kulturbundes Potsdam.

Nach einer Lehre als Kraftfahrzeugmechaniker habe ich meinen Ehrendienst bei der Nationalen Volksarmee absolviert. Nach der Grundausbildung wurde ich zu einer Pioniereinheit versetzt. Oberst Gossmann war mein Regimentskommandeur.

(Anbei: Anlagen über Auszeichnungen)

1972 wurde ich Kandidat der SED und ein Jahr später Mitglied in der Partei.

Seit 1973 arbeite ich bei dem Motorenkombinat Otto Nuschke Berlin. Im Juni 1974 wurde ich ehrenamtlicher Vorsitzender der Betriebssportgruppe.

Bei dieser Tätigkeit kommt es zu regelmäßigen zwischenmenschlichen Kontakten mit allen Mitarbeitern unseres Kombinats. Ich bin in meiner Funktion auch Ansprechpartner in privaten Angelegenheiten. Die Genossen bringen mir großes Vertrauen entgegen. Die umfangreiche Belegschaft des Kombinats Otto Nuschke stellt in ihrer Zusammensetzung einen Querschnitt der Bevölkerung unseres sozialistischen Landes dar.

Bei der gemeinsamen Freizeitgestaltung fallen immer wieder Bemerkungen, die für die Sicherheit unseres Arbeiter- und Bauernstaates wichtig sind.

Ich bin ein überzeugter Gegner des Klassenfeindes und dankbar, ein Bürger unserer Deutschen Demokratischen Republik sein zu dürfen.

Mir ist bewusst, dass das Ministerium für Staatssicherheit üblicherweise nicht auf Bewerbungen reagiert. Ich hoffe dennoch, mit den oben genannten Möglichkeiten die Eignung als Informant des MfS zu besitzen und einen Beitrag zur Sicherung meines sozialistischen Heimatlandes leisten zu können.

Mit sozialistischem Gruß

Karl Faber

doku a-serk-010
(Quelle: Faber)
18.09.06
Berlin
AZ 3-44-621-szj/r
Hauptkomm. G. Olbricht

Protokoll: Vernehmung des Wiktor Golzin – Ort: Charité

GO: Wie geht es Ihnen?

Golzin: Das sehen Sie doch.

GO: Es tut mir leid, aber die Befragung ist unumgänglich. Wir ermitteln gegen unbekannt, wegen versuchten Mordes. Der Arzt sagte, Ihr Zustand sei noch sehr labil. Man hat mir erlaubt, eine halbe Stunde mit Ihnen zu sprechen.

(Golzin stöhnt auf.)

GO: Sind Sie in der Lage, mir einige Fragen zu beantworten?

Golzin: Die Rückenlehne! Können Sie die höherstellen?

GO: (Erfüllt die Bitte.) Wo waren Sie in der Nacht vom 13. zum 14. September?

Golzin: Zu Hause. Bei meiner Frau und meinen Kindern.

GO: Wirklich? Ich denke, das waren Sie nicht! Sie sind in einem Lokal in der Nähe des Piccadilly Circus gesehen worden.

Golzin: Wo?

GO: Sie wissen also nicht, wovon ich rede?

Golzin: Circus? Nein! Kenne ich nicht. Ich reise ungern.

GO: Sie waren nicht in London?

Golzin: Ah! London! Nein, wie ich schon sagte, meine …

GO: Und das hier?

(Legt ein Foto vor.)

Golzin: Was ist das? Mein Sehvermögen hat gelitten.

GO: Ein Foto. Sie sind deutlich zu erkennen. Hier.

Golzin: Das soll ich sein?

GO: Brauchen Sie eine Brille?

Golzin: Nein. Das hat wohl mit der Vergiftung zu tun.

GO: Das sind Standbilder von der Videoüberwachungsanlage im Foyer des *Millennium Hotel.* Die Sequenz wurde ab 20:00 aufgenommen. Der Mann im Sessel, das sind doch Sie.

Wer ist der Mann neben Ihnen? Sie reden doch mit ihm!

Golzin: Das ist ein Allerweltsgesicht. Das könnte jeder sein. Außerdem ist es unscharf.

GO: Ich bitte Sie. Es ist keineswegs unscharf. Sehen Sie es sich in aller Ruhe an.

(Golzin schweigt.)

(Eine Krankenschwester und ein Arzt betreten das Zimmer.)

GO: Haben Sie verstanden, was ich Sie gefragt habe?

Golzin: Was?

(Golzin atmet schwer und starrt teilnahmslos an die Decke.)

GO: Sie sind nicht gerade sehr kooperativ. Wie es aussieht, hat man versucht, Sie zu ermorden, und es ist meine Aufgabe herauszufinden, was geschehen ist.

Golzin: Ich lebe ja noch.

Krankenschwester: Sie müssen jetzt gehen.

GO: Ich werde morgen noch einmal kommen müssen.

Aktennotiz
24.09.06

Den Ermittlern ist bekannt, dass Alexander Serkassow, alias Wiktor Golzin, sich zum fraglichen Zeitpunkt in London aufhielt. Warum nimmt Serkassow dazu keine Stellung? Wahrscheinlich ist inzwischen auch Serkassows Gesprächspartner identifiziert.

Die Presse hat erstaunlich schnell reagiert, wenn man bedenkt, dass zurzeit genügend Kräfte aus Regierungskreisen am Werk sind, um Informationen nach ihren Interessen zu färben.

doku a-serk-011
(eig. Recherche)
Tagesspiegel (Berlin) vom 21.09.06

... bislang steht fest, dass Alexander Serkassow vergiftet worden ist, aber die Ärzte können nicht sagen, womit. Die Behörden haben sich schon vor zwei Tagen eingeschaltet, die Stellungnahmen sind jedoch spärlich und vage. Serkassow, ein Ex-Agent mit zweifelhaftem Ruf, in Russland bekannt für seine unbewiesenen Enthüllungen, verdächtigt den FSB oder FSB-nahe Organisationen, den Giftanschlag verübt zu haben ...

... aber dennoch, der Fall Serkassow ist nur ein Körnchen in einem gigantischen Haufen. Russland zählt 30.000 Mordopfer jährlich, andere Formen der Kriminalität gar nicht erst mitgerechnet. Niemand versteht dort die Aufregung. Ein Insider aus diplomatischen Kreisen kommentiert die Statistiken über Gewalt und politisch motivierte Morde gelassen: *Das alles ist nicht neu. Unter Jelzin und Gorbatschow war es nicht anders, man hat nur nicht darüber geredet. Was erwarten die Europäer und Amerikaner? Ein Demokratieverständnis wie im Westen hat es in Russland nie gegeben. In den osteuropäischen Staaten, die einst zum kommunistischen Lager gehörten, ist es nicht anders.*

Wir werden unsere Hoffnungen auf die Entwicklung eines demokratischen Bewusstseins in Russland neu formulieren müssen.

Frankfurter Allgemeine vom 22.09.06

… eine mysteriöse Vergiftung und ein mysteriöser ehemaliger Geheimdienstler sorgen für Unruhe in diplomatischen Kreisen. Alexander Serkassow, kein Unbekannter in Russland, hat sich in den frühen Neunzigern als Regimekritiker der besonderen Art unbeliebt gemacht …

… wäre der Anschlag in Russland verübt worden, gäbe es wohl nur ein paar schlichte Meldungen über ein neuerliches Opfer in den Reihen der Regimekritiker. Deren Liste wird allerdings jeden Tag länger, und nur die Prominenten wie Andrej Koslow, ehemaliger Vizechef der Zentralbank, der gegen die Geldwäsche kämpfte, und aufmüpfige Milliardäre wie Berischkin, der vor zwei Jahren unter sonderbaren Umständen bei der Explosion eines Tanklasters ums Leben kam, fallen ins Gewicht. Sie werden erschossen, vergiftet oder sterben bei mysteriösen Unfällen. Wenn die Kritiker des Systems Romanow einfach nur spurlos verschwinden wie die Journalistin Anna Ryschkowa, glaubt niemand, dass sie noch am Leben sind. Wenn es in diesem Tempo weitergeht, kann man von einer Säuberungswelle sprechen wie in den finsteren Zeiten des Stalin-Terrors …

Süddeutsche Zeitung vom 22.09.06

… ein dubioser russischer Nachrichtendienstler im Ruhestand und ein unheimlicher Giftanschlag erinnern an scheinbar längst vergangene Zeiten. Das aber nur, weil das Attentat im Ausland begangen wurde. Einzig dieser Umstand bringt Romanow's Freunde unter den europäischen Politikern in Verlegenheit. In Russland scheint der politische Mord wieder zur Tagesordnung zu gehören, aber das können wir als ethnische Besonderheit und folkloristische Tradition tolerieren. Menschenwürde und Menschenrechte verrechnen wir mit Barrel Öl und Kubikmeter Gas. Aber auf dem Grund und Boden eines zivilisierten kerneuropäischen Landes können wir das nicht hinnehmen. Aber was können wir nicht hinnehmen? Sollen wir, nur weil Alexander Serkassow, der Ex-Agent und Bürgerrechtler, bekannt für bizarre Anschuldigungen, die russische Regierung für die rätselhafte Vergiftung verantwortlich macht, einen neuen Kalten Krieg ausrufen? Bis jetzt weiß niemand, was wirklich geschehen ist. Es gibt erste Ermittlungsergebnisse, Vermutungen. Wo und wann, scheint festzustehen, aber auch das ist nicht sicher.

Zweifellos hatte Serkassow sich mit seinen Beschuldigungen gegen Romanow zu weit vorgewagt. Eines Tages verschwand er spurlos von der Bildfläche, genauso wie die kritische Journalistin Anna Ryschkowa. In der Redaktion der *Nowaja gaseta,* eine der wenigen übrig gebliebenen kritischen Zeitungen, die ihre Leitartikel abdruckte, nimmt man an, dass sie ermordet wurde. Jetzt ist Serkassow wieder aufgetaucht. Der Ex-Agent hatte nicht vor, seine Anonymität aufzugeben, nur der Angriff auf sein Leben zwang ihn, seine Identität offenzulegen. Er hatte sich in London mit einem Kontaktmann getroffen, der ihm angeblich Informationen über Anna Ryschkowa übergeben wollte …

Aktennotiz
25.09.06

Neu eingetroffene Dokumente via C-3-Kommunikation werfen die Frage auf, ob die C-3-Nachrichtenbeförderung noch wirklich sicher ist!

doku a-serk-012
(in eig. Sache)
25.09.06
Telefonat mit Puschkin
autom. Mitschnitt

Ich: Dostojewski! Kann ich Klartext sprechen?

Puschkin: Wie läuft es?

Ich: Sie haben meine Frage nicht beantwortet! Ist die Verbindung sauber?

Puschkin: Nur was meinen Standort anbelangt.

Ich: Das gefällt mir nicht.

Puschkin: Mir auch nicht. Also, haben Sie schon etwas ins Laufen gebracht?

Ich: Ja. Ich habe den ersten Gang eingelegt.

Puschkin: Fehlt Ihnen ein wenig Treibstoff?

Ich: Wird gerade eingefüllt.

Puschkin: Dann legen Sie den zweiten Gang ein. Am

besten, Sie gehen gleich in den dritten. Geben Sie Gas. Ich hatte meine Gründe, auf Sie zu setzen. Und vergessen Sie nicht, die Höhe des Honorars steht in Relation zu den Ergebnissen.

Ich: Ich weiß.

Puschkin: Gut! Benutzen Sie ab jetzt den Informationsweg C-2.

Ich: C-2? Das werde ich nicht tun. Alle C-2-Wege sind angeblich schon vor Jahren verbrannt.

Puschkin: Wie kommen Sie darauf? Das war ein Gerücht. Gezielt gestreut. Die übliche Desinformation.

Ich: Das verstehe ich zwar nicht, denn im Zweifel sind die Beförderungswege stets gekappt worden. Aber es ist mir auch egal. Ich verlasse mich auf meinen Instinkt. Es reicht allein schon ein Gerücht aus, damit der Kurier aus dem Verkehr gezogen wird. Da ist ganz sicher etwas faul. Geben Sie mir einen anderen.

Puschkin: Das ist im Moment gar nicht so einfach. Sie sind noch immer der alte Sturkopf. Aber wer weiß, vielleicht haben Sie ja recht. Ich melde mich noch einmal.

Ich: Danke.

Puschkin: Also, in diesem Sinne.

Aktennotiz

25.09.06

Puschkin scheint unter enormem Druck zu stehen. Er will mir offenbar einige Informationskanäle öffnen. Wären seine Quellen jedoch wirklich nützlich für mich, bräuchte er mich nicht.

doku a-serk-013
(Quelle: Faber)
19.09.06
Berlin
AZ 3-45-621-szj/r
Hauptkomm. G. Olbricht

Protokoll: Befragung des Dr. Hersfelder

GO: Wie beurteilen Sie Herrn Golzins Zustand, Herr Dr. Hersfelder?

Hersfelder: Es geht ihm nicht gut. Von der Tendenz her schlechter.

GO: Und Sie können immer noch nicht sagen, womit er vergiftet worden ist?

Hersfelder: Nein. Thallium-Vergiftungen zeigen zwar ähnliche Symptome. Aber nein, wir wissen es nicht. Es gibt tausende neuer exotischer chemischer Substanzen.

GO: Kaum vorstellbar. Man müsste das doch an irgendeinem Institut mit modernster Technik herausbekommen können.

Hersfelder: Wir haben schon Spezialisten hinzugezogen. Wer ist dieser Herr Golzin, dass man sich die Mühe gemacht hat, ein derart exotisches Gift zu beschaffen, dessen Zusammensetzung wir nicht einmal hier an der Charité analysieren können?

GO: Das würden wir auch gerne wissen.

Hersfelder: Ist die russische Mafia im Spiel?

GO: Wir haben nicht die geringsten Anhaltspunkte, solange Herr Golzin nicht redet. Er ist der Einzige, der uns sagen kann, mit welchen Personen er zusammengetroffen ist.

Hersfelder: Im Moment ist sein Zustand stabil. Aber das kann sich jederzeit ändern. Es gibt bei bestimmten Formen der Vergiftung ein eigenartiges Phänomen zu beobachten. Obwohl sich der Zustand verschlechtert, erfahren die Patienten subjektiv, und für einen begrenzten Zeitraum auch objektiv, eine deutliche Verbesserung. Sie scheinen für einen Zeitraum von einigen Stunden wieder bei vollen Kräften zu sein. Wir nennen das die *dead man walking*-Phase. Danach geht es wieder steil bergab. Ich gebe Ihnen eine halbe Stunde.

doku a-serk-014
(Quelle: Faber)
17.09.06 – 22:30
Charité Berlin
Patient Wiktor Golzin

Überweisung durch den Hausarzt Dr. Niemeyer
Symptome:
Kopfschmerzen, Muskelschmerzen, Übelkeit und Durchfall

Aufnahmebefund:
gerötete Schleimhäute
erhöhte Temperatur
Exsikkose
Blutbild: verminderte weiße Blutkörperchen
Blutungsgefahr und Versagen der körpereigenen Abwehr aufgrund obiger Befunde
Dr. Sieber

doku a-serk-015
(Quelle: Faber)
19.09.06
Berlin
AZ 3-46-621-szj/r
Hauptkomm. G. Olbricht

Protokoll: 2. Vernehmung des Wiktor Golzin

GO: Guten Tag, Herr Golzin. Geht es Ihnen heute etwas besser?

Golzin: Vielleicht. Ich weiß es nicht. Weil man noch nicht feststellen konnte, womit ich vergiftet worden bin, kann man mich auch nicht richtig behandeln.

GO: Der Oberarzt äußerte die Vermutung, es könne sich um Thallium handeln.

Golzin: Er sagte, die Wirkungen seien ähnlich wie bei Thallium, aber es sind keine Thallium-Spuren in meinem Urin gefunden worden.

GO: Ohne Ihre Mitarbeit wird die Aufklärung wesentlich länger dauern. Fest steht, Sie sind vergiftet worden, und wir wollen wissen, wer die Tat verübt hat.

(Golzin röchelt und atmet schwer.)

GO: Möchten Sie, dass ich die Schwester rufe?

Golzin: Ist schon in Ordnung. Es geht mir wesentlich besser als gestern.

(Golzin spuckt in ein Taschentuch.)

GO: Möchten Sie ein Glas Wasser?

Golzin: Auf dem Tisch steht Orangensaft, vielleicht können Sie mir ein Glas einschenken.

GO: Wir vermuten, dass Sie in London vergiftet worden sind. Wir haben Scotland Yard informiert.

(GO zeigt noch einmal die Videobilder aus dem

Foyer des *Millennium Hotel.*)

GO: Vielleicht leiden Sie ja unter einer speziellen Amnesie, aber für uns besteht kein Zweifel, dass Sie am 13.09. in London waren. Ich verstehe nicht, warum Sie das leugnen. Es ist doch offensichtlich.

Golzin: Ich war vor einem halben Jahr in London. Im *Millennium.* Das Datum auf der Aufnahme ist manipuliert.

GO: Wir wissen, dass es nicht manipuliert wurde.

Golzin: Ach. Woher wollen Sie das denn wissen? Haben Sie es selbst in London aus dem Rekorder genommen? Für einen Ermittler sind Sie recht naiv.

GO: Warum waren Sie in London? Was war der Grund Ihres Besuchs? Wen haben Sie dort getroffen?

Golzin: Ich habe einen Kunsthändler besucht.

GO: Ach! Jetzt geben Sie es plötzlich zu.

Golzin: Ich habe niemals etwas abgestritten.

GO: Haben Sie beruflich mit Kunst zu tun?

Golzin: In gewisser Weise.

GO: Wie heißt der Kunsthändler?

Golzin: David Gambini. Er besitzt eine Galerie.

GO: Wir werden das überprüfen. Haben Sie Feinde in Kunstkreisen?

Golzin: Nein. Künstler und Galeristen pflegen sich in der Regel nicht zu vergiften.

GO: Und wen haben Sie sonst noch in London getroffen?

Golzin: Verschiedene Leute ... ich weiß es nicht mehr genau ... wie das so ist ... jemand nimmt einen in einen Klub mit, danach geht man noch woanders hin ... man trinkt etwas zusammen und die Namen derjenigen, die man dabei kennengelernt hat, vergisst man anschließend sofort wieder. Dann geht man wieder ins

Hotel, nimmt noch einen Abschlussdrink an der Bar und zieht sich auf sein Zimmer zurück.

GO: In was für einem Klub waren Sie denn?

Golzin: Weiß ich nicht. Darauf habe ich nicht geachtet.

GO: Und mit was für Leuten waren Sie unterwegs?

Golzin: Mit Bekannten von Gambini. Künstler, Kritiker, Schriftsteller … was weiß ich … Intellektuelle … Kulturleute.

GO: Und Sie sind sicher, dass keine Vertreter der Mafia dabei waren?

Golzin: Welche Mafia? Und wie kommen Sie darauf?

GO: Der Kunstmarkt ist inzwischen ein ideales Terrain für Geldwäsche.

Golzin: Ach ja? Das wusste ich nicht. Sie meinen also, ein Pate kommt aus Moskau mit ein paar Millionen, kauft einige Picassos, und schon ist das Geld blitzsauber? In Russland gründet man einfach eine Bank, dann hat man seine eigene Geldwaschmaschine. Koslow, der Vizechef der Zentralbank, hatte der Geldwäsche den Kampf angesagt und bezahlte es mit seinem Leben. Alleine in den vergangenen Wochen wurde ein halbes Dutzend Banker ermordet.

GO: Das mag sein. Ich bin kein Russland-Spezialist. Etwas anderes: Sie besitzen zwei Pässe, Herr Golzin, einen russischen und einen deutschen.

Golzin: Ja und?

(Golzin stöhnt und verdreht die Augen.)

GO: Brauchen Sie einen Arzt? Eine Pause?

(Golzin winkt ab.)

Golzin: Reichen Sie mir die Sauerstoffmaske.

(Golzin hält sich einige Minuten die Maske vor das Gesicht und inhaliert.)

GO: Geht es Ihnen jetzt besser?

Golzin: Verdammte Scheiße! Wie konnte das nur passieren? Ich bin ein Profi und lasse mich dennoch einfach so vergiften.

GO: Was haben Sie da gesagt? Was meinen Sie mit Profi?

Golzin: Wollen Sie wirklich die Wahrheit wissen?

GO: Deswegen bin ich hier. Schießen Sie los!

Golzin: Die Wahrheit ist gefährlich. Was meinen Sie, wer alles stirbt, ohne dass jemand danach fragt. In Russland ist das an der Tagesordnung.

GO: Wollen Sie damit andeuten, die Wahrheit wäre unter Umständen auch für mich gefährlich? Sind Sie etwa ein ausgestiegener Mafioso?

(Golzin versucht ein schwaches Lachen.)

Golzin: Nein! Ganz sicher nicht! Ich habe übrigens noch weitere Pässe.

GO: Was Sie nicht sagen!

Golzin: Ich glaube, dass ich diese Station nicht mehr lebend verlassen werde. Also spielt es keine Rolle mehr. Einer meiner Pässe lautet auf den Namen Kreschnikow. Aber in Wirklichkeit bin ich Alexander Serkassow. Geboren am 3. März 1953 in St. Petersburg. Sagt Ihnen der Name etwas?

GO: Nein. Sollte er das?

Golzin: In Russland bin ich kein Unbekannter.

GO: Serkassow? Wie kommen Sie an die Pässe?

Golzin: Ich war KGB-Offizier und später beim FSB.

GO: Sie sind ausgestiegen?

Golzin: So ist es!

GO: Falls dem so ist, hätte ich jetzt eine Menge Fragen.

Golzin: Die habe ich auch.

GO: Also, dann können wir ja ganz von vorne anfangen, sollten Sie denn wirklich Alexander Serkassow sein. Ich bin gespannt, was Sie mir als Nächstes offenbaren werden. Warum waren Sie in London? Denn Sie werden dort dann wohl ganz gewiss keinen Kunsthändler getroffen haben.

Golzin: Doch! Rufen Sie Gambini an!

GO: Und wen haben Sie sonst noch getroffen?

Golzin: Zwei alte Freunde.

GO: Gibt es Namen?

(Golzin ringt wieder nach Luft und greift zu dem Sauerstoffinhalator.)

GO: Wir können eine Pause machen.

Golzin: Es spielt keine Rolle. Es ist egal.

GO: Ihre Freunde? Haben sie Namen?

Golzin: Ich erinnere mich nicht.

GO: Was soll das? Wir müssen wissen, was Sie in London gemacht haben. Und wir müssen wissen, wer Sie nun tatsächlich sind.

(Golzin lächelt schief und schweigt eine Weile.)

Golzin: Ich weiß selbst kaum noch, wer ich bin. Vielleicht rufen Sie jetzt doch eine Schwester.

GO: Gut. Beenden wir das Gespräch fürs Erste.

(Eine Schwester und ein Arzt betreten das Zimmer.)

doku a-serk-016
(Quelle: Faber)
Protokolle Telefonüberwachung:

10.09.06 – 08:30
„Hier ist der Anschluss 733 1883 44. Bitte hinterlassen Sie eine Nachricht nach dem Signalton."

(Weibliche Stimme mit französischem Akzent)

„Alexander. Wo steckst du? Ich versuche dich seit gestern zu erreichen. Was ist mit unserem Treffen? Ich werde es in einer Stunde noch einmal probieren."

10.09.06 – 09:45
„Hier ist der Anschluss 733 1883 44. Bitte hinterlassen Sie eine Nachricht nach dem Signalton."

(Weibliche Stimme mit französischem Akzent)

„Verdammt! Alexander! Ich muss wissen, was los ist!"

10.09.06 – 10:55
„Hier ist der Anschluss 733 1883 44. Bitte hinterlassen Sie eine Nachricht nach dem Signalton."

(Weibliche Stimme mit französischem Akzent)

„Ich bin es noch einmal. Ich hoffe, du tauchst bald auf und meldest dich. Ich für meinen Teil werde mich an die Verabredung halten."

doku a-serk-017
(Quelle: Faber)
12.09.06
Mitschnitt Telefongespräch
Alexander Serkassow – unbekannter Teilnehmer (weiblich mit französischem Akzent)

Anschluss: Leclerc Chinon Ronsman, Anwaltssozietät
Rue de Faubourg St. Honoré 16

Serkassow: Du hast eine Nachricht hinterlassen.

X: Na endlich.

Serkassow: Mach es kurz. Man weiß nie, ob …

X: Schon gut. Ich habe mal wieder ein wenig Zucker für den Affen.

Er muss ihn sich allerdings selbst holen.

Serkassow: Wo bist du?

X: In Paris. Ich fliege noch heute nach London.

Serkassow: Wir können uns treffen, aber das kompliziert mein Timing. Ich komme sowieso nach London wegen einer anderen Sache. Ich habe einen Termin mit einem Galeristen.

X: Ruf mich an, wenn du einen Flug gebucht hast.

Serkassow: Vor morgen Abend werde ich es nicht schaffen.

X: Früher wäre besser.

Serkassow: Nein, das geht nicht.

X: Also, du meldest dich!

Serkassow: Bis bald.

Aktennotiz
25.09.06

Wie kommt Faber an solche Dokumente? Vermutlich handelt es sich bei dem Gespräch und den drei Meldungen auf dem Anrufbeantworter um denselben unbekannten weiblichen Anrufer. Vielleicht stehen die Anrufe in gar keiner Beziehung zu Serkassows Ermordung.

doku a-serk-018

(Quelle: Faber)

Eingang: 25.09.06

Letztwillige Verfügung

Hiermit erkläre ich, Alexander Serkassow, geboren am 3. März 1953, z. Zt. Hotel *Lasalle,* Rue Bergerac 17, Paris, dass mein gesamtes Vermögen im Falle meines Todes an Charlotte Blais, z. Zt. wohnhaft in der Hardenberggasse 18/II, Wien, fallen soll. Ein Verzeichnis meines Vermögens ist hinterlegt bei den Notaren Leclerc Chinon Rosman, Paris, und Staudinger & Zellner, Wien.

Paris, den 30. August 2006

Alexander Serkassow

Beurkundet durch Rechtsanwalt und Notar Dr. Alfred Ronsman

Dortselbst hinterlegt

Letzwillige Verfügung

Hiermit erkläre ich, Wiktor Golzin, geboren am 3. März 1953, z. Zt. wohnhaft im Heideweg 8, Miltau, dass mein gesamtes Vermögen im Falle meines Todes an meine Lebenspartnerin Dorothe Hülsen, z. Zt. wohnhaft im Heideweg 8, Miltau, fallen soll. Falls ich durch äußere Gewaltanwendung zu Tode kommen sollte, ist für Anatol Kalin in der Anwaltskanzlei Fahrenhorst & Partner Wien ein Brief hinterlegt.

Paris den 30. August 2006

Wiktor Golzin

Beurkundet durch Rechtsanwalt und Notar Dr. Alfred Rosman

Dortselbst hinterlegt

Aktennotiz

25.09.06

Was hat Serkassow veranlasst, seinen Nachlass zu regeln? Und wer ist Charlotte Blais? Er scheint sich häufiger in Paris aufzuhalten. Vielleicht eine Basis? Was hat Serkassow die letzten sieben Jahre gemacht? Wo ist er untergetaucht?

Anatol Kalin! Da klingelt etwas!

Hat Puschkin sich früher nicht unter anderem auch dieses Namens bedient? Wenn Anatol Kalin Puschkin ist, wird er nach Serkassows Tod jedenfalls eine Nachricht erben. Weiß Puschkin mehr über Serkassow, als er mir gesagt hat? Will er, dass ich etwas herausfinde, was er schon weiß? Wenn das der Fall ist, sind die Spielregeln außer Kraft gesetzt.

doku a-serk-019
(eig. Recherche – betr. polit. Hintergründe)
25.09.06
Internetzeitung *Russnet*
Beitrag von: Iwan der Prophet

Guten Morgen Russland!

Ihr Russen, fragt ihr euch wie jeden Morgen aufs Neue, wer dieses Land regiert? Unser Präsident Romanow? Das Kapital? Die Geheimdienste? Vielleicht in Wahrheit sogar die CIA? Letzteres würde bedeuten, dass der FSB eine Unterabteilung der CIA ist. Gefällt euch diese Version? Damit wäre wenigstens die Frage nach der letztendlichen Verantwortung geklärt. So haben sie es in der alten Sowjetunion gemacht: Schuld war immer der Erzfeind Amerika. Aber ihr stellt die falsche Frage. Es geht nicht um das Wer, sondern um das Wie. Wie funktioniert die perfekte Demokratie? Ich werde es euch erklären. Unsere Staatsführung geht da völlig neue Wege. Wege, die gleichzeitig tief in unserer russischen Tradition und unserer russischen Seele verankert sind. Der Westen hat nichts dergleichen entgegenzusetzen. Ihr fragt euch, was all die FSB-Offiziere in der Regierung zu suchen haben? Ganz einfach: Sie kommen alle aus der parapsychologischen Abteilung, genau wie unser geliebter Präsident. Allesamt sind sie hoch qualifizierte Gedankenleser und Hellseher. Was hat das zu bedeuten? Ich sage es euch: Wenn die Minister sich zu ihren Beratungen treffen, handelt es sich dabei nicht um Konferenzen. Was da veranstaltet wird, kann man nur mit dem Begriff Séance bezeichnen, denn dort lesen die Minister die Gedanken ihres obersten Chefs. Manchmal sogar schon bevor er sie gedacht hat.

Das hat den Vorteil, dass Anordnungen nicht mehr ausgesprochen werden müssen. Und was hat das alles mit Demokratie zu tun?, höre ich euren Aufschrei. Nun, da auch der Präsident ein Gedankenleser ist, weiß er natürlich, was das Volk denkt. Deshalb müssen wir unsere Wünsche auch nicht mehr in aufwendigen Verfahren formulieren und der Regierung zur Kenntnis bringen. Man liest in unseren Gedanken. So gesehen sind wir die fortschrittlichste Demokratie der Welt. Natürlich, kleine Pannen müssen wir in Kauf nehmen. So geschehen im Fall Serkassow. Statt sich bescheiden zu den täglichen Opfern irgendwelcher unglücklicher Umstände zu zählen, beschuldigt der doch unseren Präsidenten, seine Vergiftung persönlich angeordnet zu haben. An der Vergiftung besteht kein Zweifel, behaupten die Medien, aber was ist wirklich geschehen? Schließlich hat Serkassow seinen früheren FSB-Chef und heutigen Präsidenten nicht zum ersten Mal beleidigt. In seinem eigenen Land soll Romanow Terroranschläge angeordnet haben, um sie den Tschetschenen in die Schuhe zu schieben. *Das ist eine unerhörte Diffamierung,* hat der Präsident gedacht, *Serkassow soll nur aufpassen, dass er eines Tages nicht auch einen Mafiaboss beleidigt. Denn dann wird man ihn vergiften oder auf andere Weise umbringen.* Ein Mitglied der Regierung hat Romanows Gedanken aus Versehen falsch gelesen: *Wer wie Serkassow den Präsidenten und die Mafia beleidigt, wird vergiftet.* Diese Gedanken wiederum las ein FSB-Offizier so ungenau, dass folgender Befehl dabei herauskam: *Der Präsident ist beleidigt. Mafia beauftragen, Serkassow zu vergiften.* – Also, niemand muss sich darüber aufregen. Es ist nichts weiter geschehen als ein unbedeutender Irrtum, eine kleine Panne auf dem Weg in die perfekte

Demokratie. Die Magier im Kreml werden ihre ungewöhnlichen Methoden ganz sicher noch perfektionieren.

Bis bald, euer Iwan der Prophet

doku a-serk-020
(Quelle: Faber)
18.09.06
Charité Berlin – Innere Intensivstation
Aufnahmeuntersuchung
Patient: Wiktor Golzin

Screaning auf Infekte
Screaning auf Vergiftung / Quecksilber, Thallium, Blei
Befund negativ

doku a-serk-021
(Quelle: Faber)
20.09.06 – 22:00
Charité Berlin –Innere Intensivstation
Patient: Wiktor Golzin

Notizen zur Übergabe (diensthabender Arzt)
200 ml Infusion mit Nährlösung verabreicht
Patient etwas aufgeklart – kann sich unterhalten
Keine weiteren Hinweise auf die Art der Vergiftung

doku a-serk-022
(Quelle: Faber)
23.09.06
Charité Berlin – Innere Intensivstation
Patient: Wiktor Golzin

Patient für 48 Stunden zur Rekonvaleszens der Schleimhäute in Tiefschlaf versetzt, ohne Komplikationen

Aktennotiz
25.09.06

Um 16:00 in der Charité. Intensivstation. Serkassows Zustand erlaubt leider keine Besuche. Ein Arzt erwähnt einen *dead man walking*-Effekt. Die Station wird lediglich von zwei Polizisten in Uniform bewacht. Mögliche weitere Bewacher, als Krankenhausmitarbeiter getarnt, waren nicht auszumachen. Ausweis bzw. Passkontrolle (Identität Daniel Kaminski verwendet.)

doku a-serk-023
(in eig. Sache)
Von: <dostinform@i.serv.de>
An: <nic@grischin.hist.de>
Gesendet: 26.09.06

Lieber Nicolai,

unter deiner Telefonnummer habe ich dich nicht erreichen können. Jetzt versuche ich es auf diesem Weg. Wie du weißt, wollte ich eigentlich keine Aufträge mehr annehmen. Dennoch habe ich mich überreden lassen. Nicht weil es belastendes Material, das man in Russland so treffend Kompromat nennt, gegen mich gäbe. Einzig die Höhe des Honorars hat mich überzeugt. Es geht um den Serkassow-Fall. Du wirst in den Zeitungen darüber gelesen haben. Die Sache birgt einigen politischen Sprengstoff. Jetzt bin ich in Berlin. Auch wenn ich krassen Materialismus verabscheue, wir sind alle nicht mehr die Jüngsten, und da kommt eine solche Möglichkeit, die private Pensionskasse aufzufüllen, durchaus gelegen. Du hast unser geliebtes Russland zum rechten Zeitpunkt verlassen. Mit einer Professur in Deutschland musst du dir wenigstens keine Sorgen um dein Alter machen. Ich habe ein wenig beiseitelegen können, aber es wird nicht reichen. Wenn ich die Sache hier hinter mir habe, wird das Polster mich bei bescheidener Lebensführung für den Rest meines Lebens versorgen. Warum man mir so viel zahlt, ist mir rätselhaft. Ich hoffe, es steckt keine Schweinerei dahinter. Du weißt schon: Toten muss man keine Honorare zahlen. Paranoia? Vielleicht. Hinter den Kulissen scheinen sich Machtkämpfe abzuspielen, die ganz sicher ohne Rücksicht auf Nebenfiguren ausgetragen werden. Aber davon abgesehen: Ich werde zu alt für das Geschäft.

Als ich heute das Hotel für einen kurzen Spaziergang verließ, wurde vor meinen Augen ein Hund auf der Straße überfahren. Er war übel zugerichtet. Die Gedärme quollen ihm aus dem Leib, er jaulte schrill auf und zuckte mit den Beinen. Der Anblick schob meinen Mageninhalt in den Hals zurück. Meine Muskeln verkrampften sich und in meinen Adern schien sich heißes Öl auszubreiten. Ich bin empfindlich geworden. Etliche Menschen versammelten sich um das sterbende Tier. Die Deutschen lieben Hunde. Das Mitgefühl wäre kaum geringer gewesen, hätte dort ein Mensch gelegen. Tatsächlich scheint mir Berlin ein recht zivilisierter Ort zu sein, wenn man ihn mit Moskau vergleicht. Kein Wunder, dass man die Russen in ihrer Mehrzahl für gewalttätige Kriminelle hält. Die Deutschen sind seit Hitler ein sensibles Volk geworden. Sie verstehen das nicht: in wenigen Jahren vom Kaderkommunismus zum Radikalkapitalismus. Ein Ex-Agent wird Präsident. Einige werden unermesslich reich. Viele werden noch ärmer als im Kommunismus. Die sogenannte freie Presse wird schikaniert. Und es wird wieder gemordet.

Wer regiert das Land überhaupt? Was will Romanow wirklich? Und was ist er bereit, für das, was er will, zu zahlen? Manche behaupten, Russland sei ein großer Verschiebebahnhof für schwarze oder graue Gelder in jeder Höhe. Ich denke, sie haben recht damit.

Nach dem Erlebnis mit dem Hund bin ich jedenfalls nur noch einige Schritte durch einen nahen Park und danach wieder zurück ins Hotel gegangen. Das dortige Personal kommt aus Litauen, Polen und Tschechien. Mein Zimmer ist schlicht. Modern, aber mit billigen Möbeln. Ich hasse Hotels. Das Fenster geht zu einem weitläufigen Hof hinaus. Beton, Klinker, Glas, Beton. Berlin! Ich weiß nicht, was ich von der Stadt halten soll. Ich bin nur zweimal hier gewesen: einmal vor dem Fall der Mauer, einmal kurz danach. Da roch noch alles nach Frontstadtflair. Das Niemandsland! Gigantische Flächen. Mitten im Zentrum der Stadt ein Todesstreifen. Der Anblick war bedrückend.

Auf dem Weg vom Flughafen zum Hotel ist das Taxi durch die neue Innenstadt gefahren. Alles in wenigen Jahren aus dem Boden gestampft. Riesig, teuer, modern, kalt, glitzernd. Berlin! Das war einmal das spirituelle Zentrum des Kalten Krieges. Vielleicht liegen auch die Ursachen für das Serkassow-Debakel so weit zurück. Serkassow, mein Gott, das hätte auch mir passieren können. Manchmal denke ich, es ist schon ein Wunder, dass ich so lange überlebt habe. Ich würde mich gerne mit dir über den Fall unterhalten, vielleicht können wir uns treffen. Du bist der Einzige, dem ich bedingungslos vertrauen kann. Oder hat sich etwas daran geändert?

Melde dich, dein Michail

(unter Memo-pers. ablegen)

doku a-serk-024

(Quelle: Faber)

24.09.06

Berlin

AZ 3-47-621-szj/r

Hauptkomm. G. Olbricht

Protokoll: 3. Vernehmung des Wiktor Golzin

GO: Herr Serkassow? Falls sie wirklich Alexander Serkassow sind.

Serkassow: Sie schon wieder.

GO: Sie sind das Tagesgespräch in diplomatischen Kreisen.

Serkassow: Ach ja? Das hilft mir auch nicht weiter. Können Sie mir die Rückenlehne höherstellen?

GO: Gut so?

Serkassow: Ein wenig höher!

GO: Wie geht es Ihnen heute?

Serkassow: Nicht so gut. Mal geht es besser, mal schlechter. Mit der allgemeinen Tendenz zu schlechter.

GO: Das tut mir leid.

Serkassow: Tatsächlich? Man hat mir irgendetwas gespritzt. Vitamine, Aufbaustoffe, Zellpuscher … irgend so etwas … wenn es so weitergeht …

GO: Fühlen Sie sich in der Lage, einige Fragen zu beantworten?

Serkassow: Das hängt von den Fragen ab.

GO: Alle Ihre Pässe sind von unseren Spezialisten geprüft und als echt befunden. Wie kann das sein? Ist der Pass, der auf den Namen Golzin ausgestellt ist, eine FSB-Arbeit?

Serkassow: Ganz sicher nicht! Nein! Der FSB war nicht gerade gut auf mich zu sprechen, als ich Russland verließ.

GO: Warum?

Serkassow: Das müssten Sie eigentlich schon wissen, wenn Sie sich informiert haben.

GO: Ja, Sie haben die Regierung angegriffen. Da ist von ungeheuerlichen Anschuldigungen die Rede. Aber das könnten Sie auch als Provokateur im Auftrag des FSB getan haben.

Serkassow: Oh, mein Gott, Sie denken ja auch schon in Schleifen. Wo haben Sie das gelernt? Nein, ich stehe schon seit Jahren auf der Abschussliste. Und ich hätte wissen müssen, dass sie es eines Tages auch schaffen werden. Warum fragen Sie nicht beim BND nach?

GO: Das habe ich bereits. Aber dort durften sie mir nichts sagen. Da wird gemauert, was ja auch schon wieder etwas aussagt. Also kommen wir auf Ihre Pässe zurück. Jedes Molekül davon ist originales Behördenmaterial. Jeder Stempel … alles! Entweder läuft da etwas, das über meinen Verstand geht, oder Sie sind in irgend so ein Zeugenschutzprogramm geraten.

(Serkassow schweigt und scheint für einen Moment

mit leerem Blick vor sich hin zu dämmern.)

GO: Ich habe natürlich ein paar Hebel in Bewegung gesetzt. Aber da herrscht überall Funkstille, sobald man den Namen Serkassow erwähnt. Von Kreschnikow und Golzin will auch niemand etwas gehört haben. Sie sind während der letzten Jahre im Exil von ganz oben gedeckt worden? Richtig? CIA? Die haben die Möglichkeiten.

(Serkassow schweigt noch immer.)

GO: Wollen Sie etwas dazu sagen?

(Serkassow trinkt mit zitternden Händen aus seinem Glas und schüttelt unmerklich den Kopf.)

GO: Was haben Sie denn noch zu verbergen? Sind Sie etwa nicht daran interessiert, dass wir oder Scotland Yard den- oder diejenigen finden, die Ihnen das angetan haben?

Serkassow: Wer es getan hat, ist völlig unwichtig. Er ist nur ein kleines Rädchen.

GO: Befürchten Sie vielleicht einen weiteren Anschlag hier im Krankenhaus? Ich habe insgesamt sechs Beamte zu Ihrem Schutz eingesetzt. Zwei in Uniform vor der Station. Die anderen sind als Klinikpersonal getarnt.

Serkassow: Wenn Sie glauben, dass das bestimmte Leute abhalten könnte, sind Sie naiv.

GO: Die Beamten gehören zu einer Spezialeinheit.

Serkassow: Wie schön für sie. Mich beruhigt das nur wenig.

GO: Also, was haben Sie in London wirklich gemacht? Haben Sie noch Kontakte zu anderen ausgestiegenen FSB-Agenten?

(Serkassow schüttelt wieder den Kopf.)

GO: Ich denke, Sie haben durchaus eine Vermutung,

wer Ihnen das Gift verabreicht haben könnte. Wenn Sie kooperieren, könnte Scotland Yard schneller vorankommen. In London ist man an höchster Stelle an Aufklärung interessiert.

Serkassow: Sie sind ein Narr. Niemand ist an Aufklärung interessiert. Wir leben im Zeitalter der Desinformation.

GO: Ich bin sehr wohl an Aufklärung interessiert. Das ist mein Beruf.

Serkassow: Ein Romantiker sind Sie auch noch. Hier geht es um Dinge, von denen Sie nicht die geringste Ahnung haben.

GO: Ich bin lernfähig. Wovon habe ich keine Ahnung?

Serkassow: Sie würden es nicht wirklich wissen wollen. Haben Sie Kinder?

GO: Ja, einen Sohn. Er ist drei Jahre alt.

Serkassow: Dann gebe ich Ihnen einen gut gemeinten Rat: Machen Sie Dienst nach Vorschrift! Denken Sie so wenig wie möglich nach! Liefern Sie Ihre Berichte ab und lassen Sie statt Ihrer Person andere den Schlamassel ausbaden!

GO: Sie haben auch Kinder!

Serkassow: Ja, zwei. Und ich hatte gehofft, dass sie so etwas niemals miterleben müssen.

GO: Sie hatten gestern Besuch von Ihrer Lebensgefährtin, Dorothe Hülsen. Sie ist die Mutter Ihrer Kinder?

Serkassow: Es ist auch so schon schlimm genug. Ich möchte jetzt nicht darüber reden.

GO: Das müssen Sie auch nicht. Aber ich würde gerne noch einmal auf den Tag des Anschlags in London zurückkommen.

Serkassow: Ich habe doch schon …

(Serkassows Augenlider flattern. Er ringt nach Atem. Eines der medizinischen Geräte gibt Warntöne von sich. Zwei Ärzte kommen ins Zimmer.)

Die Befragung wird unterbrochen.

Aktennotiz
26.09.06

Nur wenn die Lücken der letzten Jahre in Serkassows Biografie geschlossen werden, lassen sich vielleicht Zusammenhänge zwischen dem Anschlag auf ihn und wichtigen politischen und militärischen Ereignissen erkennen.

doku a-serk-025
(in eig. Sache)
26.09.06
Mitteilung von Faber
an Dostojewski

Betrifft: Ermittlungsunkosten

Die bis jetzt angelaufenen Zahlungen an Informanten aus meinem Honorarbudget betragen:

– für Informationen aus der Datenverarbeitung der Berliner Polizei
– für Informationen aus der Verwaltung der Charité
– für diverse andere Quellen

insgesamt: 4.500 Euro

Sollten sich meine Ausgaben im Verhältnis zu den von Ihnen geleisteten Honorarzahlungen an mich weiterhin zu meinen Ungunsten entwickeln, müssen neue Modalitäten vereinbart werden.

K. Faber

doku a-serk-026

(in eig. Sache)

26.09.06

Mitteilung von Dostojewski
an Faber

Ich verstehe, dass Sie so viel wie möglich herausholen wollen. Ich gehe davon aus, dass Sie die von Ihnen geleisteten Zahlungen nicht beweisen können, da Ihnen wohl kaum einer Ihrer Informanten Quittungen dafür ausschreiben wird. Die außergewöhnlich hohen Zahlungen an Sie sollten Ihre Unkosten beinhalten. Dennoch bin ich bereit, Ihnen bei Abschluss des Falles die Hälfte Ihrer Auslagen zu vergüten. Das ist allerdings mein letztes Angebot in dieser Sache. Sollten Sie damit nicht zufrieden sein, muss ich leider auf Ihre Mitarbeit verzichten. Das Gleiche gilt für den Fall neuerlicher Finanzdiskussionen im Verlauf unserer etwaigen weiteren Zusammenarbeit.

Dostojewski

doku a-serk-027
(eig. Recherche – betr. polit. Hintergründe)
London Times vom 12.04.05
Leitartikel – Titel: Romanows Imperium zerfällt
Zitate

... Tatsächlich sollte das Bündnis der GUS, der Gemeinschaft Unabhängiger Staaten der ehemaligen Sowjetunion, etwas ganz anderes sein. Es sollte eigentlich verhindern, was zurzeit gerade passiert – „eine Unterspülung dieses geopolitischen Raums", wie Romanow noch vergangenen Juli sagte. Die Kaukasusregion war schon immer unregierbar, aber zur Zeit der UdSSR gab es weniger Konfliktstoff.

... Ein Romanow-Vertrauter über den Abfall Kirgisiens: „Dieses ist eine Revolution mit dem Geschmack von Opium und der Farbe der finstersten Nacht."

... Romanow, Russlands vermeintlicher Zar, steht nun als glückloser Politiker da. Einen guten Ruf genießt Romanow eigentlich nur noch in Paris und Berlin. Lev Kaschkin, ein altgedienter KGB-Mann, zuletzt an der Botschaft in Washington, behauptet, Romanow könne nur noch wenig bewirken. Er regiere als Bürokrat und befände sich vermutlich in einem Zustand subtiler Abhängigkeit von seinen Finanziers.

... Schon im Februar haben sich einflussreiche Sponsoren versammelt, um den Umsturz in Kirgisien mit Millionen von Dollars zu unterstützen. Mit dabei: der internationale Großspekulant George Soros, der vor etlichen Jahren durch die Weltpresse ging, weil er den Kurs der englischen Währung ins Trudeln brachte und später den Sturz Schewardnadses in Georgien finanzierte. Letzteres wurde von der Öffentlichkeit allerdings kaum bemerkt.

... Romanows dilettantische Sozialreform hat Hunderttausende auf die Straße gebracht. Die einzige Reaktion der Regierung besteht darin, dass sie ihre OMON-Truppen, die Sonderpolizei des Innenministeriums, auf ihre Bürger hetzt. Die Brutalität, mit der die OMON-Polizisten gegen sie vorgehen, lässt jede Form von Rechtsstaatlichkeit vermissen. Welche Farbe wird die Revolution haben, wenn sie Russland erreicht, fragte eine Moskauer Zeitung einen Politiker. Ein Duma-Abgeordneter antwortete: „In unserem Land, wo die Aggressivität tief in jedem Einzelnen steckt, könnte es die Farbe des Blutes sein."

Aktennotiz

26.09.06

Das Stichwort Soros ist interessant. Juri Blawski, der inzwischen in London lebende russische Finanzmagnat, verfügt über ein ähnlich hohes Vermögen. Und bei der Wahl Romanows hat er es bereits zu dessen Gunsten eingesetzt, um in den Lauf der Geschichte einzugreifen. Dennoch fiel er in Ungnade und sein Ölimperium wurde zerschlagen.

Zum Stichwort Lev Kaschkin: Er gehörte zur Intellektuellen-Brigade. Ein gebildeter Mann von kultiviertem Äußeren. Er passte besser auf das diplomatische Parkett als in den Geheimdienst. Nach dem Ende der Gorbatschow-Ära soll er sich nur noch als Berater betätigt haben. Er kannte Romanow aus dessen Zeit beim FSB. In den Neunzigerjahren hat er sich in Paris zur Ruhe gesetzt. Möglicherweise kannte er auch Serkassow. Vielleicht weiß er etwas über Serkassows Zeit in Paris.

doku a-serk-028
(eig. Recherche)
26.09.06 – 16:00
Charité: Intensivstation
Besuchsprotokoll

Serkassows Zimmer wird jetzt von einem weiteren Polizeibeamten in Uniform bewacht. Mein Presseausweis reichte jedoch als Passierschein aus. Sind das nur die Vorteile einer funktionierenden Demokratie, oder steckt da noch etwas anderes hinter?

Ich werde lediglich abgetastet und muss alle meine Taschen entleeren. Die zweifellos anwesenden Geheimdienstler halten sich im Hintergrund. Die Krankenschwester gibt mir eine halbe Stunde. Das Zimmer ist mit medizinischen Geräten vollgestellt, die einen bedrohlichen Eindruck erwecken. Serkassows Zustand ist erschreckend. Etliche Schläuche und Sensoren sind mit seinem Körper verbunden. Der Kopf ist kahl geschoren und sein Gesicht hohlwangig und blass. Er versucht zu lächeln.

Ich spreche ihn in deutscher Sprache an.

„Hallo, Alexander!"

Sein Gesicht zeigt kein Erkennen.

„Ich bin Michail. Ein wenig älter geworden. Wir haben als Kinder zusammen gespielt."

Serkassow sieht mich mit großen Augen an.

Serkassow: „Kinder? Mein Gott, was soll aus den Kindern werden, wenn das so weitergeht? Kommen Sie aus Russland?"

Ich wechsle in die russische Sprache.

„Ich bin Michail. Wir haben uns später zufällig noch einmal getroffen. Auf der Militärakademie. Seitdem sind über dreißig Jahre vergangen."

Serkassow: „Sie sind vom FSB! Was wollen Sie noch von mir?"

„Wir sind nicht in Russland", sage ich.

Ich rede mit ihm, aber es ist nicht herauszufinden, ob er mich versteht. Dann zeige ich ihm ein vergilbtes Foto. Er starrt es eine Weile an, dreht es um und liest dann leise vor: „1967. Alexander feiert seinen vierzehnten Geburtstag auf Opas Datscha." Nach einer längeren Pause flüstert er: „Das hat Mama geschrieben."

Ich nehme ihm den Abzug aus der Hand und halte ihn ihm so vor die Nase, dass er wieder das Motiv sehen kann.

Er reibt sich die Augen und deutet mit zitterndem Finger auf einen Jungen in der Mitte des Familienbildes, das in einem Garten vor dem Eingang einer großzügigen Datscha aufgenommen worden ist. „1967", sagt er kaum hörbar, „da, der mit dem Pinsel in der Hand, vor der Staffelei, das bin ich. Und das ... der Kleine neben mir ... das ist Dimitri Berischkin. Der ist bereits tot. Ermordet!"

Serkassow schweigt einen Moment und holt röchelnd Luft. „Wer hätte gedacht, dass alles einmal so enden wird", fährt er stammelnd fort, „der da ist mein Großvater. Er hat Stalin noch persönlich gekannt. Wie hat es nur so weit kommen können ... Berischkin ... sein Tod wurde vom Präsidenten persönlich angeordnet. Ich habe Beweise ... ein gigantisches Komplott ... sie werden alle sterben ... alle ... Blawski, Nentschew ... der Präsident wird sie alle aus dem Weg räumen ... er ist auch für meinen Tod verantwortlich."

Serkassows Stimme ist unverständlich geworden. Ich sage ihm, dass er immerhin noch am Leben sei. Er schüttelt nur den Kopf. Ich nehme den Fotoabzug von der Bettdecke und zeige auf ein Kindergesicht hinter Serkassow und Berischkin. „Das da bin ich. Ich war damals sechzehn Jahre alt.“ Er sieht mich nur mit leeren Augen an.

Ich sage ihm, dass ich noch einmal zu einem günstigeren Zeitpunkt wiederkommen werde.

doku a-serk-029
27.09.06
Mitteilung von Faber
an Dostojewski

Nehme Ihr Angebot an und stehe für weitere Aufträge zur Verfügung.

Ich verlasse mich auf Ihr Wort. Für den Fall, dass Sie Ihre Zusage nicht einhalten, stehen mir verschiedene Möglichkeiten zur Verfügung. In der Hoffnung, nicht von ihnen Gebrauch machen zu müssen, Faber.

doku a-serk-030
(in eig. Sache, betr. pers. Absicherung)
27.09.06
Telefonat: mit Puschkin
autom. Mitschnitt

Ich: Gibt es inzwischen eine brauchbare Alternative zum Kommunikationsweg C-3?

Puschkin: Ich habe ein wenig gebastelt. Ein C-5-Weg steht jetzt bereit.

Ich: Sie verbürgen sich dafür?

Puschkin: Ja, er ist extra arrangiert worden.

Ich: Ich bin mir nicht sicher, ob mir Ihr Wort reicht. Die Anzahlung ist noch nicht überwiesen worden.

Puschkin: Ich habe sie extra über einen Umweg laufen lassen. Zu unser aller Sicherheit. Sie müsste eigentlich heute eingegangen sein. Außerdem, ich brauche Sie, welchen Sinn sollte es da machen, Sie hinzuhalten?

Ich: Das weiß ich nicht.

Puschkin: Geht es voran?

Ich: Ich denke, schon. Ich habe Serkassow im Krankenhaus besucht.

Puschkin: Und?

Ich: Es sieht so aus, als würde er es nicht überleben. Meine Quellen sind mir allerdings noch zu wenig ergiebig.

Puschkin: Ich habe Ihnen bereits beim letzten Gespräch ein wenig Zusatztreibstoff angeboten. Könnte Trebko sie vielleicht zum Sprudeln bringen?

Ich: Trebko hat geschlossen.

Puschkin: Und was ist mit dem Kabul-Desaster? Sie haben ihn damals doch gedeckt.

Ich: Allerdings. Er ist mir deshalb auch verpflichtet.

Puschkin: Dann nutzen Sie diesen Umstand. Bei Trebko ziehen nur eiskalte Drohungen.

Ich: Das ist nicht mein Stil.

Puschkin: Dass ich nicht lache. Haben Sie etwas Konkretes, das Sie gegen ihn einsetzen können? Ich meine, was die Kabul-Geschichte betrifft?

Ich: Natürlich. Andeutungen werden völlig ausreichen.

Puschkin: Na also!

Ich: Wissen Sie, für wen er im Moment arbeitet?

Puschkin: Ja. Für eine Sondereinheit des FSB.

Ich: Für welche?

Puschkin: Das weiß ich nicht. Haben Sie mit Serkassows Ärzten geredet?

Ich: Nein, das war nicht möglich.

Puschkin: Holen Sie das rasch nach. Es ist wichtig.

doku a-serk-031
(in eig. Sache – betr. pers. Absicherung)
Kompromat zur Verwendung gegen Trebko
Betr.: das sogenannte Kabul-Desaster

Standortkommandantur
03.07.1988
Kabul/Afghanistan
Protokoll: Vernehmung des Leutnant Lubinski
Vernehmender Offizier: Major Kirin

Major Kirin: Sie haben Ihre Einheit ohne Erlaubnis verlassen.

Ltn. Lubinski: Das habe ich nicht, Herr Major. Es gab keine Einheit mehr. Alle sind ums Leben gekommen.

Major Kirin: Ja, ich weiß. Und warum sind Sie nicht dabei draufgegangen? Hat es Ihnen vielleicht an Kampfmoral gefehlt? Warum haben Sie Ihre Kameraden im Stich gelassen?

Ltn. Lubinski: Sie wissen so gut wie ich, dass ich niemanden in Stich gelassen habe. Meine Kameraden und ich sind diejenigen, die im Stich gelassen worden sind.

Major Kirin: Hüten Sie Ihre Zunge!

Ltn. Lubinski: Wir standen auf verlorenem Posten. Es war eine Falle.

Major Kirin: Was Sie nicht sagen! Sie haben den Befehl für die Aktion doch selbst gegeben.

Ltn. Lubinski: Nein, der Befehl kam von Major Trebko.

Major Kirin: So? Aber Sie haben es vermasselt.

Ltn. Lubinski: Es gab nicht zu vermasseln. Der Feind hat uns bereits erwartet.

Und er ging davon aus, dass keiner von uns überleben würde. Ich hatte nur das Glück, nach einem Streifschuss am Kopf einige Zeit lang ohnmächtig gewesen zu sein. Man hat mich für tot gehalten.

Major Kirin: Sie behaupten, die Aktion sei verraten worden. Warum?

Ltn. Lubinski: Zwei Lastwagen waren randvoll mit Waffen beladen. Das Ganze war ein Geschäft. Vielleicht ist etwas schiefgelaufen. Aber jeder in der Einheit wusste, dass Major Trebko einträgliche Beziehungen zu einigen Kommandeuren der Gegenseite unterhielt.

Major Kirin: Trebko ist ein verdienter Offizier. Sie werden mit niemandem darüber reden, wenn Sie sich nicht des Hochverrats schuldig machen wollen. Ich werde eine Untersuchung einleiten.

Anmerkung zu obigem Dokument

Lubinski kam am 05.07.1988 bei einem Fronteinsatz ums Leben.

Major Kirin starb am 24.07.1988 bei der Explosion eines Munitionsdepots.

(später in Abt. Dossiers einordnen)

doku a-serk-032
(in eig. Sache – betr. Absicherung)
27.09.06
Telefonat mit Trebko
autom. Mitschnitt

Ich: Michail Dostojewski.

Trebko: Dostojewski! Meine Güte! Das ist aber eine Überraschung! Lange nichts mehr von Ihnen gehört! Haben Sie sich etwa selbstständig gemacht oder genießen Sie mittlerweile Ihre inoffizielle Pension?

Ich: Ich sitze in meiner Datscha und schreibe endlich *Schuld und Sühne* zu Ende.

Trebko: Sie hatten schon früher einen etwas seltsamen Humor. Sie und die anderen Exzentriker vom Puschkin-Kommando. Was wollen Sie?

Ich: Ihre Kontakte, Ihre Mitarbeit.

Trebko: Aha! Also sind Sie wieder aktiv! Was mich betrifft, muss ich Ihnen leider sagen, dass ich schon seit einiger Zeit geschlossen habe.

Ich: Was Sie nicht sagen. Können Sie sich das denn leisten?

Trebko: Ich meine das ernst. Bei mir ist nichts mehr zu machen. Es gab Schwierigkeiten. Sie wissen doch, wie das ist: Der Krug geht so lange zum Brunnen, bis er bricht. Ich wollte es nicht so weit kommen lassen.

Ich: Ich verstehe. Machen Sie eine Ausnahme. Meine Arbeit wird großzügig finanziert. Davon könnten auch Sie profitieren.

Trebko: So? Na, dann nennen Sie einmal eine Zahl.

Ich: Je nachdem. Zehntausend stehen mir noch für Informationstranfers zur Verfügung.

Trebko: Da kann ich ja nur lachen. Worum geht es

denn überhaupt?

Ich: Ein aktueller Fall. Einer unserer russischen Mitbürger ist in London vergiftet worden. Sie werden darüber sicher schon in der Zeitung gelesen haben.

Trebko: Ja, habe ich. Das kann ich Ihnen schon jetzt sagen, da werden Sie nur auf Mauern stoßen. Die Sache wird sehr heiß gehandelt. Ideal, um sich die Finger zu verbrennen. Nein, Zehntausend sind ein Witz.

Ich: Ich habe mir gedacht, dass Sie vielleicht so reagieren würden.

Trebko: Ich empfehle Ihnen, in Ihrer friedlichen Datscha zu bleiben und weiterhin an *Schuld und Sühne* zu schreiben.

Ich: Danke für den Rat. Wenn Sie es sagen, klingt es weniger witzig.

Trebko: Dann haben wir uns wohl nichts mehr zu sagen.

Ich: Nein, wohl nicht.

Trebko: Trotz allem viel Erfolg, und passen Sie auf, dass Sie nicht unter die Räder geraten.

Ich: Danke! Werde ich machen.

Trebko: Hat mich gefreut, von Ihnen gehört zu haben.

Ich: Ach, ich habe da noch etwas vergessen. Hier liegt ein Stück Papier auf meinem Tisch. Da steht ein Datum drauf: 03.07.1988. Sagt Ihnen das etwas?

Trebko: Was soll das denn jetzt? Sie glauben doch nicht …

Ich: Es gibt auch einen Ort zu dem Datum: Kabul. Und es gibt ein Protokoll zu einer Vernehmung, das damals zufällig in meine Hände geraten ist. Ein Leutnant Lubinski wird von einem Major Kirin verhört. Klingelt da etwas bei Ihnen?

Trebko: Man sagte Ihnen schon damals eine verblüffende Weitsicht und die Fähigkeit zur perfekten Intrige nach. Nun gut, machen Sie also Zwanzigtausend locker. Sie wissen ja, wie viel ich davon wieder weitergeben muss. Die allgemeine Inflation ist auch an den Preisen für Informationen nicht vorübergegangen.

Ich: Das haben Sie schön formuliert. Fünfzehntausend für den Anfang. Und wenn es gut läuft, lege ich noch einmal Fünftausend drauf. Für besondere Ergebnisse kann ich sogar einen zusätzlichen Bonus in Aussicht stellen. Was sagen Sie dazu?

Trebko: In Ordnung. Arrangieren Sie sichere Informationswege.

Ich: Noch eine Frage: Halten Sie es für möglich, dass eine sehr hochgestellte Persönlichkeit für die Sache verantwortlich ist? Sie wissen, wen ich meine?

Trebko: Heutzutage ist in Russland zwar fast alles möglich. Aber so weit würde ich nun doch nicht gehen wollen.

doku a-serk-033

(Quelle: Faber)
24.09.06
Berlin
AZ 3-48-621-szj/r
Hauptkomm. G. Olbricht

Protokoll: Befragung der Dorothe Hülsen

GO: Ich verstehe, dass Sie jetzt in erster Linie in Sorge um Ihren Lebensgefährten sind, aber ich muss Ihnen noch einige Fragen stellen.

Hülsen: Er war mein Mann. Was wollen Sie denn noch? Sie wissen doch schon alles!

GO: Herr Serkassows Informationen sind zum Teil Desinformationen.

Hülsen: Das kann ich nicht beurteilen.

GO: Sie haben also fünf Jahre mit einem Mann zusammengelebt, der ein Doppelleben führte, und nichts davon gemerkt?

Hülsen: Eigentlich war es kein Doppelleben. Nicht für ihn, glaube ich. Vielleicht war Wiktor Golzin der, der er am liebsten gewesen ist.

GO: Dazu kann ich nichts sagen. Damit haben Sie meine Frage aber nicht beantwortet.

Hülsen: Ich weiß nicht, was Sie wissen wollen. Reicht es Ihnen denn nicht, dass mein Mann um sein Leben ringt?

GO: Hatte Ihr Mann irgendwelche Interessen, die Ihnen merkwürdig vorkamen? Oder ungewöhnliche Kontakte?

Hülsen: Hören Sie, ich habe ihn als Künstler kennengelernt. Er war gebildet, ein Kulturmensch, und er lebte sehr zurückgezogen.

GO: Und Politik? Hat er sich nie darüber geäußert?

Hülsen: Mein Gott, er ist Russe, und natürlich interessierte er sich für alles, was in Russland vorging.

GO: Und er hat nie irgendwelche Bemerkungen von sich gegeben, die Sie stutzig gemacht haben?

Hülsen: Was sollte mich denn stutzig machen? Er hat nicht anders geredet als jeder Deutsche. Aber natürlich war er besonders betroffen.

GO: Was war mit Reisen? Irgendwelche anderen Auffälligkeiten?

Hülsen: Er reiste kaum. Und wenn, dann besuchte er

Galerien. Das kam aber auch nicht sehr oft vor.

GO: Und Sie haben nie den Verdacht geschöpft, sein Künstlertum könnte eine Tarnung sein?

Hülsen: Sie verstehen offenbar nichts von Kunst.

GO: Nicht viel.

Hülsen: Mein Mann hat schon als Jugendlicher gut gezeichnet. Er ist ein äußerst talentierter Mensch. Ich glaube nicht, dass er den Künstler nur gespielt hat. Offenbar ist sein Leben nur nicht so verlaufen, wie er es sich erträumt hatte. Vielleicht sind einfach eine Menge Zufälle mit im Spiel. Ich wollte eigentlich Jazzsängerin werden. Das hat nicht geklappt. Dann wollte ich Romane schreiben. Das war es auch nicht. Dafür bin ich Lektorin geworden.

GO: Ich kann mir das irgendwie nicht vorstellen. Haben Sie nie mit ihm über seine Vergangenheit geredet?

Hülsen: Doch, sicher.

GO: Und da ist Ihnen niemals etwas merkwürdig vorgekommen?

Hülsen: Nein! Ich habe Wiktor …

GO: Er heißt in Wirklichkeit Alexander Serkassow.

Hülsen: Ja, ich habe Alexander vertraut. Und ich vertraue ihm immer noch. Wir haben uns geliebt und ich liebe ihn immer noch. Es ist mir egal, wie er heißt. Er ist der Vater unserer Kinder, und ein sehr liebevoller dazu. Überhaupt ist er ein guter Mensch und es hat niemals einen Grund gegeben, um argwöhnisch zu sein.

GO: Wirklich nicht? Es tut mir leid, aber das glaube ich Ihnen einfach nicht. Was ist mit seiner Familie? Er müsste in Russland doch noch immer Verwandte haben. Hat er sich darüber einmal geäußert?

Hülsen: Wir hatten geplant, eine Tages Russland zu

besuchen.

GO: Ach ja? Aber Serkassow hätte gar nicht mehr nach Russland einreisen können. Hat er Ihnen das nicht gesagt?

Hülsen: Nein.

GO: Ehrlich gesagt, ich verstehe Sie nicht. Serkassow ist ein ausgebildeter Agent. Solche Leute werden in Russland zu notorischen Lügnern und Killern ausgebildet. Und jetzt erzählen Sie mir nicht, dass so ein Mann immer nur eine warmherzige und feinfühlige Ausstrahlung besitzt. Diese Leute sind zwar Meister der Verstellung, aber er lebte mit Ihnen fünf Jahre lang zusammen. Niemand kann während so einer langen Zeit eine Legende aufrechterhalten, ohne dass es dabei zu kleinen Brüchen kommt.

Hülsen: Sie wollen es einfach nicht verstehen.

GO: Was hat Ihnen Serkassow auf dem Krankenbett gesagt?

Hülsen: Wir haben über Privates gesprochen. Die Kinder.

GO: Und Sie haben ihn sonst nichts gefragt?

Hülsen: Ich bitte Sie. Glauben Sie, ich war in der Stimmung, den Mann, den ich liebe und der um sein Leben ringt, auch noch zu verhören? Das haben Sie ja schon gemacht.

GO: Sie wollen nicht wissen, wer Ihrem Mann das angetan hat?

Hülsen: Ehrlich gesagt, im Moment ist mir das vollkommen egal. Ich will nur, dass mein Mann wieder gesund wird.

GO: Ich habe mir mehr von diesem Gespräch erhofft. Vielleicht werde ich noch einmal mit Ihnen reden müssen. Sollten Sie von Leuten angerufen werden, die Sie nicht kennen, melden Sie sich bitte bei mir. Möchten Sie für ein paar Tage Polizeischutz vor Ihrem Haus haben?

Hülsen: Sie glauben doch nicht etwa ... Nein, danke. Es reicht mir schon, dass ich mit Ihnen reden muss.

Go: Sie sollten die Leute, mit denen Ihr Mann vielleicht zu tun hatte, nicht unterschätzen. Denken Sie an Ihre Kinder.

Hülsen: Ich überlege es mir.

GO: Wie Sie wollen. Sie können jederzeit auf mein Angebot zurückkommen. Aber ich kann Sie auch ohne Ihr Einverständnis beschützen lassen.

doku a-serk-034
(Quelle: Trebko)
22.09.06 – 21:30
Paris

Tondokument – verdeckter Mitschnitt – (ausgeführt vom französischen Nachrichtendienst DST)

Briefkopf DST: D – III / sec. N° 3725

Observation: J. Bertrand

Sergej Zeranov und Pjotr Luschkin im Restaurant *Oriental,* Paris

(Beide gehören zum Kreis der Oligarchen, wie man in Russland die milliardenschweren Erben der einstigen staatlichen Industriebetriebe nennt.)

Zeranov: Probieren Sie die Langusten! Francois ist ... (Tonstörung) ... das Beste von ... (Tonstörung) ... wenn Olga ... (Tonstörung) ... können wir auch anfangen.

Luschkin: Sie sind sicher, dass unser Treffen unbemerkt geblieben ist?

Zeranov: Man kann niemals ... (Tonstörung) ... sage ich nicht, aber ... (Tonstörung) ... glaube ich nicht.

Luschkin: Brolin ist nur knapp einem Anschlag entgangen.

Zeranov: Sprechen Sie nicht in Richtung der Fensterscheiben, wenn ... (Tonstörung) ... hat Brolin nicht ... (Tonstörung) ... besser als französischer Wein.

Luschkin: Wer hat die Macht, so etwas anzuordnen?

Zeranov: Das ist köstlich! Lassen Sie sich nicht ... (Tonstörung) ... Berischkin ist ein Sonderfall, er wurde ermordet, weil er sich anmaßte, mit Romanow zu konkurrieren. Brolin und Blawski sind in schmutzige Geschäfte verwickelt.

Luschkin: Damit wollen Sie doch wohl nicht sagen, dass einer von uns bei seinen Geschäften sauber geblieben ist? – Nur Romanow kann Untersuchungen verhindern. Romanow weiß, wie das geht, und nur er hat die persönlichen Verbindungen dafür. Der FSB ist immer noch seine zuverlässigste Hausmacht.

Zeranov: Wir sind Oligarchen, Luschkin, wir sind suspekt. Wir gehören zu den zehn reichsten Männern Russlands, und das wird nur so lange akzeptiert, wie wir uns dem Wohl des Ganzen unterstellen. Alles andere kann schnell ungesund werden. Wenn Romanow ... (unverständlich) ... kann er das nicht hinnehmen. Und jetzt auch noch dieser Serkassow!

Luschkin: Das sieht nach einer Art Säuberungswelle aus. Serkassow war ein Spinner. Wem könnte der schon gefährlich geworden sein? Er hat nur seinen Mund zu weit aufgemacht.

Zeranov: Immerhin, er ist untergetaucht. Er galt lange Zeit als spurlos verschwunden. Ich dachte, er wäre tot. Ich habe ihn einmal bei Blawski kennengelernt. Er war so eine Art Sicherheitsberater.

Luschkin: Dass der FSB auch wieder Leute im Ausland umlegt, ist neu.

Zeranov: Es muss ja nicht der FSB gewesen sein. Wenn du mich fragst, man wird es sowieso nie erfahren. Es könnte auch die Mafia gewesen sein. Oder sonst irgendeine persönliche Angelegenheit.

Luschkin: Das ist alles eine riesige Scheiße, eine Jauchegrube. Niemand weiß mehr, wer wessen Interessen vertritt. Einen qualifizierten Mord bekommst du heute schon für weniger als zehntausend Dollar. Und dann all die alten KGB-Typen, die Jelzin entlassen hat, und dazu noch all die neuen, die sämtlich von Romanow eingestellt wurden.

Zeranov: Es sind Gerüchte im Umlauf, die besagen, dass der Giftanschlag eine außergewöhnlich teure Angelegenheit war und einer aus unseren Kreisen die Finanzierung spendiert hat.

Luschkin: So ein Blödsinn! Was soll denn dabei teuer gewesen sein?

Zeranov: Das weiß ich auch nicht. Aber ich finde Gerüchte dieser Art sehr beunruhigend. Man könnte damit auch einen Angriff auf unser Vermögen vorbereiten.

Luschkin: Romanow hat uns nicht das Geringste vorzuwerfen. Ich habe ihn erst letzte Woche in St. Petersburg meiner absoluten Loyalität versichert.

Zeranow: In diesen Zeiten kann man niemandem mehr vertrauen. Ich habe mir jetzt endlich meinen Bentley panzern lassen.

Luschkin: Was, du bist bis jetzt mit einem ungepanzerten Wagen gefahren? Ich habe mir gerade einen amerikanischen Hummer bestellt, du weißt schon, eines dieser Armeefahrzeuge, die neuerdings auch für den zivilen Gebrauch hergestellt werden. In den kannst du die dicksten Stahlplatten und schwerstes Sicherheitsglas einbauen lassen. Blawski hat mich darauf gebracht. Er hat mehrere davon.

Zeranov: Dafür gab es bisher keinen Anlass. Niemand hat es bis jetzt ernsthaft auf mich abgesehen. Und ich halte mich an die richtigen Leute.

Luschkin: Ach ja, und ich halte mich von den falschen fern.

Zeranov: Davon abgesehen, du kannst dich einpanzern, so viel du willst. Serkassow ist dafür der beste Beweis. Ein alter Bekannter lädt dich zum Essen ein, und so weiter und so weiter. Nein, mein Freund, es gibt keine endgültige Sicherheit. Man kann es nur hinausschieben.

Luschkin: Du bist ein wenig zu ... (unverständlich) ... man muss sich unsichtbar machen.

Zeranov: Soll ich mich etwa verkriechen, mein Auto nur in Sibirien fahren und die Nutten im Keller bumsen? Soll ich Uhren und Klamotten nur noch im Supermarkt kaufen?

Luschkin: Ich will auf jeden Fall nicht auf irgendeiner Scheißparty erschossen werden, wo ihr euch die Zigarren mit Dollarscheinen anzündet.

Zeranov: Was meinst du, wird Olga noch kommen?

Luschkin: Keine Ahnung. Vielleicht ist etwas dazwischengekommen. Sie wollte mit dem Flugzeug von Nizza kommen.

Zeranow: Was macht sie in Nizza?

Luschkin: Sie kümmert sich um die Sicherheit auf einer Megayacht, die dort vor Anker liegt. Das Teil gehört Wayne Darth! Er hält alle seine Besprechungen nur auf dem Schiff ab.

Zeranow: Darth soll angeblich mit Blawski Geschäfte machen.

Luschkin: Schon möglich, sie haben ... (Tonstörung) ... geben sich ... (Tonstörung) ... wird nicht ... (Tonstörung) ... nein, das übernehme ich ... (Tonstörung) ... ist ja ...

Zeranow: Nein, nein, heute bin ... (Tonstörung) ... jetzt nicht mehr ... (Tonstörung) ... ich auch ... (Tonstörung)

(Observation wird wegen technischer Probleme abgebrochen.)

Aktennotiz

27.09.06

Sie sind wirklich überall! Aber Luschkin und Zeranov sind vergleichsweise kleine Nummern. Was hat der französische Geheimdienst DST damit zu tun? Warum werden sie belauscht?

Dieses Dokument spiegelt auch Serkassows Denkweise wider. Einige glauben anscheinend, es gelte jetzt den Preis für all die Milliarden zu entrichten. Leute wie Zeranov und Luschkin ahnen vielleicht, dass sie auf einem schmalen Grat gehen. Ob Romanow das genauso sieht? Berischkins Tod hat die Oligarchen offenbar eingeschüchtert. Vielleicht passen die Ereignisse in Romanows Konzept. Vielleicht ist er tatsächlich persönlich für den Anschlag auf Serkassow verantwortlich, vielleicht auch nicht. Romanow ist ein Meister der Verstellung. Niemand weiß, was in ihm vorgeht. Nicht einmal seine engsten Berater. Er ist immer ein Geheimdienstler geblieben, ein Agent auf dem Präsidentenstuhl. Die russische Seele ist ein physikalisches Wunder. Schwarz und Weiß wechseln so schnell, dass der Unterschied nicht zu erkennen ist.

Und wer könnte mit Olga gemeint sein? Olga Abramowa? Sie hat zuletzt für den privaten Personenschutz gearbeitet. Genau wie Serkassow.

doku a-serk-035
(Quelle: Trebko)
22.07.06
Archangelsk
Marinekommandantur Archangelsk
Reg. 12 – 137 0001.K82/0
Oberst Sakirow, Chef der Verwaltung
Technische Ausrüstung und Nachschub

An Admiral Mischkin (persönlich und geheim)

Bericht zur Lage der Sicherheit

Ihnen zur Kenntnisnahme informiere ich Sie über die Zustände in den Magazinen für technisches Material aus dem A-Bereich. Die neuen Hallen 13 und 14 sind seit Oktober 2005 Rohbauten ohne Fenster und Türen geblieben. Im Mai 2006 sollten die Bauarbeiten wieder aufgenommen werden. Bis jetzt ist nichts geschehen. Eine Anfrage bei der Bauaufsicht Marine Nord vom 05.06.06 blieb bis jetzt unbeantwortet. Drei der provisorisch eingerichteten Zwischenlager sind überfüllt. Das dort gelagerte Material ist aus diesem Grunde nur schwer zugänglich. Eine vorläufige Registrierung hat etliche Fehlbestände in den weniger sensiblen Bereichen aufgezeigt. Die alten Magazine 7 und 8 sind im Augenblick die einzigen mit funktionierender Notstromversorgung.

Die am 12.01.06 beantragten neuen Spezialschlösser sind am 29.04.06 eingetroffen und wurden von der Abteilung Technische Wartung in Empfang genommen. Am 03.05.06 wurde die gesamte Lieferung als gestohlen gemeldet. Da die alten Schlösser bereits ausgebaut waren, sind die Türen nun mit Ketten und schweren Vorhängeschlössern versehen.

Damit sind die Sicherheitsdepots nahezu jedem zugänglich, der genügend dafür bezahlt. Die oben geschilderten Umstände sind auch dem Ausland nicht verborgen geblieben. Internen Meldungen zufolge ist der norwegische Geheimdienst über die Sicherheitsbedingungen in Archangelsk am besten informiert. Eine Anfrage bei der zuständigen Abteilung im FSB ist bis jetzt unbeachtet geblieben. Leutnant Schirinowski von der Wachmannschaft ist seines Dienstes enthoben und wird unter Anklage gestellt. Wenigstens zwei weitere Offiziere handeln mit technischen Ausrüstungen der Marine. Eine von mir angeordnete Untersuchung hat keine weitere Aufklärung erbracht. Dennoch gab der Nachrichtendienst der Marine falsche Erfolgsmeldungen nach Moskau, um seine Ahnungslosigkeit zu verheimlichen. Zweifellos ist der FSB über die allgemeinen Zustände im Bilde.

Warum wird nicht eingegriffen? Dass uns hier qualifizierte Kräfte im Sicherheitsbereich fehlen, ist bekannt. Haben gewisse Kreise ein Interesse an der Weitergabe radioaktiver Substanzen? Kann der Präsident die Gefahren einschätzen? Jemand muss mit ihm reden. Die in den letzten Jahren verschwundenen radioaktiven Substanzen reichen für die Herstellung von zehn bis zwanzig schmutzigen Bomben. Nicht nur der Westen, auch Russland und im Besonderen Moskau sind von der potenziellen Bedrohung betroffen.

(gez. Oberst Sakirow, Kommandant)

Aktennotiz

27.09.06

Hatte Serkassow etwa mit radioaktiven Substanzen zu tun? War er vielleicht selbst in irgendwelche Geschäfte mit spaltbarem Material verwickelt? Hat er sich nur zur Tarnung die Fassade eines Regimekritikers zugelegt?

doku a-serk-036

(eig. Recherche)

Spiegel Nr. 48/2006

Sparte Ausland – Überschrift: Greift Moskau wieder zu alten KGB-Methoden?

(Ein Foto zeigt Serkassow im Krankenbett. Wahrscheinlich wurde es vor meinem Besuch aufgenommen: bereits ohne Haare, aber mit wachem Blick.)

... Der Giftanschlag auf Alexander Serkassow erscheint wie ein Rückfall in die Zeit des Kalten Krieges.

... Serkassow beschuldigt seinen ehemaligen Arbeitgeber, Romanow, er habe in Moskau Wohnblocks in die Luft sprengen lassen, um die Schuld tschetschenischen Rebellen in die Schuhe zu schieben. Selbst in die Anschläge vom 11. September auf das World Trade Center soll der FSB nach seiner Aussage verwickelt gewesen sein.

... Am 13. September besuchte Serkassow ein italienisches Restaurant in London, um sich mit einem ehemaligen Berater Romanows zu treffen, der ihm Material über den Fall Anna Ryschkowa übergeben wollte. Später traf er sich mit zwei Russen und einem alten KGB-Kameraden, der jetzt für den millionenschweren Unternehmer Brolin arbeitet, in einem Luxushotel und aß Sushi. Tags darauf verspürte er Anzeichen einer Grippe. Am Abend des 14. September flog er mit einer Maschine der British Airways nach Berlin. Einige Tage später wurde er auf die Intensivstation der Universitätsklinik gebracht. Die Ärzte stellten eine Vergiftung fest, deren Ursachen bislang noch nicht ermittelt worden konnten ...

„Während ich hier liege“, so Serkassow, „spüre ich in aller Deutlichkeit die Flügel des Todes. Sie werden es vielleicht schaffen, einen Mann zum Schweigen zu bringen. Aber der Protest aus aller Welt, Herr Romanow, wird Ihnen für den Rest Ihres Lebens in den Ohren nachhallen.“

Aktennotiz

27.09.06

Serkassow galt in Geheimdienstkreisen als Aufschneider.

Er beschuldigte 1998 öffentlich den FSB, ihn beauftragt zu haben, seinen damaligen Arbeitgeber Juri Blawski zu ermorden. Es kam sogar zu einer Gerichtsverhandlung. Serkassow konnte allerdings keine Beweise für seine Beschuldigung liefern. Warum nennt er nun wiederum keine stichhaltigen Motive für den Anschlag auf sein Leben? War Serkassow tatsächlich gefährlich für Romanow?

Wie Serkassow noch ein Interview geben konnte, ist mir ein Rätsel. Bei meinem Besuch war er kaum noch ansprechbar. Vielleicht haben sie ihn mit Amphetaminen oder anderen Drogen vollgepumpt. Hatte vielleicht noch jemand anders außer der Presse ein Interesse an dem Interview?

doku a-serk-037
(Quelle: Faber)
28.09.06
Berlin
AZ 3-49-621-szj/r
Hauptkomm. G. Olbricht

Protokoll: Befragung – Oberarzt Dr. Hersfelder, Charité

GO: Können Sie ihm nicht irgendetwas geben, dass ich noch einmal mit ihm sprechen kann?

Dr. Hersfelder: Was ist hier eigentlich los? Was glauben Sie, wo wir sind? Das ist ein Krankenhaus und keine Zweigstelle des BND oder für wen auch immer Sie in Wirklichkeit arbeiten. Hier geht es um ein Menschenleben.

GO: Sehr richtig. In Serkassows Kreisen sterben Menschen weg wie die Fliegen. Wissen Sie jetzt endlich etwas über das Gift, das verwendet worden ist?

Dr. Hersfelder: Leider immer noch nicht. Die Blutuntersuchungen haben keine Ergebnisse erbracht, die uns weiterführen.

GO: Werden Sie ihn retten können?

Dr. Hersfelder: Wir tun alles, was uns möglich ist.

Das allein wird allerdings nicht ausreichen.

GO: Heißt das, er wird sterben?

Dr. Hersfelder: Wenn kein Wunder geschieht, ja.

GO: Wie lange wird er noch durchhalten?

Dr. Hersfelder: Sein Überlebenswille ist enorm. Das wäre bei einer normalen Krankheit eine große Hilfe, aber hier handelt es sich um einen irreversiblen Prozess. Ich gebe ihm noch drei Tage. Es könnte auch schneller gehen.

GO: Verdammt! Können Sie nicht irgendetwas tun? Ich brauche nur fünf Minuten. Wenn er sowieso stirbt, könnten Sie doch ...

Dr. Hersfelder: Das ist ja unglaublich! Ich habe das nicht gehört! Verlassen Sie jetzt bitte mein Zimmer. Ich habe mich um meine Patienten zu kümmern.

doku a-serk-038
(eig. Recherche)
29.09.06 – 09:00
NTV Nachrichten-Service – Website

Der russische Ex-Agent Alexander Serkassow ist heute Morgen um 05:25 in der Berliner Charité verstorben. Bis zur Stunde ist noch immer nicht bekannt, welches Gift seinen Tod herbeigeführt hat. Die ermittelnden Behörden halten sich mit Informationen zurück, zumal der Anschlag in London ausgeführt wurde. Scotland Yard hält eine Beteiligung russischer Geheimdienste für möglich, aber nicht für zwingend. Nach Aussage der Ärzte ist Serkassow kurz nach Mitternacht noch einmal zu Bewusstsein gekommen. Seine letzten Worte, bevor er wieder ins Koma fiel, waren: „Romanow hat es angeordnet. Er ist der wahre Mörder. Der MI6 kann es beweisen." Die Beschuldigung, die von Serkassow in ähnlicher Form schon vor Tagen in einem Interview geäußert wurde, hat in britischen Regierungskreisen Unbehagen ausgelöst. Kenner des Auslandsgeheimdienstes MI6 sind überzeugt, dass solche Beweise, wenn sie denn existieren, geleugnet werden würden. Weder Berlin noch Paris oder London sind an einer Vereisung der Beziehungen zu Russland und im Besonderen zu Romanow interessiert. Noch am Vormittag soll Serkassows Leiche obduziert werden. Von den Ergebnissen erhoffen sich die Ermittler neue Erkenntnisse über die Art des verwendeten Gifts. Erste Informationen werden frühestens gegen Abend erwartet.

doku a-serk-039

(in eig. Sache)
Von: <intersave@limitteam.ch>
An: <dostinform@i.serv.de>
Gesendet: 29.09.06
Betreff: lovelight

Lieber Michail,

denkst du noch manchmal an mich? Seit Monaten versuche ich dich zu erreichen, wusste aber nicht wie. Dann hatte jemand eine Idee, wie ich an deine E-Mail-Adresse komme. Frag mich nicht, wer. Auch wenn unsere Beziehung nicht gar so lange gedauert hat, erinnere ich mich doch mit ein wenig Wehmut an unsere gemeinsame Zeit. Plötzlich warst du einfach aus meinem Leben verschwunden. (Übrigens: Überraschendes Verschwinden ist wieder zunehmend in Mode gekommen.)

Ich weiß, du hattest von allem die Nase voll. Und ich weiß auch, dass du alle Kontakte abbrechen musstest. Aber du warst der einzige Mensch in meinem Leben, zu dem ich jemals Vertrauen hatte. Ob zu Recht oder Unrecht, weiß ich bis heute nicht. Es spielt auch keine Rolle. Ich glaube, ich habe dich geliebt. Schade, dass wir keine wirkliche Chance hatten. Wie geht es dir? Wo bist du? Was machst du? Wenn du dich nicht gerade in ein Erdloch vergraben hast, wirst du sicher von der Serkassow-Affäre gehört haben. Du kanntest ihn doch noch aus deiner Jugendzeit? Ich habe ihn einmal auf einer Party von Blawski kennengelernt, als er bereits auf dessen Gehaltsliste stand. Da gab er sich schon als Bürgerrechtler. Mir hat er damals nicht gefallen. Er war ein großmäuliger Typ, der seine Hände in alle Richtungen aufhielt. Davon abgesehen, ist das Leben härter geworden in den letzten Jahren. Ich arbeite nur noch im Beratungsbereich. Der Personenschutz ist mir zu gefährlich geworden.

Irgendetwas ist im Gange. Damit meine ich den politischen Raum. Ich empfinde die neue Richtung als bedrohlich. Eigentlich müsste man aus allem aussteigen und sich auf einer beschaulichen Mittelmeerinsel niederlassen. Aber da sind sie auch schon. In der letzten Zeit bist du mir wieder häufiger in den Sinn gekommen. Es gibt Momente, in denen du mir fehlst. Geht es dir ähnlich? Ich würde dich gerne einmal wiedersehen.

Wie denkst du darüber?

Immer noch deine Olga

Aktennotiz

29.09.06

Warum meldet sich Olga ausgerechnet jetzt? Angeblich weiß sie nicht, wo ich mich aufhalte. Vielleicht haben Zeranov und Luschkin mit Olga ja tatsächlich Olga Abramowa gemeint. – Jetzt ist sie also wieder in mein Leben getreten.

doku a-serk-040
(eig. Recherche)
Zeitungsausschnitt: *Leipziger Wochenblatt* vom 05.03.06
Titel: Expressive Skulpturen von Wiktor Golzin in der Galerie Hessler
von Will Gerboth

Thomas Hesslers Galerie in der Altstadt hat sich in den letzten Jahren zu einem Zentrum der aktuellen Kunstszene entwickelt und überrascht nicht zum ersten Mal mit einer Neuentdeckung.

Wiktor Golzin galt unter Sammlern als Geheimtipp. Hesslers Gespür und Mut verdanken wir nun die erste Einzelausstellung Golzins. Die rohen Figuren zeigen die Spuren der Kettensäge. Es sind Menschen, reduziert auf ihre einfachsten Grundformen. Gestalten in merkwürdigen Haltungen, mit fragmentarischen Gesichtern voller Ausdruck, Verzweiflung, Hoffnung, Apathie, Schmerz. Golzin ist Autodidakt, aber kein Dilettant. Die Ausführung der Figuren scheint kunstlos, ist aber voller Raffinesse. Die Muster der Kettensäge geben der Oberfläche eine irritierende Lebendigkeit, die durch den Anstrich mit matten, schmutzvermengten Farben noch verstärkt wird. Golzins Kunst widersetzt sich einer klaren Einordnung. Die expressiven Einzelstücke werden in Hesslers Galerie zu einer surrealen Rauminszenierung voller Poesie und Geheimnisse.

doku a-serk-041
(in eig. Sache)
Von: <nic@grischinhist.de>
An: <dostinform@i.serv.de>
Gesendet: 01.10.06
Betreff: com

Lieber Michail,

deine Nachricht hat mich sehr beunruhigt. Unabhängig davon hat es mich selbstverständlich gefreut, etwas von dir zu hören. Du weißt, ich habe mich stets aus allem herausgehalten, was ich als Dunkelwelt bezeichnet habe, aber natürlich bin ich stets auf dem neuesten Stand, was die politische Entwicklung anbelangt. In Deutschland werde ich immer wieder gefragt: Was ist mit Russland los? Jetzt muss man sich als Intellektueller schon schämen, aus einem Land zu stammen, das größere Schriftsteller hervorgebracht hat als Deutschland und Frankreich zusammen, dessen Wissenschaftler aus Physik, Mathematik und Kosmologie nicht wegzudenken sind und dessen Kultur auf ein vorzivilisatorisches Niveau zurückfällt. Wie dem auch sei, ich werde am 6. Oktober nach Berlin kommen. Man hat mich zu einem Historiker-Kongress eingeladen. Wenn du Zeit hast, können wir uns am 7. treffen. Ich würde mich sehr freuen. Bei mir geht es erst am Abend. Wir könnten zusammen essen gehen. Etwas Exotisches wäre mir lieb. Indisch oder Thailändisch. Nenne mir einen Treffpunkt. Ich denke, du musst dich einmal aussprechen mit jemandem, dem du bedingungslos vertrauen kannst.

Melde dich, sobald es geht.
Dein Nicolai
(später unter Dok-pers. ablegen)

doku a-serk-042
(in eig. Sache)
Von: <dostinform@i.serv.de>
An: <intersave@limitteam.ch.>
Gesendet: 01.10.06
Betreff: lovelight

Liebe Olga,

ich habe mich über deine Mail sehr gefreut.

Auch wenn sich andere Gedanken in meine Gefühle mischten. Du wirst dir denken können, was ich meine. Auch wenn ich mich immer gegen die beruflich bedingte Paranoia gewehrt habe, kann ich sie nicht gänzlich abstellen. Aber auch ich muss immer wieder an dich denken. Eigentlich hatten wir niemals eine Zukunft. Wie auch? Wie kann es in einer Welt voller Misstrauen und Gewalt echte Perspektiven geben? Es ist interessant, dass du den Fall Serkassow erwähnst. Für einen Moment habe ich daran gedacht, du könntest bereits über meinen augenblicklichen Auftrag informiert sein.

Serkassow ist ein gutes Beispiel für ein verpfuschtes Leben. Er hatte sich eine Tarnexistenz als Künstler aufgebaut und ist doch tatsächlich unter dem Namen Wiktor Golzin in die Öffentlichkeit getreten. Er beherrschte die Rolle erstaunlich gut. Vielleicht fühlte er sich wirklich als Künstler. Sein Talent war schon während der Schulzeit sichtbar. Er war ein hervorragender Zeichner. Wie konnte jemand wie er beim KGB landen? Aber dieselbe Frage könnte ich auch mir selbst stellen. In welchem Land, außer in Russland, kann man sich vorstellen, dass Intellektuelle und Schöngeister eine Agentenkarriere einschlagen?

Ich habe erfahren, dass Golzin alias Serkassow mit seiner Frau und seinen zwei Kindern zurückgezogen in einem Dorf in Mecklenburg-Vorpommern lebte. Hätte er sich nicht in den Fall Anna Ryschkowa eingeschaltet, wäre er vielleicht unbehelligt geblieben. Wusstest du, dass er früher ein paar Monate lang eine Beziehung mit Ryschkowa hatte? Aber das ist lange her, und ich kann mir nicht vorstellen, dass das der einzige Grund war, weshalb er sein sicheres Versteck verlassen hat. Vielleicht hat es auch etwas mit seinen Freunden unter den Oligarchen zu tun. Warum erzähle ich dir das alles? Inzwischen weiß ich, dass ich dich wirklich geliebt habe. Wie oft findet man im Leben einen Menschen, von dem man glaubt, dass er zu einem passt? Jetzt werde ich sogar noch sentimental. Kann ich dir noch vertrauen?

In alter Liebe, dein Michail

P.S. Ich werde bald wieder einen guten, alten Freund von mir treffen. Nicolai Grischin. Du wirst dich vielleicht an ihn erinnern, obwohl es schon sehr lange her ist. Wir waren einmal zusammen in einem Restaurant zum Essen. Du hast dich angeregt mit ihm unterhalten und er hat dir einige charmante Komplimente gemacht. Er gehört zu den wenigen, die sich niemals korrumpieren lassen würden. Inzwischen ist er Professor in Deutschland. Als Historiker hat er seine eigenen Ansichten über die Niederungen der Politik und ihre Handlanger.

(später unter Dok-pers. ablegen)

doku a-serk-043
(in eig. Sache)
01.10.06
Telefonat mit Trebko
autom. Mitschnitt

Trebko: Mir ist eine Menge Hintergrundmaterial angeboten worden.

Ich: Und? Nehmen Sie es und schicken Sie es!

Trebko: Es sind unter anderem etliche Fotoabzüge dabei. Es soll sich um Aufnahmen einer Jagdgesellschaft handeln, auf denen Serkassow mit Berischkin und Blawski zu sehen ist.

Ich: Ja, das interessiert mich natürlich.

Trebko: Nun, wie soll ich es sagen ... Die Verhältnisse sind nicht mehr so wie früher. Man verlangt Gegenleistungen.

Ich: Das schlägt dem Fass den Boden aus. Das Honorar übersteigt schon jetzt jedes Maß. Was soll das nun wieder heißen: Gegenleistungen?

Trebko: Es gibt da ein Foto, auf dem eine Person zu sehen ist, deren Identität meine Zulieferer gerne wüssten. Und man glaubt, Sie könnten die Person vielleicht kennen. Also, was sagen Sie?

Ich: Gut, ich werde es versuchen.

doku a-serk-044
(Quelle: Trebko)
02.10.06
Dossiers. Es sind nur 20 Fotos. Trebko verschweigt den Ort, nicht aber das Datum. Sie sollen am 5. Oktober 1988 entstanden sein.

Man sieht auf allen Bildern dieselbe Landschaft. Karger Boden. Vielleicht Heide. Herbstlicher Laubwald im Hintergrund. Vereinzelte Büsche und Birken. Auf allen Bildern sind Serkassow und die späteren Milliardäre Berischkin und Blawski zu erkennen. Auf einem Gruppenbild zähle ich elf Personen. Trebko hat mit einem Filzstift Namen über die Köpfe geschrieben. Zwei Gesichter kommen mir bekannt vor, aber mit den Namen kann ich nichts anfangen. Den Mann ohne Namen kenne ich tatsächlich. Es ist Michail Boskowitsch. Ich habe ihn bei einem Vortrag in der Militärakademie kennengelernt. Boskowitsch war meines Wissens nach beim Nachrichtendienst der Marine und vermittelte in seiner Freizeit alle möglichen Geschäfte. Ein durch und durch mafiöser Typ. Das Datum, der 5. Oktober 1988, ist nicht ohne Bedeutung. Es besagt, dass diese Jagdgesellschaft fünf Tage nach der teilweisen Entmachtung des Zentralkomitees zusammenkam. Serkassow war zu jenem Zeitpunkt 35 Jahre. Auch wenn es noch weit über zehn Jahre bis zum Radikalkapitalismus der Romanow-Ära dauern sollte, bin ich mir sicher, dass Berischkin und Blawski zu jenem Zeitpunkt bereits wussten, dass die Sache des Kommunismus für immer verloren war. Beide kamen aus Familien, die zur Nomenklatura, also zur damaligen sowjetischen politischen Klasse gehörten. Ihre Väter bekleideten hohe

Posten in der Partei. Die Gesichter auf den Fotos wirken fröhlich. Nichts ist ihnen von der Spannung, die in jenen Wochen in der Luft lag, anzumerken. Das Gruppenbild ist vor einer Jagdhütte aufgenommen worden. Alle sitzen auf rohen Holzbänken um einen ungefügten Tisch herum. Auf dem Tisch stehen Teller mit Speisen und Wodkaflaschen. Keine Spur von Zukunftsdepressionen. Vielleicht wurde schon damals davon gesprochen, wie man die Reichtümer der Staatskonzerne nach dem endgültigen Zusammenbruch der Partei verteilen würde.

Aktennotiz
02.10.06

Was hat Boskowitsch in dieser Gesellschaft zu suchen? Ist er wieder als Vermittler unterwegs? Er ist der Typ eines Intriganten. Er stand immer im Ruf, die Nase stets nach dem ganz großen Geld auszurichten und für hohe Offiziere sogar Auftragsmorde begangen zu haben. Wenn ich seinen Namen preisgebe, könnte das sein Todesurteil bedeuten.

doku a-serk-045
(in eig. Sache)
02.10.06
Telefonat mit Fink
autom. Mitschnitt

Ich: Dostojewski. Erinnern Sie sich an mich? 1989 – Wannsee-Treffen mit Wolf.

Fink: Mein Gott, ja, aber natürlich. Die alten Stasi-Zeiten!

Ich: Wie geht es Ihnen?

Fink: Ja, da hat sich vieles geändert. Jetzt muss man nicht mehr am Geld sparen, aber da ist auch viel verloren gegangen. Die alte Kameradschaft gibt es nicht mehr. Ich habe mich selbstständig gemacht.

Ich: Sagen Sie nur nicht, Sie wünschen sich die DDR zurück.

Fink: Ich war ein geschätztes Mitglied der sozialistischen Gemeinschaft.

Ich: Wie ich hörte, arbeiten Sie immer noch im Informationsgeschäft.

Fink: Kann man so sagen. Jetzt eben auf eigene Rechnung.

Ich: Wollen Sie für mich arbeiten?

Fink: Worum geht es?

Ich: Sie haben doch sicherlich schon von dem Fall Serkassow gehört.

Fink: Ja, sicher. Eine heiße Sache!

Ich: Serkassow hat eine Weile in Leipzig und dann in einem Dorf in Mecklenburg-Vorpommern, in Miltau, gelebt. Seine Lebensgefährtin heißt Dorothe Hülsen und arbeitet für einen Leipziger Verlag.

Fink: Und was gibt es zu tun?

Ich: Nehmen Sie seine Spuren auf. Das dürfte in Leipzig nicht so schwierig sein. Er lebte unter dem Namen Wiktor Golzin.

Fink: Irgendwelche Anhaltspunkte brauche ich schon.

Ich: Er hatte Kontakt zu einer Galerie Hessler.

Fink: Aha! – Ich berechne nach Stundensätzen. 50 Euro die Stunde. Je nach Unkosten mit einem Aufschlag für Spesen. Sind Sie einverstanden? Ist das bei Ihnen drin?

Ich: Das geht in Ordnung. Fangen Sie sofort an.
Fink: Gut, ich melde mich.

doku a-serk-046
(eig. Recherche)
02.10.06
18-Uhr-Nachrichten NTV – Ausland

Im Fall Serkassow haben die Behörden endlich das Ergebnis der Obduktion freigegeben. Der ehemalige russische FSB-Agent und Bürgerrechtler ist mit einer radioaktiven Substanz vergiftet worden. Es handelt sich dabei um das überaus seltene und extrem teure Polonium. Die Nachricht ist eine Sensation. Nur wenige Milligramm davon reichen aus, um einen Menschen zu töten; mit nur einem Gramm könnte das Trinkwasser einer Millionenstadt vergiftet werden. Serkassow hat eine Spur radioaktiver Verseuchung hinterlassen, die von London, wo der Giftanschlag stattgefunden hat, bis nach Berlin reicht. Jeder, der mit ihm nach der Vergiftung in Berührung gekommen ist, könnte in Lebensgefahr schweben. Alles, was Serkassow angefasst hat, trägt Spuren des Giftes. Die Spezialisten in Scotland Yard haben inzwischen an zwölf verschiedenen Orten stark erhöhte radioaktive Werte gemessen, die darauf hindeuten, dass sich Serkassow oder der Täter dort aufgehalten hat. Spuren davon sind in einem Taxi gefunden worden sowie in der Lufthansa-Maschine, mit der Serkassow nach Berlin geflogen ist. Über die Hintergründe des Anschlags tappen die Behörden noch immer im Dunkeln. Scotland Yard gibt sich zuversichtlich, war aber heute noch zu keiner Stellungnahme bereit.

doku a-serk-047
(eig. Recherche)
02.10.06
Internetzeitung *Russnet*
Iwan der Prophet

Guten Morgen Russland!

Es gibt wieder jede Menge guter Nachrichten. Die Sonne steigt jeden Tag im Osten auf, und jeden Tag vergolden ihre Strahlen auf dem Weg nach Westen unser schönes Land. Poesie? Nein, ich spreche von all dem Öl und Gas, das uns mit Reichtum überschwemmt. Aber aber, werdet ihr sagen, durch meinen Garten fließen keine Ströme von Dollars oder Euros. Nicht einmal ein Rinnsal ist zu sehen. Oh, ihr Kleinmütigen, ihr Egoisten, denkt ihr denn nur an euch selbst? Da hat man euch Jahrzehnte lang beigebracht, was wahrer Kommunismus ist, und ihr habt immer noch nichts dazugelernt. Habt ihr denn nicht begriffen, dass wir uns inmitten der letzten Phase befinden: der endgültigen Erschaffung des neuen Menschen und der Vereinigung von Kommunismus und Kapitalismus? Ein Orgasmus der Superlative steht bevor. Ihr wisst nicht, wovon ich rede? Das ist ganz einfach: Wir alle dürfen jetzt Kapitalisten werden, aber da wir in einer lupenreinen Demokratie leben, wird keiner von uns dazu gezwungen werden. Wer also mag, darf auch arm bleiben. Riesige Massen haben sich dafür entschieden, auf die lästigen Nebenwirkungen des Reichtums zu verzichten. Die wenigen Kapitalisten sind dabei sogar die wahren Kommunisten, weil sie uns mit ihrem Geld überschütten. Sie teilen es mit den Beamten, den Verkehrspolizisten, mit den Politikern, mit der Mafia und mit den Geheimdiensten. Auf diese Weise wird das Land reicher und reicher. Uns mag es vielleicht hier und da an Stilgefühl fehlen, aber an Geld mangelt es uns ganz sicher nicht. Davon haben wir so viel, dass großzügige Mörder ihre Opfer sogar mit Luxusgiften belohnen. Hat man jemals von einem Land gehört, in dem ein Auftragskiller eine Million Dollar für ein Milligramm Gift ausgibt? So viel jedenfalls soll das Polonium gekostet haben, mit dem man Serkassow bei seinem letzten Abendmahl verköstigt hat.

Bis bald, euer Iwan

Aktennotiz
03.10.06

Ich fange an, die parkenden Autos vor meinem Hotel zu beobachten, konnte jedoch bisher nichts Verdächtiges bemerken. Dennoch verspüre ich eine innere Unruhe. Das sind die alten Instinkte, die mich stets wach und bislang am Leben erhalten haben. Gelegentlich werde ich von Wachträumen heimgesucht. Eine geruhsame bürgerliche Existenz. Eine Familie. Keine Angst. Ein Chalet in den Schweizer Bergen. Keine Zeitungen, keine Nachrichten, keine überraschenden Todesfälle im Bekanntenkreis. Im Sommer spielen die Kinder auf einer satten Wiese und pflücken strahlend farbige Feldblumen. Wenn jemand anruft, gehe ich ruhig ans Telefon. Dann ist wahrscheinlich ein Bekannter aus dem Schachklub dran oder ein Nachbar, der uns zum Grillen einlädt, oder Freunde meiner Kinder.

(unter Memo-pers. ablegen)

doku a-serk-048
(in eig. Sache – betr. Absicherung)
03.10.06 – 18:00
Telefonat mit dem Koi
autom. Mitschnitt

Ich: Michail Dostojewski!

Der Koi: Michailowitsch! Himmel, ich hätte nicht gedacht, irgendwann noch einmal von dir zu hören. Woher hast du diese Nummer?

Ich: Trebko hat seine Beziehungen spielen lassen.

Der Koi: Trebko! Ich dachte, er hätte seinen Laden dichtgemacht.

Ich: Ich habe ihm ein unschlagbares Angebot gemacht.

Der Koi: Was du nicht sagst! Man hörte, du wärest gleich ihm in vorzeitige Pension gegangen.

Ich: Ja, bin ich auch. Mit 55 Jahren sollte man nicht mehr in diesem Beruf arbeiten. Die meisten Kollegen vom Puschkin-Kommando sind in den Universitätsdienst zurückgewechselt oder in der Politik gelandet. Ersteres habe ich leider versäumt, und für die Politik bin ich vollkommen ungeeignet.

Der Koi: Je älter ich werde, desto häufiger erinnere ich mich an die alten Zeiten. Und du gehörst zu den angenehmen Erinnerungen. Auch wenn wir nur selten zusammengearbeitet haben. Du warst einer der wenigen, denen ich wirklich vertraut habe.

Ich: Man hat mich überredet, noch einmal meinen Hintern aus dem Sessel zu schieben.

Der Koi: Was war der Anlass?

Ich: Ein mysteriöser Vorfall. London, ein russischer Ex-Agent und Gift.

Der Koi: Verstanden. Sag jetzt keinen Ton mehr. Ich habe deine Nummer auf dem Display. Ich rufe zurück.

doku a-serk-049
(in eig. Sache)
03.10.06 – 18:30
Anruf vom Koi

Der Koi: Michailowitsch? Jetzt können wir reden. Diese Leitung ist absolut sauber. Also, es geht um Serkassow. Da läuft wieder eine Schweinerei ohnegleichen. Und da willst du dich einmischen? Für wen arbeitest du?

Ich: Puschkin steht dahinter.

Der Koi: Puschkin. Nun ja, du brauchst also meine Hilfe?

Ich: Für wen arbeitest du jetzt?

Der Koi: Das kann ich dir nicht sagen.

Ich: Wie weit sind die Fortschritte der Informationsbeschaffung auf dem Gebiet der elektronischen Medien mittlerweile gediehen?

Der Koi: In den letzten Jahren ist fast alles möglich geworden. Ich verfüge seit einiger Zeit über Arbeitsbedingungen, die ich mir vor ein paar Jahren noch nicht hätte träumen lassen.

Ich: Und wie sieht es mit E-Mail-Nachrichten aus?

Der Koi: Im Prinzip ist das kein Problem. Aber du weißt, mit welchen Unkosten du in diesem Fall rechnen musst?

Ich: Nenn mir eine Summe!

Der Koi: Unter 500 Dollar pro Aktion ist einfach nichts zu machen.

Ich: Ich fange an, mich an die neuen Preise zu gewöhnen.

Der Koi: Ich profitiere davon nicht im Geringsten. Ich muss ständig ein Dutzend Leute schmieren, und die allgemeine Unverschämtheit kennt kaum noch Grenzen. Aber so ist eben der freie Markt.

Ich: Einverstanden. Sagt dir der Name Anna Ryschkowa noch etwas?

Der Koi: Ja, sicher. Sie ist doch verschwunden.

Ich: Serkassow geht davon aus, dass sie nicht mehr lebt. Ihre letzten Recherchen könnten in Verbindung mit dem Anschlag auf Serkassows Leben stehen. Mich interessiert ihre E-Mail-Korrespondenz.

Der Koi: Ich werde sehen, was ich tun kann.

Aktennotiz

03.10.06

Der Koi (Klarname vermutlich Sergej Koitschew) arbeitete am Ende der Breschnew-Ära für den KGB in der Abteilung Elektronische Aufklärung. Steht vermutlich als Gelegenheitsspezialist für Netzwerkprobleme noch immer beim FSB unter Vertrag und geht parallel eigene Wege.

doku a-serk-050

(Quelle: der Koi)
E-Mail-Korrespondenz
Von: <Anna.Ryschkowa@media-russ.ru>
An: <Carla@gronski-media-ru>
Gesendet: 15.08.06
Betreff: Countdown

Liebe Carla,

sie versuchen, mich unter Druck zu setzen. Man hat

ein Gespräch mit mir geführt. Es war ein Verhör. Halblegal, wie üblich. Die Drohungen sind unüberhörbar. Sie wollen uns allen an den Kragen. Du solltest dich eine Weile zurückhalten, du hast schließlich Mann und Kinder. Zum Glück stehst du mit deiner Presseagentur nicht ganz so weit oben auf den FSB-Listen wie die missliebigen Redakteure. Und die Zeiten werden sich hoffentlich auch wieder einmal ändern. Oder? Ich hoffe es wenigstens. Ich habe nicht mehr viel zu verlieren, und wie es aussieht, habe ich jetzt auch noch persönliche Feinde. Terschinski, ein FSB-Offizier, scheint es auf mich abgesehen zu haben. Vielleicht kannst du herausfinden, ob er in besonderer Verbindung zu Romanow steht. Ich gebe nicht auf.

Bis bald, Anna

E-Mail-Korrespondenz
Von: <Anna.Ryschkowa@media-russ.ru>
An: <Taskol@tek-info.ru>
Gesendet: 15.08.06

Hallo Georgi,

die Zecken sind unterwegs. Die elenden Blutsauger. Keiner ist mehr immun. Es fehlt an DDT. Kannst du helfen?

Liebe Grüße, Anna

E-Mail-Korrespondenz
Von: <Anna.Ryschkowa@media-russ.ru>
An: <Enigma@moskprosp.ru>
Gesendet: 17.08.06

Hallo Igor,

ich glaube, man bereitet eine groß angelegte Sache vor. Wer dem Projekt im Wege steht, hat keine Chance zu überleben. Ich weiß, das hört sich etwas abenteuerlich an, und ich verfüge nur bruchstückhaft über Beweise. Wesentliche Teile fehlen noch, bevor ich das Puzzle zusammensetzen kann. Ich habe allerdings eine Ahnung, worum es geht.

Politik? Was bedeutet Politik in unserem Land? Ich weiß es nicht mehr. Früher wäre es einfacher gewesen. Es hätten wieder einmal Umbesetzungen im Politbüro angestanden. Jetzt ist alles komplizierter, komplexer. Vielleicht hat alles nur mit einer gigantischen Umverteilung des neuen Kapitals zu tun. Warum? Ich weiß es nicht. Wer wird welchen Vorteil haben? Will Romanow sich persönlich bereichern? Nein, gewiss nicht. Er verfolgt andere Ziele. Kontrolle?

Auf jeden Fall handelt es sich nicht um kleinere Scharmützel. Hinter den Kulissen herrscht Krieg. Wir sind alle in der Schusslinie, wenn wir nicht den Mund halten oder untertauchen. Was von beiden die bessere Alternative ist, weiß ich auch nicht.

Sag mir deine Meinung. Ich suche die Motive im Chaos.

Bis bald, Anna

E-Mail-Korrespondenz
Von: <Anna.Ryschkowa@media-russ.ru>
An: <Rud-Kar-Lab@alfaserv.ru>
Gesendet: 18.08.2006

Lieber Rudolf,

ich werde unter Druck gesetzt. Vermutlich auf Anordnung von ganz oben. Um mir Angst zu machen, haben sie mich angerufen und auf einige Fälle in jüngster Vergangenheit hingewiesen. Gift scheint wieder in Mode zu kommen. Dieses Mal langen sie in die Regale der Hightechchemie. Ich wage nicht auszusprechen, welche Ideen mir da kommen. Das ist gruselig. Sie glauben vermutlich, mit genügend Raffinesse könnten sie jeden Mord für Romanow begehen. Kannst du mir eine Liste über Gifte, die man nicht nachweisen kann, beschaffen? Was weißt du über die Wirkung von Thallium?

Herzlich Grüße, Anna

doku a-serk-051
(Quelle: Trebko)
09.08.06
FSB

Protokoll: inoffizielle Vernehmung der Anna Ryschkowa – vernehmende Offiziere: Ltn. Trettnow – Ltn. Terschinski

(Ltn. Trettnow legt Ryschkowa Veröffentlichungen aus der Minsker Zeitung vor.)

Ltn. Trettnow: Diese Artikel haben Sie geschrieben!

Sind Sie sich darüber im Klaren, dass nichts davon wahr ist? Das sind Verleumdungen. Der Präsident fühlt sich persönlich beleidigt.

Ryschkowa: Sie sind ohne mein Einverständnis erschienen. Es waren Entwürfe und die Recherchen noch nicht abgeschlossen.

Ltn. Trettnow: Aber Sie haben sie geschrieben?

Ryschkowa: Ja. Ich bin Journalistin. Und Russland ist eine Demokratie. Oder hat der Präsident auch noch die letzten Reste der Pressefreiheit aufgelöst?

Ltn. Trettnow: Überlegen Sie sich gut, was Sie da sagen.

Ryschkowa: Ich muss es Ihnen nicht sagen: Russland ist zu einer Kryptokratie verkommen, mit einem stalinistischen KGB-Offizier als Präsident.

Ltn. Trettnow: Ja, und ungefähr das schreiben Sie auch! Und Sie schreiben, Präsident Romanow würde ferner nicht davor zurückschrecken, das organisierte Verbrechen vor seinen Karren zu spannen. Das ist eine infame Lüge. Keiner bekämpft das organisierte Verbrechen so wie wir. Und Sie wissen das.

Ryschkowa: Ach ja? Bei euch werden die Seiten schneller gewechselt, als man darüber schreiben kann. Umbringen oder Kooperieren wird nach Bedarf gegeneinander ausgetauscht. Solange der Rubel rollt.

Ltn. Terschinski: Ich möchte mit Frau Ryschkowa einen Moment alleine reden.

(Ltn. Terschinski führt Ryschkowa in ein Nebenzimmer.)

Aktennotiz

04.10.06

Der Koi hat gute Arbeit geleistet. Die realen Sicherheitsbarrieren im FSB sind löchrig wie ein Schweizer Käse. Was ist das für ein übel riechender Sumpf, in dem man da stochert. Gibt es noch einen, der nicht korrupt und nicht käuflich oder erpressbar ist?

doku a-serk-052

(Quelle: der Koi)
E-Mail-Korrespondenz
Von: <Anna.Ryschkowa@media-russ.ru>
An: <JanPoulsen@aol.com>
Gesendet: Mittwoch, 15.08.2006

Lieber Jan,

endlich hast du dich wieder einmal gemeldet. Ich habe nicht aufgehört, mir Sorgen um dich zu machen. Im Moment allerdings ist mein eigenes Leben keinen Rubel mehr wert. Dass sie mich beobachten, ist nichts Neues. Du kennst all die Hintergründe. Natürlich hat sich in den letzten Jahren nichts verändert. Außer zum Schlimmeren. Sie machen es genauso wie damals, bevor du dich abgesetzt hast. Jetzt allerdings scheinen sie nervös zu werden.

Gestern hat man mich zu einem Gespräch gebeten. In ein Büro einer großen Exportfirma. Es war ein lupenreines FSB-Büro (wie einfallsreich). Man bemühte sich um einen moderaten Tonfall. Dann hat mich ein Offizier mit Namen Terschinski in einen Nebenraum geführt. Dort waren ein Lügendetektor und ein Hochspannungsgenerator aufgestellt. Es sah nach Dekoration aus. Solchen Schrott werden sie nicht mehr verwenden. Es soll nur einschüchtern. Auf mich allerdings hat die Drohung ihre Wirkung nicht verfehlt. Alles riecht nach einer verschärften Kampagne gegen Regimekritiker. Aber es gibt vermutlich noch andere Gründe für die rüden Übergriffe. Du wirst ahnen, was ich meine. Ich werde darüber jetzt kein Wort verlieren. Inzwischen ist keine Form der Kommunikation mehr sicher. Carla sagt, sie könnten sich Zugang zu unseren Files verschaffen. Terschinski entließ mich mit scheinbar harmlos verkleideten Drohungen. Sie könnten bei einem nachfolgenden Treffen dieser Art die Gesprächsführung verändern. Terschinski ist ein widerwärtiges Exemplar seiner Gattung, eine wirklich üble Zecke. Er hat mich im Visier. Ich ahne nichts Gutes. Ich brauche Hilfe.

Alles Liebe. Immer noch deine Anna

Aktennotiz

05.10.06

Es liegt nahe, zu vermuten, dass Jan Poulsen ein weiteres Pseudonym Serkassows ist. Vielleicht werden andere Dokumente diese Vermutung erhärten. Ryschkowas Texte wirken apokalyptisch, auch wenn ihr Stil noch als zurückhaltend bezeichnet werden kann. Sie scheint sich tatsächlich auf gefährlichem Terrain zu befinden. Was auch immer sie weiß, es ist aus keiner ihrer E-Mails herauszulesen. Und welcher Krieg herrscht hinter den Kulissen? Ist es jemals anders gewesen? Sie muss schon etwas Besonderes meinen. Etwas Ungeheuerliches. Wer weiß, vielleicht beschuldigt sie unter vorgehaltener Hand Romanow, der eigentliche Drahtzieher, der wahre Pate des organisierten Verbrechens zu sein.

doku a-serk-053
(Quelle: Faber)
02.10.06
Berlin
AZ 3-50-621-szj/r
Hauptkomm. G. Olbricht

Protokoll: Befragung der Dorothe Hülsen

GO: Es tut mir leid, dass wir uns unter diesen Umständen wieder begegnen.

Hülsen: Machen Sie es kurz!

GO: Frau Hülsen, ich bin nicht Ihr Feind. Ich hatte gehofft, dass Sie Ihre Einstellung vielleicht geändert hätten. Davon abgesehen haben wir jetzt einen neuen Tatbestand. Vorher war es ein Mordversuch, jetzt ist es ein Mord.

(Hülsen bricht in Tränen aus.)

GO: Ich verstehe …

Hülsen: Sie verstehen gar nichts.

(GO reicht Hülsen ein Taschentuch.)

GO: Glauben Sie mir, an solchen Tagen wäre es mir lieber, ich würde einen anderen Job haben.

Hülsen: Also, was wollen Sie noch?

GO: Frau Hülsen, was geschehen ist … die Art des … das Polonium! Das ist etwas gänzlich Neues. Noch vor Jahren hätte niemand so etwas für möglich gehalten. Das zieht Kreise. Wir brauchen Ihre Mitarbeit.

Hülsen: Sie werden doch inzwischen schon alles über Wiktor wissen.

GO: Nein. Wir stehen noch immer vor einem Rätsel, was die Hintergründe anbetrifft. Selbst Scotland Yard hat Schwierigkeiten, Informationen zu bekommen. Ihr

Mann war offenbar in irgendeinem Zeugenschutzprogramm. Und soweit wir wissen, waren hochrangige Personen in der russischen Regierung an ihm interessiert. Weiterhin haben wir Grund anzunehmen, dass mehrere Geheimdienste Ihren Mann endgültig verschwinden lassen wollten. Wir hätten niemals herausbekommen, dass Golzin Serkassow ist, wenn er es uns nicht selbst gesagt hätte. Seine Pässe waren alle von staatlichen Stellen ausgestellt. Solche Programme sind so geheim, dass nichts nach außen dringt.

(Hülsen weint wieder.)

GO: Wir können das Gespräch auch auf morgen verschieben. Ich will Sie nicht quälen. Die Ärzte sagen, dass auch Sie von radioaktiver Verstrahlung betroffen sind.

Hülsen: Ja, ich und auch die Kinder. Das ist schrecklich. Man weiß noch nicht, wie gefährlich es wirklich für uns ist.

GO: Dann haben Sie jetzt doch allen Grund, uns bei der Aufklärung zu unterstützen.

Hülsen: Was wollen Sie denn groß aufklären, wenn die Geheimdienste mit darin verwickelt sind. Vielleicht wird man sogar denjenigen finden, der das Gift verabreicht hat. Der wird dann aber wahrscheinlich auch schon tot sein.

GO: Scotland Yard verfügt bereits über einige Erkenntnisse. Der Täter könnte sich zurzeit in Moskau aufhalten. Ein anderer Verdächtiger befindet sich noch in London.

Hülsen: Hören Sie auf! Man wird irgendjemanden dafür bluten lassen.

GO: Wenn Ihnen noch etwas einfällt … selbst Kleinigkeiten würden nützen. Reisen, Telefonanrufe, Bemerkungen.

Hülsen: Ich sagte bereits …

GO: Schon gut. Überlegen Sie es sich. Ich sage Ihnen ganz offen, ich glaube, dass Sie mehr wissen, als Sie uns sagen.

Hülsen: Denken Sie, was Sie wollen.

GO: Erst hat Serkassow für einen der mächtigsten Männer Russlands gearbeitet, für Romanow, dann für einen der reichsten, Juri Blawski. Hat er niemals aus Versehen eine Andeutung fallen lassen?

Hülsen: Vielleicht. Ich wusste ja, dass er in Afghanistan war und in einem Sonderkommando gedient hat. Manchmal gab es Sätze …"

GO: Was für Sätze?

Hülsen: Es hatte meistens mit dem Krieg zu tun, und mit seinen Folgen … Dabei ging es um schmutzige Einsätze und schmutzige Geschäfte der höheren Offiziere.

GO: Und er hat wirklich niemals erwähnt, dass er für Juri Blawski als Sicherheitsberater gearbeitet hat?

Hülsen: Von dem Namen Blawski habe ich erst im Fernsehen gehört. Aber ich habe für Namen ein schlechtes Gedächtnis, und für russische ganz besonders.

GO: Sie müssen ein merkwürdiges Verhältnis zueinander gehabt haben, wenn Sie sich niemals über Privates unterhalten haben.

Hülsen: Das habe ich nicht gesagt. Wie hatten nur nie viel Zeit. Mein Beruf als Lektorin bringt es mit sich, dass ich viel zu lesen habe. Und Wiktor, Alexander meine ich, arbeitete jeden Tag an die zehn Stunden in seinem Atelier. Wenn wir dann spät nachts noch etwas zusammen waren, haben wir manchmal Musik gehört oder auch über ein Buch gesprochen. Alexander war sehr belesen.

GO: Werden Sie noch einige Tage in Berlin bleiben?

Hülsen: Das weiß ich nicht.

GO: Wie kann ich Sie erreichen?

Hülsen: Über mein Handy.

doku a-serk-054

(in eig. Sache)
06.10.06
Berlin Tempelhof
Maistraße 39
Presse Service

Sehr geehrter Herr Dostojewski,

mit selbiger Kurierpost übersenden wir Ihnen die Ergebnisse unseres Ausschnittsservice.

Insgesamt: 87 Artikel über Russland – Politik, Geheimdienste, Wirtschaft und Geschichte.

1. Aktuelle Artikel für den Zeitraum vom 15.09. bis zum 05.10.2006

2. Allgemein (nach politischer Wertigkeit zusammengestellt) vom 01.01.1985 bis 01.09.2006

3. Auflistung der recherchierten Magazine und Zeitungen

(relevante Ausschnitte später in diese Doku einfügen)

doku a-serk-055
(Quelle: der Koi)
Sitzungsprotokoll vom 10.08.06 (Auszug)

Grüner Saal
Präsident Romanow, Minister Antonov (Ministerium für Justiz), Gergjew (Ministerium für zivile Verteidigung), Sperski (Ministerium für interne Angelegenheiten), Ltn. Terschinski
Ausfertigung 1/1 (Präsident Romanow persönlich)

Geheime Staatssache/Verschlusssache

Präs. Romanow: Ihre Einschätzung, Sperski?
Min. Sperski: Ryschkowa glaubt nur, etwas zu wissen. Oder weiß sie doch mehr, als wir zulassen können?
Präs. Romanow: Wen fragen Sie? Mich? Antonow? Gergjew oder Terschinski?
Min. Sperski: Wir verfügen über Möglichkeiten.
Präs. Romanow: Was Sie nicht sagen! Glauben Sie, ich weiß das nicht? Ich bin vom Fach. Vergessen Sie das nicht.
(Präs. Romanow legt eine Zeitung vor.)
Präs. Romanow: Was denken Sie, Antonow, geht sie zu weit?
Min. Antonow: Entschieden! Solche Artikel dürften nicht erscheinen.
Min. Gergjew: Vielleicht hat Ryschkowa den Artikel gar nicht selbst geschrieben. Bei allem, was wir unternehmen, Herr Präsident, sollten wir an unsere Freunde in Paris und Berlin denken.
Min. Sperski: Man hat sie zu einem Gespräch eingeladen.

Präs. Romanow: Ich will kein Aufsehen mehr.

Min. Sperski: Leutnant Terschinski hat mit ihr geredet.

Ltn. Terschinski: Sie wird sich in Zukunft bedeckter halten.

Präs. Romanow: Gibt es ein Protokoll?

(Ltn. Terschinski legt ein Dokument vor.)

Präs. Romanow: Hier haben aber nicht Sie mit ihr geredet.

Ltn. Terschinski: Ich habe mit ihr unter vier Augen gesprochen.

Präs. Romanow: Wie umsichtig.

Ltn. Terschinski: Ohne Protokoll.

Präs. Romanow: Hat Ihre Gesprächsführung ausreichend Eindruck hinterlassen?

Ltn. Terschinski: Ich habe eine zweites Gespräch in Aussicht gestellt. Ohne Bewirtung.

Min. Antonow: Warum lässt man sie nicht einfach verschwinden?

Präs. Romanow: Verdammt, Antonow, ich will hier solche Sätze nicht hören. Vielleicht brauchen wir Ryschkowa noch.

Aktennotiz

06.10.06

Der Koi muss wirklich gute Trümpfe im Ärmel haben, wenn er solche internen Kreml-Protokolle beschaffen kann. Es gab nur ein Stück Papier. Keine Abschrift, keine Kopie. Eine Ausfertigung für Romanow persönlich. Kann man jemandem, der über solche Kontakte verfügt, trauen? Oder ist das Protokoll erfunden? Um mich in die Irre zu führen?

Anhand der bereits vorhandenen Dokumente deuten

sich verschiedene mögliche Szenarien an, die aber noch in keinerlei konkrete Richtung gehen. Es geht vorrangig um die letzten sieben Jahre der Serkassow-Biografie. Sie sind noch immer Terra incognita. Immerhin, Mecklenburg-Vorpommern ist ein Anhaltspunkt. Eines der in Paris hinterlegten Testamente, das unter dem Namen Golzin, nennt einen Wohnort: Miltau! Das zweite, unter dem Namen Serkassow, nennt eine Erbin: Charlotte Blais. Im Wiener Telefonbuch steht nur die Nummer einer Mathilda Blais. Trotz mehrmaliger Anrufe niemanden erreicht. Warum hat der Fall Ryschkowa Serkassow aus der Reserve gelockt? Und was ist der Fall Ryschkowa?

(später löschen)

doku a-serk-056

(Quelle: der Koi)
04.10.06
MI6 – Dep. 3
Interner Bericht
Thomas Cromby – r-30/125
Betr.: Giftanschlag auf Alexander Serkassow
an Jeremy Landers

Nach aktuellen Erkenntnissen besteht die Möglichkeit, dass Scotland Yard im Fall Serkassow eine falsche Fährte verfolgt. Auf den Bändern der Videoüberwachung vom Flughafen Heathrow – Ankunft, im sensiblen Bereich, vom 10.09.2006, 13:15 – sind drei Männer als russische Agenten identifiziert worden.

Leo Kerenski, Oleg Woykow und Wassili Ostropowitsch. Kerenski und Ostropowitsch sind nach derzeitigem Stand aktive FSB-Agenten. Woykow arbeitet freischaffend. Von Februar 2001 bis Oktober 2002 hat er als Fahrer und Bodyguard für Juri Blawski gearbeitet. Woykow war als Geheimdienstberater in Afghanistan und hat später für kurze Zeit in derselben Abteilung gearbeitet wie Romanow. Woykow diente in unterschiedlichen Spezialkommandos und gilt als exzellent ausgebildet. Danach war er zwei Jahre für das Innenministerium tätig. In welchem Bereich, ist nicht bekannt.

Ein Informant aus dem Milieu der Exilrussen erinnert sich an eine Feier im Restaurant *Rasputin* am 11.09. abends. Es kursierte das Gerücht, drei FSB-Agenten wären unter den Anwesenden. Unter anderem will der Informant auch das Stichwort Exekutionskommando gehört haben.

gez. Cromby

Aktennotiz

Der Name Cromby war in der Zeit des Kalten Krieges beim KGB nicht unbekannt. Er hat bereits damals für den britischen Auslandsgeheimdienst MI6, auch Secret Service genannt, gearbeitet. Er galt als Kenner der Verhältnisse in der UdSSR und als fähiger Analytiker. Auch Crombys Chef, Jeremy Landers, war dem KGB bekannt.

doku a-serk-057
(Quelle: Trebko)
03.05.1998
Moskau – 0002-23/1543
Briefkopf FSB/Reg. 13 – 150
Observationsprotokoll Ltn. Rogalski
Zielperson: Alexander Serkassow

18:30
Serkassow betritt die Bar *Sputnik* am Galinski-Prospekt.
Er setzt sich an einen freien Tisch, bestellt einen Kaffee und schreibt etwas in eine Notizkladde. Legt ein Magazin auf den Tisch. *Paris Match.* Mehr ist von der Titelseite nicht zu erkennen.
19:00
Serkassow sieht nervös auf seine Uhr und bestellt sich einen Wodka. Jetzt kann man den Titel des Magazins lesen. *La Russe en guerre.*
19:15
Serkassow zündet sich eine Zigarette an. Jemand von einem anderen Tisch geht zu ihm hinüber und bittet ihn um Feuer. Der Mann beugt sich herunter und verdeckt Serkassows Gesicht. Er scheint noch etwas zu Serkassow zu sagen und setzt sich wieder an seinen Tisch.
Er wirft noch mehrmals einen Blick zu Serkassow.
19:30
Serkassow geht zur Toilette. Kommt nach fünf Minuten wieder zurück. Der Mann, der ihn um Feuer gebeten hat, ist verschwunden. Serkassow blättert eine Weile in der *Paris Match.* Er steht auf und holt sich Tageszeitungen vom Bartresen.

19:45

Ein schwarzhaariger Mann mit dunklem Teint (verm. Kaukasier) in einem teuren Anzug betritt die Bar. Serkassow fasst ihn sofort ins Auge. Der Unbekannte, der überschwänglich vom Barmixer begrüßt wird, nickt Serkassow zu. Wahrscheinlich ist er ein Stammgast. Jetzt geht der Schwarzhaarige auf Serkassow zu und setzt sich zu ihm an den Tisch. Er bleibt nur wenige Minuten, danach geht er zurück an den Bartresen und stellt sich neben eine blonde Frau, mit der er redet. Serkassow sieht immer wieder unruhig zum Eingang.

20:10

Eine Frau kommt in die Bar. Anna Ryschkowa. Sie sieht Serkassow und geht sofort zu ihm. Serkassow gibt ihr einen flüchtigen Kuss auf die Wange. Ryschkowa bestellt ein Glas Wein. Sie holt einen Stapel Papiere aus ihrer Umhängetasche. Beide blättern einige Zeit lang darin herum. Anna Ryschkowa nimmt ihr Handy und telefoniert.

20:40

Serkassow zahlt. Er und Ryschkowa verlassen die Bar.

Sie steigen in ein Taxi.

21:10

Das Taxi hält in der Petruschkow-Allee Nr. 127. Im Parterre residiert die Firma *Gronski Media* (dem FSB bekannt – Carla Gronski ist eine Freundin von Anna Ryschkowa). Serkassow und Ryschkowa betreten die Geschäftsräume. Alles ist hell erleuchtet. Durch die halb geöffneten Jalousien kann man verschiedene Personen erkennen, die sich hin und her bewegen. Es könnte sich um eine Betriebsfeier handeln.

21:20

Ein schwarzer Skoda hält vor dem Gebäude. Eine junge Frau in einem roten Kleid und ein Mann in Lederjacke (kaukasischer Typ) gehen ins Haus.

22:15

Zwei Männer mit Gläsern in der Hand treten aus der Tür. Sie rauchen jeder eine Zigarette und laufen eine Weile vor dem Haus auf und ab. Sie gehen wieder ins Haus.

22:45

Ein Paar verlässt die Firmenräume und steigt in einen BMW mit einer eingebeulten Seitentür.

23:10

Zwei junge Frauen verlassen das Gebäude und gehen zu Fuß in Richtung der nächsten Untergrundstation.

23:30

Ein Taxi fährt vor. Wenige Minuten später verlassen Serkassow und Ryschkowa die Firma. Gleich nach ihnen kommt der Mann in der Lederjacke mit der Frau im roten Kleid. Gegenseitige Verabschiedung mit Wangenküssen. Der Mann gibt Serkassow einen Umschlag (Größe ca. A4). Serkassow reicht ihm seinerseits einen kleinen Briefumschlag. Das Paar steigt in den Skoda.

23:50

Das Taxi hält vor einem Schnellrestaurant. Ryschkowa steigt aus. Serkassow fährt weiter.

00:20

Das Taxi hält vor Serkassows Wohnung.

(Setlow übernimmt.)

doku a-serk-058

An Dostojewski

Folgende Kopie eines Protokolls wurde mir von einem meiner Informanten zugespielt. Über dessen Herkunft wollte er mir jedoch nichts sagen. Der FSB wird wohl nicht dahinterstecken. Denn dann hätte ich das Dokument von einem anderen Informanten erhalten. Die CIA? Wäre möglich. Oder ein privater Ermittlungsdienst? Den BND würde ich wegen Inkompetenz ausschließen. Ich werde mich bemühen, es herauszufinden.

Grüße, Trebko

Gesprächsaufzeichnung (technische Mittel)
(Quelle: Trebko)

06.10.06
Ort: Restaurant *Mumbai,* Kantstr. 12
Zeit: 19:30
Zielperson: Dostojewski (Klarname unbekannt)
Zweite Person: Nicolai Grischin

(Dostojewski sitzt bereits an einem Tisch. Grischin kommt herein. Die Begegnung ist warmherzig. Sie umarmen einander und küssen sich auf die Wangen. Sie geben ihre Bestellungen auf.)

Dostojewski: Du hast dich nicht verändert.

Grischin: Du schon.

Dostojewski: Ja, ich weiß, die letzten Jahre haben an meiner Gesundheit genagt.

Grischin: Was trinken wir? Wodka wird es bei einem Inder wohl kaum geben.

Dostojewski: In Berlin gibt es auch bei einem Inder Wodka. Davon abgesehen wird er auch für Cocktails gebraucht.

Grischin: So, du bist also wieder einmal in die Dunkelwelt abgetaucht. Ich dachte, du hättest ...

Dostojewski: Das Angebot war zu verlockend. Aber jetzt ist es zu einer persönlichen Sache geworden. Man hat zum ersten Mal radioaktives Material verwendet. Da ist eine Schwelle überschritten worden.

Grischin: Idealistische Ambitionen machen dein Geschäft noch gefährlicher, als es ohnehin schon ist. Meine Güte, Michail, wolltest du nicht deinen Lebensabend auf einer Finca in Spanien verbringen? Hast du immer noch nicht genug zurückgelegt?

Dostojewski: Ja, ich weiß. Ich gehe auf die Sechzig zu, ich fühle mich alt und werde zunehmend sentimentaler. Genau genommen habe ich von allem die Nase voll. Meine Kniegelenke schmerzen, mein Gedächtnis lässt nach und mit meiner Sehschärfe ist es auch nicht mehr weit her.

Grischin: Genau das habe ich gemeint. Aus deinem Munde klingt das allerdings etwas übertrieben.

(Der Kellner serviert das Essen. Einige Sätze sind nicht zu verstehen.)

Grischin: Lammfleisch! Das riecht fantastisch!

Dostojewski: Ja, vielleicht dramatisiere ich meinen Zustand.

Grischin: Du hast mir nie erzählt, was eigentlich in Afghanistan vorgefallen ist. Du bist dort doch gar nicht als Soldat gewesen.

Dostojewski: Nein. Mein damaliger Aufenthalt hatte etwas mit dem Puschkin-Kommando zu tun. Im Politbüro hatte man den Überblick verloren und einige Generäle zweifelten am Sinn der militärischen Einsätze.

Mich hat man offiziell als zivilen Beobachter hingeschickt mit dem Auftrag, eine möglichst objektive Analyse ohne Rücksicht auf die Interessen von Politik und Militär zu erstellen. Ich habe mich nur wenige Male in Gefahr für Leib und Leben befunden. Was das anbelangt, habe ich mir damals kaum Sorgen gemacht. Kleinere Scharmützel und Raketeneinschläge haben meine Nerven in früheren Zeiten noch ganz gut ausgehalten. Das war es nicht. Aber eine Sache habe ich bis heute nicht verarbeitet.

Um mir zu zeigen, mit welcher Art von Feinden wir es dort zu tun hatten, ließ man mich an einem Verhör teilhaben, das sich in Wahrheit als Folter erwies. Ich habe zusehen müssen, wie man einen der sogenannten Freiheitskämpfer zum Reden bringen wollte, indem man ihn lebendig begrub. Ein anderer musste eine Scheinerschießung über sich ergehen lassen und ein weiterer wurde mit Stromschlägen verhört. Unseren Spezialisten vom militärischen Geheimdienst hat das sogar noch Spaß gebracht, aber ich habe diese Bilder bis heute nicht aus meinem Kopf bekommen.

Grischin: Warum hast du mir das nicht schon früher erzählt?

Dostojewski: Lass uns von etwas anderem reden! – Stell dir vor, Olga hat sich bei mir gemeldet. Du hast sie doch einmal kennengelernt.

Grischin: Meine Güte, das ist aber schon Ewigkeiten her. War das nicht in irgendeiner Bar, in der du sie mir vorgestellt hast? Auf jeden Fall erinnere ich mich, dass du bis über beide Ohren in sie verknallt warst.

Dostojewski: Und ob, das war ich. Mehr als das, ich habe sie wirklich geliebt.

Grischin: Olga! Eine auffallend schöne Frau bleibt einem länger im Gedächtnis als eine graue Maus. Und an Intelligenz mangelte es ihr auch nicht.

Dostojewski: Wenn ich ehrlich bin, liebe ich sie immer noch.

Grischin: Ich denke, ich verstehe dich. Warum habt ihr eure Beziehung überhaupt beendet?

Dostojewski: Das haben wir ja nicht wirklich. Wir haben uns einfach auseinandergelebt.

Grischin: Ja, das liegt im Trend, wie so manches andere Unerfreuliche. – Serkassow! Wie denkst du darüber? Ich habe fast alle Zeitungsartikel gelesen. Was ist deine Vermutung? Wer steckt dahinter?

Dostojewski: Ich habe noch nicht die geringste Ahnung. Ich recherchiere. Dass sie es mit Polonium gemacht haben, wirft neue Fragen auf. Warum so kompliziert? Jede Konstellation, jedes Szenario ist möglich.

Grischin: Die Gedankengänge von Agentenhirnen waren mir stets ein Rätsel. Bisweilen scheint mir das alles ein wenig infantil zu sein, wie bei hochintelligenten Kindern, die noch nichts von Moral wissen und zwischen Angst und Übermut hin und her schwanken. Hinzu kommt noch, so denke ich mir wenigstens manchmal, dass man euch mit Spezialdrogen vollgestopft hat. In Wahrheit lebt ihr alle von dem Geschäft mit der Angst. Aber Paranoia schadet der Logik.

Dostojewski: Vielleicht hast du recht. Ich kann nirgendwo schlüssige Motive erkennen. Serkassow war vielen ein Dorn im Auge.

Grischin: Genau dort liegt der Schlüssel. Man muss tief in die Geschichte Russlands zurückgehen und die Politik in ihre einzelnen Bestandteile zerlegen. Macht,

Gier, Angst. Die Wurzeln liegen in Byzanz.

Dostojewski: Ist das nicht ein wenig weit hergeholt?

Grischin: Keineswegs. Vor fünfhundert Jahren heiratete Iwan III., der Großfürst von Moskau, Sofja, die Tochter eines Bruders des letzten Kaisers von Byzanz.

Dostojewski: Byzanz? Ich sehe da keinen Zusammenhang.

Grischin: Deswegen solltest du erst einmal zuhören. – Die östlichen Despotien sind stets Vorbild für Russlands Herrscher gewesen. Dschingis Khan an vorderster Stelle. Wenn du erst einmal weißt, wie man damals riesige Länder regiert hat, verstehst du auch die Seele der russischen Politik ein wenig besser.

Dostojewski: Ich bin Russe, und du meinst, ich verstehe unsere Politik nicht?

Grischin: Keiner versteht sie, und es ist die Aufgabe der Wissenschaft, sie zu erklären. Glaubst du etwa, Romanow versteht, was er tut? Der Autokratismus steckt tief in unseren Genen. Intrigen, Terror, Geheimpolizei, Folter und Mord gehören eng zu unserer Kultur. Iwan, der Schreckliche, hat die Maßstäbe dafür gesetzt. Er und seine Geheimpolizei, die *Opritschina,* sind sozusagen zu einer Einheit verschmolzen. Bei Lenin wurde daraus die *Ochrana* und unter Stalin terrorisierte der *NKWD* die Bürger. Die russische Bürokratie hat die Menschen übrigens schon immer mit absurden Formularen, Genehmigungsverfahren, sich widersprechenden Vorschriften und erniedrigenden Ritualen des Wartens so lange ausgelaugt, bis ihnen jede Kraft zum Protest verloren ging.

(Grischin und Dostojewski essen eine Weile schweigend.)

Grischin: Das Essen ist hier wirklich gut.

Dostojewski: Ich beneide dich. Und das ist tatsächlich etwas Neues für mich. Früher fand ich ein aufregendes Leben immer erstrebenswert, inzwischen würde ich Ruhe und Sicherheit vorziehen. Das Treffen mit dir erinnert mich an ein Leben, für das ich mich einst auch hätte entscheiden können. Mit dir zu reden, ist wie ein Ausflug in eine andere Welt, auf einen anderen Planeten.

Grischin: Schön, dass du das so siehst. Also. Wie sieht es aus? Gehen wir noch in eine Bar?

Dostojewski: Ich weiß nicht.

(Der Kellner bringt die Rechnung.)

Grischin: Ich zahle.

Dostojewski: Kommt nicht in Frage. Dein Professorengehalt …

Grischin: Halt den Mund! Ich zahle.

(Grischin und Dostojewski verlassen das Restaurant.)

Aktennotiz

07.10.06

Das hätte selbst ich nicht für möglich gehalten. Man hat mich im Visier. Und dass dafür ausgerechnet Trebko als Quelle fungiert, gefällt mir nicht. Niemand außer Olga wusste von meiner Verabredung mit Grischin. Olga?

doku a-serk-059
(Quelle: der Koi)
Sitzungsprotokoll vom 17.08.06 (Auszug)
Grüner Saal
Präsident Romanow, Minister Antonov, Gergjew, Sperski, Ltn. Terschinski
Ausfertigung 1/1 (Präsident Romanow persönlich)
Geheime Staatssache/Verschlusssache

Präs. Romanow: Wir sprachen vor einer Woche über die Journalistin Ryschkowa. Was gibt es Neues in der Angelegenheit, Sperski?

Min. Sperski: Wir überwachen sie. Intensiver als vorher. Wir sind über ihren gesamten Datenfluss informiert. Alles wird mitgeschnitten. Wir haben alle Suchbegriffe, die sie ins Internet eingibt, analysiert. Es ist keine klare Ausrichtung zu erkennen. Sie ist an allem und jedem interessiert.

Präs. Romanow: Aus dem Dossier, das mir vorliegt, geht hervor, dass Ryschkowa sehr genau wusste, wo sie stochern musste. Auf jeden Fall weiß sie schon zu viel. Terschinski, wie konnte es überhaupt dazu kommen? Gibt es etwa eine undichte Stelle beim Militär?

Ltn. Terschinski: Das halte ich für ausgeschlossen. Außerdem sind Ryschkowas Informationen ungenau. Ich glaube nicht, dass sie aus erster Hand sind. Mittlerweile ist der Handel mit Informationen genauso inflationär wie alles andere.

Präs. Romanow: Gergjew?

Min. Gergjew: Vielleicht versucht sie nur auf raffinierte Art ihre Quelle zu decken und wartet auf den richtigen Moment, um mit ihrem Material an die Öffentlichkeit zu gehen.

Min. Sperski: Ryschkowa arbeitet äußerst professionell. Sie wird zweifellos keinen ihrer Trümpfe zu früh ausspielen. Und mit dem Fotomaterial über die Sexorgien auf Ihrer Datscha hat sie schon einmal ihr Gefühl für das richtige Timing bewiesen.

Min. Gergjew: Was soll das, Sperski? Das gehört hier nicht zur Sache. Es hat in meinem Hause keine Orgien gegeben. Solche Fotos können auf jeder anderen x-beliebigen Party geschossen worden sein. Es waren lediglich drei Stripteasetänzerinnen eingeladen.

Min. Sperski: Mir persönlich wäre es ja egal, aber Sie sind nicht irgendein Wirtschaftsmanager, sondern Minister. Das ist keine Frage der Moral, sondern der Diskretion.

Min. Gergjew: Wer im Glashaus sitzt, sollte nicht mit Steinen werfen. Von Ihnen ist sogar schon behauptet worden, dass Sie gelegentlich im Homosexuellenmilieu verkehren.

Min. Sperski: Das ist eine gezielte Provokation. Was beabsichtigen Sie damit, Gergjew? Sie und alle anderen wissen genau, was ich von Homosexuellen halte. Die Ärsche dieser Leute sollte man alle nach Sibirien schicken.

Präs. Romanow: Es reicht! Sperski, lassen Sie Ryschkowa noch eine Woche beobachten. Ich möchte eine Liste sämtlicher Suchbegriffe, die Ryschkowa eingibt. Dazu die Ausdrucke aller dazu angezeigten Seiten. Sie werden das Material persönlich durcharbeiten, Sperski, und mir das Wesentliche zusammenfassen.

Min. Sperski: Da werden gewaltige Datenmengen zusammenkommen. Mehr als die Hälfte davon wird von keinerlei Relevanz sein. Außerdem haben wir absolut keine Zeit zu verlieren.

Präs. Romanow: Schon gut, Terschinski wird Ihnen assistieren.

Und Sie, Gergjew, erstellen mir ein Dossier über Ryschkowas Privatleben. Suchen Sie nach jedem Stückchen Dreck, das sich finden lässt. Beziehen Sie alle Freunde und Verwandte mit ein. Für den Notfall sollten wir genügend Kompromat im Koffer haben. Lassen Sie Ihrer Fantasie freien Lauf.

Min. Gergjew: Mit Vergnügen, Herr Präsident.

Aktennotiz

07.10.06

(Betr.: allgemeine politische Hintergründe)

Noch einmal die Fotos aus Trebkos Ahnenforschung angesehen. Sie bringen epische Dimensionen zum Klingen. In Gruppen auf die Jagd zu gehen, kommt einer kultischen Handlung gleich. Die Herrscher, Kaiser, Fürsten, Despoten und Diktatoren stellten sie schon immer in den Dienst der Diplomatie.

Die Pirsch mit Stiefeln, Gewehren und Hunden durch unwirtliche Landschaften hat im Kommunismus eine lange Tradition.

Die Nomenklatura gleicht einer archaischen Stammesgesellschaft. Posten und Karrieren sind erblich geworden. Vielleicht ist es das, was das neue Russland im Ausland so unbegreiflich macht. Wir sind in die Zeit der Stämme, Clans und Banden zurückgefallen, deren einziger Zusammenhalt die Gier nach Geld und Macht ist.

doku a-serk- 060
(Quelle: Trebko)
Fotoabzüge

Stalin jagt mit einer auserlesenen Schar seiner Getreuen. Karge Natur. Eine Steinhütte im Hintergrund. Es könnte in Georgien sein. Stalin hält ein Gewehr hoch. Mit kaltem Siegerlachen. Das Gesicht maskenhaft. Als stünde er Modell für ein Gemälde. Vielleicht hat er gerade in die Luft geschossen. Auch die anderen lachen pflichtbewusst. Niemand weiß, wie viele bei diesen Jagdausflügen starben. Das Lachen in den Gesichtern ist starr. Die Angst dahinter ist deutlich spürbar. Niemand weiß, wer morgen noch am Leben ist.

Von einem Baumstumpf halb verdeckt, ist ein schlanker Mann mit scharf geschnittenem Gesicht zu erkennen. Zeranovs Großvater. Er galt als übler Intrigant und lieferte Tausende ans Messer. Schließlich musste er selbst dran glauben. Er starb nicht im Kampf. Nein, es war ein Jagdunfall.

Das Foto ist seltsamerweise von Hand koloriert. Die ursprüngliche Schwarz-Weiß-Aufnahme wirkt auf diese Art noch unwirklicher. Vielleicht hatte man vor, einen Ausschnitt für ein Plakat zu verwenden. Irgendetwas an dem unheimlich bunten Stalin erinnert mich an Romanow mit Ray-Ban-Sonnenbrille. Gibt es einen roten Faden?

Chruschtschow. Auf der Pirsch mit Fellmütze und Freunden aus dem Politbüro. Chruschtschows Ausdruck wirkt vergnügt. Verschneite Birkenlandschaft. Zwei Pferde. Am Rande ein Offizier. Die Mitglieder der Jagdgesellschaft scheinen auf einem Weg zu stehen und zu beratschlagen, welche Richtung sie nun einschlagen sollen. Es könnte sich genauso gut um eine Gruppe von Bauern handeln. Nichts deutet darauf hin, dass hier einer der zwei mächtigsten Männer der Welt seinem Freizeitvergnügen nachgeht. Einer der Jäger hält ein totes Kaninchen hoch. Wenn ich mich nicht irre, ist es Berischkins Vater. Der Mann neben ihm kommt mir ebenfalls bekannt vor. Mir fällt aber kein Name ein.

Breschnew. Frühling. Eine Datscha. An einer Wand lehnen Gewehre und auf einem Tisch liegt die Jagdbeute. Breschnew trägt einen unpassenden Schlapphut. Sein Gesicht ist von Krankheit gezeichnet. Ich glaube, einen deutschen Politiker zu erkennen. Zwei Männer im Hintergrund gehören zum KGB. Beide wechselten beim FSB in Führungspositionen. Beide profitierten durch ihre familiären Verbindungen zu den Oligarchen. Der eine von ihnen ist in Kabul von einem Querschläger getötet worden. So hieß es jedenfalls. Später sagte man, er wäre in den Opiumhandel verwickelt gewesen. (Die Einzigen, die von dem unsäglichen Krieg profitiert haben, sind die Opiumbarone und die vom Drogenhandel abhängigen Warlords.)

Chruschtschow und Ulbricht. Vielleicht in der DDR. Ulbricht sieht mit dem geschulterten Gewehr wie eine Karikatur aus. Seine hochmütige Haltung könnte darauf deuten, dass er der Gastgeber ist. Es sind noch andere DDR-Politiker dabei.

Es ist eigenartig, dass man die Deutschen sofort als solche erkennt. Ihre Politiker imitieren den Kleidungsstil des Politbüros, wirken dabei aber stets wie kostümiert. Und ihre Gesten haben etwas Ferngelenktes. Als hingen sie an Drähten. Dasselbe gilt für ihre Mimik.

Breschnew und Honecker. Zwei trostlose Gesichter. Symbolisch für die Zeit des Niedergangs. Der eine gezeichnet vom Wodkakonsum, der andere ausgedörrt von Askese, wie eine Wachsfigur, die echtes Leben heuchelt. Die KGB-Männer tragen Sonnenbrillen wie im Film. Berischkin (der Vater des Oligarchen) ist wieder dabei. Zeitweise war er in Ungnade gefallen.

Heutzutage wird auch wieder gejagt. Jetzt werden Geschäfte, Beteiligungen und Firmenübernahmen zwischen den Schüssen auf Wildenten besprochen.

Romanow mit Freunden. (Hat er überhaupt Freunde?) Hemdsärmelige Stimmung. Protzige Jeeps im Hintergrund. Sportkleidung. Romanow mit Ray-Ban-Sonnenbrille. Das Foto könnte auch auf Sizilien gemacht worden sein. An einem der Jeeps lehnen schwere Waffen, als gelte es, zu einem Kommandounternehmen aufzubrechen. Noch in vorderster Reihe Blawski. Romanow und Blawski – die Macht und das Geld. Einige tragen Tarnanzüge wie beim Militär.

Das martialische Gehabe passt zu Romanow. Aber es wirkt verstörend. Solche Bilder schaden im Ausland. Das ist es, was sie an Russland nicht verstehen.

doku a-serk-061
(in eig. Sache)
07.10.06
Anruf von Fink
autom. Mitschnitt

Fink: Ich habe die Spur aufgenommen.
Ich: Und was ist dabei herausgekommen?

Fink: Es war doch nicht so einfach, wie ich dachte. Niemand möchte mehr ohne überzeugenden Anreiz Auskünfte über andere geben. Das ging natürlich in der alten DDR einfacher.

Ich: Ja, das denke ich mir. Haben Sie schon etwas Konkretes für mich?

Fink: Nein, aber das könnte sich morgen schon ändern.

Ich: Warum rufen Sie dann eigentlich an?

Fink: Ich werde wohl einen Vorschuss brauchen, um richtig loslegen zu können.

Ich: Ich dachte, Sie haben eine Firma für private Ermittlungen? Da werden Sie doch wohl unter professionellen Bedingungen arbeiten.

Fink: Ja, natürlich, normalerweise … also, es gab in diesem Jahr einige geschäftliche Einbrüche.

Ich: Wollen Sie mir etwa sagen, dass Sie pleite sind?

Fink: So ungefähr. Ich musste ins Geschäft investieren. Sie wissen ja, Kunden, die nicht zahlen, hohe Zinsen und dann kam noch meine Ex-Frau mit dazu. Eine Scheidung, ich sage Ihnen …

Ich: Fink, bitte! So genau will ich es gar nicht wissen. Was ich brauche, ist schnelle und professionelle Arbeit. Wie Sie das machen, ist mir egal. Sie bekommen Ihren Vorschuss morgen per Kurier.

Fink: Vielen Dank. Das ist fair. Wissen Sie, früher …

Ich: Fink, ich will das nicht hören. Legen Sie los.

Fink: Ja, natürlich. Es tut mir leid … aber … verstehen Sie, der Kapitalismus hat uns nicht nur Vorteile gebracht, jeder kümmert sich um seinen Vorteil und …

Ich: Ich denke, der Kurier kann gegen 10:00 bei Ihnen sein. Und ich erwarte umgehend erste Ergebnisse. Haben Sie das verstanden? Sonst muss ich umdisponieren.

Fink: Verstanden. Also noch einmal vielen Dank für das Vertrauen.

Ich: Melden Sie sich nicht mehr per Telefon.

Fink: Verstanden. Vielen Dank noch mal.

doku a-serk-062

(Quelle: Fink)
an Dostojewski
Beiliegender Katalog wurde mir von dem Galeristen Hessler überreicht. Wie aus einer Notiz auf einer Restaurantrechnung gedeutet werden kann, wurde er vielleicht bei einer kleinen Feier von Serkassow (Golzin) signiert.

Katalog der Galerie Hessler – Leipzig

Aufgelegt im Mai 2006

Titel: Künstler der Galerie. Seite 12: Wiktor Golzin, Skulpturen und Zeichnungen. 15 Farbabbildungen

Text von Dr. Winkler

Zitat: Wiktor Golzin ist einer der typischen Autodidakten, die vor Talent strotzen und häufig erst spät entdeckt werden. Seine mächtigen Skulpturen sind zeitgemäß und zeitlos zugleich. Er hat die Moderne hinter sich gelassen und beschränkt sich auf archaische Suggestion. Seine Kunst ist russisch, tiefsinnig, depressiv, heroisch und demütig zugleich. Die Figuren bersten vor Kraft, aber ihre Gesten sind fragil, unsicher. Alle Figuren befinden sich auf einer seltsamen Suche. Manche halten unförmige Fundstücke in der Hand. Ein Etwas ohne wiedererkennbare Konturen. Scheinbar bedeutungslose Knollen oder Würfel, die wie aus der Hand herausgewachsen aussehen. Fundstücke aus einer anderen Welt. Man weiß nicht, ob die Objekte abgelegt werden sollen oder gerade erst aufgehoben worden sind. Wir werden nie wissen, was die ungefügen Personen aus grob gesägten Baumstämmen gefunden haben. Sie wissen es selbst nicht. Golzins Figuren sind stumme, verzweifelte Hüter dunkler Geheimnisse, die besser niemals gelüftet werden sollten.

doku a-serk-063
(Quelle: Fink)
Restaurantrechnung

Zum Goldenen Hirschen
Leipzig, Friedensstraße 3
Datum: 15.05.06

Forelle Müllerin	€ 35,00
Forelle Müllerin	€ 35,00
Forelle Müllerin	€ 35,00
Cordon Bleu	€ 38,00
Cordon Bleu	€ 38,00
Salatplatte Nelson	€ 74,00
1 Fl. Valois Rouge	€ 135,00
1 Fl. Valois Rouge	€ 135,00
5 Kaffee	€ 20,00
Total	€ 545.00

(handschriftl. Notiz auf der Rückseite: Treffen zur Feier des ersten Galerie-Katalogs Hesslers. Zusammen mit drei Künstlerkollegen)

doku a-serk-064
Eine Quittung
Ausleihe Leipziger Stadtbibliothek
Datum: 20.05.06

Walter Herford: Rembrand – Licht und Schatten
Emilio Crispi: Eduardo Chilida – Skulptur im Raum
Hans Mergenthaler: Der Kreml intern – Von Stalin bis zu Romanow
Charles Bourne: Russland – Quo vadis?
Nicolai Stern: Romanow – Der Zar aus dem Zwielicht

Aktennotiz

Beide Belege können wahrscheinlich Serkassow (Golzin) zugeordnet werden.

doku a-serk-065
(in eig. Sache)
Von: <dostinform@i.serv.de>
An: <nic@grischinhist.de>
Gesendet: 08.10.06
Betreff: com

Lieber Nicolai,

das Treffen mit dir war Balsam für meine Seele. So wie ich zurzeit arbeite, ist es ein verdammt einsamer Job. Mit niemandem reden zu können, ist eine Strafe der besonderen Art. Eine meiner Quellen hat mir wieder Material angeboten. Dass man in meiner Branche nicht viele Freunde hat, wusste ich schon vorher, aber im Laufe der Zeit sind selbst die wenigen, denen ich vertraut habe, einfach weggestorben. Du bist der Einzige, der noch übrig ist. Einfach zu reden, wie einem der Schnabel gewachsen ist, bin ich nicht mehr gewöhnt. Es ist ein wenig so, als würde man andauernd schlechte Luft atmen, und plötzlich sitzt man an einem Strand und weiß nicht, was man von der frischen Brise halten soll. Die ewigen Ränkespiele gehen irgendwann einmal an die Substanz. Es ist ein ständiges Wechselbad aus Erpressen und Erpresstwerden.

Obwohl ich eine meiner besten Quellen in der Hand habe, wird von ihr wieder eine Gegenleistung verlangt. Offenbar reicht mein Kompromat gegen sie nicht ganz aus. Der Informant wird über gute Beziehungen verfügen. Beim letzten Deal sollte ich einen Mann auf einem Foto identifizieren. Ich kannte ihn tatsächlich. Ein gewisser Boskowitsch. Ich habe mit mir gerungen, ob ich seine Identität preisgeben soll. Zuletzt habe ich es dann getan. Jetzt bereue ich es. Wahrscheinlich steht der Mann auf irgendeiner Abschussliste. Und wenn man ihn nun ausgeschaltet hat, bin ich dafür verantwortlich. Dieses Mal werde ich meinen Informanten als Gegenleistung mit Scheininformationen abspeisen.

Früher habe ich solche schauerlichen Begleiterscheinungen einfach weggesteckt. Angenehm war es nie, aber ich konnte damit leben. Immerhin haben sie uns lange und intensiv genug trainiert, um lästige Gefühle zu neutralisieren. Wie ich dir schon sagte, seit Afghanistan sind meine Nerven erheblich dünner geworden. Ich wollte es anfänglich nur nicht wahrhaben. Das ist das Merkwürdige, inmitten einer Situation denkt man nicht nach. Da ist es so, wie es ist. Erst später kommt einem dann der ganze Wahnsinn zu Bewusstsein. Man fängt an zu reflektieren. Und das sollte man besser unterlassen, wenn man die Kontrolle über seine Nerven behalten will. Und das ist auch wieder typisch für die Branche: Die Dokumente, die ich erhalten haben, sehen nach FSB-Restposten aus. Informationen solcher Art dienen als Spielmaterial. Sie haben keinen wirklichen Wert. Ja, mein Freund, das ist die Dunkelwelt, wie du sie nennst. Und dunkel ist sie wahrscheinlich, weil es einen bestimmten Menschentypus gibt, der sich erst wohlfühlt, wenn alle Lichter ausgeschaltet sind. Nein, mein lieber Freund, in dieser Welt soll rein gar nichts erhellt werden. In Wahrheit ist die ganze geheimdienstliche Tätigkeit wie eine riesige Nebelmaschine. Man sieht nur noch Schatten und Schemen. Da lässt es sich dann leicht gruseln. Das ist wohl auch so erwünscht. Zumindest gibt es noch immer eine große Lobby für die Vernebelung. In den oberen Etagen nennt man das Diplomatie. Und wir sitzen im Kellergeschoss und rühren die Mixturen für die Nebelmaschinen.

Vielleicht könnte man das alles auch sehr banal finden, wenn nicht ständig Menschen stürben, die entweder zu viel wissen oder zu viel sagen oder wiederum selbst andere auf dem Gewissen haben. Ich beneide dich. Ein Mann der Wissenschaft schwebt über solchen Niederungen. Wann ist dein Kongress zu Ende? Vielleicht können wir uns ja noch einmal sehen, bevor du Berlin wieder verlässt.

Übrigens: Unser Treffen ist beobachtet und unsere Unterhaltung belauscht worden. Ich habe noch keine Ahnung, was dahintersteckt. Es kann sein, dass es sich lediglich um eine Inszenierung handelt. Jemand war vielleicht nur daran interessiert, dass ich es erfahre. Entweder will man mir sagen, der große Bruder behält dich im Auge, oder man versucht Material über mich zu sammeln. Was für eine verrückte Welt. Alles scheint sich im Kreise zu drehen.

Mit herzlichen Grüßen, dein Michail

doku a-serk-066

(Quelle: Trebko – Herkunft unbekannt)

3 Listen, das Vermögen des in London lebenden russischen Milliardärs Juri Blawski betreffend.

Blawskis Fuhrpark:

2 Lamborghini
2 Mercedes 500 S (gepanzert)
4 Porsche Cayenne
1 Bentley
1 Rolls-Royce Silver Shadow
1 Maserati
1 Mercedes 300 (Oldtimer)
1 Cadillac (Oldtimer)
2 Jeep Wrangler
2 Jeep Toyota
3 Hummer (Sonderanfertigung – gepanzert)
5 Ferrari
Geschätzter Gesamtwert: 35 Millionen Euro

Blawskis Yachten:

1 Schiffsname: Nina
Hafen: Marbella
Typ: zweimast. Segelyacht Jongert
2 Schiffsname: Goldfinger
Hafen: Ibiza
Typ: Speedboot Marke Sunseeker mit 2.000 PS

3 Schiffsname: Blue Diamond
Hafen: Monte Carlo
Typ: Luxuskreuzer 40m
Geschätzter Gesamtwert: 80 Millionen Euro

Blawskis Besitz: Beteiligungen im Ausland

1. Immobilien:
Shanghai: 1 Einkaufszentrum – 2 Bürohäuser – 1 Hotel
Hamburg: 1 Bürohaus
Frankfurt: 1 Hotel
Dubai: 2 Inseln mit Appartementanlagen

2. Banken:
Bankog – London – New York

3. Ölgesellschaften:
Exxon – ChevronTexaco

4. Autoindustrie:
Mazda – General Motors

Geschätztes Gesamtvolumen: 15 Milliarden Euro

Aktennotiz

08.10.06

Dass die Reichen in unserem Lande sehr reich sind, pflegen sie in keiner Weise zu verheimlichen. Jetzt aber, da ich diese Zahlen lese, erstaunen sie sogar mich. Soros glaubt, mit solchen Summen ganze Staatsgebilde reformieren zu können. Welch schicksalhafte Verstrickung: Soros, ein ehemaliger Erzkapitalist, bekennt sich zum Altruismus, und die Söhne und Töchter unserer ehemaligen Nomenklatura, der Mitglieder der Partei-Elite und des Politbüros, führen den Kapitalismus in seiner nacktesten Banalität vor. Der Vulgärmaterialismus ist die neue Religion. Soros' Beispiel, und er ist nicht der einzige Weltverbesserer, könnte Romanow auf die Idee bringen, dass die abtrünnigen Oligarchen die Regierung schon lange in den Schatten gestellt haben, was die Frage der Macht angeht. Aber Zeranov, Luschkin, Brolin und die anderen haben keine Ziele, die über die Vermehrung ihrer Reichtümer hinausgehen. Diese Leute denken nur von einem Projekt zum nächsten. Sie stellen nun wirklich keine Opposition zur Regierung dar. Sie sind weder besser noch schlechter als die Männer um Romanow. Romanow wird sie nach alter Geheimdienstmanier unter Beobachtung halten, er wird Intrigen lancieren, er wird ihnen das Leben schwer machen, aber ermorden lassen wird er sie nicht. Zumindest möchte ich das im Moment noch glauben. In Paris und in Berlin gibt man sich freundschaftlich, aber man ist kritisch. Romanow braucht seine Freunde. Mordanordnungen wird man ihm nicht verzeihen. Oder doch? Man würde ihn auf die gleiche Stufe wie ehemals Saddam stellen. War Serkassow vielleicht nur ein Stänkerer, ein Querulant, der sich mit Verschwörungstheorien in Szene setzen wollte? Hätte ihn der FSB tatsächlich beauftragt, Berischkin zu töten, hätte er als versierter Agent auch für Beweise dafür gesorgt.

doku a-serk-067
(Quelle: Faber)
06.10.06
Berlin
AZ 3-50-621-szj/r
Hauptkomm. G. Olbricht

Protokoll: Befragung der Dorothe Hülsen
Charité – Intensivstation

GO: Die Umstände, unter denen wir uns begegnen, werden immer unglücklicher.

Hülsen: Ein Kursus für Diplomatie war in Ihrer Ausbildung wohl nicht drin?

GO: Ja, ich weiß, ich treffe nicht immer den richtigen Ton. Das liegt wohl an meinem Beruf. Ich habe nur selten gute Nachrichten zu vermelden. Dieser Fall ist etwas Besonderes. Glauben Sie nicht, dass mich das alles kaltlässt. Was ist mit Ihren Kindern? Haben sie auch etwas von der Strahlung abbekommen?

(Hülsen steigen Tränen in die Augen. Sie schweigt einige Minuten.)

Hülsen: Ja. Ich hoffe, weniger als ich. Sie stehen unter ärztlicher Beobachtung. Zurzeit sind sie bei meiner Schwester.

GO: Sie hatten gestern Besuch von einer Russin.

Hülsen: Werde ich hier im Krankenhaus etwa überwacht?

GO: Nein, eher bewacht. Zu Ihrem Schutz. Diejenigen, die Serkassow umgebracht haben, könnten davon überzeugt sein, dass Sie etwas von dem, was er herausgefunden hat, wissen.

Hülsen: Sie glauben, man wird sich die Mühe machen, eine todkranke Frau umzubringen?

GO: Es geht darum, was Sie wem vor Ihrem Tod noch sagen könnten. Aber Sie werden nicht sterben.

Hülsen: Sind Sie auch Arzt?

GO: Nein, aber ich habe mich ein wenig über Polonium informiert.

Die Strahlung alleine ist nicht das Entscheidende. Die Substanz muss in den Körper gelangen. Die Aussagen der Fachleute sind darüber hinaus sehr unterschiedlich. Das liegt wohl daran, dass man zu wenig Erfahrungen mit Polonium-Vergiftungen hat. Vielleicht spielt das Immunsystem ja auch noch eine Rolle.

Hülsen: Als Wiktor, ich meine Alexander, wieder zurück war, haben wir eine sehr liebevolle Nacht miteinander verbracht.

GO: Ich verstehe. Sie meinen, da könnten sich die Körpersäfte …

Hülsen: So ungefähr. Am schlimmsten ist es für die Kinder. Ich hätte nie geglaubt, dass Menschen zu so etwas fähig sind. Was sind das nur für Leute?

GO: Genau das versuchen wir herauszufinden. Und es geht um wesentlich mehr. Allein die Tatsache, dass man eine solche Substanz an sich gebracht hat, ist schon schauerlich genug. Wenige Gramm in einem städtischen Trinkwassersystem … es ist gar nicht auszudenken. Verstehen Sie, warum jede auch noch so kleine Information wichtig ist? Haben Sie noch einmal nachgedacht? Gibt es noch etwas, das Ihnen zu Alexander Serkassow eingefallen ist?

Hülsen: Nein, ich habe Ihnen alles gesagt!

GO: Sie meinen, Sie haben mir nichts gesagt.

Hülsen: Wenn Wiktor … Alexander das war, was Sie behaupten, dann gehörte es auch dazu, dass er seine

Rolle perfekt spielte. Aber ich habe schon einmal angedeutet, dass er sich wohl bereits zu dem Zeitpunkt, als ich ihn Paris traf, mit seiner Rolle identifiziert hatte. Er war einfach zu Wiktor Golzin geworden.

GO: Kommen wir zurück auf Ihren Besuch. Die Russin! Wollen Sie mir etwas darüber erzählen?

Hülsen: Nein, ich habe ein Recht auf Privatsphäre!

GO: Frau Hülsen, bitte, natürlich haben Sie das. Aber helfen Sie mit, dass so etwas, wie es Ihnen und Ihrem Mann passiert ist, nicht wieder geschehen kann. Ich appelliere an Ihr Mitgefühl.

Hülsen: Sie ist eine alte Freundin Alexanders.

GO: Hat sie einen Namen?

Hülsen: Nein! Es reicht.

GO: Wir werden es ohnehin herausfinden. Sie könnten helfen, die Reibungsverluste zu verringern.

Hülsen: Sie hat nichts mit alledem zu tun. Sie ist in Kulturkreisen zu Hause. Schriftstellerin.

GO: Also eine Intellektuelle. Ist sie vielleicht eine Regimekritikerin? Kannte Ihr Mann sie aus diesem Grund?

Hülsen: In Russland sind alle Intellektuellen Regimekritiker.

GO: Etwas anderes. Serkassow unterhielt verschiedene Konten in der Schweiz sowie in London. Er war mehr als wohlhabend. Haben Sie das gewusst?

Hülsen: Ja, sicher. Warum sollte ein Mann in Alexanders Alter kein Geld angesammelt haben?

GO: Es handelt sich um ein kleines Vermögen. Ist Ihnen das nicht merkwürdig vorgekommen? Haben Sie keine Fragen gestellt?

Hülsen: Ich bin kein misstrauischer Mensch. Natürlich habe ich ihn gefragt, aber seine Antworten haben mich zufriedengestellt. Ich glaube, er hatte eine gute Hand, was die Vermehrung seines Geldes betraf.

GO: Und wie hat er das gemacht?

Hülsen: Wie schon? Wie es alle machen. Er hatte in Aktien investiert und schien sich gut auszukennen. Was sollte ich daran ungewöhnlich finden? In meinem Bekanntenkreis gibt es etliche, die etwas geerbt und diese Beträge mit vorsichtigen Spekulationen vermehrt haben.

GO: Wollen Sie mir vielleicht doch noch etwas über die Russin sagen?

Hülsen: Ich möchte jetzt gerne meine Ruhe haben.

GO: Ja, natürlich. Das alles tut mir aufrichtig leid. Verlieren Sie nicht den Mut. Geben Sie nicht auf. Und wenn Ihnen doch noch etwas zu der Russin einfällt: Ich bin jederzeit für Sie da.

doku a-serk-068

(Quelle: Trebko)
28.04.06
Moskau – 0002 – 05 / 0031
Briefkopf FSB/Reg. 08 – 211
Observationsprotokoll – Ltn. Setlow
Zielperson: Anna Ryschkowa

09:15

Ryschkowa kommt aus ihrer Wohnung und steigt in ihren Wartburg. Sie fährt in Richtung Norden.

10:25

Sie hält vor einem großen Geschäft für Sportartikel und geht hinein.

11:10

Ryschkowa kommt mit zwei großen Plastiktüten aus

dem Geschäft heraus und fährt in Richtung Innenstadt.

11:15

Ryschkowa hält vor einer Bäckerei, kauft Brot und Kuchen und fährt weiter.

11:40

Ryschkowa hält in der Petruschkow-Allee Nr. 127 vor den Geschäftsräumen der Firma *Gronski Media* (die Firma wurde vor zwei Jahren für längere Zeit observiert).

12:30

Ryschkowa kommt aus dem Haus, holt eine der Plastiktüten aus ihrem Wagen und kehrt damit wieder in die Geschäftsräume der Firma *Gronski Media* zurück.

13:00

Ryschkowa kommt ohne die Plastiktüte wieder aus dem Haus und fährt ab.

13:15

Ryschkowa hält vor dem Restaurant *Rodina.* Geht hinein.

13:20

Ryschkowa sitzt mit einer jungen Frau (ca. 30 Jahre) an einem Tisch.

Nachdem beide bestellt haben, holt die unbekannte Frau einen Laptop aus einer Tasche. Ryschkowa legt einen Notizblock zurecht.

Die Frau richtet den Bildschirm so aus, dass Ryschkowa ihn gut sehen kann. Ryschkowa macht sich Notizen.

13:40

Der Kellner bringt das Essen. Die beiden Frauen unterhalten sich angeregt.

14:15

Der Kellner bringt zwei Tassen Kaffee.

14:20

Eine weitere junge Frau kommt dazu. Sie hat nur eine Aktentasche dabei, die Ryschkowa an sich nimmt. Sie redet einen Moment mit Ryschkowa und geht dann wieder.

14:40

Ryschkowa bezahlt. Die beiden Frauen verlassen das Restaurant.

15:20

Ryschkowa hält vor ihrer Wohnung und betritt das Haus.

18:00

Ryschkowa verlässt mit drei großen Reisetaschen das Haus.

18:30

Ryschkowa gibt ihre Taschen bei *Gronski Media* ab.

19:10

Ryschkowa kommt wieder in ihre Wohnung zurück.

23:00

Übergabe an Koljew

doku a-serk-069
(Quelle: Trebko)
29.04.06
Moskau – 0002 – 06 / 0031
Briefkopf FSB/Reg. 08 – 212
Observationsprotokoll Ltn. Koljew
Zielperson: Anna Ryschkowa

10:20
Anna Ryschkowa kommt aus ihrer Wohnung und geht zu Fuß zu einem nahe gelegenen Supermarkt.
10:50
Mit mehreren Tüten zurück.
14:30
Ein Lada Jeep fährt vor (am Steuer eine Frau). Ryschkowa kommt mit zwei kleinen Koffern aus dem Haus. Sie steigt in das Fahrzeug.
Die beiden Frauen reden eine Weile miteinander. Der Jeep fährt ab.
15:10
Jeep hält bei *Gronski Media.* Beide Frauen gehen ins Haus.
18:00
Die Fahrerin des Lada kommt heraus und fährt fort.
18:10
Sie kommt zu Fuß zurück (vermutlich hat sie das Fahrzeug nur in einer Seitenstraße geparkt).
19:00
Zwei junge Männer und eine Frau verlassen die Firma.
19:30
Ryschkowa kommt aus dem Eingang und raucht eine Zigarette. Sie sieht sich misstrauisch um und geht wie-

der zurück ins Haus.

20:00

Zwei weitere Männer verlassen die Firma.

22:00

Die Beleuchtung wird größtenteils ausgeschaltet.

22:30

Eine Frau kommt zu Fuß aus Richtung der Untergrundstation und geht ins Haus. Für kurze Zeit wird noch einmal ein Deckenlicht eingeschaltet. Die Frau verlässt die Büroräume wieder.

23:15

Ein Toyota Corolla verlangsamt seine Fahrt vor dem Haus auf Schritttempo und gibt wieder Gas.

24:00

Übergabe an Lowinski

01:30

Eine Kontrolle der umliegenden Straßen im Umkreis von 15 Minuten Fußweg ergab, dass dort kein Lada Jeep geparkt worden ist.

doku a-serk-070

(Quelle: der Koi)
06.10.06
MI6 – Dep. 3
Interner Bericht
Thomas Cromby – r-30/129
an Jeremy Landers
Betr.: Giftanschlag auf Alexander Serkassow

Es hat sich herausgestellt, dass Oleg Woykow sich am 12.09. vormittags gegen 10:30 in Blawskis Büro in der Down Street aufgehalten hat. Wir wissen nicht, ob

Woykow mit Blawski persönlich oder einem seiner Mitarbeiter verabredet war. Zwei Stunden später traf er sich zum Essen mit einem Manager der Sicherheitsfirma *ARIS.* Soweit wir wissen, unterhält Blawski geschäftliche Beziehungen zu *ARIS.* Die Firma kümmert sich um die Sicherheit von Blawskis Immobilien und unterhält Filialen in vielen anderen europäischen Ländern sowie in Amerika.

ARIS wird offiziell von dem Engländer Peter Moore geleitet, aber wir vermuten, dass er nur ein Strohmann ist. Die Angestellten im operativen Dienst bei *ARIS* sind überwiegend Exilrussen. Wir vermuten weiterhin, dass ARIS mit finanzieller Unterstützung Blawskis gegründet wurde.

Peter Moore arbeitete bis 1998 als Terrorismusexperte beim MI5. Moore war mehrmals wegen unsauberer Arbeitsmethoden aufgefallen: So starb 1995 bei einem Verhör, das Moore leitete, ein Mann durch ungeklärte Umstände. Moore wurde daraufhin in eine andere Abteilung versetzt und der Zwischenfall unter den Teppich gekehrt. Nach nur zwei Monaten durfte er bereits wieder für ein Sonderkommando arbeiten. Moore galt als versierter Stratege und perfekter Koordinator.

Er wäre zweifellos der richtige Mann für die Planung einer komplexen Aktion. Der Fall Serkassow könnte von vornherein mit gezielten Täuschungsmanövern inszeniert worden sein.

Falls Scotland Yard in Moskau erfolglos bleibt, schlage ich vor, unsere Mitarbeiter vom Moskauer Außendienst einzuschalten.

gez. Cromby

Aktennotiz
09.10.06

Offenbar hat sich Serkassow nach der Lektüre verschiedener Bücher aus der Leipziger Stadtbibliothek die Ansicht zusammengereimt, Romanow könnte über kurz oder lang die Demokratie aushebeln und eine Autokratie mit dem FSB als Prätorianergarde und den Oligarchen als Finanziers ausrufen.

Das wäre zwar eine etwas abenteuerliche Vermutung, aber Anna Ryschkowa hat etwas Ähnliches behauptet, wenn auch in abgemilderter Form. Sie wies in erster Linie auf die Tendenzen hin. Serkassow hatte sich selbst allerdings einem Mafiakapitalismus angedient. Er sah sich in der Rolle des einzigen Beschützers, und Romanow spielte in seinem Szenario den bösen Paten, der jederzeit jeden Mord befehlen und legalisieren kann.

Aus Serkassows Sicht verständlich. Er kennt die Strukturen des paranoiden Wahnsinns von innen.

doku a-serk-071
(Quelle: Trebko)
Fotoabzug 1
Datiert: 12.05.03
Blawski vor einem Nachtklub.

Den Autonummern nach zu urteilen, in Moskau aufgenommen. Blawski ist gerade aus einem offenen Mercedes-Coupé gestiegen. Neben ihm eine unbekannte Blondine in Abendkleid und teurem Schmuck. Vorne im Bild: Anna Ryschkowa mit einem Mikrofon in der Hand. Hinter Blawski zwei kräftige Männer in schwarzen Anzügen. Sonnenbrillen.

Zwei Mädchen im Eingang sehen mit begehrlichen Blicken zu Blawski. Blawski sieht in Richtung Anna Ryschkowa. Sein Mund ist halb geöffnet, als hätte er gerade etwas gesagt.

Kommentar: Vermutlich interviewt Ryschkowa Blawski. Das Foto sagt nichts Neues.

Fotoabzug 2

Datiert: 25.06.03 (drei Monate vor Berischkins Tod)

Blawski und Berischkin in einem Nachtklub. Table Dance. Etliche schöne Mädchen am Tisch. Champagner. Im Hintergrund zwei Männer mit schwarzen Lederjacken und Sonnenbrillen.

Fotoabzug 3

Datiert: 01.10.03

Blawski, Serkassow und ein unbekannter junger Mann in Badehose auf einer Yacht. Am Heck unter einem Sonnensegel. Blawski in einem weißen Anzug. Serkassow in Bermudashorts. Auf einer Sonnenliege eine Frau im Bikini. Blawski betrachtet die Frau. Serkassow sieht mit bösem Blick in die Kamera. Seine Muskeln scheinen angespannt, als würde er gleich auf den Bootssteg springen und die Kamera, die ihn ansieht, in Schrott verwandeln wollen.

Mit im Bild: andere Yachten. Angeschnitten. Im Hintergrund ist ein Stück von der Fassade eines Hafengebäudes zu sehen. Man kann nichts erkennen, was auf den Ort schließen lässt. Es könnte ein x-beliebiger Yachthafen im Mittelmeer sein.

Aktennotiz
09.10.06

Auf den Fotos scheint Berischkins und Blawskis Welt noch in Ordnung. Immerhin zeigt das letzte Foto, dass Serkassow sein Versteck für ein Treffen mit Blawski verlassen hat. Zu dem Zeitpunkt (2003) war Blawski bereits in Ungnade gefallen und hatte sein Büro nach London verlegt. Will man mich nur auf etwas hinweisen? Etwa auf Anna Ryschkowa? Was ist ihr Part in der ganzen Affäre? Serkassow glaubte, etwas zu wissen. Aber wusste er wirklich etwas so Bedeutsames, das einen so grauenvollen Tod rechtfertigt?

doku a-serk-072
(in eig. Sache)
Von: <dostinform@i.serv.de>
An: <nic@grischinhist.de>
Gesendet: 09.10.06
Betreff: com

Lieber Nicolai,

du wirst dich wundern, dass ich mich schon wieder melde. Zu Recht. Früher wurde ich selten von solch einem Mitteilungsbedürfnis befallen. Aber da in meinem Beruf die Desinformation das Ziel aller Wünsche ist und ich das immer mehr erkenne, wird mir jeder Austausch von persönlichen Wahrheiten zum kostbarsten Gut, das mir in dieser Ödnis von Täuschung, Intrige und Selbstsucht noch bleibt. Die Tatsache, dass man unser Treffen observiert hat, ist mir erst mit einer gewissen Verzögerung auf den Magen geschlagen.

Seitdem beobachte ich die Gäste in der Hotelhalle

und die parkenden Autos auf der Straße genauer als sonst. Wenn die Akte Serkassow etwas ans Licht bringen sollte, das auf Romanows Mitwirkung hinweist, wird man auch versuchen, mich zu neutralisieren. Ich hätte nicht gedacht, jemals wieder in eine solche Situation zu kommen.

Ich fühle eine eisige Kälte. Außen wie innen. Es regnet seit zwei Tagen. Und ich denke öfter an Olga, als mir lieb ist. Meine Stimmung ist auf dem Nullpunkt angelangt. Das Leben, das ich führe, kotzt mich an.

Aber was nehme ich mir da heraus, dir mit meiner Depression zu kommen. Auch wenn du ein gänzlich anderes Leben führst, wirst du deine eigenen Sorgen haben, und es ist nicht besonders feinfühlig von mir, dich mit meinen persönlichen Problemen zu behelligen. Ich hoffe, es geht dir gut. Ich würde mich freuen, von dir zu hören, auch wenn es von deiner Seite nicht viel zu sagen gäbe.

Herzliche Grüße, dein Michail

doku a-serk-073
(eig. Recherche)
Interview vom 15.04.03
aus dem französischen Edelmagazin *De Luxe*
mit Mascha Blawski, der Ehefrau des Multimillionärs Juri Blawski

De Luxe: Frau Blawski, Sie sind die Frau eines der reichsten Männer Russlands. Viele russische Frauen beneiden Sie um das Leben, das Sie führen.

Mascha Blawski: Ist das so, oder vermuten Sie das nur?

De Luxe: Kennen Sie etwa den Kontostand Ihres Mannes nicht?

Mascha Blawski: Ich weiß nicht einmal, wo sich das persönliche Konto meines Mannes befindet.

De Luxe: In der Schweiz vermutlich.

Mascha Blawski: Davon abgesehen, wer weiß schon, wie ich lebe, außer einigen wenigen Freunden?

De Luxe: Nun, es gibt schon einige gesellschaftliche Anlässe, auf denen Sie zu sehen sind. Modeschauen, Luxusmessen.

Mascha Blawski: Mag sein. Manchmal handelt es sich um Veranstaltungen, auf denen ich repräsentative Funktionen wahrnehme. Aber das kommt nicht so oft vor, wie die einfachen Leute vielleicht glauben.

De Luxe: Sie meinen damit die Leute, die nicht so reich sind wie Sie?

Mascha Blawski: Ich komme selbst aus armen Verhältnissen. Ich weiß, wie es ist, wenn man nur wenig Geld hat. Aber Geld alleine macht nicht glücklich.

De Luxe: Wie es scheint, kann Ihr Mann nicht genug davon bekommen. Wie viel besitzt er inzwischen? Vor ein paar Jahren waren es 15 Milliarden Dollar. Inzwischen wird noch einiges hinzugekommen sein.

Mascha Blawski: Wenn von Milliarden die Rede ist, sollten Sie doch wissen, dass es sich um den Wert seiner Firmen handelt. Das ist schließlich nicht unser Privatvermögen.

De Luxe: Trotzdem, sparen müssen Sie nun wirklich nicht.

Mascha Blawski: Meinem Mann geht es nicht nur ums Geld. Er hat viel für die Arbeiter in seinen Unternehmen getan, und er gibt große Summen für Schulen und andere Institutionen aus.

De Luxe: Und er finanziert politische Parteien. Geht es Ihrem Mann auch um politischen Einfluss?

Mascha Blawski: Das müssen Sie ihn schon selbst fragen. Ich halte mich aus solchen Dingen heraus.

De Luxe: Ihr Mann will sich demnächst ein Privatflugzeug anschaffen. Einen Airbus.

Mascha Blawski: Was für ein Unsinn. Wir haben doch schon drei Privatjets. Sie gehören dem Konzern, aber wir können sie jederzeit benutzen. Mein Mann legt wenig Wert auf Statussymbole.

De Luxe: Und was ist mit dem Rolls-Royce?

Mascha Blawski: Der Rolls-Royce wurde für offizielle Zwecke angeschafft. Juri fährt privat einen Volvo. Und er hasst teure Kleidung. Ich kenne ihn fast nur in Jeans und Pullovern.

De Luxe: Aber Ihr Mann war zu einem Empfang bei der Königin von England eingeladen. Da wird er doch wohl kaum in Jeans erschienen sein.

Mascha Blawski: Er musste sich einen Frack kaufen. Ich fand, er sah recht gut darin aus. Nach dem Empfang warf er ihn in den Abfallkorb.

De Luxe: Womit machen Sie einem Mann, der schon alles besitzt, zum Geburtstag eine Freude?

Mascha Blawski: Da muss ich nachdenken.

De Luxe: Eine teure Armbanduhr?

Mascha Blawski: Mein Mann trägt meistens einfache Digitaluhren von Seiko. Sie müssen nur viele elektronische Funktionen haben.

De Luxe: Und was gefällt ihm?

Mascha Blawski: Eigentlich nur Kugelschreiber und Notizbücher. Und Rasierwasser aus dem Supermarkt.

De Luxe: Wir sind erstaunt.

Mascha Blawski: Sein Lieblings-Eau de Cologne

heißt *Silver Stream* und kostet kaum mehr als eine Tube Zahnpasta.

De Luxe: Es gibt Fotos von Ihrem Mann aus früheren Zeiten. Er war ein wenig korpulent, trug billige, schlecht sitzende Anzüge, eine altbackene Hornbrille und einen wenig vorteilhaften Bart. Hat Ihr Einfluss die Veränderung bewirkt? Heute kann man ihn nicht mehr von einem der smarten New Yorker Banker unterscheiden.

Mascha Blawski: Ich weiß nicht, wie New Yorker Banker aussehen.

De Luxe: Waren Sie etwa noch nie in New York?

Mascha Blawski: Nein. Amerika interessiert mich nicht besonders.

De Luxe: Aber Ihr Mann besitzt ein teures Appartement in Manhattan.

Mascha Blawski: Was Sie nicht sagen. Davon weiß ich nichts. Allerdings unterhält er ein Büro dort. Aber Sie haben recht. Juri sah früher wirklich ein wenig wie ein kaukasischer Autohändler aus. Er hatte damals nicht das geringste Interesse an gutem Stil.

De Luxe: Auch wenn Sie uns erzählen, dass sie auf Luxus gut verzichten können, sind Ihre Partys in aller Munde.

Mascha Blawski: Auf die Frage habe ich schon gewartet. Von einem Geschäftsmann mit internationalen Verpflichtungen werden gesellige Zusammenkünfte dieser Art erwartet.

De Luxe: Gehören Nackttänzerinnen auch dazu?

Mascha Blawski: Ach, waren Sie etwa ebenfalls dort und haben welche gesehen?

De Luxe: Ja, das waren wir. Wir waren eingeladen.

Mascha Blawski: Na sehen Sie, dann wissen Sie doch,

dass Sie gerade von einer Firmenparty sprechen, zu der sich einer der Manager eine tänzerische Einlage gewünscht hat.

De Luxe: Ihr Mann ist häufig in Nachtklubs mit hübschen jungen Mädchen gesehen worden. Sind Sie eifersüchtig?

Mascha Blawski: Ach, mein Gott, jetzt kommt wieder diese Geschichte. Sie beziehen sich auf Fotos, die vor vielen Jahren gemacht worden sind. Juri hasst Bars und Discos. Es hat eine Zeit gegeben, da war er wohl häufiger mit Berischkin unterwegs. Da hatte ich Juri gerade erst kennengelernt.

De Luxe: Man sagt, Ihr Mann und Berischkin wären auf Distanz gegangen. Was ist geschehen?

Mascha Blawski: Nichts. Sie sehen sich nur seltener als früher. Beide sind sehr viel beschäftigte Männer.

De Luxe: Man sagt, Berischkin arbeite gegen die Regierung.

Mascha Blawski: Was meinen Sie damit? Wir leben in einer Demokratie und freien Wirtschaft. Berischkin sagt nur seine Meinung. Viele andere denken ähnlich.

De Luxe: Meinen Sie damit auch Ihren Mann?

Mascha Blawski: Mein Mann sieht sich ausschließlich als Unternehmer. Es geht ihm nur darum, die Dinge zu optimieren. Und in Russland könnte manches besser funktionieren.

De Luxe: Das hat Ihr Mann auch zu Romanow gesagt.

Mascha Blawski: Mein Mann wird sich davor hüten, dem Präsidenten Ratschläge zu erteilen. Es geht ihm um das Wohl der Wirtschaft in diesem Land. Und was gut für die Wirtschaft ist, ist gut für die Politik und das russische Volk.

De Luxe: Ihr Mann hat also keine politischen Ambitionen?

Mascha Blawski: Nein. Gewiss nicht. Das würde seine Vorstellungen von Effektivität stören.

De Luxe: Dafür hat er dem Präsidenten aber sehr deutlich gesagt, wie er sich die Veränderungen in Russland vorstellt.

Mascha Blawski: Es geht um Verbesserungen. Mein Mann betrachtet die Dinge rein rational, und der Präsident genauso.

De Luxe: Glauben Sie, dass Berischkin das Präsidentenamt anstrebt? Ist er deswegen bei Romanow in Ungnade gefallen?

Mascha Blawski: Das weiß ich nicht. Berischkin nimmt den Mund gelegentlich etwas zu voll. Juri hat ihn oft gewarnt. Aber glauben Sie mir, ich interessiere mich nur wenig für die Spiele der großen Jungs.

De Luxe: Sie haben sich erst vor kurzer Zeit einen alten maurischen Palast in Marbella gekauft. Mit einem Pferdegestüt. Haben Sie dort schon Urlaub gemacht?

Mascha Blawski: Ach! Das ist typisch. Das ist kein maurischer Palast. Das ist nur eine Bungalowanlage in maurischem Stil. Und ein Pferdegestüt gibt es dort auch nicht. Wir besitzen in Marbella einige wertvolle Araberhengste. Das ist aber auch schon alles.

De Luxe: Planen Sie und Ihr Mann, Russland zu verlassen?

Mascha Blawski: Wir leben bereits überwiegend in London. Mein Mann und ich lieben Russland, aber internationale Geschäfte lassen sich eben besser von London aus steuern.

De Luxe: Würden Sie Berischkin auch empfehlen, Russland für eine Weile den Rücken zu kehren und sich vielleicht in Marbella niederzulassen?

Mascha Blawski: Ja, er sollte ein wenig ausspannen. So weit von Moskau entfernt wie möglich.

De Luxe: Frau Blawski, wir danken Ihnen für das Gespräch.

doku a-serk-074
(eig. Recherche)
29.09.03
Zeitungsartikel
Nowaja gaseta – Autorin: Anna Ryschkowa

Titel: Russland, deine Märchen!

Ein Multimillionär, einer, der teure Sportwagen sammelt, der von bildschönen Frauen umgeben und von illustren Freunden umworben ist, der überall auf der Welt riesige Traumvillen besitzt, setzt sich an einem grauen Oktobertag alleine in seine schwer gepanzerte Mercedes-Limousine und fährt von St. Petersburg in Richtung Moskau.

Es ist der 26.09.03, später Vormittag. Um sich bei Laune zu halten, schiebt er eine Freddy-Mercury-CD in das Abspielgerät der 200-Watt-Anlage und braust durch die öde Landschaft. Zwei Mal erhält er während der ersten Stunde einen Anruf auf seinem Handy. Dann setzt ein Schneesturm ein. Der Luxuswagen ist technisch auf dem neuesten Stand und wird ständig gewartet, aber die Scheibenwischer verweigern den Schnellgang. Auf der Straße liegen plötzlich große Steine, Schaufeln und Hacken. Wie später festgestellt wird, sind sie einem Transporter mit defekter Ladeklappe verloren gegangen.

Ein Reifen der Mercedes-Limousine platzt. Es passiert nicht viel. Der Wagen kommt nur ein wenig aus der Spur und bleibt mitten auf der Fahrbahn stehen. Der Multimillionär steigt aus und stellt ein Warnsignal auf. Er ist nur mit einem 500-Dollar-Anzug bekleidet. Er öffnet im Schneesturm die Heckklappe und holt Werkzeug für einen Reifenwechsel heraus. Dann sieht er durch die Schneewehen Lichter auf sich zukommen. Ein großes Fahrzeug, das sich schnell nähert.

Der Multimillionär springt in den Mercedes. Er will sein teures Fahrzeug in Sicherheit bringen. An sich selbst denkt er dabei nicht. Er hätte einfach von der Fahrbahn gehen können. Jetzt kann er erkennen, um was für ein Fahrzeug es sich handelt: Ein riesiger Tanklaster rast auf ihn zu. Dann ist es auch schon geschehen. Es kracht, es knirscht. Der Mercedes wird noch hundert Meter weit mitgeschleift. Dann überschlägt sich der Tanklaster. Benzin fließt aus. Ein Funke! Eine Feuersbrunst im Schneesturm. Was übrig bleibt, sind verglühter Schrott und verkohlte Leichen. Ca. 13 Uhr. Dimitri Berischkin, einer der zehn reichsten Männer Russlands, ist auf tragische Weise ums Leben gekommen. Und es gab keine Zeugen.

Nein! Nichts an dem Unfall ist tragisch. Tragisch ist nur die Art und Weise, in der man uns in Russland die neuen Märchen serviert. Berischkin ist seit Jahren nicht ohne Fahrer, ohne ein oder zwei Bodyguards in seinen Wagen gestiegen. Tragisch auch, dass Berischkins Fahrer und sein Sicherheitschef vor zwei Tagen das Land in Richtung Südamerika verlassen haben. Widersprüchlich auch, dass die Wetterberichte am 26.09. lediglich von geringfügigen Schneefällen in der Nacht gesprochen haben. Und natürlich gibt es Zeugen. Der Unfallort wurde weiträumig abgesperrt, und dabei hatte nicht die Polizei das Sagen, sondern eine Sondertruppe des Innenministeriums. Aber wer weiß, vielleicht werden einige Misanthropen sagen, Berischkin habe seine besten Zeiten hinter sich gehabt. Einstmals ein guter Freund unseres Präsidenten, hat man seine weiße Weste mit einem Haufen Dreck bekleckert. Gänzlich korrupt soll er gewesen sein. Als ob es irgendjemanden von den Reichen und Mächtigen in diesem Land gäbe, der das nicht ist. Und an Treue zu Romanow hat er es auch vermissen lassen. Und irgendwie hat er auch noch irgendwelche Sachen mit seinem vielen Geld gemacht, die ihm den Ruch des Hochverrats einbrachten. Bei den Mächtigen hatte er keinen Stein mehr im Brett. Sie hatten gerade angefangen, ihm das Leben schwer zu machen. So hatten sie schon Steuernachzahlungen geltend gemacht, die Berischkins Vermögen in der Summe weit übertrafen. Vielleicht hätte er schon bald keinen Rubel mehr besessen. So könnte man zynisch sagen: Das Schicksal hat ihm einen Absturz in die Armut erspart. Allerdings gibt es auch andere Meinungen.

Gestern bekam ich einen Anruf. Jemand behauptete, am 26.09. gegen 14 Uhr mit Berischkin telefoniert zu haben. Berischkin habe eine Freisprechanlage im Auto benutzt und der Informant habe gut hören können, wie der Millionär seinen Fahrer angewiesen hat, langsamer zu fahren. Ich habe den Mann getroffen. Er ist absolut glaubwürdig. Berischkin wollte einen Geschäftsfreund in einer Raststätte treffen.

Vielleicht ist die Version meines Informanten ein anderes Märchen, aber es hört sich zumindest logischer an. Am Vormittag des 26. stieg Berischkin mit seinem Fahrer und seinem Sicherheitschef in den Mercedes.

Schon bald nach dem Anruf meines Informanten stoppte der Fahrer den Wagen. Ein anderes Auto, das dem Mercedes in großem Abstand gefolgt war, fuhr heran und hielt. Der Fahrer und der Sicherheitschef sprangen in das Fahrzeug, das sofort davonraste.

Spätestens jetzt muss Berischkin klar geworden sein, dass er in eine Falle geraten war. Seltsamerweise fahren keine Fahrzeuge mehr auf der Straße. Es ist nicht das erste Mal, dass man diese Technik anwendet: Die Straße ist einen Kilometer vor und hinter Berischkin abgesperrt. Jetzt kommt der Tanklaster. Berischkin winkt und hofft, dass der Laster anhält, um ihm zu helfen. Der Fahrer des Lasters hat den Auftrag erhalten, Berischkin mitzunehmen und zu einem Rastplatz zu fahren. Er weiß nicht, dass auch er geopfert werden soll. Jetzt wird über Funk ein Sprengsatz gezündet, der den Tanklaster zur Explosion bringt. Nur kurze Zeit später erscheint das Spezialkommando.

So ungefähr könnte es gewesen sein, glaubt mein Informant. Woher will er das wissen? Nun, weil er vor einigen Jahren noch selbst Einsatzleiter eines dieser Spezialkommandos des Innenministeriums gewesen ist. Jetzt bangt auch er um sein Leben. Aber natürlich ist das alles nur Spekulation, es könnte auch ganz anders gewesen sein. Erstaunlich ist eigentlich nur, dass Berischkin so lange überlebt hat. Schon vor Jahren, als der Finanzmogul und der Präsident noch Freunde waren, behauptete der abtrünnige FSB-Agent Alexander Serkassow, der FSB hätte ihn beauftragt, Berischkin zu ermorden. Es war von Todeslisten die Rede und von einer einflussreichen Gruppe alter KGB-Agenten. Aber das alles wird ja nur von den Feinden unserer schönen neuen Demokratie in die Welt gesetzt, um den Präsidenten zu diffamieren, der in Wahrheit ein äußerst feinfühliger Mensch ist. Obwohl Romanow ein riesiges Reich zu regieren und all das Öl, die Gas- und Diamantenminen zu verwalten hat, hat er sich die Zeit genommen, in drei Sätzen sein Bedauern über den Tod eines ehemaligen Freundes zum Ausdruck zu bringen. Dass die Worte ein wenig hölzern klangen, lag daran, dass der Präsident eines so mächtigen Reiches wie Russland natürlich nicht öffentlich in Tränen ausbrechen und sich in sentimentalem Geschwafel verlieren darf. Er muss Haltung bewahren und zeigen, dass ein Mann in seiner Position in jeder Lebenslage die Kontrolle behält.

Anna Ryschkowa

doku a-serk-075

10.10.06

Kurzmitteilung: Fink an Dostojewski

In Leipzig ist eine Russin aufgetaucht, die ebenfalls Serkassows Spuren verfolgt. Sie gibt sich als Journalistin aus und nennt sich Elena Tschechowa. Soll ich sie im Auge behalten?

Grüße, Fink

Aktennotiz

10.10.06

Um 18:00 mit Trebko telefoniert und um Informationen über Anna Ryschkowa gebeten. Stichwort *Heilige Johanna* (FSB-Codename für Anna Ryschkowa).

Auszug:

Ich: Fink berichtet von einer russischen Journalistin

mit dem Namen Elena Tschechowa, die in Leipzig aufgetaucht sein soll. Könnte es sich um die *Heilige Johanna* handeln? Man vermutete, sie sei ermordet worden.

Trebko: Die *Heilige Johanna* ist wieder von den Toten auferstanden. Ich habe es gestern erfahren. Sie war lediglich untergetaucht.

Ich: Und was sagt Ihnen der Name, den ich Ihnen genannt habe?

Trebko: Er sagt mir tatsächlich etwas: Die *Heilige Johanna* hat vor ihrer Zeit bei der *Nowaja gaseta* gelegentlich Artikel unter dem Namen Tschechowa geschrieben.

(anders einordnen)

doku a-serk-076
(eig. Recherche)
12.10.03
Zeitungsartikel
Nowaja gaseta – Autorin: Anna Ryschkowa
Titel: Wie man einen Konzern kauft

In einem schäbigen Moskauer Außenbezirk kommen Lena und Nikita aus einer baufälligen Garage, die sie zu ihrer Wohnung umgebaut haben. Nichts sieht nach Wohlstand aus. Immerhin, draußen steht ein alter Lada. Nikita ist nervös. Er raucht eine Zigarette nach der anderen. Kein Wunder, er hat heute Großes vor. Er zieht sich einen billigen Anzug an. Lena trägt einen grauen Rock, einen Kunstfaserpullover und zieht einen Mantel über, der seine besten Tage schon lange hinter sich hat. Die beiden steigen in den Lada. Die Stimmung ist angespannt. Ihr Vorhaben ist keineswegs alltäglich. Denn sie haben nichts Geringeres im Sinn, als einen Ölkonzern zu erwerben.

Eine Stunde später stehen sie mit einigen anderen in einem schmucklosen Saal. Eine Versteigerung findet statt. Berischkins Firmenkonsortium kommt Stück für Stück unter den Hammer. Einer dieser Leckerbissen steht für ein paar Milliarden Dollar zum Verkauf. Er ist ein Vielfaches wert.

„Das ist es", sagt Lena zu Nikita, „das ist ein echtes Schnäppchen. Da sollten wir zulangen."

Nikita hat inzwischen eine ganze Schachtel Zigaretten aufgeraucht. Lena sieht sich unsicher um. Sie müssten eigentlich auffallen, aber keiner scheint sie auch nur eines Blickes zu würdigen. Niemand von den Männern in dem Saal trägt einen Anzug, wie man ihn von einem Milliardär erwarten würde.

„Der Preis ist auch nicht mehr als ein Taschengeld", sagt Nikita und bietet.

Andere bieten auch. So eine Gelegenheit kann sich keiner entgehen lassen. Die Firma wird ein wenig teurer, ein wenig billiger, alles geht ein wenig durcheinander, wie es nun einmal auf Auktionen üblich ist. Vielleicht wurden die Gebote auch in verschlossenen Umschlägen abgegeben. Jedenfalls wusste hinterher niemand mehr genau zu sagen, wie das Geschäft wirklich abgelaufen war. Aber Nikita und Lena bekamen den Zuschlag. Mit versteinerten Mienen wurden hastig Papiere unterschrieben. Jemand wollte den beiden zu ihrem Milliardenkauf gratulieren, aber Lena und Nikita hatten es eilig, wieder in ihren klapprigen Lada zu kommen und davonzubrausen.

Einer der Mitbieter hatte sich schon auf einen Zuschlag gefreut und war nun sehr enttäuscht. Das wäre eine merkwürdige Auktion gewesen, war zu hören. Zwei gänzlich unbekannte Personen, die eine ebenso unbekannte Firma mit dem Namen *Enex* vertraten, hätten den Zuschlag erhalten, obwohl wesentlich höhere Summen geboten worden wären. Einer der enttäuschten Mitbieter sagte, er hätte schon lange nicht mehr so viele Mafiosi auf einem Haufen gesehen. Auf eine Anfrage bei der Auktionsleitung wurde ihm mitgeteilt, dass andere Bieter aufgrund von Formfehlern leider nicht berücksichtigt werden konnten. Alles sei nach Recht und Ordnung zugegangen. Jeder könne das jederzeit überprüfen. Die Firma *Enex* hätte geboten, den Zuschlag erhalten und zwei Milliarden gezahlt. Der Enttäuschte wollte von einem Regierungsbüro wissen, wer denn *Enex* sei. In den Handelsregistern gäbe es keine Hinweise auf dieses Unternehmen. Die Firma *Enex* sei erst vor Kurzem neu gegründet worden, beschied man ihm dort, aber der Regierung wohlbekannt und sie sei gut beleumundet.

Und wie könnte die wundersame Geschichte einer milliardenschweren Umverteilung weitergehen?

Lena und Nikita steigen vor ihrem Elendsquartier aus dem Lada und trinken erst einmal einen Wodka. Nikita raucht immer noch Kette. Jetzt sind sie stolze Besitzer einer einträglichen Ölfirma aus dem ehemaligen Berischkin-Konzern. Aber es kommt keine rechte Freude auf. Die Firma *Enex* residiert in der Baracke, die auch ihr Wohnzimmer ist.

„Verkaufen wir doch die Firma wieder“, sagt Nikita, „mit Gewinn an *Gasprom* oder einen anderen Regierungskonzern.“

„Ja, genau“, stimmt Lena zu, „das machen wir. Jetzt haben wir allen gezeigt, dass Leute wie wir einfach einen Ölkonzern kaufen können. Das reicht doch. Jetzt sollen andere die Arbeit machen, wir können das doch gar nicht."

Der geneigte Leser wird jetzt glauben, er hätte die Einleitung zu einer Fabelgeschichte gelesen. Aber nein, es ist tatsächlich genauso geschehen wie hier berichtet. Es gab noch andere Kaufinteressenten, die die sonderbare Transaktion für ein abgekartetes Spiel hielten, aber ich habe mir sagen lassen, solche absurden Auktionen sind kein Einzelfall.

In einem wirklich demokratischen Land ist die Presse für derartige Geschehnisse zuständig und später die Staatsanwaltschaft, aber bei uns in Russland ist das ein wenig komplizierter. Oder einfacher. Je nachdem, wie man es sieht und auf welcher Seite man steht.

Jedenfalls steht inzwischen fest, dass Nikita und Lena natürlich nicht zu den großen Gewinnern gehören. Sie haben ihre frisch erworbene Firma einige Tage später wieder für fünf Milliarden Dollar weiterverkauft. An einen halbstaatlichen Konzern. Alles ganz legal, wie die Regierung versichert. Ich habe nachgefragt, was Nikita und Lena mit ihrem Gewinn von drei Milliarden gemacht haben. Aber sie haben das Geld nicht mehr. Sie wohnen noch immer in der Garage, aber davor steht jetzt ein BMW. Nikita und Lena haben als Strohmänner einen Reichen um drei Milliarden Dollar reicher gemacht und einem Konzern zu einer einträglichen Fusion verholfen. Dafür haben sie einen BMW bekommen. Vielleicht ist der teure Luxuswagen vor ein paar Jahren in Deutschland gestohlen worden.

Dabei haben Leute wie Nikita und Lena noch immer Glück gehabt. Denn man hätte sie nach dem Geschäft auch einfach umbringen können. Gott beschütze sie, vielleicht ist man gerade dabei, das nachzuholen.

Anna Ryschkowa

doku a-serk-077

(in eig. Sache)
10.10.06
Telefonat mit Puschkin
autom. Mitschnitt

Puschkin: Wie weit sind Sie?

Ich: Ich grabe noch an der Spitze des Eisbergs.

Puschkin: Die Auftraggeber erwarten einige Ergebnisse.

Ich: Was bitte verstehen denn Ihre Auftraggeber unter Ergebnissen?

Puschkin: Ehrlich gesagt, das weiß ich nicht. Sie müssen schließlich damit rechnen, dass der Fall aufgrund höherer Gewalt ungeklärt bleibt. Aber vielleicht wollen sie auch gar keine Lösung.

Ich: Reden Sie von Ihren Auftraggebern oder von sich selbst?

Puschkin: Sie sind aber misstrauisch! Es könnte sein, dass es den Auftraggebern in erster Linie darauf ankommt, dass eine Akte entsteht, die Serkassows Aktivitäten der letzten sieben Jahre dokumentiert.

Ich: Und Sie haben wirklich immer noch keine Ahnung, für wen Sie arbeiten?

Puschkin: Sie wissen doch, wie das in solchen Fällen gehandhabt wird: Alles läuft über Mittelsmänner. Mich würde es auch interessieren. Aber ich bin noch nicht dahintergekommen.

Ich: Und Sie können sich nicht denken, wofür die

Akte schließlich eingesetzt werden soll?

Puschkin: Nein, noch nicht. Vage Vermutungen, ja!

Ich: Und was vermuten Sie vage?

Puschkin: Das werde ich jetzt nicht sagen.

Ich: Es könnte auch für mich wichtig sein.

Puschkin: Nein, das glaube ich nicht. Was ist mit Serkassows Identität als Golzin?

Ich: Ich habe jemanden darauf angesetzt.

Puschkin: Gut. Legen Sie sich ins Zeug. Wir bleiben in Verbindung. Und viel Glück!

doku a-serk-078

(eig. Recherche)

10.10.06

Internet – Sucheingabe: Polonium

1. Eintrag

Das im Jahre 1898 von Marie Curie entdeckte Polonium 210 ist ein stark strahlendes Schwermetall. Über mehrere Stationen hinweg geht das silbrig glänzende Metall aus dem Zerfall des Urans hervor. Es emittiert extrem harte Alphastrahlung, die in der Dunkelheit ein bläuliches Leuchten erzeugt. Die Halbwertzeit von Polonium 210 beträgt 138 Tage. Das bedeutet, in dieser Zeit verringert sich die Stärke der Strahlung um die Hälfte.

In einer Tonne Uran befindet sich nur ein Zehntausendstel Gramm Polonium. Theoretisch lässt es sich mit einem chemischen Verfahren aus dem Uran lösen. In einer frei zugänglichen Studie vom Forschungszentrum für Umwelt und Gesundheit wird die Methode beschrieben. Die dabei gelösten geringen Mengen lohnen jedoch den Einsatz nicht.

In Kernreaktoren wird Polonium effektiver gewonnen. Wismut-Atome werden mit Neutronen beschossen, nehmen jeweils ein Neutron in den Atomkern auf und werden so zu Polonium. Auch Teilchenbeschleuniger können die Umwandlung bewirken. Weltweit werden jährlich nur hundert Gramm Polonium hergestellt. Russland exportiert monatlich acht Gramm. Ein Gramm kostet zwei Millionen Dollar.

In den Vierzigerjahren wurde es zur Verstärkung des Funkens bei Zündkerzen verwendet, und später spielte es eine Rolle bei der Verarbeitung von Plastikfolien und Kunstfasern.

In den ersten Atombomben löste die harte Alphastrahlung den Start der Kettenreaktion des Urans aus. Inzwischen ist die wirtschaftliche Bedeutung von Polonium jedoch stark geschrumpft. Für moderne Bomben wird es nicht mehr eingesetzt. Die Atommächte könnten jedoch noch über Trennanlagen verfügen.

In der Forschung wird Polonium noch immer als Quelle für Alphastrahlung geschätzt, und in der Raumfahrt kommt es in thermoelektrischen Batterien zum Einsatz. Inwieweit das Militär mit der gefährlichen Substanz experimentiert, ist nicht bekannt. Polonium-Handel wird zwar von der IAEA, der Internationalen Atomenergieorganisation, beaufsichtigt, aber es sind Fälle von illegalem Handel registriert worden. Einige Millionstel Gramm des Gifts reichen aus, um einen Menschen zu töten.

Sucheingabe: Alexander Serkassow
500 Einträge

5. Eintrag

Wie teuer war die Vergiftung Serkassows?

In den Medien wurde behauptet, der Mord an dem russischen Ex-Agenten hätte eine Million Euro gekostet. Die amerikanische Firma *Nucleotec* verkauft ein Gramm für zwei Millionen Dollar. Wenn als tödliche Dosis ein Millionstel Gramm ausreicht, betrug die Investition für das Gift zwei Dollar. Ein Experte vom Bundeskriminalamt wandte dagegen ein, dass man hohe Verluste beim Handling mit dem Polonium einkalkulieren müsste, zumal die Täter offenbar nicht die geringste Ahnung vom Umgang mit radioaktiven Substanzen hatten. Falls sie das Polonium in Speisen gemischt oder in einen Tee gegeben haben, benötigten sie eine sehr viel größere Menge, um sichergehen zu können. Aufgrund der vielen radioaktiven Spuren gehen die Ermittler derzeit davon aus, dass die Täter ein halbes Gramm erworben haben. Damit sähe eine hypothetische Berechnung für den Mord folgendermaßen aus:

$^{1}/_{2}$ g Polonium: 1 Mio. Dollar
Logistik: 200.000 Dollar
Honorar: 100.000 Dollar
Insgesamt: ca. 1,3 Mio. Dollar

Aktennotiz

10.10.06

Bei der Polonium-Exekution Serkassows handelt es sich wahrscheinlich um den teuersten und aufwendigsten Giftmord der Geschichte. Ist es möglich, dass Spezialisten des FSB mit Deckung höchster Regierungsstellen eine entsprechende Menge von der russischen Produktion abzweigen konnten, oder stammte das Polonium etwa aus militärischen Restbeständen?

(siehe
doku a-serk-035
Bericht des Oberst Sakirow über die Sicherheit in den Magazinen für technisches Material)

Und wenn die Regierung nicht hinter dem Anschlag steckt, wer könnte sonst die Mittel für einen solchen Mord aufgebracht haben? Jemand aus dem Kreis der superreichen Oligarchen? Aber warum? Serkassow war ein Freund der Großkapitalisten. Ist er vielleicht nur in einen Interessenkonflikt zwischen zwei Parteien hineingeraten?

doku a-serk-079
(Quelle: der Koi)
07.10.06
MI6 – Dep. 3
Interner Bericht
Thomas Cromby – r-30/125
an Jeremy Landers
Betr.: Serkassow – Woykow

Die Befragung Woykows durch einige Mitarbeiter Scotland Yards in Moskau hat wenig Neues ergeben. Woykow leugnet vehement, die Tat begangen zu haben. Er gibt auch Gründe dafür an. So ist er selbst beim Treffen mit Serkassow nicht unerheblich verstrahlt worden. Unsere Außendienstmitarbeiter haben Nachforschungen angestellt. Woykow hat einige Jahre lang für das Innenministerium in der Reaktorsicherung gearbeitet.

So wie ich die Sache sehe, hat Scotland Yard durchaus ein Interesse an der Aufklärung des Anschlags, steht aber ohne Kooperation der russischen Behörden auf verlorenem Posten. Selbst wenn Woykow der richtige Kandidat für die Mordausführung gewesen ist, stellt sich immer noch die Frage nach dem Auftraggeber. Entweder betrachtet die russische Regierung den Fall als Bagatelle, oder man ist sogar daran interessiert, in den Verdacht des Drahtziehers zu geraten. Zumindest vorübergehend. Das wiederum würde bedeuten, dass eine allgemeine Stimmung der Furcht erzeugt werden soll. Dabei müssten doch gerade die Männer um Romanow herum genügend Angst vor einer neuen Dimension des Terrorismus haben, der nicht einmal mehr davor zurückschreckt, radioaktives Material zu verwenden.

Eine weitere Möglichkeit ist die, dass Woykow von den Hintermännern des Mordes ins Spiel gebracht wurde, um vom eigentlichen Täter abzulenken. Damit wäre auch gleich eine andere Frage beantwortet.

Die ungewöhnlich hohen Messwerte haben zu der Annahme geführt, dass der oder die Täter über eine relativ große Menge Polonium verfügten. Auf jeden Fall über ein Vielfaches der Dosis, die für eine gezielte Vergiftung notwendig ist. Also hätte man mit dem Polonium großzügig genug umgehen können, um falsche Spuren zu legen. Das bedeutet, die Teekanne im *Itsu,* in die das Polonium gegeben worden sein soll, könnte auch noch nachträglich mit dem radioaktiven Gift in Berührung gebracht worden sein. Damit stünden für die Vergiftung ungefähr an die zwei Dutzend Orte zur Auswahl.

Scotland Yard möchte das gern anders sehen, um davon abzulenken, dass über die Identität der vierten Person, die im *Itsu* mit dabei war, noch immer keine Klarheit besteht. Serkassow hatte diesbezüglich zwar noch eine Offenlegung angekündigt, ist dann aber gestorben, bevor es dazu kam. Inzwischen befinden sich Gerüchte im Umlauf, die besagen, dass Serkassow aus Versehen vergiftet worden ist und in Wirklichkeit Juri Blawski gemeint war. Ich nehme an, dass diese Gerüchte gezielt vom FSB gestreut worden sind, damit er die Stimmung für seine eigenen Interessen nutzen kann. Das untermauert die These, dass die russische Regierung ihre Kritiker in einem Zustand der Einschüchterung halten will, auch wenn man den Terror gar nicht selbst zu verantworten hat.

Inzwischen ist noch ein neuer Aspekt mit ins Spiel gekommen. Der frühere Chef der FSB-Abteilung Organisierte Kriminalität, Kossak, berichtet, dass ihm ein Agent, den Serkassow an die Briten verraten haben soll, dessen Kopf bringen wollte. Die Variante wird zurzeit geprüft.

Was das Polonium anbelangt, werden die Informationen aus Russland immer merkwürdiger. 97 Prozent des weltweit produzierten Poloniums stammen aus der russischen Nuklearfabrik *Avantgarde.* Dabei sind inoffiziell produzierte Mengen allerdings nicht mit eingerechnet.

Der Chef der Internationalen Atomenergieorganisation gibt an, Russland produziere 8 Gramm pro Monat und die gesamte Menge werde nach Amerika exportiert. Der Direktor von *Avantgarde* spricht dagegen nur von 0,8 Gramm monatlicher Ausbeute. Die Atomenergieagentur spricht von 0,0864 Gramm. Die Unterschiede sind enorm und erstaunen besonders durch die Genauigkeit der angegebenen Zahl 0,0864. Bei der letzten Ziffer handelt es sich immerhin nur noch um eine Zehntausendstel-Gramm-Angabe.

Obwohl FSB-Insider den Schmuggel mit Polonium für möglich halten, wäre ein solches Unternehmen nur mit hohem organisatorischem Aufwand durchführbar. Eine russische Firma mit dem Namen *Aspekte,* gegründet von ehemaligen Wissenschaftlern des Kernforschungszentrums Dubna, haben einen Nuklearscanner entwickelt, der Gammastrahlung aufspürt. Was wir bislang nicht wussten: 200 dieser Geräte sind an Zollstellen, bei Eisenbahnübergängen, in Seehäfen und auf Flughäfen aufgestellt. Eine Schmuggelaktion, wie sie für die Serkassow-Vergiftung notwendig gewesen wäre, ist unter solchen Umständen nicht mehr von einer Einzelperson zu bewältigen.

gez. Cromby

doku a-serk-080

(eig. Recherche)
10.10.06
NTV Special
Titel: Die Geheimnisse der Geheimdienste
Interview mit dem ehemaligen CIA-Agenten Tom Marriotti

NTV: Herr Marriotti, der Fall Serkassow hat die Geheimdienste einmal mehr in Misskredit gebracht. Davon abgesehen, dass noch kein Silberstreif der Aufklärung am Horizont zu sehen ist, stellt sich die generelle Frage, welchen Sinn die sogenannten *Geheimen Dienste* überhaupt noch haben. Als ehemaliger Insider haben Sie die Notwendigkeit dieser Relikte aus dem Kalten Krieg radikal infrage gestellt.

Marriotti: Nein, das habe ich keineswegs. Ich habe lediglich die Arbeitsweise der Nachrichtendienste infrage gestellt.

NTV: Das haben Sie in anderen Interviews aber wesentlich schärfer formuliert.

Marriotti: Dann hat man meinen Diskurs über die Geschichte des Phänomens falsch verstanden.

NTV: Klären Sie uns auf. Ich kann Ihnen nicht ganz folgen!

Marriotti: Die westlichen Geheimdienste täten gut daran, sich zu erinnern, dass dieses zwielichtige Gewerbe ehemals von russischen Zaren erfunden wurde. Und zwar einzig und allein zur Unterdrückung des Volkes. Alle späteren Organisationen dieser Art sind nur modifizierte Kopien davon. Man kann also nicht gerade von einer ehrenwerten Tradition sprechen.

NTV: Sie provozieren mit der Behauptung, im Zeitalter der elektronischen Kommunikation seien Geheimnisse ein archaisches Relikt.

Marriotti: Das ist wieder ein Missverständnis. Ich habe nur gesagt, dass es bei der CIA in Langley hoch bezahlte Spezialisten gibt, die Zeitungsartikel, welche bereits von Millionen gelesen worden sind, ausschneiden und in eine Mappe mit dem Aufdruck *Geheim* legen.

NTV: Aber Sie haben doch gesagt, dass Geheimdienste in demokratischen Staaten abgeschafft gehörten.

Marriotti: Ich habe das anders formuliert. Wenn der Staat das Gleiche macht wie der Enthüllungsjournalismus, ist das völlig in Ordnung, aber das könnte man dann Informationsdienst nennen.

NTV: Sie lehnen also jede Geheimhaltung zum Wohle einer Gesellschaft ab.

Marriotti: Es geht um Effizienz. Und es geht um Psychologie. Kryptische Organisationen neigen dazu, ein starkes Eigenleben zu entfalten.

NTV: Sie sprechen aus eigener Erfahrung?

Marriotti: Das kann man wohl sagen. Schließlich habe ich es am eigenen Leib erlebt. Als Geheimdienstler befinden Sie sich den größten Teil Ihrer Zeit in einer abgeschotteten Welt, die ihren eigenen psychologischen Gesetzmäßigkeiten folgt. Von den Reibungsverlusten einmal ganz abgesehen. Die darin vorherrschende Mentalität des Intrigantentums lähmt auch den internen Betrieb. Paranoia wird der allgemeine Maßstab. Und es kommt noch etwas anderes hinzu: Der typische Geheimdienstler ist nicht an Aufklärung interessiert. Er lebt schließlich von sogenannten Geheimnissen. Also besteht sein Beruf zunehmend darin, Geheimnisse, die es gar nicht gibt, zu konstruieren. Diese Art von Berufsauffassung ist wirklich nicht mehr zeitgemäß.

NTV: Der Kalte Krieg ist vorbei, aber es gibt neue Bedrohungen.

Marriotti: Allerdings. Damit spielen Sie vermutlich auf den internationalen Terrorismus an. Und genau das ist der Punkt, dafür wird eine gänzlich andere Mentalität gebraucht.

NTV: Welche?

Marriotti: Sehen Sie, meistens teilen sich die Geheimdienste intern in zwei Gruppierungen auf, in die Falken und in die Tauben. Das lenkt jedoch von den wirklichen Aufgaben ab. Denn erstens bekämpfen sie sich untereinander und zweitens verhält es sich ein wenig wie bei Kriminalbeamten. Da gibt es stets den Guten und den Bösen. Auf die Geheimdienste übertragen, heißt das: Die Falken schicken am liebsten gleich ihre Killerkommandos los, während die Tauben der Sache lieber erst einmal auf den Grund gehen und im Vorfeld der Bedrohung diplomatische Konzepte entwickeln wollen. Diese Mischung der beiden Parteien hat in früheren Zeiten vielleicht ganz gut funktioniert. Für die neuen Bedrohungen ist sie aber vollkommen kontraproduktiv.

NTV: Wenn ich Sie richtig verstehe, stellt im Fall Serkassow nicht die Ermordung des ehemaligen FSB-Agenten den wirklichen Skandal dar, sondern die Verwendung von Polonium.

Marriotti: Richtig. Das ist ein gutes Beispiel. Die Geheimdienste haben in dieser Affäre wahrscheinlich nur eine Aufgabe, nämlich zu verschleiern. Für den FSB ist das sowieso eine Selbstverständlichkeit, und die westlichen Dienste wird man ebenfalls zur Desinformation angehalten haben, um Romanows Position von außen nicht zu schwächen. Es ist doch so, dass alles, was in einer Demokratie an die Öffentlichkeit sollte, verschleiert wird und alles, was wirklich geheim bleiben sollte, wie zum Beispiel die Existenz von Polonium, breitgetreten wird.

NTV: Herr Marriotti, was ist Ihre persönliche Meinung zum Fall Serkassow? Ist es denkbar, dass der Präsident Russlands, der umworbene Freund deutscher und französischer Staatsmänner, persönlich einen Mord angeordnet hat?

Marriotti: Sie werden mich hier nicht dazu überreden können, abenteuerlichen Behauptungen den Anschein einer begründeten Theorie zu verleihen. Politische Entscheidungen folgen in Russland zurzeit dem Prinzip einer Roulettekugel. Da ist alles möglich. Aber auch Amerika hatte seine Skandale. Denken Sie nur an das Attentat auf Kennedy. Dort gibt es ebenfalls Morde und Unfälle, die immer wieder mit der CIA, der NSA und anderen Organisationen in Verbindung gebracht werden. Und Aufklärung hat es da ebenso wenig, um nicht zu sagen, niemals gegeben.

NTV: Herr Marriotti, wir danken Ihnen für das Gespräch.

doku a-serk-081

(in eig. Sache)
Von: <nic@grischinhist.de>
An: <dostinform@i.serv.de>
Gesendet: 10.10.06
Betreff: com

Lieber Michail,

vielen Dank für deine Mail. Es ist mir keineswegs lästig, mit deinen Stimmungen konfrontiert zu werden. Ich denke, ich kann dich sogar recht gut verstehen. Sicher hängt das alles auch nicht nur mit deinem Beruf zusammen. Übrigens, der Historiker-Kongress ist in zwei Tagen zu Ende. Ich habe geplant, noch einige Tage in Berlin zu bleiben. Nicht, weil es mir hier so gut gefällt, sondern weil mich einige Institute zu Gesprächen eingeladen haben.

Vor zehn Jahren war es noch nichts Besonderes, ein russischer Historiker zu sein, jetzt jedoch will jeder von mir wissen, was in Russland vor sich geht. Schlimmer noch, einige Zeitungen haben mich sogar um Stellungnahmen gebeten. Dabei habe ich noch bei unserem letzten Treffen damit geprahlt, mich aus allem herauszuhalten. Aber was soll ich machen? Vorerst habe ich mich rargemacht. Natürlich erwartet niemand von mir Kommentare zu aktuellen Details, aber man hält mich wohl für einen Kenner politischer Strömungen. Dabei ist das, was ich dazu sagen kann, auch nicht mehr als ein

Orakeln im Kaffeesatz.

Was ist Romanow für ein Mensch, werde ich gefragt. Was soll ich darauf sagen? Ich bin ihm schließlich nie persönlich begegnet. Regiert in Russland die Mafia, will man wissen. Wer kann eine solche Frage beantworten? Ich nehme an, dass gewisse Kreise des FSB genau das nur allzu gerne herausfinden würden.

Wenn ich aber trotzdem versuche, eine gezielte Antwort auf all diese Fragen zu geben und dafür etwas weiter in die Vergangenheit zurückgehe, will mir keiner mehr richtig zuhören. Man möchte einfache, schnelle Erklärungen. Aber die gibt es nun einmal nicht.

Wie kommst du mit dem Serkassow-Fall voran? Ich habe die Berichte darüber in der Presse verfolgt. Inzwischen schreibt jedes Blatt etwas anderes. Scotland Yard behauptet, den Mörder zu kennen, aber in Wahrheit wissen sie fast nichts.

Ich hoffe nur für dich, dass man dich nicht mit Vorbedacht mit einer unlösbaren Aufgabe betraut hat. Also, von meiner Seite aus spricht nichts dagegen, dass wir uns in den nächsten Tagen noch einmal treffen.

Gib mir Nachricht, wann es dir passt.

Bis bald, dein Nicolai

doku a-serk-082

(eig. Recherche)
London Times vom 12.05.05
Interview mit Juri Blawski

London Times: Herr Blawski, Sie wohnen jetzt über ein Jahr im Londoner Exil. Führen Sie wieder ein normales Leben?

Blawski: Ich habe immer ein normales Leben geführt. Wie darf ich Ihre Frage verstehen?

London Times: Immerhin, nach Russland können Sie nicht mehr reisen. Dort würden Sie sofort vor Gericht gestellt. Das ist nur eine der Einschränkungen, die Sie auch mit Geld nicht beheben können. Wir könnten weitere nennen.

Blawski: Russland? Ha! Warum sollte ich nach Russland reisen wollen? Ich bin überaus glücklich, nicht mehr dort zu sein. Russland interessiert mich nicht mehr. Damit meine ich natürlich ausschließlich die dort herrschenden Verhältnisse. Ansonsten liebe ich meine Heimat sehr.

London Times: Könnten sich diese Verhältnisse denn ändern, wenn ein anderer Präsident an die Macht käme?

Blawski: Vielleicht. Andererseits fühle ich mich in London sehr wohl und kann von hieraus meinen internationalen Geschäften weitaus besser nachgehen.

London Times: Heißt das, dass sie all ihre früheren politischen Ambitionen in Bezug auf die Entwicklung Russlands ersatzlos aufgegeben haben?

Blawski: Ich habe mich in den letzten Jahren sehr verändert. Meine Prioritäten haben sich dadurch ebenfalls verschoben. Ich könnte mir daher durchaus vorstellen, den Fortschritt auf andere Art und Weise zu fördern. Und dafür muss ich in erster Linie den reibungslosen Ablauf meiner Geschäfte sicherstellen.

London Times: Sie können von Glück sagen, dass Sie Ihren Geschäften überhaupt noch nachgehen können. Man wollte Ihre Unternehmen, genau wie die Berischkins, von der Steuerbehörde kassieren lassen, unter den Hammer bringen und den inoffiziellen Staatskonzernen einverleiben.

Blawski: Ich war durch Berischkin gewarnt. Und ich hatte mich etwas weniger aus dem Fenster gelehnt als er. Das verschaffte mir die nötige Zeit, um die Dinge zu meinen Gunsten zu regeln.

London Times: Das hat man Ihnen sehr übel genommen.

Blawski: Natürlich. Romanow ist über alle Maßen erbost. Aber ich bin nicht Berischkin. Ich hätte genauso gut bei irgendeinem Unfall sterben können. Aber ich bin so etwas wie der abgefallene Bruder. Alle Welt weiß, dass ich derjenige war, der Romanow den Weg zur Macht finanziell geebnet hat. Ich hätte ein wenig mehr Dankbarkeit erwartet.

London Times: Wie wollen Sie mit Ihren verzweigten globalen Geschäften noch etwas für den Fortschritt in Russland tun? Und was für eine Art von Fortschritt meinen Sie?

Blawski: Ich habe darüber einmal mit Soros und Bill Gates gesprochen. Es gibt einige Leute mit zukunftsweisenden Anschauungen in dieser Welt. Wenn diese ihr freies Kapital zusammenlegen, kommen dabei leicht 60 bis 70 Milliarden zusammen. Mit einer solchen Kapitalkraft könnte man durchaus etwas bewirken, wenn sie für eine Aufklärungsoffensive noch nie da gewesener Dimension eingesetzt werden würde. Von anderen Möglichkeiten will ich jetzt nicht reden.

London Times: Solche beziehungsweise ähnliche Aussagen hat Ihnen Präsident Romanow als Arroganz ausgelegt.

Blawski: Er kann sich eben keine wirklich offene Gesellschaft vorstellen. Ich habe kein Interesse mehr daran, zu konkurrieren.

London Times: Verfolgt die russische Regierung eine

Strategie? Was steckt hinter der innenpolitischen Gewaltpolitik? Wer verfolgt welche Interessen?

Blawski: Fragen Sie das Romanow. Aber vielleicht weiß auch er es nicht. Alles sieht danach aus, als wollten gewisse Kreise noch mehr Kontrolle ausüben.

London Times: Kontrolle über was oder wen? Und zu welchem Zweck?

Blawski: Kontrolle über das Öl, das Gas und andere Bodenschätze. Innenpolitisch wird der Staat mit den Erlösen aus deren Verkauf gepäppelt. Außenpolitisch braucht man Instrumente, um sich wieder als Großmacht in den Vordergrund zu stellen.

London Times: Wer ist man? Wer sind gewisse Kreise? Romanow?

Blawski: Romanow ist ehrgeizig. Jetzt will er Weltpolitik betreiben. Man sollte ihn nicht unterschätzen, aber genauso wenig würde ich ihn überschätzen. Er spielt die Rolle des Zaren gut, aber er ist kein wirklicher Autokrat. Da gibt es andere wichtige Figuren, die sich aus guten Gründen im Hintergrund halten. Das war schon immer so. Weder Chruschtschow noch Breschnew konnten machen, was sie wollten. Da standen immer noch die alten Männer mit ihren Kontakten und ihrem Einfluss auf dieses und jenes hinter ihnen.

London Times: Und wer hat Einfluss auf Romanow?

Blawski: Das weiß ich nicht. Aber Romanows wahre Feinde sind in den Kreisen der Regierung zu suchen.

London Times: Nicht die Oligarchen?

Blawski: Fast alle bedeutenden Unternehmen werden zumindest in großen Teilen von Regierungsfreunden gemanagt.

London Times: Das klingt nach fließenden Übergängen, aber bei der Umstrukturierung der Wirtschaft gab es eine Menge Tote. Man kann sogar von einer Mordserie sprechen. Wer steckt dahinter? Die Regierung?

Blawski: Ich bin mir nicht sicher, ob im Kreml noch eine Hand weiß, was die andere tut.

London Times: Fühlen Sie sich im Londoner Exil sicher?

Blawski: Immerhin gibt es hier keine korrupte Polizei. Aber seit Berischkins Tod habe ich meine Sicherheitsmannschaft verdoppelt.

London Times: Fahren Sie in London auch eine gepanzerte Limousine?

Blawski: Selbstverständlich. Alle meine Fahrzeuge sind gepanzert.

London Times: Es kursieren Gerüchte über existierende Todeslisten. Auf einer von ihnen soll auch Ihr Name stehen.

Blawski: Da sind rechtsextreme Kreise am Werk. Alte Generäle, KGB-Muftis oder Mafiagrößen könnten die Hintermänner sein. Wer weiß, vielleicht handelt es sich sogar um ein Komplott. Vielleicht soll die Regierung gezielt diskreditiert werden.

London Times: Aber der Regierung kommen die Morde ausgesprochen gelegen.

Blawski: Da bin ich mir nicht sicher.

London Times: Sind Sie denn wirklich reich genug, um wie Soros, der Milliarden in seine Stiftungen in Osteuropa pumpt, Politik mit Geld betreiben zu können? Anders gefragt: Können Sie sich vorstellen, oppositionelle Kräfte so weit zu unterstützen, dass sich eine Wirkung zeigt?

Blawski: Ich werde mich dazu nicht äußern. Halten Sie mich denn für so dumm, dass ich es tatsächlich erwägen würde, mich als Einzelner mit einer Großmacht anzulegen? Es kann auch sein, dass ich mich gänzlich ins Privatleben zurückziehen werde.

London Times: Fürchten Sie noch immer um Ihr Leben? Inzwischen sind schon einige Regimegegner außerhalb Russlands ermordet worden. Auch wenn die Regierung es leugnet, scheint der FSB in alter KGB-Manier wieder im Ausland zu operieren.

Blawski: Ich habe noch nie um mein Leben gefürchtet. Aber natürlich hat es immer wieder versteckte Drohungen gegeben. Das belastet meine Frau und meine Kinder mehr als mich.

London Times: Welchen Rat würden Sie Romanow für die Zukunft geben?

Blawski: Es steht mir nicht an, dem Herrn Präsidenten aus meinem Exil heraus einen Rat zu geben, aber ich hoffe, er behält die Kontrolle über die von ihm herbeigerufenen Geister.

London Times: Sie meinen die Geheimdienstler und Militärs in der Regierung?

Blawski: Vielleicht.

London Times: Herr Blawski, wir danken Ihnen für das Gespräch.

doku a-serk-083
(Quelle: Fink)
12.10.06
Gesprächsprotokoll (Fink tritt als Peter Krol auf) / Thomas Hessler
Ort: Galerie Hessler, Leipzig

(Hessler überreicht mir einen Stapel Künstlerkataloge und holt ungerahmte Bilder aus seinem Magazin.)

P.K.: Bilder interessieren mich weniger. Ich bin extra wegen der Golzin-Skulpturen gekommen.

(Hessler sucht in einem Katalogregal.)

Hessler: Leider haben wir die Ausstellung schon abgebaut. Aber Golzin hat auch gemalt. Diese zwei Arbeiten sind von ihm. Wie sind Sie auf Golzin gekommen?

(Hessler stellt Bilder vor eine freie Wand.)

P.K.: Ich habe eine Kritik über die Ausstellung gelesen.

Hessler: Ja, die Presse war begeistert. Wie Sie sehen, sind die Motive der Skulpturen auf den Bildern wiederzuerkennen.

P.K.: Gibt es noch Skulpturen von Golzin in der Galerie?

Hessler: Nein, einige haben wir bereits auf der Vernissage verkauft, der Rest befindet sich wieder in seinem Atelier in Miltau.

P.K.: Ich würde mir gerne einige seiner Arbeiten ansehen.

(Hessler legt eine Titel- und Preisliste vor.)

Hessler: Von diesen Objekten habe ich großformatige Fotos. Sie vermitteln einen besseren Eindruck als die Aufnahmen im Katalog.

(Hessler deckt eine zweite Liste auf. Sie nennt für die gleichen Titel andere Preise.)

Hessler: Professionelle Sammler, die mehrere Objekte erwerben, bekommen Prozente.

P.K.: Golzin ist Ihre Entdeckung? Warum hat man nicht schon früher von ihm gehört? Er ist Russe, hat er in Moskau studiert?

Hessler: Golzin ist Autodidakt. So, wie ich ihn kenne, gehört er nicht zu denen, die sich überall lauthals anpreisen. Das ist im Geschäft nicht gerade von Vorteil.

P.K.: Seit wann lebt Golzin in Deutschland?

Hessler: Das weiß ich nicht genau. Ich habe ihn vor zwei Jahren kennengelernt. Da wohnte er schon eine Weile in Miltau. Er hat, soviel ich weiß, vorher einige Jahre in Paris gelebt. – Sammeln Sie eine bestimmte Richtung?

P.K.: Nicht unbedingt. Ich interessiere mich für Künstler, die noch nicht auf dem Markt sind.

Hessler: Als Wertanlage?

P.K.: Vielleicht. Nein, die Wertsteigerung ist eigentlich Nebensache. Es ist pure Liebhaberei. Aber der Preis spielt natürlich eine Rolle.

Hessler: Golzin ist noch sehr günstig zu haben. Jetzt allerdings haben einige Museen Ankäufe angekündigt. In einem Jahr wird sich der Wert seiner Arbeiten verdoppelt haben.

P.K.: Sie sind von Golzins künstlerischen Qualitäten überzeugt?

Hessler: Allerdings. Sonst würde ich seine Werke nicht ausstellen. Dazu müssen Sie wissen, dass, selbst wenn einige seiner Arbeiten zu einem guten Preis verkauft werden sollten, meine Unkosten damit noch lange nicht gedeckt sind. Da kommt einiges zusammen. Die Vernissage, der Katalog, Plakate, Bewirtung von Kritikern und so weiter. Mein Engagement ist eine Investition. Ich habe ihm sogar selbst etliche Werke abgekauft. Der Turner-Preis zum Beispiel kann einen Künstler von heute auf morgen in die obere Liga katapultieren.

P.K.: Wenn er in Paris gelebt hat, wird er dort sicher auch schon ausgestellt haben?

Hessler: Das kann sein. In einer Galerie, an deren Namen ich mich nicht erinnern kann. Aber wahrscheinlich hat Golzin das nur erfunden, um mich zu beeindrucken. Ausstellungen allein besagen noch gar nichts, es kommt darauf an, wo man ausstellt. Und wer dahintersteht.

P.K.: Wie lange hat Golzin denn in Paris gelebt?

Hessler: Das weiß ich nicht. Ein paar Jahre. Golzin redet kaum über seine Vergangenheit. Und davon abgesehen, Künstler bauen sich ihre Biografien, so wie es ihnen am besten in den Kram passt. Irgendwann glauben Sie dann selbst an die Vita, die in den Katalogen abgedruckt ist.

P.K.: Wovon finanziert Golzin seine Kunst? Hat er noch einen Brotberuf?

Hessler: Ich bin nicht sehr eng mit Golzin befreundet und wäre daher nie so indiskret, ihn danach zu fragen. Künstler sind in solchen Dingen sehr empfindlich. So habe ich auch erst neulich bei der Vernissage seine Lebensgefährtin kennengelernt. Dorothe Hülsen. Sie machte auf mich den Eindruck einer vermögenden Frau. Ich glaube, sie arbeitet als freiberufliche Lektorin für einen Leipziger Verlag. Doch das ist nicht ungewöhnlich. Fast alle männlichen Künstler, die von Haus aus nicht vermögend sind, werden von ihren Frauen finanziert.

P.K.: Vielleicht ist Golzin ja vermögend.

Hessler: Keine Ahnung. Vielleicht. Er hat sich nie darüber geäußert. Er machte einen eher bescheidenen Eindruck. Bis auf seine teuren Uhren.

P.K.: Können Sie einen Atelierbesuch bei Golzin arrangieren?

Hessler: Das ist möglich. Allerdings können Arbeiten nur über die Galerie erworben werden.

(Hessler telefoniert.)

Hessler: Der Anrufbeantworter. Ich gebe Ihnen Golzins Telefonnummer.

doku a-serk-084

(eig. Recherche)

Nowaja gaseta

Ausgabe vom 03.04.04

Autorin: Anna Ryschkowa

Titel: Tödliche Freundschaften

Die Karriere des Herrn Kapow ist typisch. Absolvent einer Akademie des Innenministeriums, wurde er nach einer Spezialausbildung beim FSB für den Schutz des damaligen St. Petersburger Vizebürgermeisters Romanow eingesetzt. Zu seiner Amtseinführung als Präsident lud Romanow seinen ehemaligen Leibwächter ein. Die beiden hatten sich kennen und schätzen gelernt. Mit besten Empfehlungen und Kontakten gründete Kapow eine Sicherheitsfirma in St. Petersburg. Das Unternehmen florierte und war schon bald die erste Adresse am Platz. Auch wenn Kapow es liebte, gelegentlich mit Blaulicht durch St. Petersburg zu rasen, verhielt er sich überwiegend diskret. Zweifellos wurde er wohlhabend, aber er hatte keine Ambitionen, es mit dem Reichtum seiner Auftraggeber aufzunehmen.

Er fühlte sich in keiner Weise bedroht und brüstete sich damit, dass noch keiner seiner Mitarbeiter zu Tode gekommen oder verletzt worden sei. Vielleicht war er eine Spur zu selbstsicher. Jetzt starb Kapow nicht etwa in einem Kugelhagel, wie man vielleicht vermuten könnte, sondern an einem heimtückischen Gift. Bei seiner Einlieferung ins Krankenhaus wurde zunächst lediglich ein geschwächter Zustand festgestellt. Sein Zustand verschlechterte sich allerdings so schnell, dass er am nächsten Tag starb. Nach seinem Tod wurden hohe Dosen Radioaktivität in seinem Körper festgestellt. Die Ärzte vermuten, Kapow ist mit einem Medikament gegen Leukämie vergiftet worden. Was hat Kapow getan? Wem ist er in die Quere gekommen? Hat er vielleicht durch die engen Kontakte zu seinen Auftraggebern etwas gewusst, das ihn auf die Liste brachte?

Ja, eine Liste, genau darum handelt es sich. Und der Häufung der Anschläge nach zu urteilen, scheint es sie tatsächlich zu geben. Juschtschenko war einer der Ersten. Er wurde vergiftet, überlebte aber mit schrecklichen Gesichtsentstellungen. Der Journalist Kotschinin wurde ebenfalls vergiftet. Nur hatte er weniger Glück als Juschtschenko. Er starb auf grauenvolle Weise. Seine Haut löste sich vom Fleisch. Und wer sind die Mächte, die dahinterstecken? Gibt es eine Logik? Oder sollte es vielleicht gar keine Zusammenhänge zwischen den Anschlägen geben? Leben wir in einer Anarchie, in der das Morden so einfach ist wie das Wechseln von Kleidern, etwas Alltägliches, dem niemand mehr Bedeutung beimisst?

Doch, es gibt eine Logik! Die Logik der puren Macht. Und die Macht braucht Mittel. Romanow will keineswegs das Rad der Geschichte zurückdrehen, aber Russland als Großmacht ist ihm ein persönliches Anliegen. Ihm geht es nicht um persönlichen Reichtum, so wird jedenfalls behauptet, ihm geht es um Öl und Gas. Das sind die neuen Hebel der Macht. Dazu kommen weitere Rohstoffe wie Metalle und Uran.

Jetzt wird ein kompliziertes Geflecht aus Privatisierung und Reprivatisierung geschaffen, das die Großkapitalisten genug verdienen lässt, ihnen aber keinen eigenen politischen Spielraum zugesteht. Auf diesem gefährlichen Feld der Neuregulierung tummeln sich alle, die in diesem Lande überhaupt etwas organisieren können: korrupte Bürokraten, FSB, die Mafia, die Manager der Konzerne und unbekannte Dunkelmänner aus den Kreisen der Regierung. Ich sage nicht, dass Romanow dafür verantwortlich ist, auch wenn er sonst alles weiß und alles kontrolliert. Ich frage nur: Wer deckt die Morde?

Anna Ryschkowa

doku a-serk-085

13.10.06 – 10:30

von Fink an Dostojewski

Protokoll: Ortsbesichtigung – Miltau, Heideweg 8

Golzins (Serkassows) Anwesen liegt am Dorfrand. Es ist ein restauriertes Bauernhaus mit zwei Scheunen und einer separaten offenen Garage.

Der weitläufige Garten grenzt an ein Nachbargrundstück mit einem zweistöckigen Wohnhaus darauf.

In der Garage steht ein Suzuki-Jeep. Es ist Platz für zwei weitere Autos. Ein Satz Reservereifen deutet auf einen BMW.

Das Haupthaus ist abgeschlossen. Das Atelier in der Scheune mit einem großen Fenster zur Nordseite hin ebenso. Sämtliche Schlösser sind antiquierte Modelle und leicht zu öffnen.

Das große Wohnzimmer steht voller Bücherregale.

Eine Couchecke in hellen Farben. Ein großformatiges expressives Ölbild an der Wand. Vermutlich von Serkassow alias Golzin. Ein Schreibtisch. Unaufgeräumt. Einige Briefe von Verlagen, adressiert an Dorothe Hülsen. Ein Schlafzimmer. Die Männerkleidung im Kleiderschrank ist sportlich. Nur ein Anzug. Bis auf eine Lederschatulle mit fünf teuren Markenuhren (Breitling, Rolex, Lacroix, Heuer & TAG, Bergmann) keine Hinweise auf Serkassow. Die Damenkleidung ist zum Teil teuer und elegant. Ein Schmuckkasten. Schlichte, aber vermutlich nicht billige Ketten, Ringe und Armreifen. Keine Papiere, keine Privatakten, keine Rechnungen, Bankauszüge, kein Briefwechsel. Nirgendwo ein Familienfoto. Zwei Kinderzimmer. Unaufgeräumt.

In der Küche steht noch eine angebrochene Milchtüte auf dem Tisch.

Noch einmal beim Schreibtisch. Vier Schubladen. Drei enthalten Büromaterial, Briefumschläge und Diverses. In der vierten Schublade gebundene Kladden. Drei Stück. Jede ist mit einem Jahresdatum versehen. Es scheint sich um die Tagebücher der Dorothe Hülsen zu handeln.

Serkassows Atelier. Ein kaputtes Vorhängeschloss. Die ausgebaute Scheune misst an die zwölf Meter in der Länge. Ein großes Eisenfenster zur Hofseite gibt viel Licht. Die großen Skulpturen wirken unheimlich. Alles sieht danach aus, als hätte jemand mitten in der Arbeit alles stehen und liegen gelassen. Auf dem Boden zwei Kettensägen. Farbeimer. Eine Tischplatte auf Böcken. Entwurfszeichnungen. Eine angebrochene Bierflasche und ein voller Aschenbecher. Eine Pinnwand, an die einige Notizzettel mit Stecknadeln geheftet sind. Ein Zeitungsausschnitt mit dem Foto einer Fußballmannschaft.

Ein Foto: Serkassow mit kurz gehaltenem dunklem Vollbart und mittellangen Haaren. Zusammen mit zwei Kindern. Einem Mädchen, vielleicht drei Jahre, und einem Jungen, vielleicht fünf.

Ein Eisenspind. Inhalt: zwei verschmierte Kittel, ein Overall, eine Schutzmaske, ein Jagdgewehr mit Zielfernrohr und eine doppelläufige Schrotflinte, ein Paket Patronen. Ein Fach. Zusammengeheftete Materialquittungen und ein verschmiertes Notizheft. Alle Seiten sind mit unverständlichen Sätzen vollgeschrieben.

Die Türen des Suzuki sind unverschlossen. Im Handschuhfach liegen Fahrzeugpapiere. Auf den Namen Dorothe Hülsen.

Ich habe noch ein kleines Werkstatthaus hinter der Atelierscheune entdeckt.

Eine Werkbank. Werkzeug. Elektrische Geräte. Regale mit Schraubenkästen und anderen Materialien. Zwei Aluminiumkisten. Eine enthält Chemikalien. Vielleicht haben sie etwas mit den Farben zu tun.

Die andere enthält diverse Metallteile, Schraubenzieher und Feilen. Einige Objekte könnten zu einer demontierten Spezialpistole gehören.

doku a-serk-086

(Quelle: Fink)

20 auf A4 vergrößerte Digitalfotos: Serkassows Atelier und Werkstatt, Detailaufnahmen, Kisteninhalt

doku a-serk-087

(Quelle: Fink)

Gesprächsprotokoll 13.10.06 – 16:00

Peter Krol (alias Fink) mit Frank Mielke (Obmann beim Fußballklub Miltau) über Golzin (Serkassow)

Mielke: (etwas unsicher) Denken Sie nur nicht, ich sei mit jenem Mielke verwandt. Sie wissen schon. Ich habe den Kommunismus immer gehasst.

P.K.: Ich würde mich gerne mit Ihnen über Wiktor Golzin unterhalten.

Mielke: Ziehen Sie etwa Erkundigungen über ihn ein? Was wollen Sie? Können Sie sich in irgendeiner Form ausweisen?

(Ich zeige ihm einen Presseausweis.)

P.K.: Keine Sorge, ich bin kein Schnüffler, ich schreibe Kunstkritiken. In diesem Fall geht es um ein Vorwort für einen Katalog. Und ich möchte gerne einige Worte über den Alltagsmenschen Golzin mit hineinbringen.

Mielke: Ein Kunstkritiker, sagen Sie? Nun ja, das ist etwas anderes. Ich bin eben etwas empfindlich. Sie wissen schon, was ich meine. Die Methoden der Stasi-Leute stecken einem hier noch immer in den Knochen.

P.K.: Ja, ich verstehe. War er ein guter Fußballer?

Mielke: Wiktor war ein ziemlich begabter Fußballer. Er hatte die beste Kondition von uns allen. Er war ein unglaublich schneller Sprinter. Dabei hatte ich mir Künstler immer unsportlich vorgestellt.

P.K.: Ließ sich Golzin den Künstler im Klub anmerken?

Mielke: Nein, würde ich nicht so sagen.

P.K.: Ist er ein gesprächiger Kumpeltyp gewesen?

Mielke: Nein, würde ich so auch nicht sagen. Er war gesellig. Aber geredet hat er nicht sehr viel. Wann immer er konnte, kam er zum Klub-Stammtisch. Aber in der letzten Zeit war das nicht mehr sehr häufig. Er soll jetzt wohl etwas Erfolg haben. Eigentlich weiß ich nur wenig Privates über ihn. Wir mochten ihn, aber irgendwie war er auch ein Fremder für uns. Ist er immer geblieben. Manchmal kam er mir wie ein düsterer Grübler vor. Manchmal war er dagegen wieder richtig aufgekratzt. Letzteres aber eher selten. Einmal hatten wir viel getrunken. Da hat er von seinen vielen Auslandsreisen erzählt und ich habe die Gelegenheit genutzt, ihn nach seiner Heimat zu fragen. Aber er schien nicht gerne über Russland reden zu wollen. Oder es interessierte ihn nicht. Künstler sind nun einmal so, erst kommt ihre Kunst.

P.K.: Sie meinen, er hat nie über Politik geredet?

Mielke: Nein. Selten. Wenn, dann waren es abfällige Bemerkungen. Er hielt wohl nichts von Politik und Politikern. Kein Wunder, bei den Zuständen in Russland. Einmal habe ich ihn mit seinen Kindern getroffen. Da war er wie ein anderer Mensch. So sind die Russen eben. Sie haben eine unergründliche Seele. – Sie sind wirklich Kunstkritiker? Für welche Zeitung schreiben Sie?

P. K.: Ich schreibe nicht für Zeitungen. Meine Artikel erscheinen in Kunst-Magazinen.

Mielke: Ah! – Was halten Sie von seinen sogenannten Skulpturen? Ich bin einfacher Elektriker. Ich verstehe davon nicht viel.

P.K.: Was halten Sie davon?

Mielke: Ich weiß nicht. Er hat uns alle einmal in sein Atelier eingeladen. Was soll man darüber sagen, wenn man Kunstgeschichte nicht studiert hat. So etwas kaufen sich einfache Leute wie ich ja nicht. Wenn so eine Skulptur in meinem Wohnzimmer stünde, würde ich depressiv werden. Aber moderne Kunst soll ja nicht nur schön sein. Sie soll etwas aussagen. Aber da muss man schon einiges übrig haben, um sich so etwas leisten zu können. Wer dafür Geld ausgibt, wird schon wissen warum. Heute soll man ja mit Kunst sogar spekulieren können.

Aktennotiz

14.10.06

Betr.: Die drei Tagebücher der Dorothe Hülsen (2001 bis 2003). Gibt es noch weitere Bände? 2004 bis 2006? Hat Fink sie übersehen oder existieren sie nicht?

doku a-serk-088

Tagebuch der Dorothe Hülsen
Paris
25.03.01

Ich bin zum ersten Male in Paris. Hier ist schon der Frühling ausgebrochen. Die Temperaturen sind von 12° in Leipzig bis nach Paris auf 23° gestiegen. Ich hätte ein Sommerkleid mitnehmen sollen. Die Frauen sind eleganter angezogen als in Leipzig. Aber das wird sich in den nächsten Jahren alles angleichen. Im Westen sieht man das deutlicher. Die Intellektuellen prophezeien schon ein heraufdräuendes globales Gespenst. Unüberwindbare Grenzen wird es dann nur noch zu Nordkorea geben.

Der Verkehr in dieser Stadt ist unglaublich. So hatte ich mir das nicht vorgestellt. Im Kreisverkehr fahren sie

Schritttempo und es scheint ein chaotisches Durcheinander. Aber irgendwie kommen sie voran. Das ist urban und weltstädtisch. Die Menschen sitzen in T-Shirts vor den Cafés in der Sonne. Der Verlag hat die Reise plus Spesen bezahlt. Ich hätte zwar auch sonst nicht sparen müssen, aber ich genieße das Gefühl, einmal ohne Reue ein wenig Geld für Luxus ausgeben zu können. In einer der Designer-Boutiquen habe ich einen schwarzen Hosenanzug gesehen, der mir fantastisch stehen würde. Er kostet eine Kleinigkeit, aber allein das Material würde die Ausgabe lohnen. Ich werde es mir noch überlegen.

doku a-serk-089
Tagebuch der Dorothe Hülsen
Paris
26.03.01

Mittags Treffen mit Verlagschef Charles Fouquette und dem Autor Michel Carfour. Ich habe Fouquette im Auftrag von Löber & Wolff ein Angebot für die deutschen Rechte zu machen. Fouquette will bedeutend mehr, als von Löber gebilligt wurde. Beinahe wäre der Deal geplatzt. In einer Verhandlungspause mit Wolff telefoniert. Er verspricht, mit Löber zu reden. Nach einer Viertelstunde ruft Löber an. Mein Spielraum ist ein wenig erweitert worden. Nach der zweiten Flasche Wein ist Fouquette zu einem Kompromiss bereit. Er weiß, dass ihm ein anderer Verlag kaum mehr bieten wird. Michel Carfour ist Mitte dreißig und ein charmanter Mann von angenehmem Äußeren, dunkelhaarig und schlank. Dazu hoch gebildet. Am späten Nachmittag zweites Treffen in Fouquettes Büro und Vertragsunterzeichnung. Carfour lädt mich für den morgigen Abend zum Essen in ein Gourmet-Restaurant ein. Natürlich nehme ich die Einladung an.

doku a-serk-090
Tagebuch der Dorothe Hülsen
Paris
27.03.01

Am Abend im *Gustave.* Carfour wird wie ein Ehrengast begrüßt. Das Restaurant hat Stil. Der Innenarchitekt hat moderne Designermöbel mit Antiquitäten und großformatigen Ölbildern gemischt. Carfour hat zwei Freunde und eine Kollegin mitgebracht. Einer der Männer ist Maler. Dimitri Petruschkin heißt er. Carfour sagt, er lebe schon seit zwei Jahrzehnten in Paris und sei dabei fast ein Franzose geworden. Jetzt käme auch noch der wirtschaftliche Erfolg. Ein Londoner Sammler hätte seine letzte Ausstellung komplett gekauft. Petruschkin trägt lange zottelige Haare, aber einen teuren Anzug mit einem T-Shirt unter der Jacke. Dazu eine dicke Goldkette am Armgelenk. Der andere Russe hat sich als Igor Kreschnikow vorgestellt. Er spricht ein schlechtes Französisch, aber ein erstaunlich gutes Deutsch. Die junge Frau heißt Nadine Boujon und soll mit einem furiosen Szeneroman debütiert haben. Sie versucht mitzureden, sagt aber dumme Sachen. Carfour und Petruschkin trinken viel nach dem Essen. Wenn schon nicht betrunken, sind sie zumindest angeheitert. Carfour behält die Haltung und sagt intelligente Sätze, wie es sich für einen Schriftsteller gehört. Er gefällt mir. Er ist so gänzlich undeutsch. Seit Georg mich vor einem

Jahr verlassen hat, habe ich nur noch einen großen Bogen um die Männer gemacht. Sie um mich auch. Zumindest glaube ich das. Carfour lässt durchblicken, dass er im Augenblick solo lebt. Petruschkin wird lauter. Er ist ein typischer Künstler, egozentrisch, gebildet, aber nicht wirklich intelligent. Was er über Kunst sagt, sind abgedroschene Phrasen, die man schon hundert Mal gehört hat. Er prahlt mit seinem London-Besuch. Der Sammler hatte ihn dorthin eingeladen. Sogar eine Hotelsuite hatte man für ihn angemietet. Er erzählt von der Sammlung und dem Reichtum seines neuen Gönners. Von Millionen könne keine Rede sein, Milliarden wären da im Spiel. Nadine Boujon scheint exzentrische Künstler zu mögen. Als sie eine naive Meinung zur Avantgardekunst äußert, fährt Petruschkin ihr uncharmant über den Mund. Er ist nicht mein Typ, ich dagegen offenbar seiner. Der andere, Igor Kreschnikow, ist schweigsam. Ihm bleibt auch gar nicht anderes übrig. Er trinkt Tee statt Wein. Nur einmal sagt er, er litte unter einem Migräneanfall. Das erklärt auch seinen misanthropischen Gesichtsausdruck. Aber der Mann sieht interessant aus. Seine blaugrünen Augen scheinen in ein fernes Irgendwo zu starren. Vielleicht gehört er zu den Schüchternen. Er sieht mich nur einige Male an. Er will etwas sagen, aber Petruschkin übergeht ihn. Ich sage zum Abschied, dass ich noch zwei Tage in Paris bleiben werde, um mir einige Sehenswürdigkeiten und natürlich den Louvre anzusehen. Carfour schlägt vor, sich am nächsten Tag noch einmal zu treffen und ein bekanntes Künstlercafé zu besuchen. Er wirft mir einen warmherzigen Blick zu. Kreschnikow entschuldigt sich für seinen Freund Petruschkin. Der wäre meistens sehr umgänglich und ein wirklich genialer Künstler.

Aktennotiz

14.10.06

Wie aus einem früheren Dokument hervorgeht, ist Kreschnikow Serkassow. Die Medien haben meistens Quellen zitiert, die Serkassows Charakter in ein zweifelhaftes Licht rücken. Hülsen lernt dagegen einen offensichtlich bescheidenen und zurückhaltenden Mann kennen, der sich von seinen Landsleuten durch ungewohnte Sensibilität und Zurückhaltung unterscheidet. Wie konnte aus einem ehemaligen FSB-Agenten nur so ein feinfühliger Kulturmensch werden? Oder verhält es sich genau umgekehrt: Wäre Serkassow in einem anderen gesellschaftlichen Umfeld gleich nach der Schule vielleicht Künstler geworden? Oder war es die Militärzeit in Afghanistan, die seinen Weg geprägt hat? Wer war der wirkliche Serkassow? Gab es überhaupt einen wirklichen Serkassow?

Habe noch einmal Finks Fotos **(doku a-serk-086)** zur Hand genommen.

Eines der Fotos zeigt einen geöffneten Werkzeugkasten. Fink hat dessen Inhalt in der Annahme dokumentiert, dass sich unter den harmlos wirkenden Einzelteilen wahrscheinlich welche befinden, die sich in kürzester Zeit zu einer funktionsfähigen Präzisionspistole zusammenbauen lassen. Die genauere Betrachtung mit der Lupe scheint ihm Recht zu geben.

Nur ein vergrößerter Abzug aus einem Fachlabor kann noch mehr zu Tage fördern.

doku a-serk-091
(Quelle: der Koi)
12.10.06
MI6 – Dep. 3
Thomas Cromby – r-30/125
an Jeremy Landers
Betr.: Serkassow – Woykow

Ich habe heute von einem Mitarbeiter der Moskauer Filiale erfahren, dass Woykow gestorben ist. Allerdings nicht durch den Einfluss der Strahlung. Die ist viel zu gering gewesen. Woykow ist einem Herzinfarkt erlegen. Dabei spielte angeblich die Verwechslung eines Medikaments eine Rolle.

Die anschließende Forderung der Russen, Blawski für ein Verhör nach Moskau auszuliefern, soll uns sagen, dass man Blawski für den eigentlichen Drahtzieher der Ermordung Serkassows hält. Da nun jeder weiß, dass Serkassow ein Freund Blawskis war, wird Blawski damit in ein besonders perfides Licht gesetzt.

Blawski war nach eigener Aussage mit Serkassow am 13.09. für eine Stunde zusammen. Man hat über Privates gesprochen und natürlich auch über Politik. Gegenüber Blawski hatte Serkassow behauptet, wegen eines Treffens mit einem Galeristen in London zu sein. Damit wird unausgesprochen behauptet, Blawski hätte seinen Freund Serkassow über die Klinge springen lassen, um danach die Schuld der Regierung beziehungsweise Romanow in die Schuhe zu schieben. Das Persönlichkeitsprofil Blawskis widerspricht einer solchen Version jedoch. Blawski gilt als außergewöhnlich loyal und soll in den letzten Jahren sogar altruistische Züge angenommen haben. Wie wir inzwischen wissen, hatte Serkassow verschiedene Feinde. Allein zwei europäische Geheimdienste waren an seiner Beseitigung interessiert.

Wir haben bis jetzt nicht in Erfahrung bringen können, warum Serkassow die Firma *ARIS* aufgesucht hat. Nach Woykows Tod könnte nun auch wieder Peter Moore, der Chef von *ARIS,* ins Spiel kommen. Vielleicht nicht als Täter, aber als Teil eines Netzwerks für die Beschaffung des Poloniums. Da fast die gesamte Weltproduktion in Amerika verarbeitet wird, könnte das Gift auch von dort kommen. Sollte vielleicht sogar ein amerikanischer Geheimdienst mit in die Sache verwickelt sein? Die NSA hätte sehr wohl die Möglichkeiten dazu. Die Frage nach dem Motiv könnte mit dem Stichwort Öl erklärt werden. Das sind natürlich alles reine Spekulationen.

Scotland Yard bemüht sich jetzt wieder verstärkt, die Identität der vierten Person im *Itsu* herauszufinden. Es ist mir unbegreiflich, warum darauf bislang so wenig Aufmerksamkeit gerichtet wurde. Davon abgesehen, sind die Ermittlungen zum Teil derart dilettantisch geführt worden, dass ich schon wieder eine Strategie dahinter vermute.

Bis jetzt gibt es keine neuen Erkenntnisse. Allerdings frage ich mich, ob Scotland Yard eventuell neuen Direktiven des Außenministeriums folgt und die wahren Hintergründe herunterspielt. Der Fall Serkassow sollte in erster Linie der Fall Polonium sein.

gez. Cromby

doku a-serk-092
Tagebuch der Dorothe Hülsen
Paris
28.03.01

Am Morgen leichter Nieselregen. Sehr romantisch. Später in der Rue Faubourg St. Honoré, Schaufenster gucken. Danach im Louvre. Nach drei Stunden verschwimmen die Bilder ineinander. Man bräuchte mehrere Tage, aber ich wollte mir ja nur einen Eindruck verschaffen. Am Nachmittag vor dem *Coupole.* Da haben wir uns verabredet. 16:00. Carfour ist schon da. Nach wenigen Minuten kommen Petruschkin und Kreschnikow. Petruschkin wirkt wesentlich kleinlauter. Dafür hat sich Kreschnikows Miene aufgehellt. Als ich auf den Eingang des *Coupole* zuschreite, hält Carfour mich zurück. Nein, ins *Coupole* würden wir nicht gehen. Das sei zu einer Touristenkaschemme verkommen. Ich wende ein, da hätten doch Satre, Cocteau, Breton, Picasso und wer sonst noch alles gesessen. Petruschkin lacht auf. Die würden ihren *Café au lait* jetzt alle im Himmel oder in der Hölle trinken. Jemand, der heute Bücher schreibt, sagt Carfour, gehe ganz sicher nicht ins *Coupole.* Wir gehen um die Ecke ins *Camouflage.*

Petruschkin scheint abwesend. Er sieht sich ständig nach Mädchen um. Carfour würde sich gerne mit mir unterhalten, aber es ist laut. Man hört kaum sein eigenes Wort. So tauschen wir Belanglosigkeiten aus. Irgendwann stellt sich heraus, dass Kreschnikow auch Künstler ist. Er will nicht viel darüber reden. Er stünde noch am Anfang, hätte auch nicht Kunst studiert, arbeite jedoch zurzeit als Assistent bei Jean Leroi. Petruschkin sagt, er hätte das für seinen Landsmann arrangiert. Carfour wirft ein, Leroi sei ein recht umstrittener Künstler. Er fertige in erster Linie Daumen. In jeder Größe. In kleiner Ausführung, vergoldet und riesengroß, als Plastik in Bronze. Er sei eine Art Star und verkaufe seine Arbeiten zu horrenden Preisen an die Schickeria.

Kreschnikow sagt, Leroi sei zwar despotisch, aber auch großzügig. Er könne in Lerois Atelier an eigenen Skulpturen arbeiten und der erfolgreiche Meister sei gelegentlich auch ein sehr hilfreicher Lehrer. Und Kunstmachen könne man schließlich nur von einem erfolgreichen Meister lernen. Carfour meint, Leroi hätte in den frühen Siebzigern Autos zu kleinen Schrottpaketen pressen lassen und als Kunst verkauft. Damit sei er international berühmt geworden. Zu jener Zeit lag Leipzig noch in der DDR. Ich ging noch zur Schule. Von solchen Dingen erfuhr man damals so gut wie nichts. Kunst dieser Richtung galt als ein Produkt westlicher Dekadenz. Carfour deutet an, nun einen guten Grund zu haben, Leipzig einmal zu besuchen. Er würde gerne den Übersetzer seines Buches kennenlernen. Kreschnikow beobachtet mich die ganze Zeit. Ich kann seine Blicke nicht deuten. Etwas in seinem Ausdruck berührt mich.

Aktennotiz

14.10.06

Aus Hülsens Tagebuch später nur entscheidende Stellen als Zusammenfassung in der Akte belassen.

Fink muss noch einmal nach Miltau. Die Tagebucheintragungen sind zwar durchaus schon aufschlussreich, aber am meisten würde mich ein Band von 2006 interessieren, falls es ihn denn gibt.

doku a-serk-093
(eig. Recherche)
13.10.06
Aus der russischen Zeitung *Kommersant*
Öffentlicher Gratulationsbrief an Präsident Romanow

Hochverehrter Herr Präsident,

bedauerlicherweise kann ich Ihnen heute zu Ihrem Ehrentag nicht persönlich gratulieren, da ich bei einer Einreise in mein geliebtes Vaterland sofort von den Behörden verhaftet werden würde. Zuerst einmal möchte ich einige Ihrer unwidersprochenen Tugenden würdigen. Mit Sicherheit sind Sie der erste Präsident, der seiner Funktion als Vorbild für alle Russen gerecht wird. Sie rauchen nicht und, was noch mehr zählt, Sie trinken nicht. Wären Sie nicht schon mit einer liebenswerten Frau verheiratet, wären Sie der Traumschwiegersohn einer jeden russischen Mutter. Wie lange hat Russland auf einen derartigen Präsidenten gewartet?

Andere Politiker vor Ihnen haben lediglich die Fähigkeit besessen, das jeweils entstandene Machtvakuum neu zu besetzen, Sie hingegen sind der erste wirklich qualifizierte und informierte Präsident. Das ist kein Wunder, da Sie beim KGB und FSB eine hervorragende Ausbildung genossen haben. Sie gelten als Spezialist in vielen Bereichen. Sie sind ein hervorragender Pistolenschütze, der auf fünfzig Meter ins Schwarze trifft. Das mag man auch symbolisch sehen.

Man stelle sich Ihren Vorgänger, den verehrten Herrn Jelzin, vor, wie er betrunken mit einer Pistole herumfuchtelt. Er würde sich wahrscheinlich in den eigenen Fuß schießen. Dazu wissen wir alle, dass Sie ein tiefgläubiger Mensch sind. Sie achten die Patriarchen und fördern die Religion. Das ist sehr weitsichtig. Unser Volk ist unter Ihrer Führung so reich geworden, dass wir die spirituellen Werte als Gegengewicht dringend brauchen. Neben all diesen gesegneten Eigenschaften sind Sie auch noch ein erfolgreicher Manager, der die guten Ölpreise nicht nur erhalten, sondern auch noch erhöhen konnte. Einen der größten russischen Ölkonzerne, der einstmals mir gehörte und durch merkwürdige Umstände, ganz sicher irrtümlicherweise und ohne Ihr direktes Wissen, in Staatsbesitz überging, möchte ich Ihnen hiermit rückwirkend zum Geburtstag schenken. Damit genug des gerechtfertigten Lobes. In alter Freundschaft wünsche ich Ihnen für Ihre Zukunft und damit auch für die Zukunft Russlands von Herzen nur das Allerbeste.

Grüßen Sie Ihre Frau und Ihre Kinder. In der Hoffnung, sich irgendwann einmal unter anderen Umständen wiederzusehen, aus dem Londoner Exil, Ihr alter Freund und ehemaliger Wahlhelfer

Juri Blawski

P.S.: Haben Sie schon Pläne für die Zeit nach Ihrer Präsidentschaft oder werden Sie doch noch die Verfassung ändern lassen, um nach der zweiten noch eine dritte Amtsperiode folgen lassen zu können?

doku a-serk-094
Tagebuch der Dorothe Hülsen
Leipzig
10.04.01

Carfour ist in Leipzig. Für zwei Tage. Ich habe eine Verabredung mit dem Übersetzer arrangiert. Wir treffen uns zum Mittagessen in einem thailändischen Restaurant. Carfour und der Übersetzer führen ein intensives Gespräch, in das ich mich nur selten einmische. Am Abend sind wir noch einmal in einer Bar verabredet. Ohne den Übersetzer. Ich ziehe den Hosenanzug an, den ich mir in Paris gekauft habe. Carfour macht mir nette Komplimente, aber es handelt sich keineswegs um ein Rendezvous. Sein Besuch hat berufliche Gründe. Er erzählt mir, dass er zurzeit wieder mit seiner früheren Freundin zusammenlebt. Sie wollen es noch einmal versuchen, auch wenn es nicht einfach ist. Ich bin ein wenig enttäuscht. Versprochen hatte ich mir zwar nichts, aber ein kleiner Flirt hätte meinem Selbstbewusstsein sicher gutgetan. Als wir uns verabschieden, nimmt er mich in den Arm und drückt mich für einen kurzen Moment zart an sich. Schade, ich glaube, er ist ein netter Mann. Während mein Taxi anfährt, ruft er noch: „Ich soll Ihnen Grüße von Igor bestellen. Kreschnikow. Ich glaube, Sie haben ihm gefallen."

doku a-serk-095
Tagebuch der Dorothe Hülsen
Leipzig
15.05.01

Einen Brief von Kreschnikow erhalten. Er kommt nach Deutschland, um einige Galerien zu besuchen. Auch nach Leipzig. Er würde mich gerne sehen. Der Brief ruft Bilder aus Paris wach. Anfang Mai war es hier noch sehr kühl, aber seit ein paar Tagen ist das Thermometer auf sommerliche Temperaturen gestiegen. Der Brief hat merkwürdigerweise mein Blut ein wenig in Wallung gebracht. Ich freue mich auf den Besuch. Er wird etwas Abwechslung in meinen Arbeitsalltag bringen. Carfours Buch ist endlich übersetzt. Er ruft gelegentlich an und macht Andeutungen, dass sein Privatleben nicht so läuft, wie er es sich erhofft hatte.

doku a-serk-096
(eig. Recherche)
14.10.06
NTV Special – Russland
Videoaufzeichnung
Interview mit Ex-Minister Fjedor Kosslanow

NTV: Herr Kosslanow, ein bekannter deutscher Ex-Politiker soll den Aufsichtsratsvorsitz im Konsortium der zukünftigen Ostseepipeline übernehmen. Wie finden Sie das?

Kosslanow: Ich hatte noch einige Illusionen über die Moral renommierter westlicher Politiker.

NTV: Ist dieser prominente neue Aufsichtsratsvorsitzende vielleicht in Wahrheit Romanows neuer Imageberater?

Kosslanow: So könnte man es sehen. Unter Romanow haben sich die Vertreter von Armee und Staatssicherheit, die wir Silowiki nennen, zu einer Art Kreml-Holding vereinigt. Da wird jetzt Staatskapitalismus nach chinesischem Vorbild betrieben.

NTV: Russland war schon immer ein reiches Land, aber jetzt wird es für jeden sichtbar.

Kosslanow: Russland hat sich in den letzten zwei Jahren beinahe bis zur Unkenntlichkeit gewandelt. Kein vernünftiger Mensch möchte mehr, dass seine Kinder in einem solchen Land aufwachsen.

NTV: Russlands Gold- und Devisenreserven wachsen ins Unermessliche. Die Wirtschaft wächst und die Einkommen steigen stetig.

Kosslanow: Der Anstieg der Reserven hat nur mit den hohen Weltmarktpreisen zu tun. Die Wachstumsrate der Binnenwirtschaft geht jedoch zurück, weil die Staatsbetriebe überall im Land private Unternehmen aufkaufen. Die Ziele der Politik sind undurchschaubar geworden. Die Ölkonzerne *Gasprom* und *Rosneft* verzeichnen steigende Gewinne, aber ihre Abgaben sinken. Der Ölpreis hat sich verdreifacht, die Wachstumsraten gehen dagegen nach unten.

NTV: Besonders die deutschen Politiker setzen auf Vertrauen in Romanow.

Kosslanow: Romanow ist zu einer Marionette seiner selbst geworden. Der FSB-Agent Romanow führt den Präsidenten Romanow an unsichtbaren Fäden. Ein einziger Preissturz auf den Rohstoffmärkten hätte für Russland unabsehbare Folgen.

NTV: Aber die Preise für Öl und Gas werden doch

sicher nicht sinken.

Kosslanow: Warum nicht? Die Entwicklung erneuerbarer Energien wird weltweit forciert. Einige neue Erfindungen könnten alles aus dem Gleichgewicht bringen. Die Japaner werden schon in wenigen Jahren Autos bauen, die kein Benzin mehr benötigen. In Russland hängt jedoch alles am Öl und Gas. Von den Gewinnen werden die Beamten bezahlt, das Gesundheitssystem hängt davon ab, die Bildung und vieles andere mehr.

NTV: Wer heute Russland sagt, meint Korruption, Gewalt und Wirtschaftsanarchie. Sie selbst gelten ebenfalls als korrupt. Man nennt Sie *Fjedor Zweiprozent.*

Kosslanow: Wie lächerlich. Die Diffamierung setzte in dem Moment ein, als ich den Kreml kritisierte.

NTV: Was sagen Sie zu dem Fall Serkassow?

Kosslanow: Er hat vielen auf die Füße getreten, und einige seiner Anschuldigungen waren einfach unhaltbar.

NTV: Serkassow behauptete kurz vor seinem Tod, Romanow persönlich hätte den Giftmord angeordnet. Halten Sie eine solche Version für möglich?

Kosslanow: Serkassow mag Romanow beleidigt haben, aber deswegen würde ein Präsident wohl keinen Mord anordnen. Da müsste Serkassow schon ganz anderes im Sinn gehabt haben.

NTV: Was meinen Sie damit?

Kosslanow: Keine Ahnung. Wo ist die Achillesferse der Macht? Was würde die Regierung zu Panikreaktionen veranlassen? Wie ich schon sagte, alles hängt am Öl und am Gas.

NTV: Herr Kosslanow, wir danken für das Gespräch.

Aktennotiz
15.10.06

Alles hängt davon ab, welche Motive Serkassow dazu bewogen haben, sein Versteck in Miltau zu verlassen. Hat er weiterhin Kontakt zu seinen Freunden unter den Oligarchen gehalten?

Hat Anna Ryschkowa einen Skandal aufgedeckt, der alles Vorangehende übertrifft, und hat sie ihren alten Freund Serkassow darin eingeweiht? Die Protokolle aus dem Kreml weisen in eine bestimmte Richtung. Geht es vielleicht um irgendwelche Gräueltaten der Militärs in Kirgisien?

doku a-serk-097
Tagebuch der Dorothe Hülsen
Leipzig
03.06.01

Heute Morgen hat Kreschnikow angerufen. Er ist in Leipzig. Ich war mitten in einer Besprechung, und wir haben uns für den Abend in einem Restaurant verabredet.

Kreschnikow sieht angespannt aus. Nach einigen Begrüßungsformeln eröffnet Kreschnikow das Gespräch mit der Erklärung, er hieße in Wahrheit Wiktor Golzin. Er hätte Russland verlassen, weil etliche seiner Freunde durch kritische Äußerungen bei der Regierung in Ungnade gefallen seien. Von Verfolgung war die Rede, Verhaftungen, Verhören und sogar Folter. Er hätte das Klima von Misstrauen und Angst nicht mehr ausgehalten und sich an Freunde in Paris gewendet. Dort sei er dann unter falschem Namen untergetaucht.

Russland ist immer noch ein unheimliches Land. Wir bekommen davon wahrscheinlich nur sehr wenig mit. Unsere Politiker sind mit anderen Dingen beschäftigt und niemand erwartet, dass eine Politbürodiktatur sich von heute auf morgen in eine Demokratie verwandelt, wie wir sie kennen. Ich kann mich noch an das Klima der Angst in der alten DDR erinnern. Wer in Intellektuellen- oder Künstlerkreisen verkehrte, konnte leicht ins Visier der Stasi geraten. Ich sage, dass mir der Name Wiktor Golzin besser gefällt als Kreschnikow. Er meint, ich solle ihn Wiktor nennen. Wiktor geht mir besser über die Lippen als Igor. Es klingt weicher und passt besser zu ihm.

Wiktor war in Köln und Berlin. Er sagt, der Kunstmarkt sei dort völlig überlaufen. Die jungen Künstler stünden quasi vor den Galerien Schlange. Galerien und Kunstagenten gäbe es zwar genug, aber nur wenige würden auch etwas verkaufen. Wiktor sagt, Leipzig gefalle ihm, und jetzt, wo die Maler der Leipziger Schule sogar schon in New York gehandelt würden, hätte der Name der Stadt auch einen guten Klang in der Kunstszene. Ich frage ihn, was für eine Art von Kunst er macht, ob er vielleicht Fotos dabeihätte. Er will sich darüber nicht äußern, meint aber, man könne sich morgen wieder treffen. Er würde sich am Vormittag einige Museen ansehen und danach eine Galerie besuchen. Da hätte er dann auch seine Mappe mit dabei.

doku a-serk-098
(eig. Recherche)
Nowaja gaseta
Autorin: Anna Ryschkowa
Datum: 04.04.05
Titel: Das Kaukasus-Programm

Ich werde natürlich nicht behaupten, dass die Regierung an einem geheimen Programm arbeitet, das vorsieht, die Kaukasus-Region zu befrieden und in der GUS zu halten. Aber es gibt Soldaten, die von dortigen Einsätzen zurückkommen, und es gibt ehemalige Offiziere, die ihre spärlichen Einkünfte mit Informationen aus den Niemandsländern, in denen sie gekämpft haben, aufbessern. Das sind natürlich Sondertruppen, die offiziell ganz woanders gewesen sind. Viel wissen sie zwar nicht, denn sie haben nur Befehle empfangen und ausgeführt, aber was sie erzählen, ist schauerlich genug. Hier werden Staaten nach dem Motto „Sollen sie sich doch alle gegenseitig umbringen“ bewusst in die totale Anarchie getrieben. Alles sieht nach einem perfiden Experiment zur Förderung der Selbstzerstörung aus. So etwas können sich nur FSB-Psychologen ausdenken. Wenn man den Aussagen der Augenzeugen Glauben schenken darf, fallen unsere Spezialtruppen bei Nacht und Nebel in die Dörfer und Städte ein, lassen dort Sprengbomben detonieren und beschuldigen daraufhin die Bevölkerung, allesamt Terroristen zu sein. Sie verkaufen den Mafiaclans Waffen und sehen dann anschließend tatenlos zu, wie sich alle gegenseitig umbringen.

Vielleicht ist das alles nur eine groteske Übertreibung. Und vielleicht ist die Lage in den Kaukasus-Republiken tatsächlich derart komplex, dass sie von außen gesehen gar nicht richtig zu begreifen ist. Aber sie wird uns auch von niemandem richtig erklärt. Romanow sagt dem Volk ganz einfach, dass wir von einigen kriminellen Banden bedroht sind, die sich zwar Staaten nennen, in Wirklichkeit aber allein von den mächtigsten Mafiafamilien des Landes regiert werden. Hinzu kommen noch die speziellen Probleme des Islam. Machtwechsel wie in Kirgisien gelten als Alarmzeichen. Auch in Usbekistan mit seinem despotischen Karimow brodelt es, ebenso in Kasachstan, das vom Familienclan der Nasarbajews ausgebeutet wird. Regierungen, die jetzt gestürzt werden, hinterlassen ein Vakuum, das sich mit fanatischen Muslimen, Kriminellen und zwielichtigen Geschäftsleuten füllt. Die Religion, sagt unsere Regierung, sei nur eine weitere Tarnung und Ausrede der Kriminellen. Und dass alle diese Völker tatsächlich kriminelle Vereinigungen sind, sieht man daran, dass sie unser friedliches Land nicht mit einer konventionellen Armee angreifen, sondern heimtückische Attentatkommandos losschicken. Sie kommen einfach in irgendwelchen Autos, tarnen sich als ganz normale Russen und sprengen unsere Hochhäuser in die Luft. Das sind keine anständigen Soldaten wie unsere Eliteeinheiten. Sie nehmen keine Rücksicht auf Frauen und Kinder.

Bei solch einer Bedrohung für unser Land hätte sicher jedermann Verständnis für ein Kaukasus-Programm, das die Probleme auf besonders raffinierte Weise an der Wurzel packt. Also, warum sagt Romanow nicht einfach, dass wir jetzt in den Ländern, in denen uns diese Gefahr erwächst, jegliches Übel erst recht unterstützen werden, dass wir mit jedem Mittel die Anarchie fördern und dass wir ihnen unsere erfolgreichsten Mafiapaten als Berater zur Seite stellen werden, um die Kriminalität auf die ultimative Spitze zu treiben? So geschehen, werden wir dann die Grenzen zum Kaukasus schließen und so lange warten, bis sich alle Kaukasier gegenseitig umgebracht haben. Genau das ist das Kaukasus-Programm.

Anna Ryschkowa

doku a-serk-099
Tagebuch der Dorothe Hülsen
Leipzig
04.06.01

Bin am Nachmittag mit Wiktor in einem Café in der Innenstadt verabredet. Er kommt auf die Minute pünktlich. Das bin ich schon lange nicht mehr gewöhnt. Und er hat einen üppigen Blumenstrauß aus gelben Rosen und Fresien dabei. Für mich. Auch das habe ich schon lange nicht mehr erlebt. Er sagt, er fühle sich recht wohl in Deutschland. Paris sei ihm zu französisch gewesen. Zu viel Schick und Dekadenz. Auch die Künstler haben ihn enttäuscht. Alle Exzentriker, aufpolierte Prahlhanse, jeder der Größte und jeder auf der Jagd nach Erfolg und Geld. Früher oder später würde man sich anpassen. Die Pariser Künstler hielten sich noch immer für den Nabel der Welt, auch wenn ihr Ruf schon seit Jahrzehnten verblasst sei. Was in einem solchen Klima aus einem werden könne, hätte ich ja an Petruschkin gesehen.

Er hat eine Mappe dabei. Ich frage ihn, ob er bei den Galerien Erfolg gehabt hätte. Er weicht aus und sagt, darauf käme es im Moment nicht an, er hätte sich in erster Linie informieren wollen. Wiktor gibt mir wortlos seine Mappe. Die Fotos zeigen Ölbilder mit grob gepinseltem Strich in schmutzigen Farbtönen. Die Motive sind schematisierte archaische Figuren in merkwürdigen Stellungen. Wie Momentaufnahmen.

Wiktor sagt, er habe in seiner Jugend gerne und viel gezeichnet, sein Zeichenlehrer habe ihm sogar das Porträtieren beigebracht und ein Kunststudium empfohlen. Wenn er wolle, könne er absolut realistisch malen, aber das hätte keine Chance auf dem Markt. Jean Leroi hätte ihm den Tipp gegeben, seine Motive als Skulpturen auszuführen. Ich frage noch einmal nach seiner Jugend in Russland. Erst will er nicht darüber reden, dann erzählt er von einem Onkel, der als Grafiker Propagandaplakate entwarf, und von seinem Vater, der als Ingenieur in der Raketenproduktion tätig war. Seine Mutter war Lehrerin und hatte stets an den Kommunismus geglaubt. Kurzfristig hätte er wirklich mit dem Gedanken gespielt, Kunst zu studieren, aber dann sei alles anders gekommen. Sein Vater hätte ihn zu einem Jurastudium gedrängt, und bald darauf wäre er schon Soldat in Afghanistan gewesen. Dass er dort überlebt habe, käme einem Wunder gleich. Gleich am Anfang sei er mit seiner Einheit in einen Hinterhalt geraten und durch puren Zufall als Einziger übrig geblieben. Drei Tage sei er alleine durch eine Felsenwüste geirrt, bevor man ihn endlich gefunden hätte. Durch gute Beziehungen seines Vaters zu hohen Militärs sei er dann schon bald zum Offizier ernannt worden und hätte für den Nachrichtendienst gearbeitet. Später sei er noch bei einem Spezialkommando gewesen.

Die Andeutung macht mich neugierig, aber er will nicht darüber reden. Das alles hätte gereicht, meint er, und er könne von Glück sagen, dass ihn die Kriegserlebnisse nicht um den Verstand gebracht hätten, wie viele andere.

Ich frage weiter. Jemanden wie Wiktor habe ich niemals zuvor kennengelernt. Er repräsentiert eine Mentalität, wie wir sie hier nicht kennen. Ich sage, dass Russland mich interessiert und dass ich gerne einmal nach Moskau oder St. Petersburg reisen würde. Seine Miene verdüstert sich und seine Wangenmuskeln zucken. Er wehrt verstört ab. Von ihm aus könne Russland ersatzlos von der Landkarte verschwinden, mitsamt seinen Politikern, die sich niemals ändern würden, seiner rabiaten Mafia, seinen Geheimdiensten und seiner verrottenden Militärmaschinerie. Russland, meint er, sei in Wahrheit eine autokratisch gelenkte Anarchie, und die Politiker würden letztlich eine kriminelle Vereinigung ohne jegliche humanistische Ideale bilden. Und das sei schon immer so gewesen. Bei den Zaren, bei Lenin, bei Stalin und seinen Nachfolgern bis heute, und wie er das sähe, würde sich das auch niemals ändern.

Aktennotiz
15.10.06

Aus Serkassow ist in Paris Kreschnikow geworden, und der hat sich in Deutschland wiederum in Wiktor Golzin verwandelt. Serkassow ist zweifellos ein Profi. Das kann man daran erkennen, dass er einen Teil seiner tatsächlichen Vergangenheit preisgibt, um seine neue Rolle überzeugender spielen zu können.

doku a-serk-100
(Quelle: der Koi)
14.10.06
MI6 – Dep. 1
Interner Bericht
Jeremy Landers – j-10/005
an Thomas Cromby
Betr.: Serkassow

Der Fall Serkassow nimmt eigenartige Formen an. Damit meine ich den Umgang mit Fakten. Es scheint in diesem Fall keine einzige Erkenntnis zu geben, die einer anderen nicht widerspricht. Orte sind je nach Bedarf wichtig oder unwichtig. Merkwürdig auch, dass die sonst so gut informierten Journalisten nur blinde Vermutungen äußern.

Ich habe mit dem Außenminister gesprochen. Mir wurden zwar keine wörtlich ausgesprochenen Direktiven gegeben, aber man hat mir deutlich zu verstehen gegeben, dass die Regierung Kooperation und Anpassung an die jeweilige Lage wünscht.

Das erklärt auch die Arbeitsweise von Scotland Yard. Man würde einen Täter ohne politischen Auftrag und Verbindungen bevorzugen. Das Verhältnis zu Russland ist ein äußerst sensibles. Paris und Berlin sind an keinerlei überflüssiger Spannung interessiert. Also Aufklärung ja, aber nicht zu viel. Erkenntnis ja, aber nicht zu weitgehend. Man gab mir zu verstehen, ich könne denken, was ich wolle, aber unsere Dossiers sollten variabel gehalten werden. Sie wissen, was das bedeutet: Spielen Sie in den offiziellen Dokumenten Ihre Analysen herunter. Vermeiden Sie für eine Weile den Eindruck, wir hätten Ambitionen.

Neue Erkenntnisse gehen nach wie vor an mich persönlich. Ich gebe Ihnen inoffiziell freie Hand. Aber Sie übernehmen die volle Verantwortung. Ich habe mit dem Minister entsprechende Vereinbarungen getroffen.

gez. Jeremy Landers

doku a-serk-101
Tagebuch der Dorothe Hülsen
Leipzig
20.06.01

Wiktor hat sich in Leipzig in einem Industriegebiet eine Garage gemietet. Sein neues Atelier. Dort hat er sich ein Dutzend dicker Baumstämme anliefern lassen und angefangen, das Holz mit der Kettensäge zu bearbeiten. Ich frage ihn, wie er das alles finanziert. Er antwortete, dass seine Ersparnisse ausreichten, um bescheiden über die Runden zu kommen. Nach Afghanistan hätte er sich an einigen lukrativen Geschäften beteiligt und den Gewinn vorteilhaft angelegt. Ich frage mich, was das wohl für Geschäfte gewesen sind.

Abends mit Wiktor zum Essen gegangen. Das Restaurant sieht nicht billig aus. Ein Edelitaliener, der zurzeit in Mode ist. Wiktor hat eine eigentümliche Art, öffentliche Räume zu betreten. Am Eingang bleibt er zögernd stehen und scheint mit einem flinken Blick alles in sich aufzunehmen, was sich in seinem direkten Umfeld abspielt. Im Restaurant ist es genauso. Anfänglich fühlt er sich unwohl. Seine Konzentration ist nicht bei mir. Zuerst halte ich es für Nervosität, aber es ist etwas anderes. Nach einer Weile schweifen seine Augen nicht mehr umher und sein Gesicht entspannt sich. Das

Essen ist wirklich ausgezeichnet. Wiktor bestellt einen teuren Wein. Ich frage ihn noch einmal über seine Zeit in Russland aus. Welchen Beruf hat er ausgeübt? Er sagt, er sei eine Zeit lang für eine Beratungsfirma tätig gewesen. Sein angefangenes Jurastudium sei ihm dabei zugute gekommen. Ich spüre, dass er immer noch nicht gerne über seine Heimat redet. Ich frage ihn, ob es da auch eine Frau gegeben hätte. Wiktor sieht nachdenklich in sein Weinglas und sagt, dass er eigentlich nie so richtig Zeit für Beziehungen gehabt hätte. Einmal nur hätte es etwas Ernsthafteres gegeben, eine Journalistin. Einige Jahre, sagt er, habe das Verhältnis gedauert, aber sie hätten sich durch äußere Umstände einfach auseinandergelebt. Ich frage mich, was das für eine Beziehung gewesen ist, was das für eine Frau war und ob er sie vielleicht noch immer liebt.

„Und in Paris?“, will ich wissen.

Dann und wann, meint er, habe es eine unbedeutende Affäre gegeben. Wiktor bestellt zwei Gläser Champagner und holt eine kleine schwarze Schachtel aus seiner Jackentasche. Als die Gläser auf dem Tisch stehen, überreicht er sie mir. Ich öffne die Schachtel sehr langsam. Eine schlichte Kette. Sehr geschmackvoll. Silbrig, aber es ist kein Silber. Platin? In einer ebenso schnörkellosen Fassung ein Diamant. Für einen Moment weiß ich nichts zu sagen. Wiktor scheint es ernst zu meinen. Ich sage, wir hätten zwar ein paar Mal miteinander geschlafen und es wäre sehr schön gewesen, aber das sei noch lange kein Grund, mir ein so wertvolles Geschenk zu machen. Hinterher beiße ich mir auf die Lippen. Warum sage ich nur so etwas Dummes? Er sagt, er liebe mich. Vielleicht meint er ja wirklich, was er sagt. Seine Augen werden feucht und er nimmt meine Hand.

doku a-serk-102
(in eig. Sache)
15.10.06 – 21:30
Anruf von Olga Abramova über Handy
autom. Mitschnitt

Olga: Ich bin es.

Ich: Wie bist du an meine Handynummer gekommen?

Olga: Ach komm!

Ich: Hast du noch alte Beziehungen am Laufen?

Olga: Natürlich. Das haben wir doch alle. Meine kleinen Lebensversicherungen.

Ich: Mir gefällt das nicht.

Olga: Ich weiß nicht, was mit mir los ist. Ich denke seit Tagen an dich. Geht es dir gut?

Ich: Warum fragst du?

Olga: Wir sollten uns treffen.

Ich: Was soll das?

Olga: Sei nicht so stur. Einige Sachen haben doch immer ganz toll zwischen uns geklappt, oder? Sag jetzt nicht, es hat dir nichts bedeutet! Nach dir hat es nichts Besseres gegeben. Nimm es wenigstens als Kompliment.

Ich: Wo bist du?

Olga: Kann ich nicht sagen.

Ich: Ich würde jetzt gerne Schluss machen. Keine Kommunikation über Handy.

Olga: Du weißt genau, wie es funktioniert: Ohne die richtigen Stichworte schaltet der Abhörcomputer nicht auf Speichermodus.

Ich: Es gibt andere Möglichkeiten.

Olga: Ich habe mir Sorgen um dich gemacht. Der

Fall A.S. schlägt hohe Wellen. Alle sind unruhig geworden.

Ich: Olga, was willst du wirklich von mir? Hat man dich auf mich angesetzt?

Olga: Meine Güte, Michail, für wen hältst du mich? Warum sollte ich mich auf so etwas einlassen?

Ich: In diesen Zeiten muss jeder sich selbst zuerst schützen. Und Kompromat gibt es gegen jeden. Und wenn es nichts gibt, wird es fabriziert.

Olga: Wie kommst du weiter? Gibt es neue Erkenntnisse?

Ich: Ich möchte jetzt nicht darüber reden.

Olga: Gut! Verstanden! Also, was ist nun, willst du mich sehen oder nicht?

Ich: Ich weiß nicht. Mein Gott, was soll ich sagen. Ich muss darüber nachdenken. Es ist schon so lange her, auch wenn es mir manchmal vorkommt, als wäre es erst gestern gewesen.

Olga: Michail, du hast Angst?

Ich: Nenn es, wie du willst. Ja, vielleicht. Du etwa nicht?

Olga: Ich muss jetzt leider Schluss machen. Ich rufe dich in den nächsten Tagen noch einmal an.

Ich: Jetzt, wo es gerade interessant wird.

Olga: Was soll das, jeder hat schließlich Angst vor irgendetwas oder allem Möglichen.

Ich: Gut, dann bis bald.

(später unter Memo-pers. ablegen)

doku a-serk-103
Tagebuch der Dorothe Hülsen
Leipzig
12.08.01

Der Test ist positiv. Ich bin schwanger. Wie wird Wiktor es aufnehmen? Ich besuche ihn im Atelier. Wiktor sieht mit seinem Gesichtsschutz, den Stulpenhandschuhen und der Kettensäge in der Hand wie ein Außerirdischer aus. Einige Skulpturen stehen halb fertig im Raum. Die Späne wirbeln durch die Luft und es ist unerträglich laut. Ich sehe ihm eine Weile zu. Er ist der Vater des Kindes, das ich nun im Bauch trage. Auch wenn es noch so winzig wie eine Kaffeebohne ist, hat sich mein Lebensgefühl mit einem Schlag verändert. Meine Stimmungen wechseln beinahe von Minute zu Minute. Ich freue mich, ich bekomme Angst, ich bete, dass alles gut geht, ich fühle mich voller Liebe für das mikroskopisch kleine Wesen, dann wieder stehe ich wie unter Schock und frage mich, wie nun alles weitergehen soll.

Wiktor stellt die Kettensäge ab und legt sie beiseite. Er nimmt den Gesichtsschutz ab und sieht mich an, als wäre ich ein Geist.

„Du wirst Vater“, eröffne ich ihm. Er starrt einen Moment in ein fernes Nichts. Dann kommt er auf mich zu, nimmt mich in den Arm und fängt zu schluchzen an. Ein wenig später lachen wir vor Freude. So habe ich sein Gesicht noch nie gesehen.

Ich lasse ihn weiterarbeiten. Was es zu besprechen gibt, hat auch noch bis morgen Zeit. Ich bin erleichtert. Der Vater will auch Vater sein. Alles andere wird sich finden. Ich glaube, er liebt mich wirklich. Manchmal ist Wiktor noch immer ein unergründlicher Fremder für mich. Manchmal denke ich, ich kenne ihn und weiß alles von ihm, dann wieder kommt es mir so vor, als wüsste ich rein gar nichts, als lebte ich mit einem Partner zusammen, dessen Vergangenheit nur aus einzelnen Bruchstücken besteht und der selbst nicht genau weiß, wer er ist. Und manchmal denke ich, das Künstlertum scheint so gar nicht zu ihm zu passen. Mitunter wirkt er wie ein Automechaniker, der sich an Uhren versucht. Aber seine Arbeiten sind gut. Er sagt, es wird noch dauern, bis er genügend Exponate für eine Ausstellung fertig hat. Karl, ein alter Bekannter, der oft Kunstausstellungen besucht und sich ein wenig in der aktuellen Szene auskennt, hat sich Wiktors unfertige Skulpturen angesehen. Ihm gefällt der rohe Stil. Er findet sie mystisch und will einen Galeristen in Wiktors Atelier bringen.

doku a-serk-104
(eig. Recherche)
16.10.06 – 18:00
NTV Internet Info-Service
Betr.: Alexander Serkassow

Im Fall des Ex-Agenten und Regimekritikers Alexander Serkassow hat Scotland Yard eine erste ausführliche Stellungnahme abgegeben. Bislang gab es verschiedene Versionen zum Tathergang. Inzwischen scheint jedoch zweifelsfrei erwiesen, dass Alexander Serkassow im Sushi-Restaurant *Itsu* am Piccadilly Circus vergiftet worden ist. Vermutlich nahm er das Polonium mit einer Tasse Tee zu sich. Man hat eine Kanne sichergestellt, deren Strahlungswerte noch immer extrem hoch sind. Aber auch an Tellern sind Spuren des radioaktiven Materials entdeckt worden.

Serkassow selbst hat sich vor seinem Tod widersprüchlich verhalten. Anfänglich hatte er sogar geleugnet, in London gewesen zu sein. Bei weiteren Verhören nannte er dann einige Namen.

Was ist am 13. August geschehen?

Alexander Serkassow kam um 10:50 in Heathrow an. Sein Pass war auf den Namen Wiktor Golzin ausgestellt. Um 12:00 war er an der Rezeption des *Millennium Hotel* am Grosvenor Square. Er brachte nur kurz sein Gepäck auf sein Zimmer und bestellte sich danach ein Taxi. Gegen 13:30 betrat er das Büro von Juri Blawski in der Down Street. Um 14:30 traf sich Serkassow mit einer Person, über deren Identität bis jetzt noch Unklarheit herrscht, im Sushi-Restaurant *Itsu* am Piccadilly Circus. Gegen 15:00 kamen die beiden russischen Geschäftsleute Valerij Sawronski und Oleg Woykow dazu.

Um 16:30 besuchte Serkassow die Sicherheitsfirma *ARIS* am Grosvenor Square, danach ließ er sich mit einem Taxi zum Nobelkaufhaus *Harrods* bringen. Um 19:00 war er wieder zurück im *Millennium Hotel.* Den späteren Abend verbrachte er dann mit zwei alten Bekannten, den beiden russischen Unternehmern und Multimillionären Nentschew und Brolin in der Hotelbar *Pine.* An all diesen Orten wurden von den Spezialisten von Scotland Yard hohe radioaktive Werte gemessen. Obwohl die Ermittler die Polonium-Spuren für hochgefährlich halten, fallen die Bewertungen in der Presse unterschiedlich aus. Alle Personen, die mit Serkassow in Kontakt gekommen sind, müssen sich auf mögliche Gesundheitsschäden gefasst machen. Sawronski wurde von Experten für Nuklearmedizin untersucht. Die Strahlungsmenge, die er abbekommen hat, wird als nicht lebensbedrohlich eingestuft. Schwer betroffen sind dagegen Serkassows Lebenspartnerin, Dorothe Hülsen, und ihrer beider gemeinsame Kinder im Alter von drei und fünf Jahren.

Nentschew wiederum befindet sich seit einigen Tagen in einer Londoner Klinik. Strahlungsintensitäten, wie sie zum Beispiel im *Harrods* oder den Flugzeugen gemessen wurden, mit denen Serkassow nach Berlin und Woykow nach Moskau geflogen sind, halten Fachleute angeblich für unbedeutend, dennoch wurden beide Maschinen vorübergehend aus dem Verkehr gezogen.

Die englischen Behörden sind der Überzeugung, dass der Fall wesentlich schneller aufgeklärt werden könnte, wenn die Russen kooperieren würden.

So hat sogar Serkassow erst nach mehreren Befragungen den Verdacht geäußert, das Gift könne ihm von Woykow verabreicht worden sein. Woykow, von dem inzwischen bekannt ist, dass er früher für den FSB gearbeitet hat, bestreitet das jedoch energisch, zumal er selbst unter der Strahlenbelastung leidet. Außerdem wäre er als gut ausgebildeter ehemaliger Agent und professioneller Sicherheitsberater wohl wesentlich vorsichtiger mit dem Polonium umgegangen. Denn als Geheimdienstler im operativen Dienst muss er auch im Umgang mit radioaktivem Material geübt gewesen sein.

Wenn Woykow aber tatsächlich nichts mit dem Anschlag zu tun hat, stellt sich die Frage, warum die russischen Behörden ihre Zusammenarbeit auf ein

Minimum beschränken. Scotland Yard allerdings scheint kaum noch Zweifel daran zu haben, dass Woykow der Täter war. Der ehemalige MI6-Mitarbeiter und Russland-Spezialist Gordon Lewitt bestätigt diese Einschätzung insoweit, als Woykow dem Täterprofil sehr nahe kommt. Er und Serkassow kannten sich und haben früher beide für den FSB gearbeitet. Beide haben zuerst für die Regierung und später im privaten Auftrag als Personenschützer gearbeitet. Die Ausführung des Anschlags entspräche ebenfalls alten KGB-Methoden. Aber das, so Lewitt, könnte auch absichtlich so eingefädelt worden sein, damit der Verdacht bewusst auf Woykow gelenkt wird, um auf diese Weise den wahren Tathergang zu verschleiern. Sowohl Woykow als auch Sawronski wollen die vierte im *Itsu* anwesende Person nicht gekannt haben. Sawronski erinnert sich nur vage an einen Mann, der sich schon gleich wieder verabschiedet habe. Die Situation hätte es mit sich gebracht, dass ihnen Serkassow den Mann nicht vorgestellt habe. Woykow sagte aus, dass vielleicht ein Vorname gefallen sei. Den allerdings hätte er genauso schnell wieder vergessen wie das farblose Gesicht des Mannes. Woykow hat inzwischen aus Moskau verlauten lassen, dass Sawronski den vierten Mann im *Itsu* vielleicht doch gekannt haben könnte.

doku a-serk-105
(in eig. Sache)
16.10.06
Kurzmitteilung von Fink

Drei Versuche, am 15.09. das Anwesen in Miltau noch

einmal zu durchsuchen, sind fehlgeschlagen. Im Haus waren zwei Personen. Wahrscheinlich Freunde oder Verwandte von Dorothe Hülsen, die sich um das Haus kümmern. Das Objekt bleibt unter Beobachtung.

Ich melde mich, sobald sich die Situation ändert.

Fink

Aktennotiz

17.10.06

Ankunft Paris: 11:15

Es besteht kein Zweifel, dass meine Fahrt vom Flughafen mit dem Taxi zum *George V* observiert worden ist. Also ist auch mein Abflug in Berlin nicht unbemerkt geblieben. Hat man etwa auch Agenten vom DST, vom französischen Geheimdienst, mit eingespannt?

doku a-serk-106

(eig. Recherche)

17.10.06

Paris

Protokoll

Am Nachmittag bei Jean Leroi. Er residiert am Rande des Montparnasse-Viertels. Hier ist alles sehr schick. Von Boheme keine Spur. Eine Fabrikhalle in einem Hinterhof. Die Türflügel sind weit geöffnet. Unter einem Sonnendach steht ein Mercedes-Cabrio. Das Atelier ist riesig, aber trotz der offenen Türen ist die Luft stickig. Tatsächlich stehen überall klotzige Daumen herum. Die meisten aus polierter Bronze, wie es im Tagebuch der Dorothe Hülsen erwähnt wurde. In einem hinteren Teil, grell mit Halogenscheinwerfern beleuchtet, sieht es anders aus. Alles ist aus Blei. Meistens überdimensionale Körperteile. Vielleicht haben diese Sachen Golzin beeinflusst.

Ein kleiner dicker Mann mit Doppelkinn und Dreitagebart kommt auf mich zu. Er trägt einen verschmutzten Overall und reicht mir die Hand. Das also ist der Starkünstler Jean Leroi. Ich gebe vor, Kreschnikow vor etlichen Jahren in Paris kennengelernt zu haben. Leroi runzelt die Stirn und erzählt, dass Kreschnikow von einem Tag auf den anderen spurlos von der Bildfläche verschwunden wäre. Das sei allerdings schon lange her. Sechs, sieben Jahre. Kreschnikow sei ein merkwürdiger Mensch gewesen, der nie über seine Vergangenheit gesprochen hätte. Aber ein schweigsamer Assistent wäre ihm nur recht gewesen. Er hielt Kreschnikow für begabt. Leroi bemerkt, dass ich die eigenartigen Bronzeskulpturen fixiere. „Das ist eine vergangene Periode“, erklärt er, „man hat mich damit den Pop-Artisten zugeordnet.“

Er zeigt auf einen unförmigen Fuß aus Blei und sagt: „Eigentlich hat Kreschnikow mich darauf gebracht, einen Daumen in Blei zu gießen. Er hatte einen Hang zu ordinären Materialien. Blei, das hat etwas zutiefst Russisches, Provisorisches. Ein Ersatzmaterial, weil das Kupfer gerade knapp ist. Aber in New York ist das gut angekommen.“

Ich frage Leroi, ob er weiß, wo Kreschnikow damals gewohnt hat. Leroi antwortet unwirsch, das hätte ihn nicht gekümmert, er interessiere sich keinen Deut für das Privatleben seiner Mitarbeiter. Dafür hätte er keine Zeit. Nach einer Weile sagt er: „Vielleicht in der Rue Victor Hugo! Ja, ich habe ihn einmal nach Hause gefahren. Wir haben damals noch etwas in einem bekannten Szenecafé getrunken. *La Chatte.* Ich glaube, er sagte, er wohne nur zwei Häuser weiter. Probieren sie es einmal dort."

Ich nehme mir ein Taxi und lasse mich in die Rue *Victor Hugo* bringen. Ein Café mit dem Namen *La Chatte* gibt es noch. Ich laufe in beiden Richtungen die Mietshäuser ab und frage jeweils bei der Concierge nach. Nach dem fünften Versuch erinnert sich endlich eine. „Ja, das ist schon lange her", sagt sie. „Kreschnikow. Er wohnte im Hinterhaus im zweiten Stock mit seiner Frau und einer Tochter. Ein anständiger Mieter. Es gab niemals Ärger. Irgendwann habe ich ihn nicht mehr gesehen. Seine Frau sagte, er sei für längere Zeit auf Reisen. Ungefähr ein Jahr danach ist die Frau mit dem Mädchen dann auch ausgezogen."

Wohin, weiß die Concierge nicht.

Ich fahre noch einmal zu Jean Leroi. Der ist noch immer bei der Arbeit. Ich hatte vergessen, ihn zu fragen, ob er Petruschkin kennt. „Natürlich", teilt er mir mit, „Petruschkin hat mir Kreschnikow vorgestellt. Ich habe ihn einige Zeit nicht gesehen. Er verkauft gut, trinkt viel und gibt sein Geld aus."

Leroi schreibt mir eine Adresse auf einen Zettel.

Rue Savignier Nr. 8.

Eine halbe Stunde später hält mein Taxi vor einem altertümlichen Gebäude. Es sieht aus wie eine ehemalige Manufaktur. Petruschkins Atelier ist verschlossen. Eine daneben liegende Wohnung. Ein Türschild. Petruschkin. Ein Bär von einem Mann drückt mir die Hand, dass sie hinterher wehtut. Petruschkin spielt den neureichen Malerfürst. An jedem Finger steckt ein Ring mit blitzenden Steinen. Er trägt einen dünnen schwarzen Mantel und ein Seidenhemd mit Stehkragen. Die

Wohnung ist ein Salon. Auf einem Diwan rekelt sich ein dunkelhaariges Mädchen. Sie blättert in einem Magazin.

„Kreschnikow", dröhnt seine tiefe Stimme, „der Untreue. Er hat sich nicht einmal von mir verabschiedet. Aber das ist schon lange her. Ich habe nie wieder etwas von ihm gehört."

Ich frage nach Kreschnikows Frau. Er sagt, er habe sie nur einmal gesehen. Er kann sich nicht mehr an ihr Äußeres erinnern. Eine typische Französin, erklärt er, weder besonders hübsch noch besonders hässlich. Aber dann fällt ihm noch etwas ein. Es soll einen schrecklichen Unfall gegeben haben, den Serkassows Frau nicht überlebt hat. Danach hat er Kreschnikow noch einmal gesehen. Bei diesem letzten Treffen hätten sie viel getrunken. Petruschkin weiß sonst nichts weiter. Er sagt, sie wären nicht sehr eng befreundet gewesen. Mit einem wie Kreschnikow hätte man nicht eng Freund sein können. Als ich mich verabschiede, reicht er doch noch etwas nach: „Igor hat an unserem letzten Abend etwas Merkwürdiges gesagt. Der Unfall hätte ihm gegolten. Ich habe erst später darüber nachgedacht, was er damit wohl gemeint haben könnte. Wollte er etwa sagen, dass der Unfall in Wahrheit ein Mord war? Vielleicht ist er in Geschäfte mit der Pariser Russen-Mafia verwickelt gewesen. Immerhin kannte er ein paar wirklich schräge Typen."

doku a-serk-107
(in eig. Sache)
19.10.06
Telefonat mit dem Koi
autom. Mitschnitt

Ich: Ist die Verbindung immer noch sauber?

Der Koi: Ja. Definitiv! Sie können sprechen.

Ich: Können Sie sich Zugang zu den Datenbanken des DST verschaffen?

Der Koi: Was hat der DST mit der Sache zu tun?

Ich: Ich bin am 17.09. nach Paris geflogen und heute wieder in Berlin angekommen. Ich bin mir sicher, dass man mich beim Abflug in Berlin sowie bei der Ankunft in Paris observiert hat.

Der Koi: Wenn ich will, komme ich sogar in die Zentraldatei der CIA.

Ich: Weiß man dort davon?

Der Koi: Jeder weiß, dass es keine hundertprozentige Sicherheit gibt. Außerdem gibt es Bereiche in den Systemen, bei denen sich der Aufwand nicht mehr lohnt.

Ich: Noch eine andere Sache. Mich würde interessieren, ob beim DST etwas über eine Charlotte Blais in den Dossiers zu finden ist.

Der Koi: Gut, ich werde es probieren. Haben Sie schon das neue Material vom MI6 gelesen?

Ich: Nein, ich bin gerade erst angekommen.

Der Koi: Gut, ich kümmere mich um das DST-Problem und melde mich dann wieder.

doku a-serk-108
(in eig. Sache)
19.10.06
Kurzmitteilung von Fink

Gute Nachrichten. Gestern Vormittag noch einmal in Miltau gewesen. Gegen Mittag hielt ein Toyota-Jeep vor der Pforte des Grundstücks. Eine Frau, die einen Schlüssel für die Pforte hatte und den Wagen auf den Hof fuhr, unterbrach meine Durchsuchung. Aber immerhin zwei weitere Hülsen-Tagebücher gefunden (Band 2004 und 2005).

Aktennotiz
19.10.06
Betr.: Vergrößerungen des von Fink aufgenommenen Werkzeugkastens in Serkassows Atelier

Die teure Facharbeit hat sich gelohnt. Mit einem professionellen Computerprogramm sind Kontraste verstärkt und Konturen hervorgehoben worden. Die A4-Abzüge sind so scharf, dass man fast glaubt, die Gegenstände mit Händen greifen zu können. Mit der Lupe kann man sogar einzelne Haare erkennen. Drei Gegenstände sind eindeutig kein Maler-Werkzeug. Ein Rohrstutzen ist dickwandig und ein Blick in die Öffnung lässt auf einen gezogenen Lauf schließen. Man sieht ein kurzes Gewinde. Vermutlich 9 Millimeter. Fertigungsdetails weisen auf eine Präzisionsarbeit hin. Ein rechteckiger, dunkel metallischer Körper mit Strukturen und speziellen Details lässt sich eindeutig als Magazin identifizieren. Bei genauerem Hinsehen gibt es noch eines dieser Magazine. Zwei weitere Rohrstutzen zwischen Schraubenziehern und Spezialschlüsseln. Zweifellos zur Verlängerung des Laufs gedacht. Pistolen dieses Typs sind mir vertraut. Sie sind für Undercover- Einsätze gedacht. Serkassow war also für alle Fälle gerüstet.

(Vergrößerungen später zu **doku a-serk-086** legen)

doku a-serk-109
(Quelle: der Koi)
17.10.06
MI6 – Dep. 3
Interner Bericht
Thomas Cromby – r-35/22
an Jeremy Landers
Betr.: Serkassow – Blawski – Wayne Darth

Im Fall Serkassow könnte sich eine neue Variante andeuten. Bei detaillierteren Untersuchungen der Geschäftsverbindungen Blawskis bin ich auf eine der sonderbarsten und schillerndsten Figuren der internationalen Finanzwelt gestoßen. Es handelt sich um den ehemaligen amerikanischen Staatsbürger Wayne Darth.

Wayne Darth betrieb mysteriöse Geschäfte mit einer Lücke in der amerikanischen Steuergesetzgebung. Als die Regierung die Lücke durch ein Zusatzgesetz schloss, gab er seinen Pass zurück und seine Staatsbürgerschaft als Amerikaner auf. Zu diesem Zeitpunkt besaß er bereits 4 Milliarden Dollar. Davon kaufte er in der Karibik eine Insel mit dem Plan, dort einen eigenen Staat mit dem Namen Darthland auszurufen. Die internationale Presse hat davon kaum Notiz genommen. Nach einer Weile gab er das Projekt jedoch wieder auf und kaufte sich eine Hochseeyacht. Das Schiff, die *Venture,* fährt unter liberianischer Flagge und ist seither seine Firmenzentrale. Blawski und Darth standen sich am Beginn ihrer Bekanntschaft als Feinde gegenüber, weil Darth Blawski einen Teil seines Konzerns wegnahm. Nach einem absurden PR-Krieg einigten sich die beiden jedoch plötzlich auf überraschend faire Weise. Danach verloren sie sich für eine Weile aus den Augen, bis Blawski einen Partner für ein visionäres und kühnes Projekt suchte. Blawski hatte sich nämlich ausgerechnet, dass man den Chinesen bei weiter steigendem Wirtschaftswachstum im Jahre 2010 bis zu 30 Millionen Tonnen Erdöl pro Jahr verkaufen könne, wenn man eine Pipeline von Angarsk bis zur chinesischen Stadt Datsin verlegen würde.

Aber die russische Regierung hat das Projekt damals im Sand verlaufen lassen, weil sie befürchtete, dadurch ihr Monopol über das Öl und seinen Transport zu verlieren.

In Geheimverhandlungen mit den Chinesen hat Blawski das Projekt nun wieder aufgenommen. Die amerikanische National Security Agency glaubt, neue Informationen über Blawskis diesbezügliche Pläne zu besitzen.

Demnach bietet ein internationales Konsortium die Finanzierung der Pipeline an und gewährt den staatlichen Unternehmen Sonderkonditionen für deren Öltransporte. Das Konsortium tritt also nach außen hin als Investor auf. In Wahrheit stehen aber Blawski und Darth hinter ihm, von denen die benötigten Summen auch aufgebracht werden, nur dass es auf diesem Weg eben keinerlei Hinweis auf sie gibt.

Vermutlich arbeitete die russische Journalistin Anna

Ryschkowa an dem Thema. Sie könnte etwas herausbekommen haben, hätte in diesem Fall dann aber keine Angst vor dem FSB, sondern vor Auftragskillern aus einem anderen Milieu haben müssen. Blawski könnte befürchtet haben, dass Serkassow entweder schon darüber wusste oder es bald von Anna Ryschkowa erfahren würde. Sowohl Blawski als auch Darth verfügen über das entsprechende Geld, jede Art von Mord bezahlen und decken zu können. Gleichzeitig käme es ihnen sicher gelegen, die russische Regierung und Romanow in den Verdacht kommen zu lassen, den Mord an Serkassow selbst veranlasst zu haben, und dadurch das Ansehen beider im Ausland zu schwächen.

Die Skrupellosigkeit, einen alten Freund auf grauenvolle Weise ermorden zu lassen, passt allerdings nicht zum neuen Image Blawskis. Auch halte ich es durchaus für möglich, dass die NSA diese Version bewusst in die Welt gesetzt hat. Allein schon dass sie überhaupt durchgesickert ist, macht mich misstrauisch. Mit einer solchen Aktion kann man nur erreichen, dass die Russen davon erfahren.

gez. Cromby

Aktennotiz

Welches Interesse könnte die National Security Agency daran haben, einen Verdacht auf Blawski zu lenken?

doku a-serk-110
(in eig. Sache)
20.10.06 – 20:00
Anruf von Puschkin

Puschkin: Gibt es etwas Neues? Sensationelle Nachrichten oder Erkenntnisse?

Ich: Es gehen täglich neue Dokumente ein. Aber von Erkenntnissen würde ich noch nicht sprechen.

Puschkin: Ja, das habe ich mir gedacht. Aber man fordert von mir eine vorläufige Einschätzung.

Ich: Warum? Das macht doch gar keinen Sinn!

Puschkin: Sie wollen wohl nur wissen, ob ihre Investition gut angelegt ist. Ich brauche eine Art Zwischenbilanz von Ihnen. Und um den derzeitigen Stand zu erläutern, brauche ich Einsicht in das bereits vorhandene Material.

Ich: Gut. Ich sende die Akte in ihrem jetzigen Umfang als verschlüsselte E-Mail.

Puschkin: Nein. Warten Sie noch. Ein Datenträger mit einem neuen Kodierprogramm ist bereits per Kurier unterwegs. Sie werden ihn morgen erhalten. Das Alpha-3-Programm können Sie ab sofort ersatzlos vernichten. Es ist verbrannt. Dafür bekommen Sie die neueste Delta-Version.

Ich: Was verstehen Sie unter einer Zwischenbilanz?

Puschkin: Denken Sie sich etwas aus, sie sollte eigentlich nur eine gewisse Dynamik vermitteln. Ich werde das dann alles noch ein wenig pointieren und dramatisieren.

Ich: Gut, ich werde mich sofort an die Arbeit machen.

Puschkin: Dann erwarte ich morgen die provisorische

Akte. Ich werde mich umgehend melden.

Aktennotiz
20.10.06

Sollte ich mit meiner Arbeit selbst Teil eines sorgfältig geplanten Täuschungsmanövers sein?

doku a-serk-111
Zwischenanalyse

Wer:
Das Opfer:
Alexander Serkassow, alias Igor Kreschnikow, alias Wiktor Golzin, alias Jan Poulsen
Mögl. Täter:
Der unbekannte dritte Mann im *Itsu?* – Woykow? – Sawronski?
Verbindungen zwischen Opfer und Täter:
Blawski – FSB

Was:
Vergiftung mit Polonium 210, Folge tödlich

Wann:
13.09.06 gegen 22:00

Warum:
Serkassow hat Romanow persönlich beleidigt – Serkassow besaß gefährliches Wissen – Serkassow hat die russische Regierung provoziert – Serkassow war nicht gemeint, seine Vergiftung ein ungewolltes Versehen – Serkassow war in gefährliche Geschäfte verwickelt –

Serkassows Vergiftung hat mit einer lange zurückliegenden Feindschaft zu tun (Rache).

Wie:
Das Polonium wurde einer Kanne Tee beigemischt. Es könnte aber auch anders gewesen sein.

Wozu:
Um Serkassow zum Schweigen zu bringen. – Um zu verhindern, dass Regierungspläne an die Öffentlichkeit geraten (bezieht sich auf Anna Ryschkowas Recherchen über das Kaukasus-Programm, siehe **doku a-serk 098).**

Wer zieht daraus einen Vorteil:
Die russische Regierung – Bestimmte Gegner der Regierung, die daran interessiert sind, dass der Mord letztendlich der Regierung angelastet wird.

Wer zieht daraus einen Nachteil:
Die russische Regierung (ihr Ansehen im befreundeten Ausland).

Wer sind die Feinde:
Jeder scheint eines jeden Feind. – Vielleicht inoffizielle Kreise aus Regierung, Militär, FSB in Verbindung mit der Mafia – In anderer Version Oligarchen, die mit der Regierung und der Mafia gleichzeitig kooperieren – Evtl. sogar Blawski.

Wer sind die Verbündeten:
Regimekritiker – Evtl. Blawski und andere Oligarchen im Exil – Die Presse – Evtl. einige Personen aus Geheimdienstkreisen.

Wie wird es weitergehen:
Unter dem Deckmantel der Aufklärung wird von allen beteiligten Seiten die Desinformation gefördert und eine gänzliche Auflösung jeglicher Zusammenhänge betrieben.

doku a-serk-112
Tagebuch der Dorothe Hülsen
Leipzig
25.04.02

Ich habe ein Kind geboren! Hier in der Wohnung. Die Entscheidung, nicht in ein Krankenhaus zu gehen, bereue ich nicht. Die Hebamme hat ihre Sache fantastisch gemacht. Vor drei Tagen ist unser Sohn zur Welt gekommen. Gesund und hübsch ist er. Sieben Stunden hat es gedauert. Wir haben ihn Lukas genannt. Wiktor war bei der Geburt dabei und hat mutig geholfen. Ich glaube, er wird ein guter Vater. Er hat vor lauter Freude Tränen vergossen. Ich fühle mich noch immer sehr erschöpft, bin aber glücklich, dass alles gut verlaufen ist.

In meinem jetzigen Zustand fehlen mir noch die Worte. Ein neuer Mensch ist auf die Welt gekommen, und ich empfinde es als ein Wunder. Wenn man selbst nicht betroffen ist, mag es einem ganz normal erscheinen, aber in meinem Bauch hat sich in neun Monaten aus einer Eizelle und einem Spermium ein perfektes Wesen entwickelt. Wenn man darüber nachdenkt, bekommt man wieder Ehrfurcht vor der Schöpfung.

doku a-serk-113
Tagebuch der Dorothe Hülsen
Leipzig
28.09.02

Die Wohnung ist jetzt zu klein geworden. Wiktor fährt ständig zwischen seinem Atelier und der Wohnung hin und her. Wir haben immer wieder diskutiert, wie es nun weitergehen soll. Im Haus wird demnächst eine größere Wohnung frei. Er plant eine Ausstellung und arbeitet manchmal die ganze Nacht hindurch. Dennoch hilft er mir auch tagsüber, wann er nur kann. Wo er die Energie dafür herholt, ist mir rätselhaft. Ich bin froh, dass ich ihn an meiner Seite habe, auch wenn ich mich immer wieder frage, wer der Mann, mit dem ich mein Leben teile, eigentlich ist. Gelegentlich verblüfft er mich mit seinem Organisationstalent. Für einen Künstler ist das ganz erstaunlich, mit welcher Akribie er Kleinigkeiten plant. Wiktor wünscht sich natürlich eine Wohnung in der Nähe des Ateliers. Eine Kollegin hat den Stein ins Rollen gebracht, als sie vorschlug: „Warum zieht ihr nicht aufs Land?" Wiktor hat die Idee gefallen. Da er ohnehin nicht viel Geschmack am gesellschaftlichen Leben findet, spielt es für ihn keine Rolle. Er sagt, wir könnten ein altes Bauernhaus kaufen. Ich habe Wiktor bis jetzt nicht über meine finanziellen Verhältnisse aufgeklärt. Er weiß zwar, dass ich über Rücklagen aus einer Erbschaft verfüge, aber er kennt deren Höhe nicht. Er hat auch nie danach gefragt. Ich könnte einen Hof zu einem günstigen Angebot, vielleicht in Mecklenburg-Vorpommern, bezahlen und dazu noch ein Jahr ohne Gehalt überbrücken. Aber im Moment habe ich Zweifel, ob das richtig wäre.

doku a-serk-114
Tagebuch der Dorothe Hülsen
Leipzig
15.10.02

Lukas leidet seit Tagen unter Bauchkrämpfen. Er schreit sehr viel. Ich fühle mich überlastet. Wiktor kümmert sich rührend um seinen Sohn, wiegt ihn stundenlang in seinen Armen. Wenn mir schon längst alles zu viel ist, behält er immer noch die Nerven. Vor ein paar Tagen haben wir ein Angebot für einen Bauernhof erhalten. Das Anwesen liegt am Rande eines kleinen Dorfes mit Namen Miltau. Es ist preiswert zu haben, aber für den notwendigen anschließenden Umbau müsste noch eine Menge Geld hineingesteckt werden. Wiktor ist begeistert. Ich bin sehr skeptisch, aber mein Chef hat mir angeboten, ich könne auch als Freiberuflerin weiter für den Verlag arbeiten. Über das Internet lässt sich das problemlos machen. Und einmal in der Woche würde ich für einen Tag nach Leipzig fahren. Das hört sich gut an, aber ich habe vor dem entscheidenden Schritt, den Kaufvertrag zu unterschreiben, Angst.

Ich hatte vermutet, Wiktor würde sich über die Finanzierung keine Gedanken machen und erwarten, dass meine Rücklagen dafür ausreichen. Jetzt überrascht er mich mit der Mitteilung, dass er den Hof bezahlen will und die Renovierung dazu. Nun, wenn er es so möchte, warum nicht? Er sagte, dass er deswegen nur einige Reisen tätigen müsse. Nach Liechtenstein, nach Genf, vielleicht auch nach London. Dort wären seine Gelder angelegt. Ich solle mir keine Gedanken machen. Natürlich mache ich mir Gedanken. Ich frage mich, mit welchen Geschäften er in Russland nur so viel Geld verdient hat.

doku a-serk-115
Tagebuch der Dorothe Hülsen
Leipzig
20.10.02

Wiktor wird morgen in die Schweiz fliegen. Er muss seine Finanzen neu ordnen, sagt er. Danach wird er entscheiden, ob er noch nach Liechtenstein oder nach London fahren muss und von welchen Aktien er sich trennt und von welchen nicht.

Wir hatten uns für gestern Abend eine Studentin als Babysitter gemietet und sind in ein Restaurant essen gegangen. Zum ersten Mal seit Lukas' Geburt. Wir sind die Stille nicht mehr gewöhnt. Kein Schreien, kein Windelnwechseln. Dafür eine ungewohnte absurde Angst: Wird es Lukas mit der Babysitterin gut gehen, wird sie das richtige Händchen für ihn haben, wird sich der Kleine nicht verlassen fühlen? Früher habe ich immer nicht verstanden, wovon die Mütter redeten, aber jetzt weiß ich es genauer, ich bekomme eine erste Ahnung davon. Das ist erst der Anfang, hat eine Kollegin zu mir gesagt, und die Sorgen hören nie auf.

Aber Wiktor war in aufgeräumter optimistischer Stimmung, und ich habe die Situation genutzt, ihn zu fragen, womit er so viel Geld verdient hat. Ob er etwa in Drogengeschäfte verwickelt gewesen wäre, derentwegen er aus Russland hätte fliehen müssen, und aus diesem Grund gelegentlich so undurchsichtig wirke. Er hat laut aufgelacht und gesagt, er wäre froh, wenn es so gewesen wäre; viele Offiziere hätten sich in Afghanistan ihre erste Million im Opiumgeschäft verdient. Dann würde er jetzt auf einer Yacht in Monte Carlo sitzen. Nein, wie er sagt, hätte er lediglich ein wenig Geld angespart gehabt und eine vererbte Datscha versilbert. Durch seine Beratungsjobs hätte er außerdem einige der neuen Superreichen kennengelernt und außergewöhnlich ertragreiche Anlagen angeboten bekommen. Es muss eine Goldgräberstimmung gewesen sein. Wiktors Lachen über meine Frage nach Drogengeschäften macht mich nachdenklich. Manchmal kommt es mir vor, als fehle es ihm an moralischen Grundsätzen. Dabei ist er als Partner so verlässlich, wie ich es mir nur wünschen kann. Vielleicht hat das etwas mit seiner russischen Seele zu tun. Sicher auch damit, dass er als Soldat in Afghanistan war. Er spricht selten darüber.

Es gibt Momente, in denen er mir gefühllos vorkommt, abwesend, auf etwas konzentriert, von dem ich keine Ahnung habe, dann wieder ist er überschäumend herzlich, offen und nah. In seltenen Augenblicken denke ich, ich bilde mir nur ein, dass ich Wiktor liebe und dass er in Wahrheit ein Fremder in meinem Leben ist. Ein Außerirdischer. Einer, den ich niemals wirklich verstehen werde.

Aktennotiz

20.10.06

Serkassow hat sich als Idealist dargestellt. Womit ist er reich oder wohlhabend geworden?

doku a-serk-116
(eig. Recherche)
London Times vom 19.10.06
Interview mit dem ehemaligen CIA-Agenten Tom Marriotti
Titel: Dummheit oder Raffinesse?

London Times: Herr Marriotti, Sie haben behauptet, die Mörder Serkassows seien keine Profis gewesen.

Marriotti: Das habe ich so nicht gesagt. Der sorglose Umgang mit dem Polonium zeugt allerdings von einem geradezu grotesken Unwissen. Und so viel Dilettantismus lässt sich bei einem Profi kaum annehmen.

London Times: Dann steht der Aufwand, der bei der Beschaffung des Poloniums vorausgesetzt werden muss, in krassem Gegensatz zur Ausführung des Anschlags.

Marriotti: Das würde ich so nicht sagen. Der Anschlag selbst war gut vorbereitet und folgte den Regeln geheimdienstlicher Praktiken.

London Times: Sie meinen, den Praktiken des FSB. Den Geheimdiensten der europäischen Länder sind Einsätze staatlich lizenzierter Killer nicht erlaubt. 007 gibt es bei uns nicht mehr.

Marriotti: Vielleicht ist der Dilettantismus ja auch Bestandteil eines groß angelegten Täuschungsmanövers.

London Times: Eine Verschwörungstheorie?

Marriotti: Nein, aber ich kenne die verdrehten Gehirne der Geheimdienstler. FSB, CIA, NSA, sie sind sich alle gleich.

London Times: Was meinen Sie genau?

Marriotti: Die Informationen über Polonium 210 weichen voneinander ab. In erster Linie wird die Gefährlichkeit betont. In einer verschlossenen Glasflasche ist es bis auf die Strahlung ungefährlich. Sie reicht nur ganze fünf Zentimeter weit. Der Abstand in einer gepolsterten Tasche reicht schon aus, die Wirkung der Strahlung auf ein Minimum zu reduzieren. Das Polonium muss in den Körper gelangen. Man weiß immer noch nicht genau, wie es transportiert worden ist. Darüber gibt es abweichende Aussagen. Was die Mörder betrifft, muss man berücksichtigen, dass die Russen seit Tschernobyl in Bezug auf radioaktive Verseuchung desensibilisiert sind.

London Times: Glauben Sie, das Polonium wurde illegal auf dem grauen Markt für radioaktive Substanzen gekauft?

Marriotti: Das kann ich mir zurzeit nicht vorstellen.

London Times: Wo soll es sonst herstammen?

Marriotti: Aus der heimischen Produktion. Nur in einem russischen Atomkraftwerk lässt sich folgenlos ein gewisses Kontingent abzweigen. Denkbar wären auch Bestände aus Militärdepots. Dort sind die Zustände noch unsicherer. Wegen seiner kurzen Halbwertzeit – nach einem Jahr beträgt die Strahlungsintensität nur noch zwanzig Prozent – muss das Polonium für effektive Anwendungen frisch produziert sein. Der CIA ist allerdings niemals bekannt geworden, ob die Militärs noch alte Anlagen in Betrieb oder reaktiviert haben.

London Times: Glauben Sie, dass die russische Regierung ihre Hände mit im Spiel hat?

Marriotti: Meinen Sie damit die Giftbeschaffung oder die Mordausführung?

London Times: Beides.

Marriotti: Wer ist die Regierung? Romanow? Alles ist möglich. So viel ist sicher: Man wird es nie erfahren.

London Times: Sie halten es also für möglich, dass Romanow zumindest Mitwisser ist?

Marriotti: Nein, so weit würde ich nicht gehen. Nicht zum derzeitigen Zeitpunkt.

London Times: Also könnte sich an Ihrer Einschätzung noch etwas ändern?

Marriotti: Einige Namen sind gefallen. Man weiß angeblich jetzt genau, wie alles vonstattenging. Weiß man es wirklich? Glauben Sie mir, die richtigen Spezialisten können jede Legende aufbauen und verkaufen. Die Medien sind zu leichtgläubig oder dienen bestimmten Interessen. Das gilt auch für den Westen.

London Times: Wie wird es weitergehen? Wird der Fall endgültig aufgeklärt werden?

Marriotti: Irgendwann wird man ihn für aufgeklärt erklären. Vorerst wechseln einander aber noch Behauptungen und Dementis ab. Beamte von Scotland Yard und dem deutschen BKA werden nach Moskau reisen und dort recherchieren dürfen. Der FSB wird ihnen dabei natürlich helfen. Man wird ganz sicher einen Schuldigen finden. Einen, der inzwischen vielleicht schon gestorben ist.

London Times: Denken Sie dabei an eine bestimmte Person?

Marriotti: Oleg Woykow wäre dafür ein brauchbarer Kandidat.

London Times: Herr Marriotti, wir danken Ihnen für das Interview.

doku a-serk-117
Tagebuch der Dorothe Hülsen
Leipzig
27.10.02

Jetzt ist Wiktor schon sechs Tage fort. Er fehlt mir, und Lukas auch. Er war in Genf und ist jetzt in Liechtenstein. Er ruft jeden Tag an und fragt besorgt nach Lukas. Er sagt, alles liefe gut, bräuchte aber seine Zeit, um arrangiert zu werden.

doku a-serk-118
Tagebuch der Dorothe Hülsen
Leipzig
01.11.02

Wiktor ist wieder zurück. Endlich! Er ist glücklich, wieder bei seiner Familie zu sein, aber sein Gesicht wirkt angespannt, übernächtigt. Wäre ich jünger, würde ich mir Gedanken darüber machen, in welchen Bars er sich herumgetrieben hat. Aber er sieht nicht nach jemandem aus, der erotische Abenteuer hinter sich hat. Davon abgesehen vertraue ich ihm. Er ist mir so nahe wie niemals zuvor. Jetzt weiß ich, wie sehr ich ihn vermisst habe. Er sagt, er habe das Geld locker machen können, hätte aber etliche Umschichtungen vornehmen und extra für einen Tag nach London fliegen müssen, um mit einem Anlageberater persönlich sprechen zu können. Es ist spät und wir reden nicht weiter darüber.

doku a-serk-119
Tagebuch Dorothe Hülsen
Leipzig
02.11.02

Ich traue meinen Augen nicht. Wiktor hat das Geld in einem Aktenkoffer gleich hierher transportiert. Er nimmt die gebündelten Scheine heraus. Es sind 500.000 Euro. Ich kann es kaum glauben. Ich frage ihn, warum er wie ein Mafiosi mit einer derartigen Geldmenge durch die Gegend reist. Die Stimmung wird kühl. Er sagt, bei seiner Art, Finanzgeschäfte abzuwickeln, ginge es nicht anders. Vielleicht gehört das auch zur russischen Mentalität. Mir fällt Petruschkin ein, der großkotzige Maler. Ich frage Wiktor, warum er so viel Geld mitgenommen hat. Der Hof kostet doch nur 200.000 und die Renovierung wird mit polnischen Maurern auch nicht mehr als 100.000 verschlingen. Er sagt, er brauche Reserven, und was übrig bliebe, würde er wieder reinvestieren.

doku a-serk-120
Tagebuch der Dorothe Hülsen
Miltau
25.04.03

Wir feiern Lukas' ersten Geburtstag. Endlich sind die Wohnräume im Bauernhaus fertig. Es ist alles sehr geräumig geworden. Mehrere Zimmer haben wir zu einem großzügigen Salon vereinigt. Die größte der drei Scheunen wird Wiktors Atelier.

Für alle Arbeiten hatten wir gute Handwerker, aber

wenn wir nicht selbst an den Wochenenden noch mit Hand angelegt hätten, wäre es wesentlich langsamer vorangegangen. Um die Einrichtung habe ich mich gekümmert. Wiktor ist es nur recht so. Er scheint sich für Möbel- und Stilfragen nicht im Geringsten zu interessieren. Ihm reicht an Inventar das Notwendigste, als hätte er niemals anständiges Wohnen kennengelernt.

Wiktor ist seit Tagen unruhig. Er plant eine kurze London-Reise. Wir haben weniger Geld für die Umbauten benötigt als veranschlagt. Nun will er den Rest wieder nach London zurückbringen und anlegen. Ich frage ihn, warum er das Geld nicht hier in Deutschland über eine Bank reinvestieren kann. Offenbar habe ich ihm damit die Laune verdorben. Er schimpft über Banken und mangelhaften Datenschutz. Erst später ist mir eingefallen, dass er schon immer alles bar bezahlt hat. Seine Ateliermiete inklusive Strom und Telefon. Nur seine private Krankenkasse zahlt er stets per Überweisung.

doku a-serk-121
Tagebuch der Dorothe Hülsen
Miltau
29.04.03

Das Thema mit dem Geld wurmt mich immer noch. Ich habe bislang nicht wieder mit Wiktor darüber geredet. Tagsüber hilft er mir oder spielt ganz den Hausmann, damit ich für den Verlag arbeiten kann. Bis jetzt gefällt mir diese Lösung, zumal wir nicht sparen müssen. Abends sehen wir uns die Nachrichten an, und nachdem Lukas eingeschlafen ist, geht Wiktor in sein unfertiges Atelier. Ich höre dann manchmal das Geräusch der Kettensäge bis weit nach Mitternacht.

Mein Renault ist zusammengebrochen. Ich könnte mir endlich einmal ein gutes Auto kaufen. Es geht dabei schließlich auch um die Sicherheit von Lukas. Als ich Wiktor sage, ich könnte mir einen Jeep vorstellen, vielleicht einen Toyota oder einen gebrauchten BMW, verfinstert sich seine Miene augenblicklich. Er sagt, solche Autos fallen zu sehr auf, er wünsche sich einen Mittelklassewagen von Opel oder Ford. Was meint er mit auffallen? Alle hier in der Gegend fahren einen Jeep. Auf einem Bauernhof ist das auch ein äußerst praktisches Auto.

Wiktor hat nach dem Abendessen nur eine Stunde im Atelier gearbeitet. Wir gönnen uns eine Flasche Wein. Ich frage ihn, was er nun mit seinen Arbeiten vorhat. Eine bereits zugesagte Ausstellung in einer kleinen Galerie wird nicht stattfinden, weil der Galerist bankrott gegangen ist. Ohne Absicht eröffne ich ein Gespräch über Kunst. Wiktor hat zu dem Thema wenig zu sagen. Er behauptet, nichts von Kunst zu verstehen, von der Theorie und so weiter. Er sei eigentlich ein Naiver, und Geschwafel über höhere Werte und so weiter sei ihm unangenehm. Als ich ihn noch einmal nach seinem vielen Geld frage, friert die Stimmung ein. Er sagt, so viel Geld sei es nun auch wieder nicht, er kenne in Russland Leute, die würden jeden Tag so viel ausgeben, wie er insgesamt auf seinen Konten hat. Davon abgesehen sei das Geld hart genug verdient, es würde ihn anstrengen, darüber auch noch reden zu müssen.

doku a-serk-122
(in eig. Sache)
21.10.06 – 21:00
Anruf von Puschkin

Puschkin: Ich habe die Akte gelesen.

Ich: Was sagt Ihnen Ihr Instinkt? Wird sie jemals zu einem Ergebnis führen oder werden die Nachforschungen einfach im Sande verlaufen?

Puschkin: Ich bin kein Hellseher. Bis jetzt handelt es sich um das übliche Kaleidoskop von Ungeheuerlichkeiten, die, je länger man sich mit ihnen beschäftigt, zur Normalität werden.

Ich: Was sagen die Auftraggeber?

Puschkin: Man wird sich morgen mit mir in Verbindung setzen. Sie haben von mir eine Zusammenfassung mit einigen ausgewählten Dokumenten und eine Beurteilung erhalten. Ich informiere Sie dann sofort.

doku a-serk-123
(in eig. Sache)
Anruf von Puschkin
22.10.06 – 14:00

Puschkin: Die Auftraggeber haben sich mit mir in Verbindung gesetzt.

Ich: Und wie denkt man darüber?

Puschkin: Natürlich habe ich Ihre Zwischenbilanz in Form eines Fragenkatalogs nicht zur Einsicht gegeben. Für mich war die Bilanz allerdings recht nützlich, um die Dokumente zu kommentieren. Ich habe meine Beurteilung so formuliert, dass der Anschein erweckt wird, wir wüssten schon ein wenig mehr, als wir sagen.

Ich: Und, haben sie es geschluckt?

Puschkin: Ja, sicher, man hält Sie für einen Meister Ihres Fachs. Und das ja wohl auch nicht zu Unrecht.

Ich: Was sagen Sie da? Man kennt meine Identität?

Puschkin: Nein, natürlich nicht. Sie kennen nur Michail Dostojewski. Ich kann mich dafür verbürgen, dass sie nicht wissen, wer sich hinter diesem Namen verbirgt.

Ich: Das meine ich nicht. Ich war davon ausgegangen, dass auch der Name Dostojewski von Ihnen nicht erwähnt wird.

Puschkin: Oh, das hatte auch nichts mit mir zu tun. Ich war nicht derjenige, der Sie wieder ins Spiel bringen wollte. Das kam von den Auftraggebern selbst. Sie sagten: „Nur Dostojewski!"

Ich: Warum haben Sie mir das nicht schon früher gesagt?

Puschkin: Ich dachte, ich hätte es getan.

Ich: Nein, das haben Sie nicht. Steckt eine Absicht dahinter?

Puschkin: Kommen Sie, Dostojewski, was für eine Absicht sollte das denn sei? Abgesehen davon, Ihnen bleibt sowieso nichts anderes übrig, als mir zu vertrauen. Entscheidend ist, dass man mit dem Ergebnis Ihrer Arbeit sehr zufrieden war. Man hat unbegrenzte Finanzierung in Aussicht gestellt. Was ist der neueste Stand?

Ich: Es gibt verschiedene Eingänge, die einige dunkle Gebiete in Serkassows Biografie erhellen könnten. Sie betreffen seine Zeit in Afghanistan bei der Armee.

Puschkin: Gut, machen Sie weiter!

doku a-serk-124
(Quelle: Trebko)
15.03.1988
Kommandantur Kabul
Übersetzung
Kurzmitteilung, Status: geheim – kab/E 4
Oberst Scherpinski an Major Berojow

Genosse Major,
der gelungene Einsatz MK/3 hat gezeigt, dass Leutnant Serkassow über genau die Eigenschaften verfügt, die wir suchen. Bieten Sie ihm eine Ausbildung bei einem Sonderkommando an. Weisen Sie ihn auf die Aufstiegschancen hin. Serkassow ist sehr belesen und an Bildung interessiert. Die Möglichkeit, sein abgebrochenes Jurastudium an einem unserer eigenen Institute weiterzuführen, könnte zusätzlichen Anreiz bieten. Also ziehen Sie einfach die üblichen Register! Sagen Sie nicht, dass die Empfehlung von mir kommt, und prüfen Sie seine Verschwiegenheit. Ich will nur Leute, auf die ich mich hundertprozentig verlassen kann.
gez. Oberst Scherpinski

Aktennotiz
22.10.06
Berojow wurde einige Jahre nach dem Afghanistan-Krieg unehrenhaft aus der Armee entlassen. Es gab etliche Gerüchte über die Gründe. Zahlreiche führende Offiziere waren durch zwielichtige Aktivitäten aufgefallen. Es gab einige Haudegen, die heute in der Wirtschaft Schlüsselpositionen besetzen und die schon damals wussten, wie man Geschäfte macht. Es sind die Gesetzlosen, oder besser, diejenigen, die sich ihre eige-

nen Gesetze machen. Und Moral, geschweige denn Altruismus, haben sie sich noch nie auf ihre Fahnen geschrieben.

Der Hinweis auf Serkassows Zeit in der Armee weckt Neugier. Zu wissen, wie er zum KGB und danach zum FSB gekommen ist, könnte mit zur Aufklärung des Falles beitragen. Es könnte sich herausstellen, dass die Gründe für Serkassows bizarren Tod eventuell sehr weit zurückliegen.

doku a-serk-125
(Quelle: Trebko)
12.07.1987
Akte Berojow (KGB) – AF/B/033-K 2
Leiter der Untersuchungen: Oberst Anatol Kalinin

Berojow scheint Geschäfte mit verschobener Armeeausrüstung zu machen. Im Moment ist ihm aber nichts nachzuweisen. Er hat eine verschwiegene Kameradengemeinde um sich geschart. Mitbeteiligt sind wahrscheinlich Leutnant Demski, Leutnant Gamov und Leutnant Serkassow. Ich schlage vor, nichts zu unternehmen, bis wir mehr wissen. Berojow wird alles so arrangiert haben, dass er an keiner der Aktionen persönlich beteiligt war. Er ist ein verdienter Soldat und hat einflussreiche Freunde unter den Generälen.

Sollte sich jedoch erweisen, dass bei seinen Geschäften auch Waffenhandel eine Rolle spielt, werden wir mit Berojow reden müssen. Demski und Gamov lassen wir vor Gericht stellen. Serkassow hat eine Ausbildung in einer Spezialabteilung erhalten. Seine Vorgesetzten haben hervorragende Beurteilungen über ihn abgegeben. Bei verschiedenen Kampfeinsätzen soll er sich als besonders mutig hervorgetan haben. Wir könnten ihm ein Übernahmeangebot machen, das er unschwer ablehnen kann.

gez. AK

doku a-serk-126

(Quelle: Trebko)
03.08.1987
Aufzeichnung eines Telefongesprächs (KGB-Material)
Leiter der Untersuchungen: Oberst Anatol Kalinin
Serkassow – Demski

D: Es ist alles vorbereitet. Wir haben alles in eine leere Lastwagenhalle geschafft. Wir haben es so arrangiert, dass niemand etwas mitbekommt. Alles völlig ordnungsgemäß. Befehle und Papiere. Jetzt kommt dein Part.

S: Was soll das heißen? Ich bin hilfsbereit, aber es gibt Grenzen. Außerdem ist es zu gefährlich geworden.

D: Was soll daran gefährlich sein? Und du hast auch profitiert.

S: Man muss wissen, wie weit man gehen kann.

D: Dieses Mal ist wirklich eine Menge Geld drin.

S: Ach ja? Ich sage dir mal etwas. Ich würde mich sehr wundern, wenn man nicht schon lange ein Auge auf Berojow geworfen hätte. Er ist ein Großmaul und gibt zu viel Geld für Nutten aus.

D: Berojow ist praktisch unantastbar.

S: Das ist niemand! Du wirst sehen.

D: Also, was ist jetzt? Dein hervorragendes Organisationstalent ist gefragt.

S: Das kann jemand anderer machen.

D: Nein, du bist der Beste. Wenn du dich um die Details kümmerst, weiß ich, dass alles glatt über die Bühne läuft. Ich hole einen Extrabonus für dich heraus.

S: Da scheiße ich was drauf. Ihr werdet blind.

D: Mach es! Zehntausend extra. Ich verbürge mich dafür.

S: Da kann ich nur lachen. Also gut. Nur noch einmal. Aber alles geht haargenau nach meinen Vorgaben. Nichts wird improvisiert. Behalte Gamov im Auge. Wenn er getrunken hat, redet er zu viel. Ich will über nichts und mit niemandem diskutieren. Und die Sicherheitsvereinbarungen werden strikt eingehalten. Hast du das verstanden?

D: Ja. Es war deutlich genug. In Ordnung. Ich vertraue dir.

doku a-serk-127

(Quelle: Trebko)
12.08.1987
KGB-Protokoll – fz 543/03
Leiter der Untersuchung: Oberst Anatol Kalinin
AK – Ltn. Serkassow

AK: Gamov und Demski haben geredet.

S: Haben sie?

(AK legt ein Dokument vor. Ltn. Serkassow liest.)

S: Ja, so ungefähr könnte es gewesen sein.

AK: Sie geben also zu, an dem Diebstahl von Armee-Eigentum beteiligt gewesen zu sein? Und das in großem Stil?

S: Ich habe das nicht so gesehen. Major Berojow hat

mich um einen Gefallen gebeten. Genau genommen habe ich Befehle erhalten. Und Befehle sind auszuführen.

AK: In den Augen verschiedener Vorgesetzter sind Sie ein guter Soldat und hervorragend ausgebildet.

S: Ja, das bin ich. Bin ich jetzt etwa das Bauernopfer? Hat Berojow zu gute Beziehungen?

AK: Ich sehe, Sie kennen sich ein wenig aus. Uns gefällt Ihre Kombinationsgabe. Demski sagt, Sie arbeiten wie eine Präzisionsmaschine. So ein Talent sollte nicht ungenützt bleiben.

Sie waren der eigentliche Organisator, sagt Gamov.

S: Und was sagt Berojows Chef, Oberst Scherpinski?

AK: Scherpinski muss gar nichts sagen. Er ist unantastbar. Er wird zum General befördert. Er ist ein Afghanistan-Held und äußerst beliebt bei den Soldaten.

S: Heißt das, Sie wissen, dass Scherpinski der eigentliche Drahtzieher ist? Heißt das vielleicht, Sie wissen, dass Scherpinski Millionen eingestrichen hat? So viel sollte Ihnen doch klar sein: Ohne Scherpinskis Kontakte wäre absolut nichts gelaufen. Wie hätte das auch gehen sollen? Berojow fehlt die Intelligenz. Und ich bin lediglich das Uhrwerk gewesen.

AK: Sie sollten darüber mit niemandem reden.

S: Heißt das, dass Sie mich nicht anklagen werden?

AK: Wir können niemanden anklagen. Das ist nicht unsere Aufgabe.

Sie sind wirklich abgebrüht.

S: Was meinen Sie damit?

AK: Wir werden uns morgen noch einmal unterhalten. Es wird noch jemand dabei sein, der sich für Sie interessiert. Und merken Sie sich: Scherpinski ist tabu!

doku a-serk-128
(Quelle: Trebko)
01.05.1994
FSB-Dokument
Interne Abteilung – Fjedor Newitsch
N/ k 02 / 12-45-1

Beurteilung

Serkassow hat sich bei mehreren gefährlichen Einsätzen als kühler Taktiker erwiesen. Seine Ausbilder bescheinigen ihm schnelles Lernvermögen. Serkassow hat nur selten Kontakte zu Frauen. Ich schlage ihn für Auslandseinsätze und eine entsprechende weitere Ausbildung (Sprachenstudium und Informatik) vor. Ich glaube, er verfügt über die Voraussetzungen für Einsätze von hoher Komplexität.

doku a-serk-129
(Quelle: Trebko)
05.02.1995
FSB – Moskau
m / A - 3456
Dossiers Politik – I. Malkow/Bereich G III

Die „Karolow-Analyse" über die Zukunft des Militärs deckt sich mit unseren Informationen und Analysen. Die radikale Veränderung der geopolitischen Lage und die sich andeutenden Entwicklungen in den nächsten Jahrzehnten werden zu grundlegenden Veränderungen der militärischen Aufgaben führen. Seit dem Zweiten Weltkrieg wurden auf europäischem Boden keine größeren Kriege mehr geführt. Am Beispiel der Amerikaner hat man die Grenzen großer Militärmaschinerien sehen können, und in Afghanistan hat sich gezeigt, dass traditionelle Kriegsführung zum Scheitern verurteilt ist. In den aktuellen Krisengebieten können nur noch Elitetruppen und Spezialkommandos sinnvoll operieren. Der eigentliche Krieg wird zunehmend ein asymmetrischer sein. Die Länder, in denen Kriege geführt werden, verfügen weder über Armeen noch das Waffenpotenzial, um tatsächliche militärische Siege zu erringen. Ihre gefährlichste Waffe ist der Terrorismus. Die höchsten Spitzen der Armeeführung möchten diese Realität nicht sehen. Nach unseren Informationen gibt es deutliche Hinweise für den bevorstehenden Abfall von mindestens drei ehemaligen Sowjetrepubliken. Einige Berater des Präsidenten sehen das genauso.

Aber das ist nur eine Variante der Bedrohung. Der neue Krieg wird ein Schattenkrieg sein. Es werden Bomben in unseren Hauptstädten explodieren und wir werden erst anhand der Bekennerschreiben wissen, wer unsere Gegner sind. Verschiedene Schattenarmeen, die aus wenigen Einzelnen bestehen können, kämpfen an derselben Front mit unterschiedlichen Zielen. Ihre Kriegsführung ist von schnellen, unerwarteten Einsätzen und hoher Effizienz gekennzeichnet. Sie benötigen keine Panzer und keine Flugzeugträger, und dennoch werden sie ungleich gefährlicher sein. Sie werden unterschiedliche Forderungen stellen. Die einen verfolgen politische oder ideologische Ziele, andere religiöse. Der Islam wird langfristig zu beobachten sein. Auch die organisierte Kriminalität könnte den Terror für ihre Zwecke entdecken.

Um der neuen Situation Rechnung zu tragen, wird Goroschin die Abteilung Politischer Terrorismus reorganisieren, Rogolski wird das Informationsbüro Islam aufbauen und Serkassow wird die Sondereinheit Organisiertes Verbrechen den veränderten Umständen anpassen. Besonders dort, wo es zu Verflechtungen der Wirtschaft mit der Politik kommt, bedarf es eines besonderen Fingerspitzengefühls.

gez. I. Malkow

doku a-serk-130

(Quelle: Trebko)

01.03.1996

Abt. Organisiertes Verbrechen – A. Serkassow

Studie

Zu den Verflechtungen des organisierten Verbrechens mit der Wirtschaft, der Politik und dem FSB

Die Verbindung von Verbrechenskultur und Politik hat in Russland eine jahrhundertelange Tradition. Nachzulesen in Nicolai Grischins Standardwerk *Das finstere Herz Russlands.*

Hierauf einzugehen ist nicht Aufgabe dieser Studie.

Bis zum Ende der Sowjetunion gab es zwar überall lokale Paten. Aber ihre Macht und ihre Aktivitäten waren eng begrenzt. Gleichwohl stammen die wichtigsten Verbindungen des organisierten Verbrechens zur Politik und Wirtschaft aus dieser Zeit. Doch erst das Ende der kommunistischen Herrschaft hat dessen schlummerndes Potenzial in eine Explosion anarchistischer Gewalt umgewandelt.

Gleichzeitig wurden tausende Mitarbeiter des KGB arbeitslos und boten ihre Fähigkeiten den Mafiapaten oder Wirtschaftsmanagern an.

Für einige Jahre schien es, als würde sich die organisierte Kriminalität ausschließlich nur für schnelle Gewinne interessieren. Teile der Mafia wechselten ins Wirtschaftslager über, um ihre gewaltigen Kapitalmengen legalisieren zu können. Das führte dazu, dass etliche Banken plötzlich dem organisierten Verbrechen gehörten und die Geldwäsche kinderleicht wurde. Das alles wurde mit einer derartigen Offenheit abgewickelt, dass es der Politik nicht verborgen bleiben konnte. Inzwischen war die Politik jedoch durch Privatisierung und Reprivatisierung in ein besonderes Verhältnis mit der Wirtschaft getreten, die die politischen Parteien obendrein noch finanzierte.

Das organisierte Verbrechen ist zum Teil kaum noch von der legalen Wirtschaft zu unterscheiden. Entscheidend aber ist die Tatsache, dass die ehemaligen KGB-Spezialisten, die jetzt mit in der Regierung sitzen, die gleiche Sprache wie die Mafiapaten und Wirtschaftmanager sprechen, die sie beschützen und beraten. Eine Verflechtung dieser Art ist quasi unauflösbar, es sein denn, die Mentalität eines ganzen Volkes ändert sich. Ein Teil des Problems besteht natürlich auch darin, dass die allgemeinen Löhne noch immer so niedrig sind, dass die Menschen auf die Vorzüge der Korruption nicht verzichten können. Und das in einem Maße, dass man heute fast schon sagen kann, dass der Geheimdienst noch das einzige Staatsorgan ist, das unkorrumpierbar geblieben ist.

Aber auch da deutet sich eine Veränderung an. Obwohl die Agenten des FSB über etliche Privilegien verfügen, werden ihnen in der Wirtschaft Beraterhonorare geboten, die ihr Jahresgehalt weit übersteigen.

Bei meinen eigenen Einsätzen habe ich erfahren, wie

frustrierend es ist, wenn man mit riesigem Aufwand für die Presse ein paar unbedeutende Handlanger in Handschellen abführt. Ohne die Wurzeln des Problems zu kennen, wird unsere Arbeit immer mehr zur Farce.

gez. A. Serkassow

Aktennotiz

22.10.06

Serkassow selbst begann 1997 im Auftrag des FSB als Personenschützer für Blawski zu arbeiten. Blawski wurden zwar keine direkten Verbindungen zu Mafiapaten nachgesagt, dafür aber seinem damaligen Kompagnon Leonowitsch. Der wurde deshalb verhaftet und befindet sich zurzeit in einem sibirischen Straflager. Stalin lässt grüßen.

doku a-serk-131

(eig. Recherche)

21.10.06

Internetzeitung *Russnet*

Iwan der Prophet

Guten Morgen Russland,

und wieder habe ich frohe Botschaften zu verkünden vom unaufhaltsamen Aufstieg des Imperiums. In was für einem schönen Land leben wir doch: Überall sieht man glänzende, große, teure Autos, wundervolle Mercedes-Limousinen und vor Kraft strotzende Jeeps. In den Auslagen der Juweliere funkelt das Licht der Diamanten und selbst einige Straßen werden mit Asphalt überzogen. Und über allem schwebt die Lichtgestalt, die alles zu unserem Besten lenkt. Trotzdem gibt es noch immer einige notorisch Unzufriedene, Antikapitalisten, Antikommunisten, Antistalinisten, Antibürokratisten, Antimonarchisten, kurzum Feinde der Paradisierung unseres Landes. Solche können dem Gesetz nach unseren allgeliebten Präsidenten nach Lust und Laune beschimpfen. Nein, werdet ihr jetzt aufschreien, das darf nicht sein. Genau! Deswegen hat man auch gerade neue Gesetze erlassen, um jede Form von Majestätsbeleidigung zu unterbinden. Niemand darf unseren strahlenden Helden ungestraft in den Schmutz ziehen. Wenn jetzt noch jemand sagt, unser Präsident sei an diesem oder jenem schuld, hätte Morde befehligt, würde mit der Mafia zusammenarbeiten, oder andere infame Behauptungen aufstellt, wird ihm der Prozess vor einem ordentlichen Gericht gemacht.

Ich höre schon die Stimmen der Nörgler: Was hat denn das mit Demokratie zu tun? Ihr Kleinmütigen, sage ich, vor nicht allzu langer Zeit wurden die Protestler noch zum Spaß von Agenten, die sich als Mafiosi ausgaben, oder von Mafiosi, die sich als Agenten ausgaben, erschossen oder vergiftet. Jetzt werden sie dagegen von einem fürsorglichen Staat vor einer solchen Anarchie beschützt. Vielleicht müsst ihr alle noch ein wenig darüber nachdenken, um das richtig zu verstehen, aber das ist die Demokratie der Zukunft. Der Fortschritt lässt sich nicht aufhalten, auch wenn der eine oder andere Querkopf uns unser schönes neues Russland nicht gönnt.

Euer Iwan

doku a-serk-132
(in eig. Sache)
23.10.06
E-Mail an <nic@grischinhist.de>

Lieber Nicolai,

meine Ankunft heute Morgen in Wien hat mich in eine merkwürdige Gemütsverfassung versetzt, und der Umstand, dass wir uns hier vor mehr als einem Jahrzehnt einmal getroffen haben, gibt den Anlass, dir kurz einige Zeilen zu mailen. Danach war ich noch zwei Mal hier. Das war kurz vor der Auflösung der UdSSR. Im Kalten Krieg war Wien immerhin eine der wichtigen Agentendrehscheiben. Hier hatte das Geheimdienstwesen noch Flair. Die Stadt hat etwas Hintergründiges, das ich nicht benennen kann. Damals ist es mir nicht so aufgefallen, weil mein Augenmerk auf anderes gerichtet war. Vielleicht liegt es am Einfluss der ungarischen Kultur. Man spürt auf Schritt und Tritt die geistig kulturelle Hinterlassenschaft der alten Doppelmonarchie. Aber vielleicht hat es auch nur mit den Menschen, mit ihrem melodischen Akzent zu tun. Eine Stimmung scheint über der Stadt zu liegen wie ein schwerer Dunst aus Melancholie und fatalistischer Leichtlebigkeit. Unter anderen Umständen könnte ich mich wie ein Tourist fühlen und mich gänzlich dem morbiden Ambiente ergeben, aber wenn ich mich nicht täusche, hat man meinen Abflug in Berlin observiert, und wie es scheint, ist auch meine Ankunft beobachtet worden. Es beunruhigt mich, weil ich nicht die geringste Ahnung habe, was da los ist. Wer steckt dahinter? Der deutsche BND wahrscheinlich nicht. Vielleicht die CIA oder der MI6? Das würde mich nicht weiter stören. Es könnte aber auch aus einer ganz anderen Ecke kommen. Und das könnte mich in Schwierigkeiten bringen.

Na ja, das ist jetzt auch schon alles egal. Ich kann ohnedies nicht mehr zurück. Also, lass dir nicht von meinen depressiven Gedanken die Laune verderben. Bis zum nächsten Lebenszeichen,

dein Michail

doku a-serk-133
(eig. Recherche)
23.10.06 – 14:00
Wien
In der Anwaltskanzlei Fahrenhorst & Partner

Serkassow hat ein Testament bei Staudinger & Zellner hinterlegt. Warum den Brief für Kalin alias Puschkin (in seinem Testament erwähnt – siehe **doku a-serk-018)** bei Fahrenhorst? Mit Trebko gesprochen und gefragt, ob er den Namen Kalin schon einmal gehört hat. Er verneint. Seinem Tonfall kann ich nicht entnehmen, ob er die Wahrheit sagt oder nicht. Dafür kann Trebko mit Informationen über Fahrenhorst aufwarten. Seine Kanzlei hat während des Kalten Krieges als Vermittler zwischen den Geheimdiensten beim Austausch von Agenten fungiert.

Die Kanzlei residiert in einer kleinen Gasse unweit des Hotel Sacher in einem Altbau, dessen Treppenflur nach Bohnerwachs riecht. Die Kanzlei besteht nur aus drei geräumigen Zimmern, deren Türen halb offen stehen. Die Ausstattung ist bescheiden gehalten, alte Möbel mit Lederbezügen, Bücherschränke mit Mahagoniglanz und rustikale Schreibtische. Fahrenhorst ist ein kleiner rundlicher Mann in den Sechzigern mit einem jovialen Gesicht und einer Glatze. Ich sage ihm, dass ich für eine regimekritische Zeitung in Moskau arbeite und über Serkassows Tod recherchiere. Uns sei über FSB-Quellen eine Kopie seines Testaments zugespielt worden. Fahrenhorst sieht mich schmunzelnd an und sagt: „Regimekritische Zeitungen gibt es in Moskau nicht mehr, und wenn, werden sie von der Regierung selbst betrieben, um Demokratie vorzutäuschen. Und was Sie betrifft, Sie sind ganz gewiss kein Journalist, Sie sind FSB-Agent. CIA, MI5, BND, FSB, man gibt sich hier seit Tagen die Klinke in die Hand."

Ich sage ihm, dass ich in der Tat kein Journalist, jedoch genauso wenig ein FSB-Agent bin, sondern ein Freund Serkassows gewesen sei. Ich stünde den oppositionellen Kreisen nahe und wolle lediglich wissen, ob Kalin schon den Brief abgeholt hätte.

Fahrenhorst antwortet amüsiert: „Ich kann es Ihnen ruhig sagen, und es ist auch nicht wichtig, woher Sie etwas über das Testament wissen: Er hat es abgeholt. Und wahrscheinlich wollen Sie außerdem noch wissen, wie er ausgesehen hat. Wie ein Russe, mittelgroß, kantiges Gesicht, kurze Haare. Er hatte einen Pass mit dem Namen Kalin bei sich. Jeder kann so einen Pass herstellen, der FSB und andere auch."

Bei Charlotte Blais, Hardenberggasse 18, II. Bezirk
15:30

Gepflegte Mietshäuser aus den Zwanzigerjahren. Auf einem Klingelschild steht Mathilda Blais. Nach mehrmaligem Klingeln keine Reaktion. Ich warte einige Zeit. Eine alte Frau kommt aus dem Eingang und sieht, wie ich noch einmal auf den Klingelknopf drücke. Sie blickt mich skeptisch an und sagt: „Madame Blais ist auf Reisen."

Ich sage ihr, dass ich eigentlich eine Charlotte Blais suche. Sie scheint schwerhörig zu sein und geht fort.

Bei Staudinger & Zellner

16:15

Bei Staudinger & Zellner in der Kanzlei sieht es nach großen Umsätzen aus und nach Kunden, die teure Anwälte mögen. Ich stelle mich als Jugendfreund von Serkassow vor, der aus den Zeitungen von dessen Vergiftung erfahren und ihn wahrheitsgemäß kurz vor seinem Tod im Krankenhaus besucht hat. Dr. Staudinger, ein Mittfünfziger mit singendem Wiener Tonfall, sagt, dass die Kanzlei Charlotte Blais gleich nach Alexander Serkassows Tod schriftlich benachrichtigt, aber bis vor zwei Tagen keine Antwort erhalten hätte. Gestern allerdings hätte sie sich telefonisch gemeldet. Wie sie sagte, wäre sie gerade von einer kurzen Reise zurückgekommen.

2. Versuch – Charlotte Blais

18:00

Dieses Mal habe ich Glück. Nach mehreren Klingelsignalen ertönt ein Summer, der die Haustür öffnet. Im dritten Stock steht die Wohnungstür bereits offen. Ein junges zierliches Mädchen mustert mich mit misstrauischem Blick. Sie trägt ihre mittelblonden Haare zu einem Pferdeschwanz gebunden, sieht erschöpft aus und hat dunkle Ringe unter den Augen. Dennoch ist sie ein apartes Mädchen mit lichtblauen Augen und vollen Lippen.

Ich: Ich bin Michail Dostojewski. Mathilda Blais?

C. Blais: Ich bin Charlotte Blais, Mathilda ist meine Tante. Und Sie wollen Dostojewski heißen? Soll das witzig sein? Ich kenne Sie nicht. Am besten, Sie gehen gleich wieder, bevor ich die Polizei rufe.

(Ich hole das Foto aus der Tasche, das ich auch Serkassow am Krankenbett gezeigt habe.)

Ich: Ich bin ein Jugendfreund von Alexander Serkassow. Sie kennen ihn wohl als Igor Kreschnikow.

(Sie sieht sich das Foto genau an und mustert mich. Ich zeige auf ein Jungengesicht.)

Ich: Das bin ich, und der da, das ist Alexander.

C. Blais: Sind Sie mit dem berühmten Dostojewski verwandt?

Ich: Ja, allerdings sehr weit entfernt. Ich bin in gewisser Weise ein Urgroßneffe.

(Sie sieht mich eine Weile forschend an, dann bittet sie mich in die Wohnung. Meine Erklärung hat offenbar Vertrauen geschaffen. Drinnen eine einfache, moderne Einrichtung. Viele Bücher.)

C. Blais: Eine schreckliche Geschichte.

Ich: Ich habe Alexander noch kurz vor seinem Tod gesehen. Er hat von Ihnen erzählt.

C. Blais: Ich war mit einer Freundin vierzehn Tage an der Costa del Sol. Wir haben weder Nachrichten gehört, noch französische Zeitungen gelesen. Ich habe das alles erst nach meiner Rückkehr aus einer Zeitung erfahren.

Ich: Dann werden Sie noch unter Schock stehen.

C. Blais: Vielleicht. Ich weiß nicht, was ich von all dem halten soll. Igor war schließlich nur mein Stiefvater. Und dann war er plötzlich wie vom Erdboden verschwunden.

Ich: Ich habe Alexander fast zwei Jahrzehnte lang nicht gesehen. Wir haben uns einfach aus den Augen verloren. Ich weiß so gut wie nichts über die Zeit dazwischen.

C. Blais: Hat er Ihnen erzählt, warum er verschwunden ist?

Ich: Nein. Er hat nicht viel sprechen können, als ich ihn im Krankenhaus besuchte. Er hat mich nur mit Mühe wiedererkannt. Aber inzwischen gibt es ja Stapel von Zeitungsartikeln über Ihren Stiefvater.

C. Blais: Ich komme mir vor wie in einem schlechten Film. Mein Stiefvater führte offenbar gleich zwei oder noch mehr Doppelleben. Ein ehemaliger FSB-Agent! Unglaublich! Ich kann es mir immer noch nicht richtig vorstellen.

Ich war dreizehn, als er meine Mutter kennenlernte. Erst fand ich ihn merkwürdig. Meine Mutter arbeitete für das Kulturministerium und ging gelegentlich zu Vernissagen. Ich glaube, so hat sie Kreschnikow kennengelernt. Anfänglich habe ich nicht viel von ihm mitbekommen. Dann zogen er und meine Mutter zusammen. Ein Jahr darauf haben sie geheiratet. Meine Mutter behielt wie ich weiterhin ihren Mädchennamen. Ich war damals schon in der Pubertät und hatte überwiegend eigene Sorgen. Igor, also Alexander Serkassow, arbeitete eine Weile als Assistent bei einem berühmten Künstler. Mir ist eigentlich nur aufgefallen, dass er nie Geldprobleme hatte. Das war in der Künstlerszene selten.

Ich: Haben Sie sich ansonsten gut mit ihm verstanden?

C. Blais: Er war anfangs einfach nur höflich zu mir. Später hat er sich eigentlich sehr väterlich verhalten. Meine Mutter arbeitete oft sehr lange, und ich habe ihn manchmal in Lerois Atelier besucht. Das fand ich natürlich aufregend. Meine Freundinnen haben mich um diese Kontakte beneidet. Er war auch immer sehr großzügig.

Ich: Dann wird Ihnen die Nachricht von Serkassows Tod sehr nahegegangen sein.

C. Blais: Sicher, ja. Aber seitdem ich über seine Vergangenheit Bescheid weiß, mischen sich auch viele andere Gefühle mit hinein. Ich habe ihn wohl nicht wirklich geliebt. Schließlich hatte ich schon bald selbst meine ersten Verabredungen mit Jungen. Aber ich habe sehr an ihm gehangen. Und dann starb meine Mutter plötzlich bei einem Unfall. Hat Ihnen Serkassow davon erzählt?

Ich: Nein. Seine Körperfunktionen waren bereits extrem geschwächt. Er hatte Mühe, überhaupt zu reden. Die Ärzte wussten ja noch nicht, dass er mit Polonium vergiftet worden war. Man hoffte noch auf eine Besserung, aber zu diesem Zeitpunkt ging es schon auf das Ende zu.

(Charlotte Blais bricht in Tränen aus.)

C. Blais: Tut mir leid. Ich habe es bis heute nicht verarbeitet. Wenn meine Tante nicht gewesen wäre, hätte ich mich wahrscheinlich umgebracht. Serkassow hat sich liebevoll um mich gekümmert. Aber der Tod meiner Mutter hatte ihn auf einen Schlag verändert. Er wirkte verschlossen und verhielt sich manchmal ausgesprochen paranoid.

Ich: Was meinen Sie mit paranoid?

C. Blais: Das kann ich nicht so genau sagen. Er sagte manchmal höchst seltsame Sachen. Aber ich selbst war viel zu durcheinander, um das alles zu verstehen. Genau genommen habe ich kaum noch etwas von meiner Umwelt wahrgenommen.

Ich: Haben Sie noch irgendetwas von dem, was er sagte, in Erinnerung?

C. Blais: Einmal kam er von einem Treffen mit seinem Freund Petruschkin zurück. Ich glaube, er hatte eine Menge getrunken. Er sagte, meine Mutter sei in Wahrheit umgebracht worden, und das Schlimmste sei, dass man ihn gemeint hatte. Ich habe das für die Verschwörungstheorie eines Betrunkenen gehalten. Am nächsten Tag, als ich ihn danach fragte, meinte er nur, er hätte zu viel Wodka getrunken und Unsinn gefaselt. Jetzt stellt sich mir das Ganze allerdings in einem anderen Licht dar.

Ich: Was für ein Unfall war das denn?

C. Blais: Meine Mutter und Igor waren Mitglieder in einem Fallschirmspringerklub. Sie war sehr sportlich und abenteuerlustig. Igor, ich meine Alexander, hatte das Fallschirmspringen wohl bei der Armee gelernt. Einmal im Monat trafen sie sich mit anderen Klubmitgliedern auf einem kleinen Privatflugplatz. Sie mieteten sich immer eine Cessna und sprangen mit ihren Gleitschirmen ab. Und bei einem dieser Absprünge versagten der Haupt- und der Ersatzschirm meiner Mutter.

(Charlotte Blais ringt nach Atem und wischt sich Tränen aus den Augen.)

Ich: Das ist doch sicher untersucht worden?

C. Blais: Ja, natürlich. Die Ausrüstung meiner Mutter war vom Feinsten, und die anderen und Igor sagten, meine Mutter sei eine sehr professionelle Springerin gewesen. Einer hat ausgesagt, meine Mutter hätte ihren Schirm stets perfekt gefaltet, an jenem Tage jedoch wäre sie ihm abwesend erschienen. Es war auch von technischen Ursachen die Rede. Materialermüdung. Was auch immer, die Untersuchung verlief im Sand. Es war eben ein tragischer Unfall.

Und dann verschwand auch noch Igor. Das war der zweite Schock. Ich bin zu meiner Tante gezogen und habe Monate lang kaum noch ein Wort gesprochen. Ich habe das alles nicht verstanden und sogar eine Vermisstenanzeige aufgegeben. Irgendwann war ich dann davon überzeugt, dass Igor etwas zugestoßen sein musste. Aber die Polizei hat sich absolut zynisch verhalten. Sie deutete mir gegenüber an, dass in der Pariser Russenszene eben immer einmal wieder Menschen verschwänden und Nachforschungen niemals zu etwas führen würden. In ihren Akten lag nichts gegen Kreschnikow vor. Sie vertrösteten mich, aber eigentlich hatten sie nicht das geringste Interesse.

Ich: Nun, das ist in der Tat alles höchst merkwürdig. Ich bin eigentlich nur hierhergekommen, um einem Jugendfreund eine letzte Bitte zu erfüllen. Ich soll Ihnen sagen, dass er Sie sehr geliebt hat. Er hat es bedauert, seine Zuneigung zu Ihnen vielleicht nicht ausreichend zum Ausdruck gebracht zu haben. Und er bedauert, dass er sie damals verlassen musste. Wahrscheinlich hatte er genug Gründe, um sein Leben zu fürchten, und glaubte auch eine Gefahr für Sie zu sein.

C. Blais: Ja, rückblickend gesehen macht das Sinn.

Ich: Was hat Ihre Mutter beim Kulturministerium gemacht?

C. Blais: Das weiß ich gar nicht so genau. Sie erzählte nicht viel von der Arbeit, und mich hat es auch wenig interessiert. Sie hatte häufig mit Ausländern zu tun. Es gab da irgendein Programm, das die Aufgabe hatte, diplomatische Anlässe und Festivitäten mit Kulturgegenständen zu dekorieren.

Ich: Möchten Sie das Foto behalten?

(Sie nimmt das Foto, auf dem ich mit Serkassow zu sehen bin.)

C. Blais: Wie alt war Igor da?

Ich: Fünfzehn oder sechzehn.

C. Blais: Nein, behalten Sie es. Polonium, mein Gott, was für ein Wahnsinn! – Kann ich Sie irgendwo erreichen?

(Ich gebe ihr eine unbedenkliche Handynummer und verabschiede mich.)

doku a-serk-134
(in eig. Sache)
24.10.06 – 12:00
Telefonat mit Puschkin

Ich: Ich war in Wien und bin jetzt wieder zurück in Berlin. Allmählich formt sich ein Bild von Serkassow.

Puschkin: Sie sind also ein Stück weitergekommen?

Ich: Sie erinnern sich an die Testamente in der Akte? Charlotte Blais war seine Stieftochter. Eine Regine Blais ist ihre Mutter. Mit ihr hat Serkassow in Paris zusammengelebt. Jetzt drängen sich neue Fragen auf. Regine Blais lebt nicht mehr.

Puschkin: Sie sind noch immer der Meinung, dass es Zusammenhänge gibt, die so weit zurückliegen?

Ich: Regine Blais könnte ermordet worden sein und es könnte fernerhin sein, dass eigentlich Serkassow verunglücken sollte.Vielleicht ist etwas über seine Identität durchgesickert. Wer hat seine Identität als Igor Kreschnikow legalisiert? Die Franzosen? Die Amerikaner? Und wie ist er zu seinem deutschen Pass mit dem Namen Wiktor Golzin gekommen?

Puschkin: Der Mord hat sich auf britischem Territorium ereignet, und wie die Dokumente zeigen, laufen etliche Fäden in London zusammen.

Ich: Ja, Berlin ist nicht mehr der geeignete Standort für die weiteren Recherchen. London wäre besser.

Puschkin: Das denke ich auch.

doku a-serk-135

(in eig. Sache)
24.10.06 – 18:00
Telefonat mit dem Koi

Ich: Waren Sie erfolgreich?

Der Koi: Tut mir leid, bis jetzt nicht. Ich habe noch einen

befreundeten Spitzenhacker zurate gezogen.

Ich: Besteht eine ernsthafte Aussicht?

Der Koi: Das kann ich jetzt noch nicht sagen. Der Hacker meint, es wäre nur eine Frage der Zeit.

Ich: Wie viel Zeit?

Der Koi: Er ist ein junger Typ. Ein paar Tage sind für ihn eine Ewigkeit. Ich denke, morgen weiß ich mehr. Wahrscheinlich haben sie ihren Sicherheitsberater gewechselt und probieren neue Abwehrsysteme aus.

Ich: Legen Sie mit Ihrem Hacker eine Nachtschicht ein.

Der Koi: Ist schon eingeplant. Aber nur weil Sie es sind.

doku a-serk-136
(in eig. Sache)
24.10.06 – 20:00
Telefonat mit Trebko

Ich: Hat der FSB einen Maulwurf beim DST?

Trebko: Die Russen hatten schon immer einen guten Draht zu den Franzosen. Gut möglich.

Ich: Es geht um eine Regine Blais. Serkassow hat mit ihr zusammengelebt. Sie ist unter merkwürdigen Umständen zu Tode gekommen.

Trebko: Ich kann versuchen, ein paar Kontakte zu aktivieren, aber das ist eine heikle Sache. Ich muss sicher sein, dass ich dabei nicht selbst in Schwierigkeiten komme.

Ich: Es ist mir wichtig.

Trebko: Vielleicht ist es auch einfacher, als ich denke. Eventuell müssen Sie mein Budget erhöhen.

Ich: Da lässt sich drüber reden, wenn die Ergebnisse stimmen.

Trebko: Ich melde mich.

doku a-serk-137
(in eig. Sache)
25.10.06
C-5-Mitteilung von Trebko

Es gibt einen Kooperationspartner beim DST. Sein Name ist Robert Duvaux. Der Agent soll zu den alten Hasen gehören und schon früher gute Kontakte zum KGB gepflegt haben. Und er soll gut Russisch sprechen.

Rufen Sie die Telefonnummer Paris 973 600 875 an. Sie sind avisiert.

doku a-serk-138
(in eig. Sache)
25.10.06 – 11:00
Telefonat mit Duvaux

Ich: Dostojewski. Sie sind informiert?

Duvaux: Ja, T. hat mir eine Offerte gemacht. Darüber müsste man noch reden.

Ich: Wie sauber ist die Verbindung?

Duvaux: Vermeiden Sie die einschlägigen Stichworte.

Ich: Gut, es geht um eine alte Bekannte, die mit einem russischen Künstler verheiratet war und auf tragische Weise umgekommen ist. Über den russischen Künstler kann man zurzeit viel in der Presse lesen. Die Preise seiner Werke werden wohl ansteigen.

Duvaux: Ja, ich verstehe. Ich habe natürlich davon gehört. Was die Frau des Künstlers anbelangt: Kann es sein, dass es sich um einen Sportunfall handelte?

Ich: Ja. Das ist sie.

Duvaux: Dann bin ich grob im Bilde. Ich habe von der Sache gehört.

Ich: Gibt es Dokumente darüber?

Duvaux: Wahrscheinlich. Aber ich bin ganz sicher nicht in der Lage, mir Zugang zu diesen Dokumenten zu verschaffen. Aber ich könnte Ihnen dennoch einiges erzählen, wenn die Bedingungen stimmen.

Ich: Die Bedingungen hängen von der Qualität des Gesprächs ab.

Duvaux: Das ist mir zu vage. T. hat von Tausend gesprochen. Das ist natürlich indiskutabel. Mein Risiko ist sehr hoch.

Ich: Gehen Sie vom Doppelten aus.

Duvaux: Das läuft nicht. Sie wissen wahrscheinlich besser als ich, wie brisant der Fall ist.

Ich: Zweifünf plus Bonus, wenn die Qualität stimmt.

Duvaux: Informieren Sie mich, wann Sie mich treffen wollen.

Ich: Ich werde einen Flug für den 28. buchen.

Duvaux: Gut, das wird gehen.

doku a-serk-139

(Quelle: Faber)
18.10.06
Berlin
AZ 3-56-621-szj/r
Hauptkomm. G. Olbricht

Protokoll: Befragung der Anna Ryschkowa

(Die russische Journalistin schrieb für die regimekritische *Nowaja gaseta.* Sie war seit Monaten verschwunden und galt als ermordet.)

GO: Sie sind nicht Elena Tschechowa! Sie heißen Anna Ryschkowa. Ist das richtig?

Ryschkowa: So steht es in meinem Pass. Dann wird es wohl richtig sein.

GO: Wir suchen seit gut zwei Wochen nach Ihnen.

Ryschkowa: Dann ist Ihre Polizei aber sehr uneffektiv. Wo haben Sie denn gesucht? Ich war zwischendurch für eine Woche in London.

GO: Sie haben Dorothe Hülsen im Krankenhaus besucht?

Ryschkowa: Ich hatte schon gleich nach Serkassows Tod Kontakt mit ihr. Wir haben beide ein besonderes Interesse an der Aufklärung seines Todes.

GO: Wissen Sie schon, dass sich Frau Hülsens Zustand verschlechtert hat? Die Ärzte befürchten, sie wird es auch nicht überleben.

Ryschkowa: Ja, ich weiß. Die Tragödie nimmt kein Ende.

GO: Warum treten Sie unter einem falschen Namen auf?

Ryschkowa: Ich bitte Sie! Das liegt doch auf der Hand.

GO: Wir sind hier nicht in Russland.

Ryschkowa: Serkassow war auch nicht in Russland, sondern in London, als er vergiftet worden ist. Wenn die wollen, können sie einen überall umbringen.

GO: Wen meinen Sie mit *die?*

Ryschkowa: So naiv können Sie doch nicht sein! Lesen Sie denn keine Berichte über Russland?

GO: Ich habe natürlich einige Erkundigungen eingezogen. Sie sind in Russland eine Legende. Sie betreiben einen Enthüllungsjournalismus, der der Regierung nicht ins Konzept passt. Sie sind auch schon konkret bedroht worden. Wir, und Scotland Yard genauso, glauben, Sie sind auf etwas gestoßen, das die Regierung in starke Bedrängnis bringen würde. Deshalb sind Sie untergetaucht. Es kursierten Gerüchte, sie wären umgebracht worden. Serkassow schien auf jeden Fall davon überzeugt. Er war dabei, Nachforschungen über ihren vermeintlichen Tod anzustellen. Und jetzt wollen Sie auf eigene Faust Serkassows Tod aufklären? Ist an seiner

Anschuldigung etwas dran? Haben Sie Material, das die russische Regierung belastet?

Ryschkowa: Alles, was ich geschrieben habe, belastete die Regierung.

GO: Sie weichen aus!

Ryschkowa: Die Regierung macht tagtäglich Dinge, die nicht in eine Demokratie gehören.

GO: Aber Sie bereiten doch eine ganz besonders brisante Enthüllung vor?

Ryschkowa: Ich weiß nicht, wovon Sie reden. Recherchieren ist mein Beruf. Aber natürlich ist es auch eine persönliche Angelegenheit. Bevor er untertauchte, hatten Serkassow und ich eine Liebesbeziehung.

GO: Sind Sie all die Jahre über mit Serkassow in Verbindung geblieben?

Ryschkowa: Nein. Er war tatsächlich wie vom Erdboden verschluckt. Aber ich wusste, dass er mithilfe eines der westlichen Geheimdienste eine neue Identität erhalten hatte.

GO: Wie sind Sie wieder miteinander in Kontakt gekommen? Kannten Sie seinen Decknamen?

Ryschkowa: Nein. Er hat sich erst gemeldet, als er schon Golzin war und mit Dorothe Hülsen in Miltau lebte. Das war zu einer Zeit, als in Russland die Journalisten wie die Fliegen starben. Im Westen wurde darüber berichtet. Zwei meiner engsten Freunde waren auch darunter. Es hat unter den kritischen Schreibern einen Aderlass sondergleichen gegeben, und die anderen waren zutiefst verunsichert.

GO: Und alle diese Morde, davon sprechen Sie ja wohl, gehen Ihrer Meinung nach auf das Konto der Regierung?

Ryschkowa: Das habe ich nie gesagt. Außerdem: Die

Regierung, wer ist das? Heute wirken in Russland die merkwürdigsten Kräfte zusammen.

GO: Ich werde das Gefühl nicht los, dass Sie mir etwas verschweigen. Warum arbeiten Sie nicht mit uns zusammen? Wir haben doch das gleiche Interesse.

Ryschkowa: Das haben die Leute vom FSB auch zu mir gesagt.

GO: Wir sind aber nicht der FSB. Wir sind eine demokratische Behörde, wir müssen verantworten, was wir tun. Wir sind kein Geheimdienst.

Ryschkowa: Sie glauben, das beruhigt mich? Keineswegs! Meinen Sie, Ihre Protokolle und Datenbanken sind vor dem FSB sicher?

GO: Selbstverständlich. Und der FSB ist auch nicht der KGB. Davon abgesehen ist die russische Regierung, besonders Romanow, an guten Beziehungen zu Deutschland interessiert. Man würde es nicht wagen …

Ryschkowa: Das ist ja lächerlich. Der FSB ist um einiges moderner ausgerüstet als der alte KGB. Wird das hier protokolliert?

GO: Selbstverständlich.

Ryschkowa: Hören Sie, diese Unterhaltung geschieht auf freiwilliger Basis. Mein Leben ist in Gefahr. Ich will nicht, dass es ein Protokoll gibt.

GO: Ja, ich verstehe Sie. Aber Sie, genauer Ihre Recherchen, sind vielleicht der Grund für Serkassows Ermordung. Ich rede hier schließlich nicht zum Spaß mit Ihnen.

Ryschkowa: Stellen Sie das Tonband aus!

GO: Ich brauche Material.

Ryschkowa: Stellen Sie es aus oder ich gehe.

GO: Schon gut. Darf ich mir wenigstens ein paar Notizen machen?

Ryschkowa: Wenn Sie nicht in irgendwelche Akten kommen, ja.

GO: Sie sind paranoid.

Ryschkowa: Leben Sie ein Jahr in Russland, dann werden Sie es auch.

Ich weiß ja nicht, welche kriminalistische Ausbildung Sie genossen haben, Ihre Unkenntnis ist erschreckend. Natürlich laufen keine FSB-Agenten durch Ihre Büros, das erledigen BND, CIA und MI6. Und in all diesen Organisationen gibt es Verbindungsmänner zum FSB, Doppelagenten und andere undichte Stellen. Sie glauben, Sie können etwas aufklären? Wenn die es nicht wollen, werden Sie niemals etwas über die Hintergründe erfahren. Das hier ist Politik.

GO: Also, wollen Sie mir jetzt etwas sagen? Das Tonband ist ausgeschaltet.

Ryschkowa: Was wollen Sie wissen?

GO: Haben Sie einen Verdacht, wer Serkassow vergiftet hat?

Ryschkowa: Nein, ehrlich gesagt, bis jetzt noch nicht. Serkassow wusste, dass ich an einer Geschichte über das Kaukasus-Programm arbeite.

GO: Worum geht es dabei?

Ryschkowa: Ich vermute, es existiert ein Geheimprogramm der Regierung über den Umgang mit einigen Republiken wie zum Beispiel Kirgisien. Man will, dass sich diese Länder von innen heraus zerstören. Deshalb lässt man der organisierten Kriminalität dort nicht nur freien Lauf, sondern organisiert sie sogar mit. Es ist ein durch und durch zynisches Programm. Alles ist so raffiniert eingefädelt, dass man von einem schleichenden Genozid sprechen kann. Und es ist so arrangiert, dass man niemanden dafür verantwortlich machen kann.

Serkassow wollte Beweise beisteuern.

GO: Auf welche Art wollte er das? Er war doch aus dem Geschäft?

Ryschkowa: Ich denke, er wollte alte Kontakte aktivieren, aber sein Tod muss nicht unmittelbar etwas damit zu tun haben. Ich vermute, dass Serkassow, seit Blawski im Londoner Exil lebt, in regelmäßigem Kontakt zu seinem ehemaligen Arbeitgeber stand. Vielleicht ist hier der Zusammenhang mit seiner Ermordung zu suchen. Immerhin haben sie sich an dem Tag, als Serkassow vergiftet wurde, noch getroffen.

GO: Worum könnte es da gegangen sein?

Ryschkowa: Das weiß ich nun wirklich nicht.

GO: Wir haben bis jetzt geglaubt, Sie und Serkassow wollten gemeinsam mit einem brisanten Thema an die Öffentlichkeit treten.

Ryschkowa: Nein. Das ist so nicht der Fall. Nur der vermeintliche Mord an meiner Person, der Gott sei Dank nicht begangen wurde, hat ihn so unvorsichtig werden lassen, dass er sich in London mit jemandem getroffen hat, den er besser gemieden hätte.

GO: Sie spielen auf die Person an, die im *Itsu* war und deren Identität bis heute nicht geklärt ist.

Ryschkowa: Ja, vielleicht. Aber möglicherweise hatte Serkassow wie gesagt ja auch unabhängig von meinen Kaukasus-Recherchen etwas herausgefunden, das noch viel brisanter ist.

GO: Und was könnte das sein?

Ryschkowa: Fragen Sie sich, was Romanow so unangefochten an der Macht hält. Fragen Sie, was ihn an die Macht gebracht hat, und fragen Sie, womit Russland seine neuen internationalen Ambitionen stützen will.

GO: Ich bin kein Politiker.

Ryschkowa: Alles hängt am Öl und an den Rohstoffen. Es geht um deren Kontrolle. Die Funktionsfähigkeit des gesamten Landes hängt davon ab. Ohne Öl würden keine Beamten bezahlt werden können, es gäbe keine Gesundheitsvorsorge und auch kein Geld für Bildung.

GO: Ich verstehe immer noch nicht so ganz, worauf Sie hinauswollen.

Ryschkowa: Es könnte geheime Projekte der abtrünnigen Oligarchen geben, Romanow die Alleinkontrolle über die Bodenschätze des Landes streitig zu machen. Vielleicht mit der puren Kraft des Geldes. Es könnte um eine Pipeline nach China gehen. Bis jetzt hat die Regierung noch die alleinige Kontrolle über den Transport von Öl und Gas. Es könnte private Projekte geben, die allerdings so vorbereitet sein müssten, dass keiner weiß, wer die Finanzierung wirklich trägt. Vielleicht will man staatliche Strohmänner aus China vorschieben. Ich weiß es nicht.

GO: Dann haben Sie wenigstens vielen Dank für die politische Aufklärung.

Ryschkowa: Besorgen Sie sich meine Artikel. In ihnen werden Sie noch Genaueres darüber finden.

GO: Was gedenken Sie nun zu tun?

Ryschkowa: Ich werde wieder nach London fahren. Dort konzentrieren sich die Ermittlungen.

GO: Rufen Sie mich an, bevor Sie abfliegen. Vielleicht fällt Ihnen ja noch etwas ein, das mich interessieren könnte. Auf jeden Fall wünsche ich Ihnen viel Erfolg.

Aktennotiz

26.10.06

Ryschkowa hatte mit ihrem Misstrauen recht: GO hat das Tonband doch nicht abgeschaltet.

Garantiert weiß sie mehr, als sie sagt. GO hat sich nicht gerade als ein talentierter Fragensteller erwiesen. Sie hat ihm ein paar Brocken vor die Nase geworfen und ihn mit ihren politischen Analysen bewusst eingeschüchtert.

doku a-serk-140

(eig. Rech.)
26.10.06
NTV
Internet Nachrichtenservice
Titel: Die Straße des Poloniums

Scotland Yard, eine Institution, die sich für die perfekteste Detektivagentur der Welt hält, gerät im Fall Serkassow ins Zwielicht.

Es stellt sich die Frage, von wem die Ermittler zurzeit ihre Direktiven bekommen.

Alles sah so schön aus, man war aktiv und fand eine Polonium-Spur nach der anderen. Dann folgten Namen. Oleg Woykow an erster Stelle. Der ehemalige FSB-Mann war mit zwei anderen Russen, aktiven Agenten des FSB, einige Tage vor Serkassows Vergiftung eingereist und einer der Männer, mit denen sich Serkassow im *Itsu* getroffen hat. Er konnte unbehelligt wieder nach Moskau zurückfliegen.

Doch das ist nur eines von vielen Rätseln. Aus unbestätigter Quelle wurde verlautet, dass der MI6 Woykow beschattet hat. Dieser Mann, der in Russland keineswegs untertauchte, sondern von Moskau aus vehement bestritt, Serkassow vergiftet zu haben, war nun also der ideale Hauptverdächtige. Dann gab es noch den großen Unbekannten. Aber um den kümmerte man sich nicht wirklich. Er war einfach verschwunden.

Sawronski und Woykow, die beiden Männer, die zusammen mit Serkassow im *Itsu* waren, haben ihn nur kurz gesehen. Sawronski lieferte eine grobe Beschreibung, die aber zu nichts nütze war. Es muss eine Menge los gewesen sein hinter den Kulissen. Davon erfuhr man jedoch nichts. Dafür gab es täglich neue Meldungen über die Spur des Grauens, die Spur des Poloniums. Man hing bei Scotland Yard große Karten auf, mit leuchtfarbenen Linien. Überall Polonium. Überall Strahlung. In diesem Bus, in jenem Taxi, in Flughafentoiletten, in Dutzenden von Geschäften und in Flugzeugen. Später erst sprach man über differenzierte Messwerte. Die wenigsten Messungen waren für die Ermittlungen von praktischer Bedeutung, aber sie befriedigten das öffentliche Bedürfnis nach Information. Starke Werte maß man in dem Flugzeug, mit dem Woykow nach Moskau geflogen war. Woykow muss es gewesen sein. Niemand erklärte, auf welche Weise unterschiedliche Personen und Objekte mit dem Polonium in Berührung kamen und wie die winzigen Spuren von einem zum anderen weitergereicht wurden. Das spielte auch keine Rolle, weil es ja einen Hauptverdächtigen gab.

Danach verging viel Zeit mit diplomatischem Gerangel. Endlich konnten zwei Beamte von Scotland Yard nach Moskau fliegen, um Woykow zu verhören. Aber Woykow bestritt alle Anschuldigungen. Die russischen Behörden hatten Kooperation versprochen, hielten sich aber abseits. Dann starb Woykow. Über sein Verhör schweigt man sich bis heute aus, aber plötzlich glaubte niemand mehr an Woykows Täterschaft, und nun fährt man erneut den rot eingezeichneten Linien des Poloniums auf der Karte nach. Aber das Mäandern der Spuren sagt nichts oder schon wieder zu viel aus, was auf dasselbe hinausläuft. Übrig geblieben sind einige unterschiedliche Theorien. Inzwischen verstreicht die Zeit und das öffentliche Interesse erlahmt. Niemand fragt mehr nach und keiner erwartet ernsthaft noch eine Aufklärung. Irgendwann, in ein oder zwei Jahren, wird man vielleicht wieder etwas über den Fall Serkassow lesen. Man wird noch einmal eine Theorie offerieren, die natürlich niemals bewiesen werden kann, und danach wird der Fall Geschichte sein.

doku a-serk-141
(in eig. Sache)
27.10.06 – 20:00
Telefonat
Anrufer: Olga Abramova
autom. Mitschnitt

Olga: Ich hab schon ein paar Mal versucht, dich zu erreichen.

Ich: Ich war ein wenig in der Weltgeschichte unterwegs.

Olga: Habe ich mir gedacht. Wo warst du denn überall?

Ich: Paris, Wien, Paris, Berlin.

Olga: Und wie läuft es? Gibt es schon Licht im Dunkel?

Ich: Nein. Kann ich nicht sagen. Ein paar Hinweise. Hier und dort.

Olga: Das klingt aber sehr vage. Hört sich nach Frust an.

Ich: Ja, es ist mühsam, und eigentlich weiß ich nicht, warum ich das alles überhaupt noch tue. Alles dreht sich im Kreis. Aber das ist immer so, wenn die Urheber einer Sache ganz oben sitzen. Denn nur von ganz oben kann man so rühren, dass weiter unten nichts mehr zu erkennen ist. Ich kenne das alles in- und auswendig.

Olga: Uff! Du bist ja wirklich deprimiert. Wir sollten uns endlich treffen. Ich könnte dich vielleicht ein wenig aufbauen.

Ich: Was soll das, Olga? Ich werde diesen Job hier jetzt zu Ende bringen. Es wird endgültig mein letzter sein. Irgendwie ist der Spaß weg. Nicht, dass es jemals wirklich Spaß gemacht hätte. Aber früher waren noch andere Leute im Spiel, und die Regeln waren klarer. Jetzt siehst du überall diese jungen Typen, die entweder zu viel Hollywood-Filme über Agenten gesehen haben oder Informatikclowns sind.

Olga: Du redest wie ein alter, leerer Sack.

Ich: Das bin ich auch.

Olga: Soll ich nach Berlin kommen?

Ich: Nein! Das geht nicht!

Olga: Was heißt, das geht nicht? Wenn ich kommen will, komme ich. Und du könntest ein wenig Aufmunterung gut vertragen.

Ich: Erst muss ich die Sache zu Ende bringen, dann können wir weitersehen.

Olga: Da wird es kein Ende geben. Das weißt du genauso gut wie ich. Da geht es um eine Sache, die ein wenig zu groß für uns ist.

Ich: Was heißt für uns?

Olga: Damit meine ich dich und all die anderen, die noch zwei oder drei Bosse über sich haben. Weißt du denn wenigstens, für wen du arbeitest?

Ich: Nein. Erinnere mich nicht daran. Ich hatte es schon verdrängt.

Olga: Na, siehst du. Weißt du, warum du darauf angesetzt worden bist?

Ich: Nein. Du musst mich nicht darauf hinweisen. Ich bin Profi. Natürlich stelle ich mir Fragen und sorge für Absicherungen.

Olga: Bist du persönlich in Gefahr?

Ich: Nein. Warum sollte ich? Ich habe ja noch nichts herausgefunden.

Olga: Ist das so? Du warst stets einer der Besten. Und du hast eine gute Intuition. Du wirst doch schon einiges gesammelt haben?

Ich: Willst du mich etwa aushorchen?

Olga: Ich werde einfach kommen. Was dir fehlt, und zwar dringend, ist ein normaler menschlicher Kontakt. Zu viel Paranoia ist nicht gut für das seelische Gleichgewicht.

Ich: Meine Seele war noch nie im Gleichgewicht. Sonst hätte ich einen anderen Beruf ergriffen. Übrigens, ich werde nicht mehr lange in Berlin bleiben.

Olga: Das habe ich mir gedacht. Du gehst nach London?

Ich: Ja. Ich habe von Berlin sowieso die Nase voll. Das Hotel ist eine einzige Tristesse. In Paris habe ich mir eine Nacht im *George V* geleistet. Das war zumindest einmal eine Abwechslung.

Olga: Gut, ich komme nach London. London gefällt mir sowieso besser als Berlin. Wo wirst du logieren?

Ich: Weiß ich noch nicht. Ich habe auch noch keinen Flug gebucht. Anna Ryschkowa ist in Berlin. Ich würde sie gerne noch treffen.

Wo bist du?

Olga: In Nizza.

Ich: Donnerwetter. Das hört sich gut an. Da sollte ich vielleicht besser zu dir kommen. In London wird es jetzt feucht und neblig sein. Was machst du in Nizza?

Olga: Es ist mehr privat.

Ich: Kannst du dir Urlaub in Nizza leisten? In Nizza soll es von Russen nur so wimmeln. Du verschweigst mir etwas. Es ist ein Job! Richtig?

Olga: Nein. Ich bin hier einfach nur auf eine Yacht eingeladen worden.

Ich: Da kommt Neid auf. Und wer lädt dich auf eine Yacht ein? Hast du etwa Kontakte zur Mafia?

Olga: Komm schon, wer hat das nicht? Nein, ich bin auf einem Boot, das Blawski gehört.

Ich: Ach! Was du nicht sagst. Wie kam es denn dazu?

Olga: Mascha Blawski hat mich eingeladen. Wusstest du nicht, dass wir uns kennen?

Ich: Nein. Mascha Blawski! So, so!

Olga: Na, hör mal, zu der Zeit, als du noch für die Regierung gearbeitet hast, gab es eine Menge Partys, und Mascha war oft dabei. Du hast sie auch kennengelernt.

Ich: Ich kann mich nicht daran erinnern.

Olga: Ich muss jetzt Schluss machen. Ich ruf dich morgen noch einmal an.

Aktennotiz

27.10.06

Arbeitet Olga vielleicht in irgendeiner Form für Blawski? Weiß sie vielleicht etwas über Serkassow, das sie mir vorenthält?

doku a-serk-142

(Quelle: der Koi)
25.10.06
MI6 – Dep. 3
Interner Bericht
Thomas Cromby – r-52/228
an Jeremy Landers
Betr.: Serkassow

Wie mir von Kollegen der CIA mitgeteilt wurde, ist die Prüfung der Geschäftsvorgänge der amerikanischen Handelsfirma für radioaktive Substanzen *Nucleotech* abgeschlossen.

Die Firma ist der Hauptabnehmer der russischen Polonium-Produktion. Ihre Kunden kommen ausnahmslos aus dem Hochtechnologiebereich.

Es wurde ein Defizit von 0,03 Gramm festgestellt. Der größte Teil der Polonium-Bestände wird für Batterien im Weltraumeinsatz verwendet. Der Sicherheitsaufwand dieser Firmen ist sehr hoch. Verluste von 0,0005 bis 0,001 Gramm sind produktionsbedingt. Jeder Einzelne der Abnehmer wurde von der CIA genauestens durchleuchtet. Allerdings würde ich mich auch auf diese Aussagen nicht verlassen. Spezialbatterien, die Polonium enthalten, gehen weiter an andere Firmen und landen schließlich in Satelliten und Raketen.

Die Stärke der Spuren und der Umgang mit dem Material legen nach Ansicht der Spezialisten nahe, dass der Täter mindestens ein halbes Gramm, wahrscheinlich aber mehr mit sich führte. Solche Mengen sind eigentlich nur über *Nucleotech* in Amerika oder *Avantgarde* in Russland zu beschaffen.

Vielleicht kommt hier auch der verstorbene Woykow wieder ins Spiel. Leider habe ich keine Informationen über Woykows Zeit beim Innenministerium. Aufgrund seines damaligen Alters vermute ich jedoch, dass er damals noch keinen höheren Posten bekleidet hat. Die Abteilung für Sicherheit in der Atomindustrie beschäftigt mehrere Hundert Inspektoren. Woykow wird einer von vielen gewesen sein und kaum über Einfluss verfügt haben. Aber es wäre von Nutzen, wenn wir wüssten, was sein genauer Zuständigkeitsbereich war und ob er überhaupt etwas mit *Avantgarde* zu tun gehabt hat. Selbst für russische Verhältnisse müsste schon eine Menge Kompromat nötig gewesen sein, um Direktoren oder leitende Techniker und Wissenschaftler zur Unterschlagung von Polonium bewegen zu können.

Da die technischen Ausrüstungen der meisten russischen Reaktoren dem Westen kaum bekannt sind, besteht theoretisch in fast jedem Atommeiler die Möglichkeit, Plutonium herzustellen. Auch wenn der Fall vonseiten der Politik heruntergespielt werden soll, halte ich das Plutonium-Problem auch in Hinblick auf eine zukünftige Entwicklung des Terrorismus für bedeutsam genug, um zu anspruchsvolleren Mitteln zu greifen. Unsere Mitarbeiter vom Außendienst und der CIA versuchen schon seit Jahren einen Agenten bei *Avantgarde* einzuschleusen. Das ist bis jetzt nicht gelungen. Als einzig übrig bleibende Möglichkeit schlage ich vor, einen der führenden russischen Wissenschaftler mit einem verlockenden Angebot in den Westen abzuwerben. Wir brauchen die Lebensläufe aller führenden Mitarbeiter in der Polonium-Produktion. Vielleicht stoßen wir ja auf irgendwelche interessanten oder verdächtigen Kontakte aus deren Studien- oder Militärzeit oder auf Mitarbeiter, deren persönliche Vorlieben sie erpressbar gemacht haben könnten.

Außerdem verfügen wir nur über unzureichende Informationen, inwieweit militärische Institutionen einen besonderen Einfluss im Bereich der Kernenergie ausüben. Fallen zum Beispiel bestimmte Kontingente unter militärische Geheimhaltung? Wäre es möglich, dass solche Mengen in keiner offiziellen Liste auftauchen? Diese Fragen sollten völlig unabhängig von der Entwicklung im Fall Serkassow weiterverfolgt werden.

Ein Aspekt wurde bis jetzt nicht berücksichtigt: Sollte der Mordauftrag von Romanow-Freunden aus dem Lager der Oligarchen finanziert und organisiert worden sein, könnte man sich das Polonium über völlig legale Kanäle beschafft haben. Und zwar auf folgendem Weg: Einige hundert Firmen im Zulieferbereich für die Raumfahrt und das Militär zählen zu den offiziellen Bestellern von Polonium. Diese Firmen gehören größtenteils wieder zu anderen Firmen, die ihrerseits wiederum unter dem Dach der ganz großen Konzerne angesiedelt sind. Ich empfehle daher eine Untersuchung aller Firmenbeteiligungen von Nentschew, Brolin und einigen anderen.

Diese Richtung entlastet Blawski dann automatisch, es sei denn, wir verfolgen auch noch den Ansatz, dass der Mord an Serkassow Romanow in Schwierigkeiten bringen sollte. Das Szenario dafür sähe dann ungefähr so aus: Blawski kommt über eine der Firmen in seinem Konzern legal an Polonium. Nicht Serkassow sollte vergiftet werden. Blawski und Serkassow galten als befreundet. Nein, Serkassow sollte Woykow vergiften, um später zu behaupten, es hätte Blawski treffen sollen. Damit hätte es auch die entsprechende Schlagzeile gegeben: *Romanow lässt einen ehemaligen Freund hinterhältig vergiften.* Diese Version erklärt vielleicht auch das Arrangement der Begegnungen in London, Woykows Besuch bei Blawski und das spätere Zusammentreffen im *Itsu*. Die vierte, bisher noch unbekannte Person im *Itsu* könnte das Polonium gebracht haben. Serkassows Tod in dieser Version wäre ein Unfall gewesen sein. Das würde auch erklären, warum Serkassow die Identität der dritten Person nicht preisgegeben hat.

Aktennotiz

28.10.06

Wahrscheinlich bin ich beim Abflug um 07:50 als auch bei der Ankunft um 09:15 observiert worden.

doku a-serk-143

28.10.06 – 12:00

Treffen mit Duvaux im Café *Printemps*

Protokoll nach verdeckter Tonbandaufzeichnung

(Duvaux sieht sich misstrauisch um.)

Ich: Ist alles in Ordnung?

Duvaux: Ich denke schon. Lassen Sie uns einen Kaffee bestellen. Leider ist meine Zeit limitiert. Ich habe natürlich am Telefon verstanden, was Sie von mir wollen. Reden wir doch zuerst über die Grundlagen eines

Arrangements.

Ich: Wir müssen nicht um den heißen Brei herumreden.

(Ich reiche ihm einen Umschlag.) Machen Sie auf!

(Er sieht kurz hinein. Die Gesamtsumme habe ich auf einen Zettel notiert, den er herausnimmt.)

Duvaux: Gut, das ist eine Basis. Sie muss vielleicht noch etwas modifiziert werden, je nachdem, wie heiß die ganze Sache ist.

Ich: Was spielen Sie für ein Spiel? Warum arbeiten Sie mit mir zusammen? Ist es nur das Geld?

Duvaux: Ich habe meine Gründe. Also Serkassow! Darum geht es doch?

Ich: War es der DST, der ihm die Kreschnikow-Identität ermöglichte?

Duvaux: Kann sein. Es könnte aber auch die CIA arrangiert haben. Ich weiß es nicht.

Ich: Und was ist mit dem Fallschirmversagen seiner Frau?

Duvaux: Regine Blais? Ein tragischer Fall. Das wurde damals sehr diskret behandelt. Tatsächlich galt der Anschlag wohl Serkassow.

Ich: Aber der DST wusste, dass Kreschnikow Serkassow war.

Duvaux: Ich glaube schon. Es gibt eine Akte über Serkassow. Es gab ein Dutzend Pläne von verschiedensten Seiten, ihn umzubringen.

Ich: Auch vonseiten des DST?

Duvaux: Ganz sicher nicht. Und wenn, würde ich das kaum sagen.

Ich: Also, es gab welche.

Duvaux: Ich weiß nicht, welches Interesse Sie an dem Fall haben und für wen Sie arbeiten. Ich weiß nur, wer den Kontakt zu mir eingefädelt hat, aber ich sage Ihnen eines: An dem Fall stinkt so ziemlich alles. Regine Blais war in Wahrheit eine inoffizielle Mitarbeiterin des DST. Ihre Aufgaben lagen im Bereich der Camouflage. Kultur und so weiter, Sie wissen schon. Alles ganz harmlos. Da kann man unauffällig jeden mit jedem zusammenbringen.

Ich: War Regine Blais von vornherein auf Serkassow angesetzt?

Duvaux: Ja sicher. Aber es kommt noch besser: Serkassow wusste davon. Sie war seine Bewacherin und Beschützerin zugleich. Zumindest mittelbar.

Ich: Gibt es Dossiers über das Verhältnis Serkassow – Regine Blais?

Duvaux: Das nehme ich an.

Ich: Nehmen Sie es an oder wissen Sie etwas Konkretes darüber? Was denken Sie, wofür ich Ihnen ein Honorar zahlen soll?

Duvaux: Die sind streng geheim. Die Sache ist aus dem Ruder gelaufen.

Ich: Also, Sie wissen doch etwas!

Duvaux: Unmittelbar nachdem Serkassow zu Kreschnikow geworden war, fungierte Regine Blais als seine Betreuerin. Sie haben sich dann wohl ineinander verliebt. Man hat es geduldet. Ich glaube, es passte sogar ins Konzept. Es gibt da ohnehin merkwürdige Gerüchte.

Ich: Was für Gerüchte?

Duvaux: Eigentlich habe ich Ihnen schon alles gesagt, was Sie wissen wollten.

Ich: Keineswegs. Erzählen Sie etwas über die Gerüchte. Wer hat sie in die Welt gesetzt?

Duvaux: Etliche Dokumente, die es eigentlich geben

müsste, fehlen. Es gibt kein offizielles Papier, aus dem hervorgeht, dass Serkassow seinen neuen Pass vom DST erhalten hat, und es gibt niemanden in den oberen Etagen, der darüber reden will.

Ich: Also, was besagt das Gerücht?

Duvaux: Manche sagen, Regine Blais hätte in Wahrheit für die CIA oder die NSA gearbeitet. Es heißt, nur die CIA konnte für die Sicherheit neuer Identitäten garantieren. Es kann auch sein, dass man den DST als ausführendes Organ benutzt hat.

Ich: Was ist der DST nur für ein Saustall? Gibt für Geld die Information außer Haus, dass Regine Blais CIA-Agentin ist. Und dann auch noch eine Agentin mit einer pubertierenden Tochter. Du meine Güte.

Duvaux: Das finde ich nicht witzig. Regine Blais ist niemals ausgebildet worden. Sie ist keine Agentin. Soviel ich weiß, hat sie Kunstgeschichte studiert. Sie hatte ein offizielles Büro im Kulturministerium. Man hat sie anfänglich als freie Mitarbeiterin angeworben. Weil sie gut Englisch sprach, hat man sie oft hinzugezogen, wenn es etwas mit der CIA zu arrangieren gab. Ich glaube, sie hat das alles eher sportlich genommen. Sie war damals 32 Jahre alt und ihre Tochter 13. Nein, eine wirkliche Agentin war sie nicht. Und das Fallschirmspringen ist nur ein Hobby von ihr gewesen.

Ich: Und wer hat nun den sogenannten Unfall verursacht? Der DST oder die CIA? Gibt es Dossiers über die Untersuchungsergebnisse?

Duvaux: Wir gehen noch immer davon aus, dass Serkassow gemeint war. Dann kämen auch andere in Frage.

Ich: Die müssten dann von Serkassows neuer Identität als Kreschnikow gewusst haben. Gibt es eine undichte Stelle beim DST, außer Ihnen?

Duvaux: Wollen Sie damit sagen, ich hätte Serkassow verraten?

Ich: Warum nicht?

Duvaux: Für wie dumm halten Sie mich? Ich werde mich doch nicht zwischen die Fronten von FSB, CIA und, wer weiß, vielleicht sogar der Russen-Mafia begeben.

Ich: Man hätte Ihnen verschiedene Angebote machen können.

Duvaux: Es ist mir wirklich egal, was Sie von mir denken. Aber ich sage Ihnen einmal etwas: Es existiert tatsächlich ein Dossier über die Untersuchung des Unfalls. Darin gibt es drei Gutachten von drei verschiedenen Kennern der Materie. Sie müssen wissen, Fallschirmspringer reagieren sehr sensibel, wenn einer der ihren bei einem Absprung zu Tode kommt. Jeder fühlt sich betroffen, man nimmt es mit den Untersuchungen sehr genau und ist persönlich engagiert.

Alle Gutachten legen nahe, dass es sich tatsächlich um einen reinen Unfall gehandelt hat. Es gab eine Materialschwäche bei einem der Seile. Aber letztlich ist alles manipulierbar. Ich sage Ihnen noch etwas: Es gab einige Leute, denen es wohl ganz recht war, dass man die Sache für inszeniert hielt.

Ich: Was für Leute?

Duvaux: Das weiß ich auch nicht. Welche aus den oberen Etagen. Sie wissen schon, dort, wo Spiele mit besonders hohen Einsätzen gespielt werden. Was weiß ich, vielleicht steckt auch noch etwas ganz anderes dahinter.

Ich: Was meinen Sie damit?

Duvaux: Eigentlich mehr etwas Internes. Jemand will jemand anderen zu Fall bringen. Sie kennen das doch, die übliche Intrigenscheiße. Kein Wunder, dass niemand den Fall wirklich aufklären will. Also, wenn es wirklich nur ein Unfall war, dann hat auch niemand Serkassows neue Identität verraten. Und es gibt niemanden, der dahintersteckt. Was sagen Sie zu der Version?

Ich: Auch möglich. Alles ist bei diesem Fall möglich. Ich selbst habe keine Präferenzen für diese oder jene Version. Ich will nur herausfinden, wer Serkassow vergiftet hat. Und wer als Auftraggeber dahintersteckt.

Duvaux: Soll ich Ihnen noch was sagen? Lassen Sie es! Das ist gequirlte Scheiße! Das stinkt doch an allen Ecken und Enden. Ich kenne diesen Mist seit Jahrzehnten. Da werden doch nur die spärlichen Fakten so lange hin und her geschoben, bis sich alles zur Unkenntlichkeit verwischt hat. DST, CIA, BND, das sind doch alles Vertuschungsspezialisten. Geht es überhaupt noch um irgendetwas Bestimmtes? Während des Kalten Krieges waren wenigstens die Fronten noch klar. Warum machen Sie den Scheiß? Da sind Interessen im Spiel, denen ich an Ihrer Stelle nicht in die Quere kommen möchte.

Ich: Ich habe verschiedene Gründe. Es ist mein Beruf. Haben Sie noch irgendetwas auf Lager? Fällt Ihnen noch etwas ein?

Duvaux: Nein. Das wars. Beim besten Willen. Selbst wenn Sie noch etwas drauflegen würden, ich weiß nichts mehr. Die Zeit war auch zu kurz.

Ich: Schon in Ordnung. Ehrlich gesagt, ich hatte weniger erwartet.

Duvaux: Also dann. Vielleicht sieht man sich ja noch einmal wieder. Sie wissen jetzt, wie Sie mich erreichen können. Übrigens, es war nicht einfach, an die Dossiers zu kommen.

Ich: Sind Sie nicht zufrieden?

Duvaux: So habe ich es nicht gemeint. Für wen halten Sie mich? Nein, das Honorar ist in Ordnung. Viel Erfolg bei Ihren Recherchen.

Aktennotiz
29.10.06

Auch die Ankunft um 18:45 in Berlin wurde observiert.

Duvaux ist nicht einzuschätzen. Vielleicht war Regine Blais' Tod wirklich ein echter Unfall. Allerdings könnte auch Duvaux mit im Spiel sein. Der Kontakt kommt von Trebko, und Duvaux könnte mit seinen Aussagen Teil eines allumfassenden Täuschungsmanövers sein.

doku a-serk-144
Von: <nic@grischinhist.de>
An: <dostinform@i.serv.de>
Gesendet: 29.10.06
Betreff: com

Lieber Michail,

nun wird es doch zu keinem Treffen mehr in Berlin kommen. Gestern wäre es noch gegangen, aber du warst nicht erreichbar. Jetzt bin ich wieder zu Hause. Wir werden es zu einem anderen Zeitpunkt nachholen. Es muss ja nicht in Berlin sein. Übrigens habe ich meinen Vorsatz, mich aus allem herauszuhalten, gebrochen. Vor zwei Tagen hat mich die Redaktion der *Zeit* um ein Interview gebeten. Ich habe mich zuerst einmal geweigert, aber die *Zeit* bietet immerhin ein gewisses Niveau und man wollte sich auf eines meiner Bücher beziehen.

Kurz und gut, ich habe dann doch zugesagt. Natürlich wollte man wieder die übliche Russland-Schelte aus dem Mund eines Intellektuellen hören. Ich habe mich weniger aus Überzeugung, sondern mehr aus grundsätzlichen Erwägungen jeglicher Vereinfachung enthalten. Das Interview wird in den nächsten Tagen erscheinen. Dann kannst du es ja lesen. Der Ansatz, den ich dort vortrage, gilt eigentlich auch für deine Probleme im Serkassow-Fall. Ich habe darüber nachgedacht: Du bist ein intelligenter Mann mit einem guten Instinkt fürs Wesentliche und einem Verständnis für subtile Zusammenhänge. Wie kannst du daher hoffen, diesen Fall jemals aufzuklären? Ich nehme an, dass er tief in den anarchistischen russischen Staatskapitalismus eingebettet ist.

Schreib mir doch eine Mail, wenn du das Interview gelesen hast.

Herzlich, dein Nicolai

doku a-serk-145
(eig. Sache)
29.10.06 – 22:00
Anruf von Puschkin
autom. Mitschnitt

Puschkin: Meine Auftraggeber wollen mehr Ergebnisse sehen.

Ich: Ich kann sie mir nicht aus den Rippen schneiden.

Puschkin: Es läuft ein wenig zu schwerfällig. Wir brauchen endlich eine eindeutige Richtung, in die wir uns bewegen.

Ich: Was ist los? So kenne ich Sie eigentlich nicht. In dieser Sache läuft nichts einfach. Sie wollen doch keine Schlamperei, nur um irgendetwas vorweisen zu können.

Puschkin: Ich habe immer noch nicht die geringste Ahnung, um welche Art von Ergebnissen es meinen Auftraggebern geht.

Ich: Wäre es denkbar, dass die Akte letztlich als Kompromatsammlung in einem Tresor verschwindet, um zu einem günstigen Moment wieder hervorgeholt zu werden?

Puschkin: Daran habe ich auch schon gedacht.

Ich: Könnten die Auftraggeber aus bestimmten Kreisen des Großkapitals stammen?

Puschkin: Auch das habe ich in Erwägung gezogen.

Ich: Vielleicht deutet sich ja bald eine Richtung an.

Puschkin: Machen Sie Druck auf Ihre Quellen!

Ich: Denen geht es nur ums Geld.

Puschkin: Werden Sie erpresst?

Ich: Jeder nutzt seine Möglichkeiten, um das Honorar zu erhöhen.

Puschkin: Ja, so ist es nun einmal, und die allgemeine Gier kennt kaum noch Grenzen. Man muss sich wohl damit abfinden. Dann also weiterhin gute Arbeit.

Aktennotiz

29.10.06

Will Puschkin mich in eine bestimmte Richtung drängen? Hat man sich vielleicht schon einen Schuldigen ausgesucht? Und soll ich dessen Täterschaft mit meinem Material eventuell nachträglich unter Beweis stellen? Wenn das so ist, müssen Puschkins Auftraggeber aus Romanows unmittelbarer Nähe kommen.

Dann würde auch meine Beschattung Sinn machen. Man will mich unter Kontrolle behalten und wissen, ob ich meine Erkenntnisse nicht andernorts anbiete. Demnach wäre meine Rolle nur die, eine nachträgliche Bestätigung für ein bereits vorab entschiedenes Szenario zu liefern.

In den Hülsen-Tagebüchern 2004 und 2005 sind nur wenige Eintragungen von Belang. Existiert noch ein Tagebuch 2006?

doku a-serk-146
Tagebuch der Dorothe Hülsen
03.07.04

Jetzt bin ich schon im achten Monat schwanger. Bei der Untersuchung hat sich herausgestellt, dass es dieses Mal ein Mädchen wird. Wir haben auch schon einen Namen: Regine soll sie heißen. Ich spüre ihre Bewegungen täglich. Sie scheint in meinem Bauch recht umtriebig zu sein. Mal stößt mich hier ein Füßchen, dann wieder ein Ellbogen an anderer Stelle. Wiktor hat heute Morgen im Bett eine halbe Stunde lang meinen Bauch gestreichelt und mit Regine geredet.

Die zweite Schwangerschaft lässt sich einfacher an als die erste. Zum Glück ist es ein warmes Frühjahr. Die Natur ist früh dran. Es kommt mir vor, als würden die Winter immer milder werden. Als ich noch ein Kind war, wurde die Bäume meistens erst Anfang Mai grün. Jetzt hat sich das fast um einen ganzen Monat nach vorne verschoben. Mir soll es recht sein. Denn wenn man schon einen Bauch hat, will man sich nicht auch noch in steife Winterkleidung zwängen müssen.

Gestern hatten wir in der Sonne fast 20 Grad. Zum Spazierengehen wunderbar. Wiktor ist außergewöhnlich fürsorglich. Er freut sich jeden Tag aufs Neue über den Zuwachs. Ich glaube, ich habe den richtigen Mann gefunden, auch wenn mir zwischendurch immer wieder Zweifel daran kommen. Am späten Vormittag bekam Wiktor einen Anruf von einem alten russischen Freund, der jetzt in London lebt. Wiktor sagte, der Mann hieße Blonski und wäre außergewöhnlich reich, dazu auch noch Kunstsammler. Dieser Blonski hat Wiktor zu sich nach London eingeladen und würde gerne Fotos von seinen Arbeiten sehen. Seitdem ist Wiktor im Atelier verschwunden. Am Abend teilt er mir mit, dass er sich dazu entschlossen hat, schon übermorgen nach London zu fliegen, dort aber wahrscheinlich nicht länger als zwei Tage bleiben wird.

Aktennotiz

29.10.06

Das hat Serkassow raffiniert eingefädelt. Blonski ist vermutlich Blawski. Könnte Serkassow noch Gelegenheitsaufträge für Blawski ausgeführt haben?

doku a-serk-147
(Quelle: Faber)
27.10.06
Protokoll
AZ 3-50-624-szj/r
Hauptkomm. G. Olbricht
Vorsprache des Botschaftssekretärs Luboschenko

Luboschenko: Ich möchte Sie bitten, über dieses Treffen Stillschweigen zu bewahren. Der Herr Botschafter möchte damit auf keinen Fall in Zusammenhang gebracht werden.

GO: Ich verstehe das nicht recht. Ist Ihr Besuch denn nun ein offizieller oder nicht? Sie müssen sich schon entscheiden!

Luboschenko: Betrachten Sie ihn als halboffiziell.

GO: Das finde ich sehr merkwürdig. Die Behörden in Moskau haben sich bislang äußerst unkooperativ gezeigt, und nun kommen Sie zu mir. Sie sind Erster Sekretär der Botschaft, sagten Sie?

Luboschenko: Nein, ich bin ein Mitarbeiter des Ersten Sekretärs und für Sonderaufgaben zuständig.

GO: Dann sind Sie vom FSB?

Luboschenko: Nein. Ich kann Ihnen versichern, dass ich das nicht bin.

GO: Und was wollen Sie von mir?

Luboschenko: Sie haben doch Serkassow verhört?

GO: Ich habe ihn nicht verhört, sondern mit ihm gesprochen. Er war schließlich kein Angeklagter. Er war körperlich schon sehr geschwächt und anfänglich auch nur wenig gesprächig.

Luboschenko: Aber das änderte sich?

GO: Nein, kaum. Ich habe die Protokolle Scotland

Yard zukommen lassen. Die Briten sind bei den Ermittlungen federführend. Ich bin nur eine Randfigur.

Luboschenko: Haben Sie von Serkassow etwas erfahren, das nicht in den Protokollen steht?

GO: Wir sind hier nicht in Russland. Ich gebe die Tonbandmitschnitte einer Mitarbeiterin, die sie dann Wort für Wort in den Computer tippt. Genau wie es auf dem Band aufgezeichnet ist.

Luboschenko: Mich interessieren die Personen, die Serkassow im Krankenhaus besucht haben.

GO: Wenn mein Chef mir nicht nahegelegt hätte, Sie freundlich zu behandeln und mit Ihnen zu reden, würde ich Sie hinauswerfen.

Luboschenko: Hier geht es wohl um höhere Interessen. Für mich ist diese Situation auch nicht sonderlich erfreulich. Ich strebe eine seriöse diplomatische Laufbahn an.

GO: Ich weiß nicht, welche Rechtsauffassungen in Russland zurzeit vorherrschen, bei uns war Serkassow jedoch kein Verdächtiger, sondern ein bedauernswertes Opfer. Wir haben ihn nicht wie einen Verbrecher bewacht. Unsere Maßnahmen betrafen allein Serkassows Schutz. Natürlich sind aus diesem Grund auch alle seine Besucher überprüft worden. Aber ich bin in keiner Weise befugt, Ihnen darüber Auskunft zu erteilen. Jeder der Besucher war ein unbescholtener Bürger, der von seinem Besuchsrecht Gebrauch gemacht hat. Serkassow war ein freier Mann im Krankenhaus und konnte empfangen, wen er wollte. Verstehen Sie das?

Luboschenko: Waren auch Russen unter den Besuchern?

GO: Sie wollen es nicht begreifen. Natürlich waren auch Russen dabei. Schließlich war Serkassow Russe.

Luboschenko: Sagt Ihnen der Name Dostojewski etwas?

GO: Natürlich! Wollen Sie mit mir ein Gespräch über russische Literatur führen? Worauf wollen Sie hinaus?

Luboschenko: Ich meine nicht den Dichter. Michail Dostojewski! Er könnte Serkassow besucht haben.

GO: Ich kann mich nicht daran erinnern, dass der Name jemals auf der Besucherliste stand. Er wäre mir ganz sicher aufgefallen.

Luboschenko: Wir nehmen an, dass es sich dabei um einen Decknamen handelt.

GO: Um was geht es hier eigentlich? Was hat es mit diesem Mann auf sich?

Luboschenko: Das würde ich auch gerne wissen.

GO: Wie bitte? Wollen Sie sagen, Sie wissen nicht, warum Sie nach diesem Dostojewski fragen?

Luboschenko: Nun ja, es wird Sie vielleicht erstaunen, aber genauso ist es.

GO: Das erstaunt mich allerdings. Ist das irgendwie typisch russisch? Verstehe ich da etwas nicht? Oder liegt es an mir? Bin ich zu dumm? Sollte etwas klingeln?

Luboschenko: Nein, Sie sind sicher nicht zu dumm, es ist nur einfach so, dass ich lediglich einen Auftrag ausführe. Für den ersten Sekretär. Das ist alles. Ich weiß nicht, warum man etwas über einen Dostojewski wissen will.

GO: Sie haben mich also nur aufgesucht, um mich nach einem Phantom zu fragen, das sich den Namen eines schon lange verstorbenen russischen Dichters ausgeliehen hat?

Luboschenko: Sollte Ihnen der Name doch noch zu

Ohren kommen, würden Sie mich dann bitte benachrichtigen?

GO: Nein, das werde ich nicht. Sie haben es immer noch nicht ganz begriffen: Wir sind hier in Deutschland, und unser Präsident heißt nicht Romanow.

Luboschenko: Wie bedauerlich. Sollte sich Ihre Meinung noch ändern, können Sie mich in der russischen Botschaft erreichen.

Aktennotiz

29.10.06

Dass sie mich im Visier hatten, wusste ich ja schon. Aber sie wissen nicht, wer ich wirklich bin. Auch Grischin weiß es nicht. Wir haben uns zu einem Zeitpunkt kennengelernt, zu dem ich schon Dostojewski war. Nur zu seinem Schutz habe ich ihn nie aufgeklärt. Für unser Verhältnis zueinander war es sowieso nicht wichtig, und jetzt erweist es sich sogar als günstig. Denn selbst wenn sie wollten, könnten sie von Grischin nichts erfahren, was für Sie von Interesse wäre.

Das Dokument sagt aber auch noch aus, dass Olga vermutlich sauber ist. Sie ist also nicht die Ursache dafür, dass man mich beobachtet. Natürlich besteht auch die Möglichkeit, dass Luboschenkos Anfrage rein gar nichts mit meiner Beschattung zu tun hat. Das würde allerdings bedeuten, dass zwei verschiedene Seiten an mir interessiert sind. Und dann könnte Olga doch ein falsches Spiel treiben, wobei sie jedoch wohl kaum für die Regierung arbeiten dürfte.

doku a-serk-148
(in eig. Sache)
29.10.06 – 22:00
E-Mail

Liebe Olga,

wann immer ich in den letzten Tagen gerade nicht über den Serkassow-Fall nachgegrübelt habe, musste ich an dich denken. Als Profi sollte ich jeden Kontakt mit dir sofort abbrechen. Aber meine mühsam antrainierten Kontrollfunktionen beginnen sich langsam aufzulösen. Wahrscheinlich hätte ich diesen Serkassow-Auftrag niemals annehmen dürfen. Ich habe weiß Gott schon eine Menge erlebt, aber das setzt allem die Krone auf. Übrigens, es hat sich in gewissen Kreisen wohl herumgesprochen, dass sich ein Michail Dostojewski in Berlin befindet und für Serkassow interessiert. Ich weiß nicht, ob das schlecht, gut oder vollkommen unbedeutend ist. Im Moment kümmere ich mich nicht darum. Immerhin befinde ich mich in Deutschland, und solange ich noch nichts wirklich Bedeutendes herausgefunden habe, wird niemand etwas gegen mich in die Wege leiten. Warum ich dir aber diese Nachricht sende: Ich werde wohl in wenigen Tagen nach London fliegen. Ich habe noch einmal über deinen Vorschlag nachgedacht. Vielleicht sollte ich entgegen aller Warnsignale über meinen Schatten springen und doch auf ihn eingehen. Ich meine, auf ein Treffen. In London. Vielleicht wird London meine Stimmung ja wenigstens vorübergehend etwas auflockern. Vielleicht aber auch nicht. Auf jeden Fall werde ich versuchen, einen Termin bei Blawski zu bekommen. Du könntest mir mit deinen Beziehungen zu seiner Frau behilflich sein.

Wie auch immer, es gibt etwas in mir, das sich nach dir sehnt.

Melde dich, dein Michail

(unter Memo-pers. ablegen)

doku a-serk-149

Tagebuch der Dorothe Hülsen

15.04.05

Jetzt ist Wiktor schon das dritte Mal in diesem Frühjahr in London gewesen. Sein Freund Blonski hat ihm zwar keines seiner Werke abgekauft, aber er scheint über gute Kontakte zur Kunstwelt zu verfügen.

Wiktor sagt, London sei ein wirkliches Zentrum für moderne Kunst. Und man müsse sich dort regelmäßig zeigen, wenn man eine Ausstellung bekommen wolle. Damit hat er natürlich recht. Ich nehme an, Wiktor hat sich zu bescheiden verhalten und versäumt, Blonski die richtigen Stichworte zu geben, damit er etwas von ihm kauft. Für einen Multimillionär sollte das doch eigentlich eine Selbstverständlichkeit sein. Ansonsten bin ich eher skeptisch. Es dürfte nicht leicht für einen Quereinsteiger sein, eine Ausstellung in einer Londoner Galerie zu bekommen. Das liegt sicher nicht an Wiktors Arbeiten. So weit kann ich das schon beurteilen. Aber es wimmelt in London nur so von jungen Künstlern, die nichts anderes tun, als Galeristen auf die Nerven zu gehen. Aber vielleicht kann Blonski da wenigstens mit ein paar Beziehungsvitaminen nachhelfen.

Zum Glück muss ich nicht eifersüchtig sein. Wiktor würde mich nie anlügen, wenn es um Liebe geht. Auf seine Art hat er ein reines Herz. Davon abgesehen vermisst er seine Kinder. Er hält es kaum länger als drei bis vier Tage ohne sie aus. Länger bleibt er auch nie in London. Meistens muss ich ziemlich lange bohren, bis er mir etwas erzählt. Den Kunstbetrieb findet er anstrengend und in Wahrheit langweilig. All diese Leute scheinen sich unentwegt selbst darstellen zu müssen, und jeder will sich zu einer Ikone stilisieren. Wiktor sagt, dass er allein von einer Vernissage schon immer vollauf genug habe, die Bewirtung aber immer vom Feinsten sei. Außerdem trifft er sich dort wohl auch jedes Mal mit Blonski. Dazu kann Wiktor in einem sehr angenehmen Appartement wohnen, das zu Blonskis Immobilienimperium gehört. Ich kann mir schwer vorstellen, wie Wiktor mit derart reichen Leuten umgeht. Was haben sie nur miteinander zu schaffen? Aber Wiktor sagt, dass Blonski sehr gebildet und belesen sei.

doku a-serk-150
Tagebuch der Dorothe Hülsen
23.05.05

Wiktor hat sich in letzter Zeit verändert. Nicht zu seinem Nachteil. Es gibt nichts, worüber ich mich beklagen könnte. Aber irgendetwas geht in ihm vor. Ich habe ihn darauf angesprochen, aber er will nicht mit mir darüber reden. Mitunter ist er sogar so abwesend, als ob er in einer anderen Welt leben würde. Dann aber spielt er wieder ausgelassen mit den Kindern und ist uns und allem anderen sehr zugewandt. Es ist ein Segen, dass Wiktor zur Arbeit nicht außer Haus muss. Mich entlastet das sehr, zumal er die Hausarbeit geradezu mit Begeisterung zu erledigen scheint. Genau genommen ist er weitaus ordentlicher als ich. Während ich nur einmal mit dem Feudel durch das Bad wische, kriecht er auf allen vieren herum und putzt akribisch alle Ecken aus. Einzig in seinem Atelier liebt er ein gewisses kreatives Chaos. Aber sogar da ist die Werkbank meistens aufgeräumt.

Obwohl es eigentlich gar nicht notwendig wäre, sparen wir uns eine Menge Geld bei den Reparaturarbeiten. Wiktor ist ein begnadeter Handwerker. Er hat zwei rechte Hände, und vom Leitungenlegen bis zum Mauern erledigt er so gut wie alles mit einer beängstigenden Perfektion. Er sagt immer: Wenn man erst einmal eine Sache richtig kann, kann man auch eine andere. Man muss es nur wollen. Und über einen starken Willen verfügt er nun wirklich. Allein wie er mit seiner einsamen Arbeit immer weitermacht. An seiner Stelle hätte ich schon lange aufgegeben.

Ich bewundere seine unermüdliche Energie. So sehr ich die Kinder auch liebe, macht mich ihr ganztägiges Geschrei manchmal doch fix und fertig. Ich habe mich entschlossen, wieder für zwei Tage in der Woche ins Büro nach Leipzig zu fahren. Der Verlag ist im Aufwind und es gibt viel zu tun. Man hat mich gefragt, ob ich nicht eine komplette Sachbuchreihe betreuen wolle. Das ist eine Gelegenheit, auf die ich schon lange gewartet habe. Wiktor hat damit kein Problem. Er ist inzwischen in jeder Hinsicht ein routinierter Vater geworden und scheint die Verantwortung für die Rangen geradezu zu lieben. Vielleicht lässt er ihnen etwas mehr Freiheiten als ich, aber das ist auch in Ordnung. Wenn er sich um die Kinder kümmert, weiß ich wenigstens, dass sie in guten Händen sind. Für Lukas gibt es mittlerweile sogar eine kleine Ecke im Atelier, in der er mit Ton kneten darf.

doku a-serk-151
Tagebuch der Dorothe Hülsen
30.05.05

Heute ist ein Tag, wie er im Buche steht. 24 Grad im Schatten. Das ist hier im Mai sehr ungewöhnlich. Das frische Grün ist ein wahres Labsal für die Augen. Die kahlen Bäume im Winter habe ich noch nie gemocht. Für die Kinder ist es auch ideal. Sie sind den ganzen Tag über draußen im Sandkasten. Wiktor ist nach Leipzig gefahren. Er hat neuerdings wieder Kontakt nach Russland aufgenommen. Per E-Mail. Dazu geht er extra immer in einen Internetshop in Leipzig. Das ist natürlich ein absurder Aufwand. Er könnte sich ja schließlich auch hier in Miltau eine E-Mail-Adresse einrichten lassen oder meine verwenden. Aber das möchte er nicht, weil er glaubt, dass die elektronischen Kommunikationswege in Russland vom FSB überwacht werden. Das kommt mir doch sehr paranoid vor. Außerdem könnte ihm das doch vollkommen egal sein. Schließlich sind wir hier in Deutschland.

Gestern klingelte das Telefon, und als Wiktor abhob, meldete sich niemand. Der Teilnehmer am anderen Ende der Leitung hatte einfach aufgelegt. Wiktor hat danach zwei Stunden lang kein Wort mehr geredet. Vielleicht hat er früher einmal unangenehme Erfahrungen mit dem Geheimdienst gemacht, von denen er mir nichts erzählen will. Jedenfalls habe ich ihm gesagt, dass sich viele Leute schließlich einmal verwählen und dann einfach auflegen, ohne etwas zu sagen.

doku a-serk-152
(in eig. Sache)
30.10.06 – 9:00
Telefonat mit Fink

Ich: Sie müssen noch einmal nach Miltau fahren. Es muss ein Tagebuch von 2006 geben.

Fink: Es war schon nicht einfach, die anderen zu beschaffen. Der Aufwand steht nicht mehr in Relation zu meinem restlichen Budget.

Ich: Sie wollen sagen, dass Ihnen Ihr Honorar nicht ausreicht?

Fink: Nun, was ich mache, ist immerhin illegal. Und ich denke, ich habe bis jetzt gute Arbeit geleistet, da kann man vielleicht …

Ich: Schon gut, wenn Sie das Tagebuch von 2006 finden, können Sie von einem Bonus ausgehen. Wir werden noch darüber reden.

Fink: Gut. Ich werde es versuchen. Kann ich mich auf Ihre Zusage verlassen? Ich werde noch einen Assistenten mitnehmen müssen, der mich warnen kann, falls ich gestört werde. Möglich ist es ja sowieso nur, wenn niemand im Haus ist.

Ich: Ja, machen Sie das. Aber es sollte schnell gehen.

Fink: Ich werde es gleich morgen probieren.

Ich: Warum nicht heute?

Fink: Ich habe bereits andere Termine.

Ich: Verschieben Sie sie. Es ist äußerst wichtig. Ich werde bald nach London fliegen. Mir fehlt nur noch das letzte Tagebuch.

Fink: Gut. Ich fahre nach Miltau.

Aktennotiz
30.10.06 – 16:00

In der Charité. Der Versuch, Dorothe Hülsen im Krankenhaus zu besuchen, ist fehlgeschlagen. Die Krankenschwester sagte mir, Hülsens Zustand sei sehr labil. Auch ihr Sohn Lukas sei inzwischen eingeliefert worden. Man hätte zwar Hoffnung, beide durchzubringen, aber derzeit könne man mich unmöglich zu ihr lassen. Erstens sei sie durch die Behandlung zusätzlich geschwächt, und zweitens empfange sie ausschließlich Familienmitglieder.

Allerdings habe ich mir von einem Gespräch mit Hülsen sowieso nicht viel erhofft. Ihre Tagebücher wird sie nicht auswendig gelernt haben, und die stehen mir ja zur Verfügung.

doku a-serk-153
(eig. Recherche)
30.10.06
Internetzeitung *Russnet*
Iwan der Prophet

Heute erzähle ich euch die Geschichte vom Garten Eden.

Als Gott die Pforten des Paradieses für die Menschen schloss, hat er gesagt: „Es ist nicht für immer. Eines Tages baue ich für die Besten unter euch einen neuen Garten Eden. Ich werde es nicht ein zweites Mal zwischen Euphrat und Tigris versuchen, nein, das nächste Paradies werde ich in der Nähe von St. Petersburg errichten. Es wird ein wenig anders aussehen, ohne Palmen, und es wird ein wenig kühler sein."

Ihr fragt euch sicher: Warum gerade in Russland? Nun, weil Russland das Kostbarste besitzt, was die Welt derzeit zu bieten hat: Öl! Das ist so etwas wie der flüssig gewordene Heilige Geist. Also zwischen den Strömen, in denen das neue Gold fließt, werdet ihr den neuen Garten Eden finden. Mehr verrate ich im Augenblick nicht. Wartet einfach noch eine Weile ab, und dann werdet ihr schon sehen.

Wie ich nun erfahren habe, hat Gott Wort gehalten. Da Gott allwissend ist, weiß er auch um den Neid und die Missgunst der Menschen, die er nicht so vollkommen geschaffen hat, wie es eigentlich geplant war. So hat er das neue Paradies in eine etwas entlegene Gegend gebaut. Anfänglich, als die ersten Rohbauten standen, hat er sich alles noch einmal von oben angesehen und gedacht: Es wird sehr schön und kostbar werden. Da kann es nichts schaden, einen langen Zaun um den ganzen Garten zu bauen, mit einem Tor, an dem zur Abschreckung zwei kräftige Männer mit Kalaschnikows stehen. Nichts deutet darauf hin, dass hinter dem Elektrozaun der Garten Eden beginnt. Über dem Tor hängt ein verrostetes Schild, auf dem zu lesen steht: *Eintritt nur für Befugte.*

Die beiden Männer sind natürlich Mitbewohner des Gartens und haben einen paradiesischen Job. Weil niemand außer den Befugten die Lage des Gartens kennt, müssen sie den ganzen Tag über nur die Kalaschnikows dekorativ vor der Brust halten und dürfen dabei von all den herrlichen Früchten speisen, die von morgens bis abends serviert werden. Auch die Befugten kommen hier nicht durch.

Das Paradies ist sehr modern ausgestattet und besitzt einen eigenen Flugplatz, auf dem sie mit ihren eigenen

Hubschraubern landen können. Auch all die wunderbaren Früchte, die es im alten Paradies gab, werden jetzt eingeflogen. Gott hat ein besonderes Verhältnis zu den Russen. Nicht zu den Juden, wie diese immer behaupten, nein, zu den Russen. Das sagen zumindest die Priester der Orthodoxen Kirche. Romanow sagt das auch. Dazu hat er sicher allen Grund, denn eigentlich ist er der irdische Stellvertreter des Allmächtigen in diesem Garten Eden. Dabei sieht auf den ersten Blick alles ganz harmlos aus. Gott hat das alles sehr russisch gebaut. Eine Menge schöner Datschen steht da. Das ist noch nichts Besonderes, auch wenn die Häuser auf den zweiten Blick recht groß und teuer sind.

Das wirklich Einzigartige an diesem Paradies ist das geniale Konzept. Wie Gott schon anfänglich sagte, ist das Paradies streng limitiert. Schon aus ökologischen Gründen. Wo zu viele grasen, geht es schnell den Berg hinunter. Gott sagte: „Romanow, nimm dir die Besten und gründe die *Garten Eden AG.* Gründe mit deinen Getreuen einen Klub und sorge dafür, dass alle kostbaren Ströme des Landes durch diesen Garten fließen."

Ach, werdet ihr denken, dieser Iwan wieder mit seinen absurden Geschichten. Aber ich sage euch, das ist alles ganz real. Gott hat zu Romanow gesagt: „Ich übertrage dir jetzt hier die Leitung, ich kann mich schließlich nicht um alles kümmern. Mach was draus!" Gesagt, getan. Romanow rief seine Freunde Sirkow, Golakschuk, Plugatow und einige andere und sagte: „Baut euch jetzt schöne Datschen in den Garten, auf dass Gott Wohlgefallen daran findet, und mehret euer Vermögen. Das Beste für die Besten."

Was für merkwürdige Namen, werdet ihr sagen! Nun, ein wenig solltet ihr euren Grips schon anstrengen. „Wenn wir schon einen Garten Eden aufbauen", sagte Romanow, „lasst uns die Sache professionell machen. Ich habe beim FSB gelernt, wie man so was anpackt. Und da wir hier alle so schön nahe beieinander wohnen, können wir hier immer alles in freier Natur und absoluter Ruhe besprechen."

Und als Gott sah, wie sie alle ihre Ärmel hochkrempelten, um das Paradies auf Vordermann zu bringen, sagte Gott: „Wohlan, weiter so!" Jeder brachte etwas in die kleine Kommune mit ein. Da wurden einige Direktorenposten neu besetzt. Sirkow hatte schon Erfahrungen mit spirituellen Projekten. Er hat als Friedhofsdirektor angefangen. Dann wurde er dank seiner Mitgliedschaft im *Garten Eden Club* Präsident einer Ölgesellschaft. Da hat er dann auch gleich ein gutes Händchen für Personalfragen bewiesen. Er ernannte Freund Lukarin zum Vizepräsidenten. Das war eine gute Entscheidung, denn Lukarin gilt als der Pate der Mambow-Mafia. Einen solchen Mann im Team zu haben, schadet nie. Ich will euch jetzt nicht mit all den vielen Details aus dem Arbeitsalltag der Paradiesmanager langweilen. Wichtig ist nur, dass Geldströme unbehindert auf die richtigen Konten fließen. Jemandem fiel auf, dass viele davon eine Menge Schmutz mit sich führten. „Nein", sagte Romanow, „schmutziges Geld kommt mir nicht in den Garten Eden. Das würde Gott ganz und gar nicht gefallen. Lasst uns daher mit gutem Beispiel vorangehen und das viele Geld schön sauberwaschen." Aber es war ja viel zu viel Geld, um es einfach in einem Bottich mit der Hand durchzuspülen. Also ließ man eine große Waschmaschine bauen. Auf einem Schild an der Maschine stand *SPOG*. Das bedeutet St. Petersburg Beteiligungs AG, und im ersten Katalog der Firma war Romanow noch als stellvertretender Aufsichtsratschef aufgeführt.

Ein anderer aus der Garten-Eden-Kommune hat das Sagen bei der Russland-Bank, über deren Konten die Finanzströme mehrerer Ministerien und Geheimdienste laufen, ebenso wie die Gelder der Atomwirtschaft. Wie das nun alles ganz genau funktioniert, weiß natürlich niemand. Das würde die Bürger auch nur unnötig belasten. Dann gibt es noch den Herrn Tatschenko. Der gute Freund kennt sich mit Geschäften aus und gilt als Romanows Vermögensverwalter. Jetzt werdet ihr alle tief Luft holen und sagen: „Das hätten wir aber nicht gedacht. Romanow hin oder her, aber er gehört wenigstens nicht zu denen, die sich persönlich bereichern." Ich sage euch, meine Freunde, Gott hat nicht gewollt, dass die Männer, die das größte Land der Erde regieren, leer ausgehen. Sie haben alle ihre Konten in der Schweiz. Alle, ohne Ausnahme. Und jetzt sage ich euch, wie ihr wirklicher Geheimplan aussieht: Wenn keiner mehr in Russland leben will, ziehen sie einfach alle in die Schweiz. Ihr Geld haben sie ja schon dort.

Aktennotiz

30.10.06

In diesem ganzen Serkassow-Desaster ist Iwan der Prophet zu einer wahren Quelle der Einsicht geworden. Er ist der Einzige, der wirklich noch den Durchblick zu haben scheint. Seine surrealen Traktate scheinen die russische Wirklichkeit weitaus besser widerzuspiegeln als all die anderen Dossiers und Artikel, die man zurzeit in den politischen Magazinen zu lesen bekommt. Was er beschreibt, ist eine tatsächlich existierende Prominentensiedlung nahe St. Petersburg, in der Romanow und etliche seiner Getreuen teure Wochenend-Datschen besitzen.

doku a-serk-154

(Quelle: Faber)
28.10.06
Berlin
AZ 3-83-621-szj/r
Hauptkomm. G. Olbricht
Protokoll: Befragung der Dorothe Hülsen
Charité – Intensivstation

GO: Ich habe gehört, es geht Ihnen etwas besser.

Hülsen: Es ist nicht schlimmer geworden. Vielleicht befinde ich mich aber auch in einer verlängerten *dead man walking*-Phase.

GO: Ich habe davon gehört.

Hülsen: Was wollen Sie noch von mir?

GO: Betrachten Sie es als einen privaten Besuch.

Hülsen: Gibt es etwas Neues?

GO: Nein, eigentlich nicht. Scotland Yard war sich ja ziemlich sicher, zu wissen, wer der Täter war. Aber Woykow ist jetzt tot.

Hülsen: Und? War er es denn?

GO: Wahrscheinlich nicht.

Hülsen: Sie lassen mich noch immer bewachen.

GO: Ja, ich halte es zwar nicht mehr für notwendig, aber Woykow war vermutlich in irgendeiner Form in den Anschlag verwickelt und ist ganz sicher ermordet worden.

Hülsen: Gibt es denn eine neue Spur?

GO: Scotland Yard wirft nicht gerade mit Informationen um sich. Auch was die Ermittlungen anbelangt, ist der Fall in der Tat einzigartig. Die verschiedenen Behörden kochen alle ihr eigenes Süppchen, und vermutlich stecken da die unterschiedlichsten politischen Interessen dahinter.

Hülsen: Sie meinen, man will gar nicht aufklären?

GO: So würde ich das nicht sagen, aber ich nehme an, dass Scotland Yards Möglichkeiten begrenzt sind. Und Interpol ist auch nicht das, was es sein sollte. Serkassows Beschuldigungen, die sich gegen den russischen Präsidenten persönlich richten, machen die Sache zu einem Fall, der die Außenminister in Schwierigkeiten bringt. Jeder möchte tunlichst eine Abkühlung der Beziehungen vermeiden. Ich denke, die Geheimdienste wissen mehr, dürfen aber nichts sagen.

Hülsen: Ich würde am liebsten von all dem nichts mehr hören.

GO: Ja, das verstehe ich. Ich sollte die Akte eigentlich auch schließen, denn die Musik spielt jetzt ausschließlich in London. Da laufen die Fäden zusammen. Ist Ihnen noch irgendetwas eingefallen, das mir helfen könnte?

Hülsen: Also ermitteln Sie doch weiter?

GO: Es gibt nach wie vor einige Fragen, die mir einfach keine Ruhe lassen. Also, gibt es noch etwas, das Sie mir vielleicht nicht gesagt haben? Kleinigkeiten, die Sie vergessen haben? Hat Serkassow einen Terminkalender geführt?

Hülsen: Nein. Da bin ich sicher. Er hatte ja so gut wie keine Termine. Davon abgesehen hätte er das nicht nötig gehabt. Sein Gedächtnis war wie ein Computer.

GO: Ja, natürlich. Dazu werden sie ausgebildet.

Hülsen: Wenn es einen Anruf für mich gab und jemand eine Telefonnummer hinterließ, hat er nie etwas notiert. Er hatte die Nummer noch am Abend im Gedächtnis. Ich habe das immer bewundert.

GO: Haben Sie einen Terminkalender geführt?

Hülsen: Nein. – Ja, schon, aber nur im Leipziger Büro. Und die Termine betrafen lediglich meine Tätigkeit im Verlag. Privat habe ich nur ein Tagebuch geführt.

GO: Ein Tagebuch! Ja, warum haben Sie mir das nie gesagt? Könnten dort vielleicht noch wichtige Informationen enthalten sein?

Hülsen: Keine Ahnung. Ich weiß nicht mehr so ganz genau, was ich da alles hineingeschrieben habe.

GO: Könnten Sie mir Ihre Tagebücher für eine kurze Zeit überlassen?

Sie würden mir damit einen persönlichen Gefallen tun. Auch wenn wir hier in Berlin kaum noch eine wichtige Funktion bei den Ermittlungen haben, ist mein Interesse erwacht. Der Fall ist wirklich nicht alltäglich.

Hülsen: Meine Schwester kommt ein paar Mal die Woche aus Leipzig, um nach dem Rechten zu sehen. Ich könnte sie bitten, mir die Tagebücher ins Krankenhaus zu bringen.

(Eine Schwester kommt herein und sagt: „Der Doktor wird in einer halben Stunde zu Ihnen kommen, dann sollte kein Besuch mehr da sein.“)

GO: Sie haben ja ein Telefon am Bett und können mich benachrichtigen. Vielen Dank für Ihr Vertrauen. Und bleiben Sie optimistisch. Das ist gut für das Immunsystem, habe ich irgendwo gelesen. Man darf sich nie aufgegeben. Und Sie sehen schon wesentlich besser aus als bei meinem letzten Besuch.

Hülsen: Danke. Ich sage meiner Schwester Bescheid und rufe Sie an.

GO: Ach, ich wollte Sie ja noch etwas fragen: Sagt Ihnen der Name Dostojewski etwas?

Hülsen: Ich bin Lektorin und habe Literaturwissenschaft studiert.

Wenn Sie einen anderen als den Schriftsteller meinen, nein. Warum fragen Sie?

GO: Mich würde interessieren, ob Serkassow vor seinem Tod Besuch von einem Mann dieses Namens bekommen hat. Wissen Sie etwas darüber?

Hülsen: Nein, wie ich schon sagte. Der Name sagt mir nichts. Wiktor hat ihn nicht erwähnt. Was hat es mit diesem Dostojewski auf sich?

GO: Er ist vermutlich jemand, der sich für Serkassow interessiert. Aber nachdem ich weiter nichts über ihn weiß, könnte er natürlich auch anderweitig in die Sache verwickelt sein.

Hülsen: Es gab ein paar alte Freunde, die aus der Presse erfahren hatten, dass Alexander überhaupt noch existiert. Sie glaubten, er wäre schon lange tot. Er hat mir flüchtig von den Besuchen erzählt. Doch wenn er dabei den Namen Dostojewski erwähnt hätte, könnte ich mich ganz sicher erinnern.

doku a-serk-155
(in eig. Sache)
30.10.06 – 20:00
Anruf von Fink

Fink: Wir haben Glück gehabt. Das Anwesen war verlassen und ich konnte zwei Stunden lang in Ruhe suchen.

Ich: Haben Sie es?

Fink: Ja! Ich hab es schließlich in einer Reisetasche gefunden.

Ich: Hören Sie, Fink, ich muss das Tagebuch jetzt sehr schnell in die Hände bekommen, oder, nein, besser ist noch, sie lassen es gleich kopieren. Ich habe erfahren, dass Hülsen ihre Schwester demnächst nach den Tagebüchern suchen lässt. Die Bände, die bei mir sind, werde ich Ihnen gleich morgen früh per Kurier zukommen lassen. Sie werden sie wieder nach Miltau zurückbringen müssen.

Fink: Was ist mit dem Honorar? Haben Sie es sich überlegt?

Ich: Ich lege Ihnen Fünfhundert extra drauf.

Fink: Der Fall ist von internationaler Bedeutung und ich habe mich …

Ich: Tausend!

Fink: Hören Sie, Serkassow hat sich mit einer kompletten Regierung angelegt. FSB und wahrscheinlich auch die Russen-Mafia sind mit im Spiel. Ich muss Ihnen doch wohl nicht sagen, was das bedeutet. Ich will gar nicht daran denken, wenn …

Ich: Eins-fünf! Das ist mein letztes Angebot. Jedes weitere Argument von Ihnen würde ich als Erpressung betrachten.

Fink: In Ordnung. Das ist fair.

Ich: Das ist mehr als fair. Also, das muss morgen alles über die Bühne gehen.

Fink: Das wird eng.

Ich: Morgen und nicht einen Tag später. Kann ich mich auf Sie verlassen?

Fink: Und wenn jemand im Haus ist?

Ich: Aus meinen Informationen geht hervor, dass

Hülsens Schwester nur kommt, um nach dem Rechten zu schauen. Also, wenn jemand dort ist, warten Sie einfach so lange, bis die Luft wieder rein ist.

Fink: Gut, ich melde mich.

doku a-serk-156
(eig. Recherche)
01.11.06
Zeit (Deutschland) – Interview mit Grischin

Zeit: Herr Professor Grischin, Sie gelten als einer der profundesten Kenner der russischen Geschichte und scharfsichtiger Analytiker der jetzigen politischen Verhältnisse in Russland. Können Sie uns die Frage beantworten, warum ein ganzes Land zu einer Mafiaoligarchie verkommt?

Prof. Grischin: Sie sind offenbar unzureichend vorbereitet. Ich habe mich bis jetzt stets allen öffentlichen Analysen verweigert und habe gegenüber der Presse niemals auch nur einen Kommentar zu den augenblicklichen Verhältnissen in Russland abgegeben. Meine neutrale Haltung ist hinreichend bekannt. Ich bin Wissenschaftler und kein Orakelleser.

Zeit: In Ihrem neuen Buch *Die Krise des Materialismus* gehen Sie mit dem Land, in dem Sie geboren wurden, aber hart ins Gericht.

Prof. Grischin: Meine Kritik richtet sich nicht speziell auf Russland. Ich habe den offenbar wenig verständlichen Versuch unternommen, das, was wir unter Politik verstehen, in seine Komponenten zu zerlegen und die Frage nach der Motivation der Machtinhaber zu untersuchen.

Zeit: Aber Sie haben doch das Bild einer Gesellschaft gezeichnet, die sogar schon im hintersten Winkel gesellschaftlichen Lebens korrumpiert ist?

Prof. Grischin: Wenn Sie mein Buch genau gelesen hätten, würden Sie andere Fragen stellen. Ich wohne seit Langem nicht mehr in Russland und kann die dortige Lebensqualität daher nicht mehr aus eigener Anschauung heraus beurteilen. So gesehen bin ich nicht besser informiert als jeder in Moskau lebende ausländische Journalist.

Zeit: Aber wenn wir Sie richtig verstanden haben, bezeichnen Sie Russland als ein Land, in dem sich Moral und Ethik auf dem Tiefstand befinden.

Prof. Grischin: Sie möchten, dass ich den Zeigefinger erhebe oder mit dem intellektuellen Knüppel draufschlage. Sie haben mich eben doch falsch verstanden. Ich will Russland in keiner Weise entlasten, dennoch, nicht alle Russen sind Mafiosi, aber alle Russen sind die Leidtragenden mafiöser Verhältnisse. Auf lange Sicht gesehen jedenfalls.

Zeit: Also gibt es doch ein gravierendes Mafiaproblem?

Prof. Grischin: Das würde wohl keiner bestreiten. Ich schon gar nicht. Aber mir geht es in meinem Buch eben nicht um die Lokalisierung und Plakatierung des Bösen. Ich versuche eine Psychologie der Gewalt mit einer Psychologie des Materialismus zu verknüpfen.

Zeit: Sie sehen die Ursachen der Gewaltbereitschaft in einer radikalen Hinwendung zum Materialismus?

Prof. Grischin: Das ist zu vereinfacht. Russland dient in meiner Untersuchung nur als Indikator, als ein Studienobjekt unter dem Elektronenmikroskop, an dem man studieren kann, wohin die pure Reduktion auf die

Symbole des Geldes führt. Den politischen und individuellen Zeitgeist zusammengefasst, könnte man sagen: Jeder nimmt, will aber nichts mehr geben.

Zeit: Egoismus und brutale Kriminalität sind zweierlei.

Prof. Grischin: Eben nicht! Genau das versuche ich ja zu erklären. Der Westen glaubt, seine Hände in Unschuld zu waschen, aber wo kommt denn das Credo für den konsumierenden Weltbürger her? Sehen Sie sich doch um in der globalisierten Welt. Wo geht es um höhere Werte? Die asiatischen Tigerstaaten! China! Die Saudis! Dubai! Gibt es noch einen Platz auf der Welt, wo nicht jeder möglichst schnell Millionär werden möchte? Gibt es irgendwo noch irgendeinen Wert, der über der nackten Materie, dem puren Kapital steht? Und wofür das alles? Wer hat wirklich etwas davon?

Zeit: Die Produzenten von Luxusartikeln?

Prof. Grischin: So könnte man das sehen. Was ich in meinem Buch tatsächlich diagnostiziere, ist eine umfassende Sinnkrise, deren Ursache sehr komplexer Natur ist und die auch mit dem Versagen der Religionen zu tun hat.

Zeit: Aber gerade die Religionen erleben doch zurzeit eine unerwartete Wiedergeburt.

Prof. Grischin: Gut, dass Sie das ansprechen. Das gehört zu den großen Täuschungen unserer Zeit. Die Religionen passen da sehr gut hinein, weil sie gerade da, wo sie lautstark auftreten, bis zum Letzten entspiritualisiert sind. Würden die Religionen eine Hinwendung zum Transzendenten und eine innere Einkehr der Menschen fördern, sähe es in der Welt anders aus.

Zeit: Eben diesen Bogen spannen Sie in Ihrem Buch und erregen damit Anstoß. Also ist der Schuldige gefunden, die Religion?

Prof. Grischin: Nein, ich mag keine Vergröberungen. Sehen Sie, das Thema ist in gewisser Weise ein Tabu, ähnlich wie Stalin in Russland und Hitler in Deutschland. Und es ist natürlich viel einfacher, all diese Phänomene in die Schublade mit der Aufschrift „Politik" zu schieben, als eine erklärende Psychologie für sie zu finden.

Zeit: Sie plädieren also für eine psychologische Analyse des Materialismus anstelle einer politischen.

Prof. Grischin: Ja, sicher! Es liegt ja wohl auch auf der Hand, das zu tun. Aber eine solche Analyse ist nicht populär, weil sie die ständigen Schuldzuweisungen an die vermeintlichen Inhaber der Macht erschwert.

Zeit: Wie dürfen wir die Aussage verstehen? Und was meinen Sie mit vermeintlich?

Prof. Grischin: Die sogenannten Mächtigen müssen ihre Macht ebenfalls teilen. Sie sind keine wirklichen Autokraten, und auch sie zahlen ihren Preis. Aber was die Schuldzuweisungen betrifft: Sind wir nicht alle mit im Spiel? Sind wir nicht alle vermeintliche Nutznießer der weltweiten Egoismuswelle? Ist es nicht bedenkenswert, dass ausgerechnet in einer Welt, die Altruismus und Gemeinsinn dringender nötig hat als jemals zuvor, der pure Eigensinn seine verheerenden Blüten treibt? Und die radikale Durchsetzung eigener Interessen, die naturgemäß ihre Grenzen hat, ist nun einmal mit der einen oder anderen Art von Gewalt oder der Duldung von Gewalt verbunden. Das Interesse des Westens am Öl der Araber zeigt diese Seite der potenziellen Gewaltbereitschaft deutlich auf. Ich plädiere also in meinem Buch nicht für eine spezielle Zivilisierung Russlands, sondern für eine Zivilisierung der ganzen Welt.

Zeit: Dann sind Sie in Wahrheit ein Utopist?

Prof. Grischin: Ja, das ist richtig. Ich bin Utopist und Realist zugleich. Man muss fähig sein, die Dinge auszuhalten, wie sie sind, aber zusätzlich braucht die Welt auch Visionen. Mehr denn je.

Zeit: Herr Professor Grischin, wir danken Ihnen für das Gespräch.

Aktennotiz

01.11.06

Respekt! Grischins Integrität ist vorbildlich. Selbst wenn er seine eigenen Vorsätze bricht, bleibt er sich noch treu.

doku a-serk-157

(in eig. Sache)

02.11.06 – 18:00

Anruf von Fink

Fink: Die Sache ist erledigt.

Ich: Ausgezeichnet. Die Kopien von Band 2006 sind angekommen.

Fink: Hat sich der Aufwand gelohnt?

Ich: Das kann ich noch nicht sagen. Ich habe es nur kurz überflogen. Irgendetwas darin wird schon von Nutzen sein.

Fink: Das klingt nicht sehr begeistert.

Ich: An diesem Fall ist nichts, was mich begeistert. Hat der Kurier Ihnen den Bonus ausgehändigt?

Fink: Ja. Vielen Dank. Ich weiß es zu schätzen, wenn man sein Wort hält. Bin ich noch weiter in Ihren Diensten?

Ich: Das kann ich noch nicht sagen. Ich werde mich bei Ihnen melden.

Fink: Ich könnte noch ein wenig in Serkassows Bekanntenkreis herumschnüffeln.

Ich: Dazu besteht bis auf Weiteres keine Notwendigkeit.

Fink: Wenn es um Beschattungen geht, könnte ich auch nach Berlin kommen.

Ich: Danke Fink. Da liegt im Moment nichts an.

Fink: Gut, wenn es doch noch etwas gibt, stehe ich gerne zur Verfügung.

doku a-serk-158
(Quelle: der Koi)
15.02.1999
Aus einem Dossier des franz. Geheimdienstes DST
Colonel Déjeune/g IV – 011
Gesprächsprotokoll Déjeune – Regine Blais

D: Tut mir leid, aber ich konnte Ihnen am Telefon nicht mehr sagen.

R. Blais: Jetzt bin ich ja hier.

D: Haben Sie im Moment etwas Privates am Laufen?

R. Blais: Was ist denn das für eine Frage?

D: Sie wissen schon, was ich meine. Es ist wichtig, bevor wir überhaupt weiterreden. Haben Sie gerade einen Freund, einen Liebhaber, wie auch immer Sie das nennen wollen, eine Beziehung?

R. Blais: Nichts Festes. Nein, leider, anders wäre es mir lieber.

D: Ja, ja, wem nicht. Ich habe auch kaum noch Zeit für Privates. Aber darum geht es nur am Rande. Sie können ja in Ihrer Freizeit machen, was Sie wollen. Aber wir brauchen unbedingt jemanden für eine äußerst sensible Aufgabe. Eine Frau. Ansehnlich und intelligent. Beides trifft auf Sie zu.

R. Blais: Sie wissen, in welchem Bereich ich arbeite! Ich bin keine Agentin.

D: Ich weiß, ich weiß, Sie tun so, als wären Sie keine, weil Sie die Kulturnummer machen. Ihre Ausbildung und so weiter. Eben darum rede ich jetzt mit Ihnen.

R. Blais: Also, was wollen Sie von mir?

D: Ich möchte Sie überreden, sich um jemanden zu *kümmern.*

R. Blais: Und was genau ist mit kümmern gemeint?

D: Es geht um einen ausgestiegenen FSB-Agenten.

R. Blais: Dann sollte ich mich gleich wieder verabschieden.

D: Das ist Ihr gutes Recht, aber ich bitte Sie, noch einen Moment zu warten, denn es geht um eine Sache, die nicht über die normalen Kanäle läuft. Ihr Vertrag verpflichtet Sie nicht zu Spezialeinsätzen. Aber es könnten sich einige Vorteile für Sie bieten.

R. Blais: Ich brauche keine Vorteile.

D: Die Vorteile, die man Ihnen als Entschädigung anbieten würde, sind aber erheblich, und Sie haben doch, soviel ich weiß, eine Tochter. Eine alleinerziehende Mutter kann gut eine kleine Rücklage brauchen.

R. Blais: Reden Sie!

D: Man wünscht sich eine Rundumbetreuung. Der Mann ist kultiviert, gut ausgebildet und baut sich hier ein neues Leben als Künstler auf. Er macht Skulpturen. Das ist ungewöhnlich für einen ausgestiegenen FSB-Agenten. Keine Ahnung, was er damit bezweckt. Allerdings soll er in seiner Jugend ein talentierter Zeichner gewesen sein.

R. Blais: Rein theoretisch gefragt: Was habe ich dabei zu tun?

D: Die Rundumbetreuung. Man hat ihn in so ein Zeugenschutzprogramm gesteckt und ihm eine neue Identität verpasst. Igor Kreschnikow heißt er jetzt. Sie sollen ihn unauffällig kennenlernen. Dazu ist ihr offizieller Job beim Kulturministerium wie geschaffen. Wir werden etwas arrangieren. Irgendein Kultur-Event. Er sollte sich idealerweise in Sie verlieben, und Sie sollten Ihrerseits etwas dafür tun, dass es dazu kommt. Danach sollten Sie ein oder zwei Jahre lang mit ihm zusammenleben.

Das alles würde strengster Geheimhaltung unterliegen. Nur ich und mein unmittelbarer Vorgesetzter werden davon wissen. Offiziell hat der DTS nichts damit zu tun.

R. Blais: Hat sonst noch irgendein Geheimdienst seine Hände mit im Spiel?

D: Sie kennen doch die Spielregeln.

R. Blais: Ich weiß zwar nicht, wovon Sie reden, aber ich sage sowieso Nein. Dieses ganze Gespräch ist eine Zumutung. Sie brauchen gar nicht erst weiterzureden. Ich will kein weiteres Wort mehr darüber hören. Wahrscheinlich ist das alles sowieso illegal, zutiefst anrüchig und könnte mich in Teufels Küche bringen.

D: Hören Sie sich doch wenigstens an, was ich Ihnen anzubieten habe!

R. Blais: Nein, es reicht. Ich gehe jetzt.

D: Werfen Sie davor noch einen kurzen Blick auf diesen Zettel. Das wäre die Summe, die man Ihnen für ein Jahr anbietet. Sollte es danach zu einem weiteren Jahr kommen, können neue Vereinbarungen zu Ihren Gunsten getroffen werden.

R. Blais: Wem ist das so viel wert?

D: Und wenn Sie wollen, können Sie Kreschnikow zuvor auch erst einmal kennenlernen. Er ist ein stattlicher Mann. Frauen würden ihn sicher als gut aussehend beschreiben. Dann können Sie immer noch ablehnen. Wer weiß, vielleicht funkt es ja auch wirklich zwischen Ihnen beiden, sodass Ihnen die Vorgabe eines falschen Gefühls erspart bleibt. Ist das ein Angebot?

R. Blais: Haben Sie ein Foto von Kreschnikow?

D: Ja, natürlich. Warten Sie, es muss hier irgendwo eines im Dossier liegen. – Ja, da ist es. Eine schlechte Aufnahme, aber ich denke, es reicht.

R. Blais: Ein ausgestiegener FSB-Agent, sagten Sie? Er sieht nicht so aus. Warum ist er ausgestiegen?

D: Darüber hat man mich im Dunkeln gelassen. In meinem Dossier fehlt darüber jedes Dokument. Überlegen Sie es sich einen Tag. Wenn ich übermorgen nichts von Ihnen höre, gehe ich davon aus, dass ich umdisponieren muss.

R. Blais: Gut, ich werde darüber nachdenken.

D: Das hört sich schon besser an. Tun Sie das!

Aktennotiz

02.11.06

Könnte Serkassow herausgefunden haben, dass Regine Blais quasi seine Bewacherin war? Duvaux hat in **doku a-serk-143** behauptet, Serkassow hätte gewusst, dass sie für den DST arbeitete und auf ihn angesetzt war. Könnte er selbst den Unfall arrangiert haben?

Aber das passt so gar nicht zu dem Persönlichkeitsprofil, wie es sich aus den bisherigen Dokumenten ergibt.

doku a-serk-159
(Quelle: Fink)
Tagebuch der Dorothe Hülsen
01.01.06

Ich fühle mich wie von einem Pferd getreten. Wir hatten Andrej und Leo, die beiden Russen, die Wiktor in Leipzig bei einer Galerievernissage kennengelernt hat, mit ihren Frauen zu Silvester eingeladen. Anja ist Deutsche und Mara Polin. Mara spricht ein fast akzentfreies Deutsch und arbeitet als Journalistin. Das kommt meiner eigenen Arbeit recht nahe. Sie ist sehr belesen, und so haben wir uns auf Anhieb verstanden. Anja arbeitet in einer Werbeagentur. Sie hat mit Andrej eine Tochter. Sechs Jahre alt. Lukas hat sich natürlich gefreut, dass er noch jemanden zum Spielen hatte. Die kleine Regine ist äußerst pflegeleicht. Sie hat einfach nur geschlafen.

Es war schön zu sehen, wie Wiktor aufblüht, wenn er mit Landsleuten zusammen ist. Leo ist Schriftsteller, ein feinsinniger Intellektueller. Er spricht ein sehr gutes Deutsch, aber mit einem starken Akzent. Bei seiner tiefen Stimme klingt das gut. Er vermisst seine Heimat, würde zurzeit aber nicht mehr dort leben wollen. Ich verstehe seinen Zwiespalt gut. Er schreibt in Russisch und hat bereits zwei Romane in Deutschland veröffentlicht.

Zu späterer Stunde wurde von den drei Männern eine Flasche Wodka geleert. Einen Russen scheint eine solche Menge keineswegs aus der Bahn zu werfen. Betrunken waren sie allerdings schon reichlich. Zwischen Andrej und Anja waren Spannungen zu bemerken. Andrej gibt sich als Geschäftsmann. Er ist eigentlich ein ganz netter Kerl, wenn auch etwas großspurig. Das scheint Anja peinlich zu sein.

Irgendwann fing Andrej an, über seine Geschäfte zu reden. Er macht irgendetwas mit Aktien und Internet und berät Leute bei Anlagen. Ähnlich wie Anja mag ich solche Gespräche nicht, aber Wiktor hat sich darauf eingelassen, und irgendwann ging es dann in erhitztem Tonfall nur noch um Geldvermehrung. Immer wieder fiel das Stichwort Cayman Islands. Allein der Klang dieser beiden Worte schien sie zu berauschen. Männer sind manchmal schon recht komische Wesen. Übergroße und verrückt gewordene Kinder. Auf jeden Fall hat er Wiktor überredet, dort ein großes Geschäft mit ihm zusammen aufzuziehen. Hoffentlich haben sie das bis heute schon wieder vergessen. Wiktor hat lange geschlafen und war ziemlich missgelaunt, nachdem er aufgestanden war.

doku a-serk-160

(Quelle: Fink)

Tagebuch der Dorothe Hülsen

20.02.06

Ein schrecklicher Tag. Heute ging auch wirklich alles schief. Erst streikte der Wagen, dann die Waschmaschine und danach habe ich mir bei den Reparaturversuchen auch noch einen Daumennagel abgerissen. Wiktor fehlte. Dazu kommt noch, dass Lukas anscheinend die Masern bekommt.

Gott sei Dank kam Wiktor am Abend aus London zurück. Es war eine Überraschung. Geplant war, dass er erst morgen wieder zurückkommen sollte. Dann hat er sich doch tatsächlich gleich die Waschmaschine vorgenommen. Nach einer halben Stunde lief sie wieder. Er sagt, bei der Armee hätten sie ihre Laster auch selbst reparieren müssen, wenn auf den afghanischen Schotterpisten der Motor streikte. Und wenn man mit einem Auto fertig werden würde, wäre eine Waschmaschine eine leichte Übung.

Wiktor hatte erst einmal keine Lust, etwas von seiner Reise zu erzählen. Ich kenne das schon. Er braucht immer eine Weile. Aber zwei Tage später erfahre ich dann meistens alles. Falls er mir überhaupt schon jemals wirklich alles erzählt hat. Frauengeschichten sind ganz sicher nicht seine Sache. Davon abgesehen würde ich es verstehen, wenn er einmal mit anderen Frauen flirten würde. Aber er ist ein Treuer. Wenn in dieser Richtung etwas in London liefe, würde ich es merken.

doku a-serk-161
(Quelle: Fink)
Tagebuch der Dorothe Hülsen
28.03.06

Wiktor ist erst heute Morgen von einem Treffen mit Andrej aus Leipzig zurückgekommen. Es ging ihm gar nicht gut. Wahrscheinlich haben Sie wieder eine Menge Wodka getrunken. Ich sage dazu nichts, denn Wiktor beträgt sich stets anständig. Russen brauchen das wahrscheinlich. Für sie ist das wohl so etwas wie das tägliche Brot. Das muss genetisch bedingt sein. Das Cayman-Islands-Projekt scheint Gestalt anzunehmen. Ich habe Wiktor davon abgeraten, sich in irgendwelche Geldgeschäfte mit Andrej einzulassen. Er sagt, ich verstünde nichts von solchen Dingen. Außerdem seien seine Reserven in den letzten Jahren sehr geschrumpft. Die Rendite seiner bisherigen Anlagen sei zu gering. Was jetzt noch übrig wäre, müsse schleunigst in Bewegung gebracht werden, damit es nicht dahinschmelzen würde. Er hat tatsächlich viel für unseren Lebensunterhalt ausgegeben. Ich habe ihn gefragt, was es mit den mysteriösen Cayman Islands überhaupt auf sich hätte. Nach dem, was er mir erklärt hat, geht es dabei um enorme und schnelle Gewinne an der Online-Börse, die nur wegen der Steuerersparnis auf die Caymans transferiert werden. Dort müsse man lediglich eine Briefkastenfirma eröffnen. Die koste zwar einiges, würde aber ein Vielfaches an Steuern einsparen. Ich bin wohl etwas naiv in solchen Dingen. Zudem habe ich auch immer Angst, dass da krumme Geschichten ablaufen könnten. Wie beim Wodka scheinen die Russen auch auf diesem Gebiet einen erweiterten Maßstab zu besitzen, einen moralischen in diesem Fall.

Dabei hat Wiktor seine künstlerische Tätigkeit keineswegs aus den Augen verloren. In Leipzig gibt es schon einige Leute aus der Kunstszene, die sich für ihn interessieren. Manchmal scheint es mir, als würde Wiktor die Öffentlichkeit scheuen. Er hätte schon mehrmals hier und da ausstellen können, hatte aber immer irgendwelche Vorbehalte. Vielleicht auch zu Recht. Denn es handelte sich fast nur um Galerien, von denen bekannt war, dass sie keine Kontakte zu einer zahlungskräftigen Kundschaft haben. Tatsächlich scheint Wiktor davon überzeugt zu sein, eines Tages ein erfolgreicher Künstler zu werden. Ich bezweifle das. Aber nicht wegen der Qualität seiner Arbeit, sondern weil der Kunstmarkt seine eigenen Gesetzmäßigkeiten hat.

doku a-serk-162
(Quelle: Fink)
Tagebuch der Dorothe Hülsen
29.04.06

Wiktor wird morgen wieder nach London fliegen, um einen Galeristen zu treffen. Gambini. Der Name klingt direkt nach etwas. Die Empfehlung eines seiner einflussreichen Freunde in London scheint das bewirkt zu haben. Wiktor ist sehr aufgeregt. In den letzten Tagen war er außergewöhnlich gut gelaunt. Die merkwürdigen Geldgeschäfte mit Andrej scheinen zu funktionieren. Wiktor sagt das jedenfalls. Jetzt will er all seine Reserven und das neu hinzuverdiente Geld auf die Caymans schaffen. Wofür er aber nicht einmal dorthin fliegen muss. Das erledigen irgendwelche Geldkuriere. Was man heute nicht alles machen kann! Irgendwie geht der ganze Kapitalismus nicht mit rechten Dingen zu. War die alte DDR vielleicht doch auf dem besseren Weg? Nein, ganz sicher nicht. Für Freigeister und Intellektuelle war sie nur ein Gefängnis.

doku a-serk-163
(Quelle: Fink)
Tagebuch der Dorothe Hülsen
05.05.06

Im Garten fängt alles an, wie wild zu sprießen. Die Bauern aus der näheren Umgebung sind darüber jedoch gar nicht begeistert. Sie sagen, das komme nur vom Klimawandel. Tatsächlich ist es ein ungewöhnlich warmes Frühjahr, und die Natur ist früher dran, als sonst in diesem Landstrich üblich. Ich habe in meinem Tagebuch nachgesehen: Im letzten Jahr war es ähnlich. Der Mensch im Allgemeinen ist schon recht vergesslich. Ich persönlich genieße es, wenn ich nur im T-Shirt herumlaufen kann.

Am späten Vormittag ist Wiktor gut gelaunt aus London zurückgekommen. Die Kinder haben ihn schon sehnlich zurückerwartet. Er hat sich mit diesem Gambini getroffen. Die Galerie hat ihm die Teilnahme an einer Gruppenausstellung im nächsten Jahr in Aussicht gestellt. Wiktor findet, das sei ein guter Anfang, weil die anderen Künstler, die daran teilnehmen, bereits einen internationalen Namen haben. Das würde auch seinen Wert steigern. Damit hat er sicherlich recht. Allerdings wird er jetzt häufiger nach London fliegen müssen, um in der Kunstszene ins Gespräch zu kommen.

doku a-serk-164
(in eig. Sache)
E-Mail-Korrespondenz
Gesendet: 03.11.06 – 18:00

Liebe Olga,

habe jetzt meine Zelte in Berlin abgebrochen. Heute Mittag bin ich in London angekommen. Das miese Wetter verdirbt mir schon jetzt die Laune. Eigentlich hatte ich mich auf den Wechsel nach London gefreut, aber ich glaube, ich befinde mich gerade in einem seelischen Tief. Obwohl alles ganz gut vorangeht. Für zwei Nächte habe ich mich erst einmal im *Millennium Hotel* eingemietet. Danach werde ich mich nach etwas anderem umsehen. Fast alle Orte, an denen Serkassow am Tage seiner Vergiftung gewesen ist, sind in der Nähe. Als Erstes habe ich am Nachmittag das japanische Restaurant *Itsu* aufgesucht. Hier soll er den mit Polonium vermischten Tee getrunken haben. Das zumindest behauptet Scotland Yard.

Es war sehr merkwürdig. Nur drei Tische waren besetzt, und ein Teil des Raums war mit improvisierten Stellwänden abgetrennt. Darauf klebten gelbe Zettel mit dem Strahlenzeichen für radioaktive Gefahr. Ich habe mit einer Bedienung gesprochen. Das Mädchen sagte, die Presse hätte die Sache hysterisch aufgebauscht und so getan, als ob die halbe Stadt verseucht wäre. Der Giftmord sei zwei Wochen lang Stadtgespräch und das *Itsu* für mehrere Tage geschlossen gewesen. Mittlerweile würden sogar die Stammgäste ausbleiben, weil sie glauben, dass alles in der Küche verstrahlt ist und die Sushis im *Itsu* ihre Gesundheit gefährden. Ich habe die Kellnerin gefragt, ob sie selbst denn keine Angst habe. Das Mädchen schien mir recht intelligent und hatte die Aufklärung der Spezialisten wohl gut verstanden. Sie sah die Gefahr gelassen. Selbstverständlich wurde fast alles Geschirr in der Küche ausgewechselt, was noch nicht einmal nötig gewesen wäre.

Aber wenn auf Titelseite der *Sun* steht: *Die Londoner Innenstadt ist verstrahlt,* würden sich viele natürlich am liebsten einen Bleimantel kaufen, wenn es den denn gäbe. Nach vierzehn Tagen haben sie dann alles wieder vergessen und wenden ihre Aufmerksamkeit neuen Sensationen zu.

Ich habe dir ja gesagt, dass ich versuchen werde, mit Blawski zu sprechen. Wie ich inzwischen weiß, ist Serkassow zumindest seit dem letzten Jahr häufiger in London gewesen. Er hatte regelmäßigen Kontakt mit einem Blonski. Ich glaube, damit ist Blawski gemeint. Natürlich werde ich mir für Blawski eine passende Legende zurechtlegen müssen. Ich habe mir gedacht, als russischer Schriftsteller aufzutreten, der ein Buch über den Serkassow-Fall schreiben will, das in einem deutschen Verlag erscheinen soll. Das würde vielleicht sein Interesse wecken, sich zu äußern. Leute wie Blawski fühlen sich geschmeichelt, wenn sie zitiert werden. Jetzt komme ich auf den Umstand zurück, dass du Mascha Blawski kennst. Du könntest ihr diese Legende mit dem Hinweis schmackhaft machen, dass man sich sogar noch flüchtig aus den alten Zeiten in Moskau kennt, und ob sie nicht einen Termin für mich bei ihrem Mann arrangieren könne. Wenn ja, muss es schnell gehen.

Davon abgesehen: Wie sieht es jetzt mit einem Treffen in London aus?

Ich übernehme deine Unkosten. Also, betrachte dich als eingeladen.

Solltest du deine Mailbox heute noch abfragen, melde dich doch bitte umgehend.

Dein Michail

doku a-serk-165

(in eig. Sache)
Olga Abramowa an Dostojewski
E-Mail-Korrespondenz
Gesendet: 03.11.06 – 23:00

Lieber Michail,

ich war einige Tage in der Schweiz, in Zürich. Man hat mir einen gut bezahlten Auftrag angeboten. Ich sollte einen Geldtransfer mit Kurieren überwachen. Die Sache war nicht ganz astrein, und ich habe nicht angenommen. Kann ich mir im Moment noch leisten. Das ist der Vorteil von Rücklagen. Natürlich kann ich mich für dich verwenden. Ich rufe morgen Mascha Blawski an und werde ihr deine Legende auftischen. Ich denke, das wird auf jeden Fall helfen, dir einen schnellen Termin bei ihrem Mann zu verschaffen. Sag mir Bescheid, wenn du das Hotel gewechselt hast. Ich könnte idealerweise das nächste Wochenende kommen. Würde das passen? Wenn es mit uns klappt, wiederholen wir das Ganze im Frühjahr in Florenz. Was hältst du davon? Ein wenig Romantik könnte uns beiden zur Abwechslung nicht schaden. Also überleg es dir.

Hoffentlich bis bald, deine Olga

doku a-serk-166

(Quelle: Trebko)
22.02.06
Moskau
Briefkopf FSB/AZ 05 – 028/0002
Ltn. Terschinski
Betr.: Alexander Serkassow

Seit ca. einem Jahr steht das Büro von Juri Blawski unter Beobachtung. Bei der Auswertung eines Fotodokuments war das Gesicht eines vollbärtigen Mannes mit längeren Haaren aufgefallen, das allerdings zu schlecht war, um es der Erkennungsabteilung zu übergeben. Am 17.02.06 hat Ltn. Lowinski in London dann ein zweites Foto geschossen, das denselben bärtigen Mann dabei zeigt, wie er aus Blawskis Büro kommt. Die Analyse hat inzwischen ergeben, dass es sich einwandfrei um Serkassow handelt. Bis jetzt ist nicht bekannt, wo Serkassow zurzeit lebt und welche Identität er benutzt. Lowinski nimmt aufgrund seiner Nachforschungen im Kreis der Exilrussen an, dass Serkassow nicht in London lebt. Damit wird er sicher recht haben, denn sonst hätten wir wahrscheinlich schon viel früher davon erfahren. Vermutlich ist Serkassow aus einem der europäischen Nachbarländer eingereist. Ebenso wenig lässt sich sagen, ob Serkassows Besuch bei Blawski der eigentliche Anlass für seinen London-Besuch war oder ob es noch andere Gründe dafür gab. Lowinski ist angewiesen, die Angelegenheit weiter zu verfolgen.

gez. Terschinski

doku a-serk-167

(Quelle: Trebko)
02.05.06
London
Briefkopf FSB/Reg. 03 – 015
Operativer Einsatz (GB)/0002 – 06 / 0117
Observationsprotokoll Ltn. Terschinski
Zielperson: Alexander Serkassow

(Inzwischen hat Lowinski Serkassows derzeitige Identität ermittelt. Er tritt als Wiktor Golzin auf. Seine neue Legende ist die eines Künstlers. Es gibt noch keine Erkenntnisse darüber, was er damit bezweckt.)

19:00

Blawskis Büro. Eine schwarze Limousine fährt vor. Blawski kommt mit Serkassow aus dem Gebäude. Ein dritter Mann kommt hinterdrein. Wahrscheinlich Blawskis Bodyguard. Alle drei steigen in den Wagen.

19:45

Der Wagen hält vor der Rochester Gallery. Serkassow und Blawski gehen in die Galerie. Der Bodyguard folgt.

20:00

Das Buffet wird eröffnet. Serkassow und Blawski nehmen sich etwas von der Tafel, essen und unterhalten sich dabei. Blawski wird von einigen Leuten begrüßt.

20:15

Ein Kritiker hält einen kurzen Vortrag über die Bilder aus der Zeit des englischen Expressionismus und nennt eine Reihe bedeutender Namen.

20:30

Blawski und Serkassow gehen durch die Räume und sehen sich die Bilder an. Blawski wird dabei immer wieder begrüßt. Darunter auch von einem Abgeordneten des Oberhauses.

20:45

Nahe Beobachtungsposition: Serkassow wird von einer Frau angesprochen. Sie unterhalten sich über ein großformatiges Bild, auf dem fast nur Wolken zu sehen sind. Ein Mann kommt hinzu und sieht sich das Bild aus verschiedenen Entfernungen an. Die Frau sagt etwas zu ihm. Der Raum füllt sich und der Lautstärkepegel steigt.

Noch nähere Beobachtungsposition: Bruchstücke von Sätzen sind zu verstehen. Der Mann kommt mit Serkassow ins Gespräch. Serkassow hebt den Kopf mit einem Ausdruck des Erstaunens. Der Mann nennt einen Namen. Boris Levin. Vermutlich hat er sich vorgestellt. Blawski unterhält sich mit dem Abgeordneten und einer jungen Frau.

21:10

Der Mann geht in Richtung der Toiletten. Einige Minuten später geht Serkassow in dieselbe Richtung.

21:20

Serkassow kommt wieder. Er und Blawski umrunden das Buffet und füllen sich die Teller auf.

21:45

Blawski spricht mit dem Besitzer der Galerie, Mr. Rochester.

22:00

Serkassow und Blawski verlassen die Galerie. Blawskis Wagen fährt vor. Der Chauffeur hält die Türen auf. Sie steigen in den Fond.

22:30

Der Wagen hält vor dem *Chelsea Club.* Serkassow und Blawski gehen hinein.

23:15

Beide kommen wieder heraus und steigen erneut ins Auto. Der Wagen fährt in Richtung Green Park.

23:35

Der Wagen hält vor dem *Millennium Hotel.* Serkassow steigt aus und betritt das Hotel. Der Wagen fährt mit Blawski weiter.

24:00

Lowinski übernimmt.

doku a-serk-168
(in eig. Sache)
03.11.06
Kurzmitteilung von Trebko
An Dostojewski
Betr.: neue Dokumente

Es existiert ein Tonbandmitschnitt von einem Gespräch mit Minister Gergjew und Leutnant Terschinski, das Serkassow betrifft und die Regierung belasten soll. Man verlangt fünftausend Dollar dafür. Das ist natürlich eine aberwitzige Summe und in meinem Spesenkonto nicht mehr drin. Teilen Sie mir mit, ob Ihnen das Band so viel Geld wert ist. Sein Anbieter ist mir nicht bekannt. Man hat mich telefonisch informiert und mir die Übergabebedingungen für einen eventuellen Geschäftsabschluss genannt.

Trebko

doku a-serk-169
(in eig. Sache)
04.11.06
Kurzmitteilung an Trebko

Alles hängt davon ab, was wirklich in dem Dokument steht. Arrangieren Sie ein Treffen und lassen Sie sich Kostproben vorspielen. Sollten diese konkrete Hinweise sowie Informationen enthalten, fangen Sie mit einem Gebot von zweitausend an. Nur im äußersten Notfall stehen auch fünftausend zur Verfügung. Aber Sie verbürgen sich für den Inhalt. Ich werde die notwendigen Schritte sofort veranlassen.

doku a-serk-170

(Quelle: Trebko)
Eine Tonbandkassette und ein gedrucktes Protokoll derselben
Datum unbekannt
Betrifft: Gespräch zwischen Minister Gergjew und Ltn. Terschinski

(Anmerkung Trebko: Die Art der Informationsgewinnung ist nicht bekannt – ebenso wenig der Ort der Aufnahme. Ich vermute, dass das Gespräch nicht im offiziellen Büro des Ministers stattgefunden hat. Wenn doch, hieße das: Im Kreml kann abgehört werden. Aber von wem? Da Ltn. Terschinski den FSB vertritt, wird dieser wohl kaum dahinterstecken, von der Tatsache einmal abgesehen, dass Regierung und FSB ohnedies aufs Engste miteinander verflochten sind.)

Min. Gergjew: Es geht um Serkassow. Ich habe Ihre Berichte sorgfältig studiert. Glauben Sie, er hat schon bemerkt, dass wir ihn unter Beobachtung haben?

Ltn. Terschinski: Nein, ganz sicher nicht. Lowinski ist ein außerordentlich fähiger Agent. Er ist unser bester Mann in London. Nein, unmöglich. Serkassow scheint sich in seiner Identität als Golzin sehr sicher zu fühlen.

Min. Gergjew: Ich habe den Präsident darüber informiert. Serkassow ist noch immer ein Stachel in seinem Fleisch. Unter Breschnew wäre dieser Mann noch als Verräter zum Tode verurteilt worden. Aber jetzt sind wir ja alle Bürger einer modernen Demokratie. Haben Sie das Theater damals mitbekommen? Es ist ja jetzt schon eine Weile her.

Ltn. Terschinski: Sie meinen die Sache mit den Sprengstoffanschlägen?

Min. Gergjew: Nicht nur das. Der Mann ist krankhaft paranoid und egozentrisch. Den FSB zu beschuldigen, Terroranschläge selbst zu inszenieren, um brutaler gegen die Tschetschenen vorgehen zu können, war ebenso absurd wie infam.

Ltn. Terschinski: Das kann man wohl sagen. Aber ich habe damals für die Innere Abteilung gearbeitet und ich weiß, dass eine Studie kursierte, in der eine ganze Reihe theoretischer Möglichkeiten erörtert wurde, den ohnehin schon schlechten Ruf der Kaukasus-Republiken beim Volk noch weiter zu unterminieren.

Min. Gergjew: Das dürfen Sie niemals zu irgendjemandem sagen. Auch zu mir nicht. Ich kenne die Studie. Aber das war lediglich ein Maßnahmenkatalog, in dem auch Vorschläge auftauchten, die von vornherein ausgeschlossen wurden. Also reden Sie besser nie wieder darüber. Offiziell existiert dieser Katalog überhaupt nicht. Löschen Sie ihn aus Ihrem Gedächtnis.

Ltn. Terschinski: Selbstverständlich.

Min. Gergjew: Wie denken Sie über diesen Serkassow?

Ltn. Terschinski: Was soll ich über einen erklärten Feind der Regierung und des Präsidenten denken? Schließlich gehört es zu meinen Aufgaben, solche Leute in Schach zu halten.

Min. Gergjew: Das haben Sie aber sehr vornehm ausgedrückt. Wussten Sie, dass Serkassow und der Präsident sich persönlich kannten?

Ltn. Terschinski: Nein. Das ist mir neu.

Min. Gergjew: Als der Präsident noch Direktor des FSB war, ist es zu mehreren Begegnungen zwischen ihnen gekommen. Serkassow war damals ein sehr erfolgreicher Agent mit besten Zukunftsaussichten. Irgendwann fing er jedoch an, sich zu verändern. Eigentlich war es seine Aufgabe gewesen, ein halbes Dutzend Journalisten, die sich hauptsächlich damit beschäftigten, diffamierende Artikel gegen den Staat zu verfassen, in Schach zu halten.

Ltn. Terschinski: Das war wohl ein Schlag ins Wasser.

Min. Gergjew: Allerdings. Schlimmer noch, Ryschkowa stand ebenfalls auf seiner Liste, aber anstatt ihr das Leben schwer zu machen, hat er sich in sie verliebt. Und sie sich in ihn.

Ltn. Terschinski: Es war in einigen Zeitungen, die der Regierung nahestehen, zu lesen. Aber ich habe das für eine gezielte Fehlinformation gehalten.

Min. Gergjew: Nein, keineswegs. Es hieß, er sei ihr hörig gewesen. Ich nehme an, sie hatte es darauf angelegt. Denn was konnte der sogenannten kritischen Presse Besseres passieren, als einen Zeugen aus dem FSB für all die erfundenen Gräueltaten der Regierung zu gewinnen? Von da an wurden Serkassows öffentliche Beschuldigungen immer grotesker. Jetzt ist er quasi wieder auferstanden, und wer weiß, was für Schweinereien er nun zusammen mit Blawski aushecken wird. Zeitweise haben wir geglaubt, Serkassow wäre bei internen Querelen zwischen dem Blawski-Clan und dessen Konkurrenten ums Leben gekommen.

Ltn. Terschinski: Sie meinen die Mambow-Mafia?

Min. Gergjew: Es gibt keine Mambow-Mafia! Das ist eine Erfindung von den Feinden des Präsidenten.

Ltn. Terschinski: Ich verstehe.

Min. Gergjew: Um zur Sache zu kommen: Der Präsident ist über Serkassows Wiederauftauchen sehr besorgt. Wir vermuten, Serkassow hat es sich zum Ziel gesetzt, den Ruf des Präsidenten im Ausland zu unterminieren. Der Herr Präsident lässt es sich nicht anmerken, aber die persönlichen Beleidigungen gehen ihm nahe. Wir müssen darüber nachdenken, ob es für das Problem eine Lösung gibt, die alle zufriedenstellt.

Ltn. Terschinski: Sie meinen, wir sollten die Notbremse ziehen?

Min. Gergjew: Ich meine gar nichts.

Ltn. Terschinski: Wenn der Präsident es wünscht ...

Min. Gergjew: Der Präsident wünscht gar nichts. Streichen Sie das alles aus Ihrem Gedächtnis. Dieses ganze Gespräch existiert überhaupt nicht. Verstehen Sie, es hat niemals stattgefunden. Das Einzige, was ich Ihnen sagen möchte, ist, dass demnächst ein Nachfolger für den Chef der Abteilung Organisierte Kriminalität gesucht wird. Ich könnte etwas dafür tun, dass der Posten an Sie fällt.

Ltn. Terschinski: Herr Minister, ich bin ...

Min. Gergjew: Machen Sie sich ein paar Gedanken darüber, wie man Serkassow dazu bewegen kann, das Spielfeld für immer zu verlassen. Sie haben freie Hand.

Ltn. Terschinski: Das dürfte nicht so einfach sein. Und die Engländer? Der MI6?

Min. Gergjew: Darüber müssen Sie sich keine Sorgen machen. Das zu regeln, ist die Aufgabe anderer.

Ltn. Terschinski: Wenn Wiktor Golzin stirbt, wird natürlich schnell herauskommen, dass es sich in Wahrheit um Alexander Serkassow handelte. Die internationale Presse wird das mit Freuden aufgreifen.

Min. Gergjew: Ja, ja, ich weiß. Ich wollte mit Ihnen auch nicht über Sterbefälle reden. Sie sollen einfach nur ein Problem lösen. Es ist nicht Ihre Aufgabe, über die politischen Konsequenzen nachzudenken.

Ltn. Terschinski: Ich habe verstanden. Ich werde Ihnen umgehend einen Plan vorlegen.

Min. Gergjew: Nein, das werden Sie nicht. Keine Pläne, keine Notizen, das Thema ist nicht existent, und wie ich schon sagte: Dieses Gespräch hat nie stattgefunden.

Aktennotiz

05.11.06

Das Gespräch kann aufgrund der Aussagen vorangehender Dokumente nur gegen Ende April oder Anfang Mai 2006 stattgefunden haben. Dass die russische Regierung Serkassow ins Fadenkreuz nimmt, wundert nicht weiter. Aber Pläne sind eine Sache, die Ausführung eine andere. Sollte tatsächlich die russische Regierung Serkassows Vergiftung in Auftrag gegeben haben, würde sich ein Treffen mit Blawski erübrigen.

Ob die kodierten Wendungen in dem Gespräch zwischen Minister Gergjew und Terschinski tatsächlich eine Aufforderung zum Mord darstellen, kann nicht als hundertprozentig sicher gelten. Davon abgesehen, hätte jemand wie Terschinski etliche Helfer für die komplizierte Durchführung benötigt. Das bedeutet Mitwisser, die lebendes Kompromat für die Regierung wären. Könnte Terschinski Woykow beauftragt haben? Woykow stand in Verbindung zu Blawski.

doku a-serk-171
(eig. Recherche)
05.11.06
Telefonat mit *Blawski Enterprises*
autom. Mitschnitt

BE: Blawski Enterprises. Williams! Wen wollen Sie sprechen?

Ich: Ich hätte gern mit Mister Blawski persönlich gesprochen. Mein Name ist Michail Dostojewski. Mister Blawski erwartet meinen Anruf.

Williams: Davon weiß ich nichts. Bleiben Sie am Apparat! Vielleicht ist Mister Blawski in seinem Büro.

Blawski: Blawski!

Ich: Mein Name ist Michail Dostojewski. Vielleicht haben Sie schon ...

Blawski: Ich weiß Bescheid. Meine Frau hat mir von Ihnen erzählt. Sie sind ein alter Freund von Olga Abramowa und Schriftsteller.

(Er wechselt in die russische Sprache.)

Sie interessieren sich also für Serkassow. Da ist eine Menge Staub aufgewirbelt worden. Das ist eine üble Geschichte. Und Sie wollen darüber etwas schreiben?

Ich: Nun ja, es hängt davon ab, wie viel Informationen ich zusammenbekomme.

Blawski: Es soll also ein investigatives Buch werden?

Ich: Nein, wohl kaum. Dafür fehlen mir nun wirklich die Möglichkeiten, die genauen Hintergründe zu recherchieren. Meiner persönlichen Meinung nach wird der Fall wahrscheinlich sowieso niemals endgültig aufgeklärt werden. Meine Geschichte wird lediglich eine fiktive sein, die aufzuzeigen versucht, was sich aller Wahrscheinlichkeit nach abgespielt haben könnte. Serkassow würde auch anders heißen.

Blawski: Ich kannte Serkassow nicht besonders gut, aber wie allgemein bekannt ist, hat er einige Zeit für mich gearbeitet. Da gab es schon einmal Firmenpartys, wo man miteinander sprach. Und als Arbeitgeber war ich natürlich auch über seinen Werdegang informiert.

Ich mache Ihnen einen Vorschlag: Meine Frau gibt am Freitag einen kleinen Empfang in meinen Geschäftsräumen in der Downstreet. Kommen Sie doch einfach vorbei.

Ich: Vielen Dank für die Einladung. Ich werde kommen.

Blawski: Zwanzig Uhr. Also, dann sehen wir uns.

doku a-serk-172

(Quelle: Trebko)
29.10.06
MI6 – Dep. 3
Interner Bericht
Thomas Cromby – r-72/228
an J. Landers

Am 01.05.06 wurde die Einreise des russischen Staatsbürgers Valentin Terschinski registriert. Es wurde ein Diplomatenpass vorgelegt. Nach dem Stand unserer Erkenntnisse konnten wir keine Hinweise auf irgendwelche FSB-Verbindungen finden. Aus mir nicht bekannten Gründen erfolgten keine weiteren Nachforschungen vonseiten Scotland Yards. Aus dem neuesten Dossier von Leonowitsch, unserem Mann in der russischen Botschaft, war jedoch zu ersehen, dass Terschinski aktiver Offizier des FSB ist. In der Botschaft wird er als

Berater geführt. Es kursierte das Gerücht, Serkassow hätte sich unter dem Namen Wiktor Golzin seit Beginn 2006 mehrmals in London aufgehalten und Terschinski sei auf ihn angesetzt gewesen. Wir haben festgestellt, dass Terschinski seit Juni 2006 einmal die Woche für einige Tage nach Moskau fliegt. Zurzeit ist er in London. Es gibt bis jetzt keinerlei konkrete Hinweise, ob der FSB unmittelbar oder mittelbar an der Vergiftung Serkassows mitgewirkt hat. Entweder ist Terschinski selbst am Mord beteiligt gewesen, oder er leitet verdeckte Ermittlungen. Laut Leonowitsch soll Terschinski über einen persönlichen Draht zu Romanow verfügen.

Eine weitere Neuigkeit, deren Bedeutung sich noch nicht klar einschätzen lässt: Anna Ryschkowa, die bekannte russische Journalistin und Regimekritikerin, befindet sich seit einer Woche in London und scheint sich in die Nachforschungen einzumischen. Leonowitsch behauptet, Serkassow hätte noch zu seiner Zeit als aktiver FSB-Agent eine Liebesbeziehung zu Ryschkowa unterhalten. Die Zeitungskolumnen der Journalistin in der *Nowaja gaseta* waren ebenso provokativ wie Serkassows Beschuldigungen gegen die Regierung und Romanow. Ryschkowa war aus Angst um ihr Leben im Mai dieses Jahres untergetaucht. Am 18.10. wurde sie von einem Ermittler der Berliner Polizei befragt. Wenn der FSB in den Anschlag gegen Serkassow verwickelt sein sollte, ist wahrscheinlich Ryschkowas Leben in Gefahr. Sie hält sich zurzeit in der Hotelpension *Four Seasons* auf.

gez. Cromby

doku a-serk-173
(eig. Recherche)
05.11.06
Telefonat mit der Detektei *Peerson & Croft Private Investigators*

P&C: Peerson and Croft, Brooks!

Ich: Dostojewski! Es geht um eine Aufenthaltsermittlung in London. Die Person, die ich suche, wohnt aller Wahrscheinlichkeit nach in einem Hotel oder einer Pension.

P&C: Um den Auftrag zu erteilen, müssen Sie persönlich bei uns in der Firma erscheinen.

Ich: Ja, natürlich, ich werde in einer halben Stunde bei Ihnen sein.

P&C: Gibt es Anhaltspunkte, die der Ermittlung dienen können?

Ich: Ja, sie wohnte bis gestern in der Hotelpension *Four Seasons* in der Byron Street.

P&C: Und Sie glauben, die Person befindet sich noch in London?

Ich: Davon gehe ich aus. Es gibt verschiedene Gründe, die dafür sprechen.

P&C: Verstehe! Haben Sie ein Foto von der Person?

Ich: Möglicherweise. Vielleicht aus einer Zeitung. Es ist eine Frau, eine russische Journalistin. Sie heißt Anna Ryschkowa.

P&C: Kann es sein, dass ich den Namen schon einmal gehört habe?

Ich: Ihr Name ist vermutlich in der Berichterstattung über den Fall Serkassow erwähnt worden.

P&C: Serkassow! Aha! – Also, ich sehe Sie dann.

doku a-serk-174
(in eig. Sache)
05.11.06
E-Mail an Olga

Liebe Olga,

ich bin jetzt umgezogen. Das Hotel heißt *Jaipur Palace* und gehört einem Inder. Es ist klein und keineswegs ein Palast, wie der Name einem weismachen möchte, aber die Ausstattung tut ihr Bestes, um ein wenig von der Pracht und dem Kitsch Indiens in die Londoner Nebelwelt zu bringen. Tatsächlich heitert es meine trüben Gedanken auf. Alle Angestellten sind Inder und so freundlich, wie ich es schon lange nicht mehr erlebt habe. Es muss irgendwie in ihren Genen liegen, dass sie es schaffen, selbst unangenehme Situationen noch mit einem Lächeln zu bewältigen. Dazu kommt, dass die Hälfte der Gäste auch aus Indern besteht. Sie haben hier konsequent eine Art Parallelwelt errichtet, die scheinbar vom Rest der Welt losgelöst ist.

Das hat einen merkwürdigen Effekt auf meine Nerven. Ich fühle mich sicher und beschützt. Sollte ich heil aus dieser Sache herauskommen, was ich in manchen Momenten bezweifle, werde ich mich mit fernöstlichen Religionen beschäftigen. Hinduismus, Buddhismus, Taoismus oder Zen, alle diese Glaubensrichtungen scheinen eine gelassenere Einstellung zum Leben und den damit verbundenen Problemen zu fördern. Aber vielleicht ist das nur eine romantische Vermutung, die meiner Unwissenheit entspringt.

Übrigens vielen Dank für deine gelungene Vermittlung. Ich habe telefonisch mit Blawski gesprochen. Er hat mich zu einem Empfang in seinem Stadtbüro eingeladen. Wenn du es wirklich einrichten kannst, zum Wochenende zu kommen, könnten wir vielleicht zusammen hingehen.

Also bis bald, ich freue mich auf dich.

Dein Michail

doku a-serk-175

(eig. Recherche)

Eingang: 06.11.06

Peerson & Croft Private Investigators

an Michail Dostojewski

Ermittlungsbericht – 05.11.06

Sämtliche Hotels und Pensionen im Großraum London sind telefonisch befragt worden. Eine Anna Ryschkowa tauchte in keinem der Gästebücher auf. Informieren Sie uns bitte, ob Sie unsere Dienste für weitere Nachforschungen in Anspruch nehmen möchten. Entweder hat sich Anna Ryschkowa unter einem anderen Namen eingetragen, oder sie hat sich eine alternative Unterbringung verschafft.

Weitere Maßnahmen zur Lokalisierung Ryschkowas sind mit höherem Aufwand sowie weiteren Kosten verbunden.

Mit freundlichen Grüßen

A. Brooks

doku a-serk-176
(Quelle: der Koi)
Eingang: 07.11.06
MI6 – Dep. 3
Interner Bericht
Thomas Cromby – r-58/275
01.11.2006
an Jeremy Landers
Betr.: Serkassow – Valerij Sawronski

Valerij Sawronski, einer der Teilnehmer an dem Treffen im *Itsu,* hatte ausgesagt, den mysteriösen Unbekannten weder gekannt zu haben, noch sich an dessen Aussehen erinnern zu können. Sawronski, der seine Geschäfte überwiegend von London aus tätigt, ist auch Mehrheitsaktionär einer amerikanischen Explorationsfirma für Bodenschätze. Eine Woche nach Serkassows Ermordung flog Sawronski in die USA. Jetzt liegt mir die Abschrift eines CIA-Protokolls vor, das ich hiermit zur Kenntnis gebe.

doku a-serk-177
23.10.06 – 20:00
CIA
Agent: Allen Rosenberg
Protokoll: inoffizielles Treffen mit Valerij Sawronski
Ort: New York – Restaurant *Corleone*

Rosenberg: Ich weiß es zu schätzen, dass Sie sich für dieses Gespräch bereitgefunden haben.

Sawronski: Ich habe mich schon sehr über Ihren Anruf gewundert. Welches Interesse hat die CIA an dem Fall Serkassow? Das ist doch eine Sache, die nur England etwas angeht und bei Scotland Yard in guten Händen ist.

Rosenberg: Scotland Yard? Ach du meine Güte! Die tappen doch völlig im Dunkeln. Der Fall Serkassow ist dafür geradezu exemplarisch. Natürlich betrifft es uns nicht, wenn in London ein Russe ermordet wird, aber dass dabei Polonium verwendet wurde, ist beunruhigend. Die Substanz könnte sogar in den Staaten beschafft worden sein. Wir kennen die Vernehmungsprotokolle von Scotland Yard. Demnach hat man Sie lediglich als Zeugen befragt. Sie gehörten nicht zu den Verdächtigen.

Sawronski: Natürlich nicht. Nachdem sich herausgestellt hatte, welches Gift man verwendet hat, ist bei allen, die mit Serkassow zusammengekommen sind, die Strahlenbelastung gemessen worden. Woykow hatte wesentlich mehr abbekommen als ich.

Rosenberg: Woran könnte das Ihrer Meinung nach gelegen haben?

Sawronski: Wir saßen an einem runden Tisch. Woykow hatte direkt neben Serkassow Platz genommen, während ich ihm gegenübersaß.

Rosenberg: Wussten Sie, dass Woykow genauso wie Serkassow FSB-Agent war?

Sawronski: Ich habe es vermutet. Fast alle Russen, die im Bereich der Beratung tätig sind, wurden vom FSB ausgebildet.

Rosenberg: Wie gut kennen Sie Woykow?

Sawronski: Ich habe ihn erst über die Sicherheitsfirma *ARIS* kennengelernt. Ihm gehört ein Investmentunternehmen, das in erster Linie mit Immobilien zu tun hat.

Rosenberg: Was haben Sie und Woykow mit *ARIS* zu tun?

Sawronski: *ARIS* vermittelt Sicherheitspersonal und hoch qualifizierte Personenschützer. Fast alle kommen aus Russland. Die meisten russischen Unternehmen in London greifen auf *ARIS* zurück, wenn es Engpässe gibt. Ich gehöre genauso zu den *ARIS*-Kunden wie Blawski und viele andere Russen auch.

Rosenberg: Der Besitzer von *ARIS* ist aber kein Russe. Er heißt Peter Moore. Kennen Sie ihn persönlich?

Sawronski: Ich habe nur einmal kurz mit ihm geredet.

Rosenberg: Wussten Sie, dass Peter Moore früher als Agent für den MI5 gearbeitet hat?

Sawronski: Nein, das höre ich heute zum ersten Male.

Rosenberg: Moore ist ein übler Typ. Man hat ihn beim MI5 rausgeschmissen. Der Mann war in zwielichtige Waffengeschäfte verwickelt.

Sawronski: Worauf wollen Sie eigentlich hinaus? Glauben Sie, Woykow hat etwas mit der Vergiftung zu tun? Scotland Yard hatte ihn zwar anfänglich in Verdacht, aber er ist ja selbst an den Folgen des Anschlags gestorben. Für die englischen Ermittler war er damit aus dem Spiel.

Rosenberg: Ja, ja, das ist ein großes Durcheinander. Ohne Sie persönlich beleidigen zu wollen, aber die Russen haben ein gefährlich zwangloses Verhältnis zur Radioaktivität. Das hat sich ja schon bei Tschernobyl gezeigt. Die hohe Dosis, die Woykow abbekommen hat, könnte auch ebenso gut bedeuten, dass er in den Anschlag mitverwickelt war. Und noch etwas: Vielleicht ist Woykow ja gar nicht gestorben. So etwas kann man arrangieren. Oder er war gar nicht so stark verstrahlt und man hat ihn kurzerhand ermordet, um einen Mitwisser auszuschalten.

Sawronski: Und was hätte das dann wieder zu bedeuten?

Rosenberg: Das kann ich Ihnen auch nicht sagen. Woykow könnte entweder direkt an der Mordausführung oder aber an der Polonium-Beschaffung beteiligt gewesen sein.

Was mich jedoch darüber hinaus interessiert, ist Ihre Aussage über den großen Unbekannten. Sie und Woykow haben angegeben, dass er schon kurz nachdem Sie ankamen, das *Itsu* wieder verlassen und Serkassow Ihnen den Mann auch nicht vorgestellt hätte.

Sawronski: Das ist richtig. Aber nicht ganz.

Rosenberg: Ach! Erzählen Sie!

Sawronski: Jetzt, wo er nicht mehr lebt, kann ich es ja sagen: Ich hatte den Eindruck, dass Woykow den Mann kannte. Ich kann mich natürlich auch irren, aber ich habe einen Blickwechsel zwischen den beiden bemerkt, der mich erst später nachdenklich gemacht hat.

Rosenberg: Und das haben Sie den Leuten von Scotland Yard nicht gesagt?

Sawronski: Nein, Woykow kam mir von Anfang an suspekt vor. Also hielt ich es für besser, mich aus allem herauszuhalten. Und noch etwas: Serkassow sprach den Mann mit Mister Levin an. Beide sprachen zwar Englisch miteinander, aber am Akzent konnte man sehr wohl hören, dass der andere ebenfalls Russe war.

Rosenberg: Fällt Ihnen sonst noch irgendetwas ein? Kleinigkeiten, die Sie vielleicht für unwichtig halten?

Sawronski: Nein, beim besten Willen nicht.

Rosenberg: Nun, immerhin gibt es ja jetzt noch

einen weiteren Namen.

Ich werde sehen, ob sich dazu etwas in den CIA-Archiven finden lässt. Auf jeden Fall bin ich Ihnen für Ihre Kooperation zu Dank verpflichtet.

Sawronski: Kann ich mich darauf verlassen, dass dieses Gespräch nicht protokolliert und auch in keiner Akte erwähnt wird? Das war die Bedingung für unser Treffen.

Rosenberg: Selbstverständlich. Ich habe Ihnen mein Wort gegeben, und das halte ich auch. Wann fliegen Sie wieder nach London zurück?

Sawronski: In wenigen Tagen.

Rosenberg: Falls Ihnen nachträglich noch etwas einfällt, wäre ich dankbar, wenn Sie sich bei mir melden würden.

Aktennotiz

Boris Levin: siehe **doku a-serk-167** – Blawski und Serkassow am 02.05.06 in der Rochester Gallery. Observiert von FSB-Agent Lowinski.

doku a-serk-178
(eig. Recherche)
07.11.06
Internetzeitung *Russnet*
Iwan der Prophet

Da bin ich wieder, euer Iwan der Prophet, und dieses Mal werde ich euch mit einer echten Prophezeiung überraschen. Russland wird zu ungeahnter imperialer Größe auferstehen, wie ein Phönix aus der Asche. Mächtiger als jemals zuvor. Und wir alle werden die Zeugen einer utopischen Revolution sein. Die Älteren unter euch werden sich noch an die legendäre Losung erinnern: *Schwerter und Kanonen zu Pflugscharen.* Damals hat es mit der Transformation nicht so recht geklappt. Jetzt heißt es: *Raketen und Atombomben zu Gaspumpen und Pipelines.* Und es funktioniert. Die Männer, die an diesem Projekt arbeiten, sind Visionäre, und sie haben bereits ein Modell von ihrem Traum erschaffen, ein Eldorado und Schangrila in einem, ein glänzendes Symbol der Zukunft unseres Landes. Jetzt ist er gänzlich verrückt geworden, werdet ihr sagen, seine Geschichten werden immer fantastischer.

Aber ich sage euch, ich habe es selbst gesehen, und ihr könnt es überprüfen, wenn ihr wollt. Das neue Weltmodell steht mitten in Moskau, 34 Stockwerke hoch, und um sein oberstes Stockwerk flackert des Nachts eine blaue Neonschärpe, die da sagt: Bei uns gehen niemals die Lichter aus, Tag und Nacht sind wir im Einsatz für das Wohlergehen des Imperiums. Ah, nun wisst ihr endlich, wovon ich rede: Genau, es handelt sich um das größte Energieunternehmen unseres Landes. Und ich verrate euch noch etwas: Das Eldorado und Schangrila in den obersten Etagen dieser einmaligen Kathedrale der Zukunft haben den Kreml schon lange ins zweite Glied verwiesen. Das kann man daran sehen, dass etliche Minister bereits im Geheimen in ihre Vorstandsbüros umgezogen sind. Und noch ein Indiz: Die Herrschaft über Gas und Öl übersteigt an Glanz und Macht jedes Amt in diesem Land, was daran abzulesen ist, dass unser geliebter Präsident nach dem Ende seiner zweiten Amtsperiode den ultimativen Aufstieg vom einfachen Regierungschef eines der größten Länder der Welt zum absoluten Herrscher der Energie anstrebt.

Ich habe diese perfekte neue Welt betreten dürfen. Ein guter Freund arbeitet dort als Abteilungsleiter. Ich nenne ihn hier Boris.

Schon in der Eingangshalle werden klare Zeichen gesetzt. Hier hat man keinen in Bronze gegossenen Staatschef aufgestellt, wie es in den alten Zeiten üblich war, sondern einen griechischen Göttersohn: Prometheus, den Fackelträger der Menschheit.

Boris sagt: „Du hast soeben die Zukunft betreten, Iwan, das hier ist das Land, wo Milch und Honig fließen. Sieh dich um, von hier aus musst du nirgendwo mehr hin. Alles ist schon hier, angefangen vom Schwimmbad, Sauna, Zahnarzt, Luxusboutiquen, Juwelieren bis hin zu Reisevermittlern und Supermärkten. Und alles ist für uns Auserwählte an diesem Experiment auch noch billiger als an jedem anderen Ort. Alle diese Unternehmen gehören der großen Mutter. Und damit wir beim Einkaufen nicht sparen müssen, bekommen wir auch 16 Monatsgehälter im Jahr."

Ich sage zu Boris: „Da willst du mir aber wohl einen riesigen russischen Bären aufbinden!"

Auch ihr, die ihr meine Botschaften lest, werdet euch jetzt ungläubig abwenden. Aber wieder einmal muss ich euch sagen: Das alles ist die reine Wahrheit, und da sie kein Geheimnis ist, kann sie jeder überprüfen. Das 13. Gehalt gibt es zu Neujahr. Das 14. zum *Weltfrauentag* für die weiblichen Angestellten, für die männlichen zum *Tag der Verteidiger des Vaterlands.* Das 15. zum jährlichen Geschäftsabschluss im April und das 16. zum *Tag der Gasarbeiter* im September. Ich sage zu Boris: „Nun gut, ich bin beeindruckt und ich habe es nun mit eigenen Augen gesehen, aber was ist mit dem Rest der Bevölkerung?"

Boris' Augen bekommen ein visionäres Leuchten: „Das ist ganz einfach: Eines Tages werden alle Russen Angestellte bei Gasprom sein. Auf die eine oder andere Art sind sie es ja jetzt schon. Damit wäre die Revolution, die Lenin und Stalin vermasselt haben, doch noch siegreich zum Ziel gelangt. Kommunismus pur, Reichtum für alle."

Was Boris nicht sagte: Ein weiterer Vorteil dieser Entwicklung besteht in der endgültigen Vereinigung von Politik und Wirtschaft. Wenn es in unserem Lande nur noch eine einzige Firma gibt, hat es auch endlich ein Ende mit der Konkurrenz und Korruption.

Aber wie ich schon eingangs sagte, alles ist noch in der Erprobungsphase und gewissermaßen inoffiziell. Wenn die Phase jedoch vorbei ist, wird alles gewiss noch viel großartiger werden. Der neue und endgültige Kreml wird in St. Petersburg stehen. Ein Denkmal für die Schönheit und Herrlichkeit der Macht. Ein Wolkenkratzer in Form einer gigantischen Flamme soll es werden. Es gibt schon ein Modell und eine Computermontage. Das Gebäude wird von einer Großartigkeit sein, dass man ohne Übertreibung von einer russischen Version der amerikanischen Freiheitsstatue sprechen kann.

In diesem Sinne, auf in das Goldene Zeitalter der Energie.

Euer Iwan

doku a-serk-179
(eig. Recherche)
03.11.06
Nowaja gaseta

Unsere langjährige Kolumnistin Anna Ryschkowa war von vielen bereits schon totgesagt. Mit Erleichterung und Freude haben wir gestern erfahren, dass sie lebt. Wie auch einige andere Presseorgane berichteten, wurden allein im letzten Jahr drei Anschläge auf ihr Leben verübt. Wie wir nun wissen, hat Anna Ryschkowa in London um politisches Asyl ersucht. Aber wie der Fall Serkassow gezeigt hat, reicht der lange Arm des FSB auch bis dorthin. Damit wollen wir nicht sagen, dass der FSB selbst die Anschläge ausgeführt hat. Erstens können wir das nicht beweisen, und zweitens steht zu vermuten, dass die Agenten des FSB erfolgreicher vorgegangen wären. Aber Tatsache ist, dass Anna Ryschkowa von unseren geheimen Freunden überwacht wurde. Warum haben sie also nicht die Angriffe auf Ryschkowa verhindert?

Die Redaktion freut sich jedenfalls, ihren Lesern mitteilen zu können, dass Anna Ryschkowa weiterhin für uns schreiben wird: als unsere London-Korrespondentin.

Liebesgrüße aus Moskau
von Anna Ryschkowa

Der erste James-Bond-Film wurde vor über vierzig Jahren gedreht. Das war in den Zeiten des Kalten Krieges. Damals waren die Geschichten vom britischen Secret-Service-Agenten 007 mit der Lizenz zum Töten

Science-Fiction und die Szenarios waren so eindeutig wie der Unterschied zwischen Weiß und Schwarz. 007 war der Gute, der einsame Held, der gegen das Böse in der Welt kämpfte. Im ersten Film hatte das Böse einen Ort. Es residierte in Russland, genauer, im Kreml und ganz besonders in der Zentrale des KGB.

Schon bald aber veränderten sich in den Bond-Filmen die Widersacher der Freien Welt. Egozentriker von unermesslichem Reichtum griffen mit perfiden Erpressungen nach der Weltherrschaft. Das Böse war nun ein pathologisches Phänomen geworden. Jetzt hat sich der Kreis geschlossen. Die alten und die neuen Szenarien haben sich vereinigt. Science-Fiction ist Realität geworden. Nur dass es keinen James Bond mehr gibt, der die Welt beständig rettet.

Ich befinde mich nun in London, in der Stadt, in der sich James Bond seine Aufträge einst beim legendären Secret-Service-Chef „M" abholte und in der unlängst Alexander Serkassow ermordet wurde. Die Nachrichten darüber wurden in Russland größtenteils unterschlagen. Jetzt kann ich das Drama aus unmittelbarer Nähe beobachten. Jetzt ist es nicht mehr nur eine menschliche Tragödie, sondern das Drama der Wahrheitsfindung. Die Zeiten, in denen früher gleich mit Atomraketen gedroht wurde, haben sich gravierend verändert. Heute gibt man sich diplomatisch. Lediglich die Presse hebt den Zeigefinger ein wenig nach oben. Aber niemand, der politisches Gewicht besitzt, möchte es sich in Europa mit Romanow verderben. Russland sei doch auf dem besten Wege zu einer Demokratie, sagt man. Was sollte man denn auch nach Jahrzehnten kommunistischer Diktatur erwarten, wird da relativiert, das braucht eben noch ein wenig Zeit. Immerhin ist Russland kapitalistisch geworden, und es gibt dort freie Wahlen. Das ist doch schon ein gewaltiger Fortschritt. Und dann ist da ja auch noch das Öl und das Gas. Romanows scharfes Schwert. Das ist besser als jede Atombombe. Da braucht nur jemand von Gasprom an einem Rad zu drehen, und schon gehen in einem ganzen Land die Heizungen aus.

Westliche Demokratie also hin oder her, da gilt es Rücksichten zu nehmen. Da kommt es nicht zupass, wenn ein Vergifteter kurz vor seinem Tod noch behauptet, Präsident Romanow hätte den Mord an ihm persönlich angeordnet. Natürlich könnte in Europa jede Zeitung recherchieren und ein Dutzend guter Gründe dafür finden, warum es durchaus so gewesen sein könnte. Kein Journalist würde deswegen vom Geheimdienst verhört oder von anderen Dunkelmännern mit dem Tode bedroht werden, aber niemand will so weit gehen.

Morde anzuordnen, trauen zum Beispiel ausgerechnet die Deutschen eher dem amerikanischen Präsidenten zu als dem lupenreinen Demokraten Romanow. Aber natürlich könnte er es veranlasst haben. Dafür gibt es verklausulierte Formulierungen, wie sie in allen Geheimdiensten üblich sind und die dem genauen Wortlaut nach nicht den geringsten Beweis dafür liefern, dass hier tatsächlich ein Mordauftrag ergangen ist. Dennoch wissen alle, was gemeint ist. Romanow interessiert es nicht einen Deut, wenn Tausende von Kaukasiern bei sogenannten Befriedungen der Region sterben. Warum sollte er also Skrupel haben, einen einzelnen FSB-Dissidenten über die Klinge springen zu lassen? Und niemand hat ihn in der Öffentlichkeit jemals derart provoziert wie Serkassow.

Wenn der Mordauftrag tatsächlich von der Regierung erteilt worden ist, wird es niemals auch nur ein einziges Dokument geben, das davon Zeugnis ablegen kann. Dafür wird ein neues Szenario in Umlauf gebracht werden: Die Opposition hat den Mord in Auftrag gegeben, um ihn der Regierung in die Schuhe zu schieben. Das Spiel ist endlos und geht so lange, bis alle Spuren verwischt sind. Es ist ein ewiges Ping-Pong-Spiel.

Währenddessen regelt sich im Westen die Frage nach dem Gesetz: Was heute eine Sensation ist, ist morgen schon wieder vergessen. Jeder kann sich über alles informieren, aber Information ist nichts weiter als eine Form der Unterhaltung. Niemand interessiert wirklich, was passiert ist. Also darf weiter gemordet werden. Auch ich stehe auf der Liste. Wird London mich schützen? Serkassow, davon bin ich überzeugt, hätte man überall auf der Welt ermordet.

Ich habe bei Scotland Yard nachgefragt, wie es um die Ermittlungen steht. Man hat mich mit einem Schwall optimistischer und arroganter Phrasen abgespeist. Alles sei nur eine Frage der Zeit! Man sei auf dem bestem Wege zur endgültigen Aufklärung. Ich denke jedoch, dass sie nicht die geringste Ahnung haben und ihnen irgendjemand aus der britischen Regierung die Drehbücher für ihre Detektivarbeit schreibt.

Und was machen der MI5 oder der MI6? Sie legen Dossiers an und hüllen sich in Schweigen. Irgendwann in zwanzig Jahren werden dann wohl einmal ein paar Papiere mit dem Stempel *Top secret* veröffentlicht werden. Es werden sich noch zwei oder drei vergreiste Zeugen melden. Einer von ihnen wird sagen, dass es so und so gewesen ist, ein anderer wird sagen, nein, es war ganz anders. Romanow wird dann schon lange zu einer Ikone geworden und als der Mann in die Geschichte eingegangen sein, der aus Russland ein Gas-Imperium gemacht hat, das Europa mit seinen Ventilrädern an den Pipelines je nach Bedarf drangsaliert.

Ich für meinen Teil lasse mich vorerst nicht entmutigen, in London das zu tun, was ich auch in Russland getan habe: nach der Wahrheit zu suchen.

Was man Serkassow posthum auch immer in die Schuhe schieben wird: Er ist kein Mafiosi gewesen, der in schmutzige Geschäfte verwickelt war, wie manche behaupten. Ich habe einige Wochen vor seinem Tod noch Kontakt mit ihm aufgenommen und weiß, dass er während all der Jahre, die er als Wiktor Golzin in Deutschland untergetaucht war, weiterhin Informationen über das große Energiekomplott gesammelt hat.

Der FSB hat ihn vermutlich nie gänzlich aus den Augen verloren, und die russische Regierung fürchtete wohl Offenbarungen über ihre Geheimdienstpläne im Kaukasus. In Wahrheit ging es Serkassow aber um etwas anderes. Er hatte Beweise gesammelt, die belegen, dass die großen Mafiapaten – über ein gut getarntes Netz aus Querverbindungen und Verflechtungen von Regierung, Banken und Energiekonzernen – die Öl- und Gasströme kontrollieren. Er war immer davon überzeugt, eines Tages beweisen zu können, dass der allmächtige Romanow letztendlich nichts anderes als eine Marionette ist, und keineswegs der selbstherrliche Autokrat, für den ihn viele Russen halten und bewundern, ja sogar verehren.

Was den Ruf Russlands im Westen anbelangt, hat man die Reparaturarbeiten am eigenen Image der amerikanischen PR-Firma PBN übertragen. Die Kosten dafür übernimmt Gasprom. PBN hat einst dafür gesorgt, dass die Chiquita-Banane in Russland populär wurde. Wem eine derartige zivilisatorische Glanzleistung gelingt, der wird auch Romanow in ein schillerndes Licht der Verklärung setzen können.

Anna Ryschkowa

doku a-serk-180
(in eig. Sache)
07.11.06
E-Mail von Olga

Lieber Michail,

jetzt kann ich leider doch nicht am Wochenende kommen. Meine Mutter ist gestern ins Krankenhaus eingeliefert worden. Sie bekommt eine künstliche Hüfte eingesetzt. Mein alter Vater dämmert nur noch vor sich hin, trinkt jeden Tag fast eine halbe Flasche Wodka und frisst sich mit fettigem Fleisch voll. Er bekommt kaum noch etwas mit. Meine Mutter konnte schon seit einiger Zeit nur noch unter Schmerzen laufen, hat mir aber nie etwas davon gesagt. Was hätte ich auch tun können? Ich war ja überwiegend in St. Petersburg oder im Ausland. Jetzt werde ich sie auf jeden Fall besuchen. Das bin ich ihr allemal schuldig. Davon abgesehen liebe ich sie. Wir werden unser Treffen also um eine Woche verschieben müssen. Schade, ich hatte mich schon so auf dich und auf London gefreut.

Aber nachdem du deiner eigenen Aussage nach zunehmend sensibler und vermutlich auch sentimentaler wirst, setze ich dein Verständnis voraus.

Ich melde mich, sobald ich weiß, ob meine Mutter die Operation gut überstanden hat.

doku a-serk-181
(eig. Recherche)
Eingang: 08.11.06
Peerson & Croft Private Investigators
an Michail Dostojewski
Ermittlungsbericht – 06.11.06

Wir konnten in Erfahrung bringen, dass Anna Ryschkowa einige Tage bei einem ehemaligen russischen Kollegen, der vor zwei Jahren als Redakteur der *Iswestija* entlassen wurde, gewohnt hat (Kensington, Newhaven Street 138 A). Der Mann heißt Wondrowski.

Jetzt ist sie in ein kleines Hotel mit dem Namen *Garden Island* in der Buckminster Street 23 in Chelsea umgezogen. Wahrscheinlich verfolgt Anna Ryschkowa die Strategie, ihren Aufenthalt so oft wie möglich zu wechseln. Soweit wir wissen, hat sie sich inzwischen mit dem Oberhausabgeordneten Sir Appendale getroffen und die Redaktionen der *London Times* sowie der BBC aufgesucht. Wir sind davon überzeugt, dass Ryschkowa beobachtet wird, können aber keine Dokumentation darüber vorlegen.

Teilen Sie uns bitte mit, ob Sie eine weitere Observation wünschen.

Mit freundlichen Grüßen
A. Brooks

doku a-serk-182
(Quelle: der Koi)
Eingang: 08.11.06
FSB
Ltn. Terschinski – Reg. 03-016
03.11.06 – 0002-07 / 0123

Protokoll: inoffizielles Gespräch mit dem Chefredakteur der *Nowaja gaseta* Wladimir Slokow

Terschinski: Setzen Sie sich, Slokow! Machen Sie es sich bequem. Das ist hier kein Verhör, sondern nur ein inoffizielles Gespräch.

Slokow: Warum nennen Sie es nicht gleich eine Einladung zum Tee?

Terschinski: Sie wissen, warum ich Sie hergebeten habe?

Slokow: Natürlich! Wegen des Ryschkowa-Artikels.

Terschinski: Sie sind Zeitungsherausgeber, da kennen Sie sich doch wohl auch mit den Pressegesetzen aus. In Ryschkowas Artikel sind Behauptungen aufgestellt worden, die einer persönlichen Beleidigung des Präsidenten gleichkommen.

Slokow: Es handelt sich wohl eher um ein Gedankenexperiment, um eine Hypothese oder, besser gesagt, mehrere Hypothesen.

Terschinski: Wissen Sie, wo sich Anna Ryschkowa in London aufhält?

Slokow: Sie ist nicht so dumm, mich das wissen zu lassen und mich dadurch in einer Situation wie dieser in Schwierigkeiten zu bringen. Den Artikel habe ich natürlich via Internet erhalten.

Terschinski: Sie wissen, dass wir Ihre lächerliche Lügenredaktion wie eine Laus zerquetschen könnten, ohne uns dabei die Finger schmutzig zu machen.

Slokow: Oh, ja, das weiß ich nur zu genau. Genau über dieses Thema berichten wir ja. Was spräche denn schon groß dagegen, wenn zum Beispiel ein paar Wirrköpfe von der Mambow-Mafia eine Bombe ins Büro werfen würden? Damit hätte der FSB schließlich nichts zu tun.

Terschinski: Es gibt keine Mambow-Mafia. Und niemand wird eine Bombe in Ihr Büro werfen. Für wie dumm halten Sie uns eigentlich? Wenn wir das in die Hand nehmen würden, ginge es schon ein wenig eleganter. Das sollte auch Anna Ryschkowa wissen. Ihr Artikel soll nur Stimmung gegen den Präsidenten machen. Wir könnten Ihnen ein Gerichtsverfahren wegen Verleumdung anhängen.

Slokow: Ja, das ist eine sehr gute Idee, darüber kann meine Zeitung dann gleich wieder berichten. Ja, tun Sie das. Wir sind zwar nur eine Zwergenredaktion, aber man kennt uns im Ausland.

Terschinski: Das ist uns nicht entgangen. Sie haben tatsächlich einige Freunde und Beschützer. Stellen Sie sich vor, sogar innerhalb der Regierung, die von Ihrer Zeitung täglich verunglimpft wird, gibt es den ein oder anderen, der Sie gerne unter Denkmalschutz stellen würde. Das ist die diplomatische Fraktion, die unseren europäischen Freunden beständig erklären muss, was wir unter Demokratie verstehen.

Slokow: Wollen Sie mir damit etwa zu verstehen geben, dass meine Zeitung von Ihrer Gnade abhängig ist und als demokratisches Feigenblatt benutzt wird?

Terschinski: Ryschkowa schreibt in ihrem Artikel, dass der Präsident nichts anderes als eine Marionette sei.

Ich sage Ihnen, wer hier eine Marionette ist: Sie! Also schreiben Sie einstweilen nur munter weiter, was auch immer Sie schreiben wollen. Es gibt sowieso nicht mehr viele, die sich dafür interessieren. Aber sehen Sie sich vor, unsere Haltung kann sich von einem Tag auf den anderen verändern.

Slokow: Wenn es nur das ist, was wollten Sie dann eigentlich von mir?

Terschinski: Es ist mir immer eine Freude, mich mit einem intelligenten Menschen unterhalten zu können. Wir sollten das bei Gelegenheit wiederholen.

doku a-serk-183
(eig. Recherche)
08.11.06 – 18:00
Protokoll: verdeckter Tonbandmitschnitt
Besuch in der Galerie Gambini

Gambini: So, Sie wollen also ein Buch über Golzin, ich meine Serkassow schreiben?

Ich: Ich hoffe, ich bekomme genügend Material zusammen.

Gambini: Haben Sie denn schon einen Verlag?

Ich: Nein, es gibt zwar einen Interessenten, aber natürlich muss das Buch zuerst fertig sein.

Gambini: Und das wird so etwas wie ein dokumentarischer Agententhriller?

Ich: Bis jetzt ist es als Roman geplant. Der Fall Serkassow liefert dabei die Vorlage. Aber es gibt genügend gute Gründe, um einige Details und Namen zu verändern. Ich bin Russe und ich liebe meine Heimat und mein Leben. Ich würde nur sehr ungern in Serkassows

Fußstapfen treten.

Gambini: Das heißt, Serkassow wird weder Serkassow noch Golzin heißen?

Ich: So habe ich es geplant.

Gambini: Wie schade!

Ich: Wie meinen Sie das?

Gambini: Ich sehe das natürlich alles aus der Perspektive des Kunsthändlers. Und ich würde sagen, dass das in der Kunstszene ein bisher noch nie dagewesener Fall ist. In der Presse wird Serkassows Künstlerlegende nur als Agententrick bezeichnet. Dabei haben wir es mit einer perfekten Spaltung der Persönlichkeit zu tun.

Ich: Sie standen schon seit längerer Zeit in Kontakt mit Serkassow?

Gambini: Ja, aber ich kann Ihnen jetzt nicht sagen, wann wir uns zum ersten Mal getroffen haben. Da müsste ich in meinem Terminkalender nachsehen. Auf jeden Fall hatte ich mich dazu entschlossen, im nächsten Frühjahr eine Werkschau mit seinen Arbeiten auszurichten.

Ich: Sie sind ein renommierter Galerist. Haben Sie ihn tatsächlich für einen Erfolg versprechenden Künstler gehalten?

Gambini: Nun, wie ich schon sagte, es ist ein beispielloser Fall. Eine solche Biografie kann wohl nur in Russland entstehen. Serkassow war meiner Meinung nach hochbegabt. Er hat schon als Kind gezeichnet. Wäre er nicht in der Armee gewesen, hätte sein Leben vielleicht einen anderen Verlauf genommen.

Ich: Und jetzt wird es die Ausstellung nicht geben?

Gambini: Das ist die Frage, und deswegen könnte mich auch Ihr Buchprojekt interessieren. Da bieten sich doch PR-Synergien an. Aber wenn Sie einen anderen

Namen verwenden wollen, ist das natürlich ungünstig, es sei denn … Wir sollten vielleicht noch einmal in aller Ruhe darüber reden. Ich werde das mit einigen meiner Freunde in den Medien besprechen. Man könnte ja eine konzertierte PR-Aktion vorbereiten, die Ihr Buch zusammen mit meiner Ausstellung der Serkassow-Arbeiten ins Gespräch bringt. Die Galerie Hessler aus Leipzig wollte sich ebenfalls an dem Projekt beteiligen. Für Hessler ist das sogar noch wichtiger als für mich, denn er hat in den letzten Jahren etliche von Serkassows Arbeiten angekauft. Zu günstigen Preisen natürlich. Entweder werden die Sachen jetzt wertlos, oder wir sorgen für das Gegenteil. Hessler hat sich vertraglich die Vorkaufsrechte für Serkassows gesamte letzte Jahresproduktion gesichert. Aber erst muss man einmal abwarten, wie die Erbschaftsangelegenheiten geregelt werden. Dennoch, Vertrag ist Vertrag. Hessler ist jedoch wohl kaum noch in der Lage, das Geld für Serkassows Restwerk aufzubringen. Wenn sich daher Möglichkeiten für eine posthume Vermarktung ergeben, würde ich die Arbeiten übernehmen. Die Investition könnte sich rechnen.

Ich: Serkassow ist am 13. September in London angekommen und noch am selben Tag vergiftet worden. Scotland Yard hat alle Kontakte genau zurückverfolgt, Sie waren nicht dabei.

Gambini: Nein. Scotland Yard ist aber auch zu mir gekommen. Serkassow hatte mich erst am darauf folgenden Tag besucht. Am Vormittag. Da klagte er bereits über Kopfschmerzen und Unwohlsein. Leider hatte ich an diesem Morgen einen unverhofften Kundenbesuch. Serkassow hat das natürlich sofort zur Kenntnis genommen und wollte am Nachmittag vor seinem

Rückflug noch einmal kurz bei mir vorbeischauen. Wir haben uns zum Abschied nicht einmal mehr die Hand gegeben. Das war sicherlich mein Glück. Denn wie man mir sagte, kann eine gefährliche Dosis Polonium bereits durch den Schweißfilm in den Handflächen übertragen werden. In der Galerie konnte dann auch eine Strahlung gemessen werden. Sie war jedoch geringfügig und unbedenklich, wie mir die Experten versicherten.

Ich: Und ist Serkassow am Nachmittag noch einmal bei Ihnen gewesen?

Gambini: Nein, er rief mich an und sagte, dass es ihm stündlich schlechter gehe.

Ich: Wussten Sie etwas über seine anderen Kontakte in London?

Gambini: Nun ja, ich wusste natürlich von seiner Bekanntschaft mit Juri Blawski. Das hat für die Entscheidung, seine Werke auszustellen, eine nicht unbedeutende Rolle gespielt. Die neureichen Russen haben sich bis vor einiger Zeit zwar wenig für etablierte zeitgenössische Kunst interessiert. Aber das ändert sich langsam, nachdem sie in den Büros ihrer westlichen Millionärsfreunde Arbeiten von Kiefer, Beuys, Koons, Richter, Merz und all den anderen Dokumenta-Heroen gesehen haben. Jetzt wollen sie nicht mehr länger als kulturelle Provinzler angesehen werden.

All diese Leute verstehen nicht das Geringste von Kunst, und in Wahrheit gefällt ihnen der ekelhafteste Kitsch, sofern er nur teuer ist. Ich vermute, dass der wahre Grund für ihren Sinneswandel ganz woanders zu suchen ist. Kunst ist hervorragend für elegante Geldwäsche geeignet.

Was ist Ihre persönliche Meinung zu dem Fall? Was glauben Sie, wer Serkassow umgebracht haben könnte?

Über Russland hört man ja so einiges. Aber kann man sich wirklich vorstellen, dass der Präsident eines zivilisierten, demokratischen Landes einen Mord anordnet, so wie es Serkassow kurz vor seinem Tod noch behauptet hat?

Ich: Darüber kann ich absolut nichts sagen. Ich habe gerade erst mit meinen Recherchen begonnen. Aber bedenken Sie, Russland ist kein zivilisiertes Land. Und demokratisch ist es auch nicht.

Gambini: Ja, wenn man die Zeitungen liest, könnte man das wohl meinen. Nur kann man sich das hier wohl kaum richtig vorstellen.

Ich: Gibt es sonst noch irgendetwas, das Sie über Serkassow wissen?

Gambini: Ich bin ein viel beschäftigter Mann, da bleibt nur Zeit für das Eigentliche, die Kunst und deren Vermarktung. Aber ich mache Ihnen einen Vorschlag: Wenn die Ausstellung zustande kommt, werde ich einen prominenten Kritiker engagieren, und Sie lesen aus Ihrem Manuskript vor. Wenn Sie für Serkassow wenigstens den Namen Golzin verwenden, würde ich Ihnen dafür eine nicht unbeträchtliche Summe zahlen. Wir haben ja das Problem, dass alle Arbeiten mit Wiktor Golzin signiert sind. Das bedeutet, dass man den Namen Golzin nachträglich auf dem Kunstmarkt etablieren muss. Wenn mir das jedoch mit Hessler zusammen gelingen würde, hätte sein Tod sogar gewisse Vorteile. Sein Werk wäre von vornherein limitiert.

Ich hoffe nur, dass er in seinem Atelier in Miltau genügend Zeichnungen, Entwürfe und Skizzen hinterlassen hat. Dann könnte man von Zeit zu Zeit immer wieder etwas nachschieben und die Preise dadurch in die Höhe treiben. Überlegen Sie es sich! Es geht schließlich nur um einen einzigen Namen. Und sagen Sie mir, wie hoch Sie sich Ihre Vergütung vorstellen.

Ich: Ich werde darüber nachdenken. Zunächst muss ich allerdings erst einmal etwas zu Papier bringen.

Aktennotiz
08.11.06

Vielleicht ist es genau das, was Grischin in dem *Zeit*-Interview meinte, als er darauf hinwies, dass der globale Materialismus Russland nur die Rolle eines Vorreiters zuweist. Aber die Richtung, in die das Ganze geht, ist weltweit zu bemerken. Alles dreht sich nur noch um Geld, um Geschäfte und um Vermarktung. Auch scheint niemand mehr die Ungeheuerlichkeit einer solchen Entwicklung begreifen zu wollen.

doku a-serk-184
(Quelle: Fink)
Tagebuch der Dorothe Hülsen
20.05.06

Irgendwie scheinen sich die Mitglieder meiner Familie zu verändern. Lukas, der bislang ein erstaunlich folgsames Kind war, wandelt sich zu einem kleinen Derwisch und Regine ist in der letzten Zeit häufig quengelig. Vielleicht mache ich etwas falsch, aber von anderen Eltern höre ich ähnliche Entwicklungen. Da wächst offenbar eine neue Generation heran, die sich schon im Vorschulalter nichts mehr von den Eltern sagen lässt. Wiktor zeigt stets eine Menge Verständnis. Er sollte etwas strenger sein. Er verwöhnt Lukas zu sehr.

Wiktor ist gestern von einem zweitägigen Aufenthalt in Leipzig zurückgekommen. Hauptsächlich ging es darum, mit der Galerie Hessler die mögliche Beteiligung an einer Gruppenausstellung zu besprechen. Wiktor ist nicht sonderlich daran interessiert. Natürlich hat er die Gelegenheit genützt, sich mit Andrej zu treffen. Sie haben wieder einmal bis in die Nacht bei einer Flasche Wodka zusammengesessen. Seit einiger Zeit redet Wiktor häufiger über Russland und Politik. Den russischen Präsidenten Romanow scheint er von Herzen zu hassen.

Ich vermeide politische Diskussionen mit Wiktor. In der Beziehung ist er kein Optimist, mehr ein Schwarzseher, der die misslichen Zustände in Russland zu einer einzigen riesigen Verschwörung gegen die Menschlichkeit hochstilisiert. Er sagt, der russische Geheimdienst würde alle Regimegegner ermorden lassen, und verweist auf diesbezügliche Presseartikel. Das Thema erregt ihn manchmal derart, als ob er persönlich davon betroffen wäre. Vielleicht fehlt es mir an Einfühlungsvermögen, um das zu verstehen. Allerdings soll auch die Journalistin, die er persönlich kannte, nur mit knapper Not einem Mordanschlag entgangen sein.

Was eine eventuelle Ausstellung in London betrifft, scheint sich alles günstig zu entwickeln. Hessler hat zugesagt, sich an den Unkosten zu beteiligen. Jetzt müssen Verträge ausgearbeitet werden, um prozentuale Gewinnanteile zu regeln. Ich hege den Verdacht, dass die hehre Kunst auch nur noch ein sehr genau kalkuliertes Geschäft ist. Idealismus ist aus der Mode gekommen und wird einem nur noch als Naivität ausgelegt.

doku a-serk-185
(Quelle: Fink)
Tagebuch der Dorothe Hülsen
03.09.06

Heute war ein Septembertag, wie er im Buche steht. Mit 24 Grad eigentlich viel zu warm für die Zeit. Den Vormittag ein paar Stunden im Verlagsbüro in Leipzig gearbeitet. Danach habe ich mir einen kleinen Bummel in der Stadt geleistet und seit Langem einmal wieder in Modeläden gestöbert. In den Straßencafés saßen die Menschen in sommerlicher Kleidung. Da sind gleich alle besserer Laune. Ich habe mir einen Eisbecher geleistet. Seit ich Mutter bin, habe ich jedes Mal, wenn ich mir etwas Persönliches gönne, ein schlechtes Gewissen. An solchen Tagen kommt mir zu Bewusstsein, wie sehr Kinder das Leben verändern. Aber ich habe es so gewollt und könnte es mir nicht mehr ohne meine beiden Kleinen vorstellen. Wiktor geht es Gott sei Dank genauso. Er hat ein großes Herz, und deswegen liebe ich ihn, auch wenn manche seiner Marotten eine wahre Prüfung sind. Neuerdings hat er sich ein Jagdgewehr und eine Schrotflinte gekauft und veranstaltet täglich hinter der Atelierscheune Schießübungen auf eine Zielscheibe. Auch wenn es Sportwaffen sind, gefällt mir das nicht besonders. Wiktor sagt, das sei eine Konzentrationsübung mit ähnlicher Wirkung, wie sie von japanischen Mönchen beim rituellen Schießen mit Pfeil und Bogen praktiziert wird. Lukas findet es natürlich toll und möchte auch gerne mit dem Jagdgewehr schießen. Aber Wiktor hat ihm nachdrücklich erklärt, dass es sich um eine Sportart handelt, bei der selbst für Erwachsene höchste Vorsicht geboten ist. Ich habe einmal kurz zugesehen, wie er schießt. Das ist ganz unglaublich. Er trifft auf dreißig Meter immer genau ins Schwarze. Er sagt, beim Militär hätte er eine Scharfschützenausbildung erhalten, habe aber Gott sei Dank niemals jemanden töten müssen. In solchen Momenten begreife ich, dass Wiktor aus einer Welt kommt, die mir in Vielem für immer verschlossen bleiben wird.

doku a-serk-186
(Quelle: Fink)
Tagebuch der Dorothe Hülsen
10.09.06

Heute war nicht mein Tag. Vielleicht lag es daran, dass ich bald meine Tage bekomme. Schon am Morgen begann der Kampf gegen die Widrigkeiten des Lebens. Lukas hatte das Klo mit Unmengen von Papier verstopft und danach gespült. Das Resultat war eine ekelige Überschwemmung. Auch Wiktor war den ganzen Tag über missgelaunt und angespannt. Aber vielleicht hat er auch nur auf meine hysterischen Anwandlungen reagiert. Wenn Männer doch nur verstehen würden, wie es Frauen an solchen Tagen geht. Aber wie sollten sie sich da auch hineinfühlen können? Die Geschlechter sind nun einmal unterschiedlich. Jedes Mal, wenn ich ihn angesprochen habe, schien er mir völlig abwesend zu sein. An solchen Tagen ist es unmöglich, herauszufinden, was in ihm vorgeht. Dann stelle ich Fragen, die ihn noch mehr in den Rückzug treiben, und ich habe das Gefühl, eigentlich nichts über den Mann zu wissen, mit dem ich jetzt schon so lange zusammenlebe und mit dem ich zwei Kinder großziehe.

Ich habe ihm vorgeworfen, ein verstockter Egozentriker zu sein. Das war natürlich nicht so gemeint, wie es bei ihm angekommen ist. Doch er ist daraufhin beleidigt in sein Atelier verschwunden, hat die Kettensäge angeworfen und aus Verzweiflung angefangen, an einem riesigen Baustamm herumzuschnitzen. Vielleicht bringe ich auch zu wenig Verständnis dafür auf, dass er schließlich aus einer anderen Kultur kommt und Deutschland nicht seine Heimat ist. Frauen wollen immer alles ganz genau wissen. Aber möglicherweise gibt es da ja auch nichts zu erfahren. Und dass er nicht gerne über seine Zeit bei der Armee redet, ist verständlich. Es muss da ziemlich grob zugegangen sein. Alexander sagt, jeder, der genug Geld oder Einfluss besaß, hätte dafür gesorgt, dass seine Söhne nicht zum Wehrdienst eingezogen wurden, weil die einfachen Soldaten, von einem Kriegseinsatz einmal ganz abgesehen, dort schon von den eigenen Vorgesetzten misshandelt wurden. Solche Zustände können wir uns einfach nicht vorstellen.

doku a-serk-187
(Quelle: Fink)
Tagebuch der Dorothe Hülsen
13.09.06

Wiktor ist in aller Herrgottsfrühe zum Flughafen gefahren. Den Rest des Tages mit Hausputz verbracht. Gut, dass Wiktor nicht dabei ist. Ich muss wie eine komplett verrückte Neurotikerin wirken. Aber eigentlich hat die Natur es gar nicht so schlecht eingerichtet. Ich bin das Gegenteil von einem Ordnungsfanatiker, und so kommt mir der monatliche Putzzwang gar nicht ungelegen. Lukas hasst es, wenn ich nicht ansprechbar bin, und protestiert. Er kann an der Reinigungsorgie nicht den geringsten Nutzen entdecken. Im Kinderzimmer ist sowieso jede Liebesmüh vergebens. Nach einer halben Stunde haben sie wieder alles in ein Chaos verwandelt.

doku a-serk-188
(Quelle: Fink)
Tagebuch der Dorothe Hülsen
14.09.06

Am frühen Abend Anruf von Wiktor aus London. Gambini hat jetzt endlich einen konkreten Termin für die Ausstellung genannt. Er will einen aufwendigen Katalog mit Wiktors Arbeiten drucken lassen. Das ist ein gutes Zeichen. Wenn ein Galerist in einen Künstler investiert, wird er auch versuchen, ihn so gut wie möglich zu verkaufen. Ich denke, Wiktor hat da eine Menge Glück gehabt. Denn wie man in den Feuilletonartikeln lesen kann, ist London zurzeit eines der wichtigsten Zentren für zeitgenössische Kunst. Wiktor hat versprochen, morgen wieder zurückzukommen. Seine Stimme klang ein wenig merkwürdig. Er klagte über eine Magenverstimmung.

doku a-serk-189
(Quelle: Fink)
Tagebuch der Dorothe Hülsen
16.09.06

Seit Wiktor aus London zurück ist, geht es ihm stündlich schlechter. Er nimmt Aspirin und Pillen gegen die Übelkeit. Ansonsten versucht er tapfer, sich den Kindern gegenüber nichts anmerken zu lassen. Auf mein Drängen ist er dann am Abend bei Dr. Niemeyer gewesen. Der Doktor tippte auf eine exotische Lebensmittelvergiftung. Wiktor hat in London in einem japanischen Restaurant Sushi gegessen. In der Nacht ging es ihm noch schlechter. Er hat stark geschwitzt und war mehrmals auf der Toilette, um sich zu übergeben. Dr. Niemeyer hat ihm geraten, reichlich Kohletabletten zu schlucken. Da könne man nichts falsch machen.

Ich mache mir ernsthafte Sorgen.

doku a-serk-190
(Quelle: Fink)
Tagebuch der Dorothe Hülsen
17.09.06

Wiktor sah am Vormittag wie eine lebende Leiche aus. Ich habe sofort Dr. Niemeyer angerufen. Er riet mir, Wiktor so schnell wie möglich nach Berlin in die Charité zu bringen. Nur dort gäbe es Spezialisten, die die nötigen Untersuchungen vornehmen könnten und auch über die entsprechende Ausstattung verfügten. Wenn es überhaupt einen Ort gäbe, an dem man herausfinden könne, woran Wiktor leidet, dann sei das die Charité.

Das Krankenhaus ist wirklich riesig. Man fühlt sich darin richtig verloren.

Ich habe noch die Voruntersuchung in der Ambulanz abgewartet. Die Ärzte waren ziemlich ratlos. Sie haben Wiktor zur Vorsicht gleich auf die Intensivstation gebracht. Um 23:00 zurück. Fix und fertig. Die Tochter einer Nachbarin hat sich liebevoll um die Kinder gekümmert. Sie saß noch vor dem Fernseher. Ich denke, ich kann mich auf sie verlassen. Die Kinder mögen sie. Ich kann sie jederzeit ansprechen, wenn ich sie noch einmal brauche.

doku a-serk-191

(Quelle: Fink)

Tagebuch der Dorothe Hülsen

18.09.06

Wiktors mysteriöse Krankheit macht mir Angst. Die Ärzte an der Charité sind völlig ratlos. Da wird immer so viel vom Fortschritt in Medizin und Wissenschaft geredet, aber sie können nicht herausfinden, mit was er sich vergiftet hat. Als ich ihn heute Nachmittag besucht habe, war er so verstört, dass er kaum geredet hat. In erster Linie gibt man ihm jetzt Medikamente, die das Immunsystem stärken. Der behandelnde Stationsarzt hat versucht, mich zu beruhigen. Sie wollen internationale Experten hinzuziehen. Das hört sich gar nicht gut an. Verdammt, ich muss mich zusammenreißen. Angst essen Seele auf. Ich muss mir ständig sagen: Denk an die Kinder und lass dir nichts anmerken!

doku a-serk-192
(Quelle: Fink)
Tagebuch der Dorothe Hülsen
20.09.06

Mir zittern noch immer die Hände. Es ist unfassbar. Es gibt keine Worte. Wie soll ich damit umgehen? Und die Kinder? Lukas werde ich es erklären müssen. Wieso hat Wiktor mir nicht vertraut? Er hätte mit mir über alles reden können. Was soll man sagen, wenn man den Fernseher anschaltet, in den Nachrichten den Namen des Vaters seiner Kinder hört und erfährt, dass man jahrelang mit einem Phantom zusammengelebt hat? Wiktor heißt in Wahrheit Alexander Serkassow! Mein Gott! Und er soll ein FSB-Agent gewesen sein. Einer, der unter einem anderen Namen abgetaucht ist, weil man ihn umbringen wollte. Und ein militanter Gegner des Romanow-Regimes soll er gewesen sein. Und jetzt haben die, vor denen er geflüchtet ist, es doch noch geschafft. Der Nachrichtensprecher sprach von der „Affäre Serkassow", die besonders in London für Aufregung sorgt, weil die Tat dort begangen wurde. Ein Skandal deute sich an, heißt es, dessen Auswirkungen noch nicht zu erahnen wären. Wiktor hat nach einer Anhörung durch die Kriminalpolizei in einer Erklärung für die Presse den russischen Präsidenten Romanow beschuldigt, persönlich den Anschlag auf sein Leben angeordnet zu haben.

Ich hoffe, Wiktor wird mich über alles rückhaltlos aufklären. Das ist er mir und den Kindern schuldig. Wie kann jemand ein derart perfektes Doppelleben führen? Vielleicht habe ich aber auch vieles überhört, das einer Nachfrage wert gewesen wäre. Wenn er wirklich ein Regimekritiker war, der sein Leben für ein besseres Russland eingesetzt hat, könnte ich ihn ja verstehen. Kann ich ihm überhaupt noch trauen? Ja! Ich werde es müssen! Es hat sich ja nichts an meiner Liebe zu ihm geändert. Und er ist schließlich immer noch der Vater unserer beiden Kinder. So wie er mich im Krankenhaus angesehen hat, besteht kein Zweifel, dass seine Gefühle zu mir nicht gespielt sind. Vielleicht blieb ihm gar nichts anderes übrig, als sich derart in seine Rolle hineinzusteigern, dass er sie selbst geglaubt hat. Zu meiner Sorge um Wiktor kommt jetzt noch eine andere Angst hinzu. Wenn es wirklich ein Mordversuch war und der russische Geheimdienst dahintersteckt, könnten sie es noch einmal versuchen. Und was hielte sie davon ab, auch mich und die Kinder zu bedrohen?

Wie geht man mit einer solchen Situation um, ohne in Panik zu geraten? Die Kinder dürfen nichts davon mitbekommen.

Lieber Gott, lass Wiktor wieder gesund werden. Lass den Kindern ihren Vater! Lass mir meinen Mann. Hoffentlich findet man die Täter bald.

Aktennotiz

08.11.06

Mit dem Eintrag vom 20.09. endet Hülsens Tagebuch. Die restlichen Seiten der Kladde sind leer geblieben.

doku a-serk-193
(eig. Recherche)
09.11.06 – 20:00
Protokoll und verdeckter Tonband-Mitschnitt

Blawskis Geschäftsräume in der Down Street.

Aus mindestens zwei Fahrzeugen in Sichtweite des Hauses wird der Eingang beobachtet. Entweder gehören sie zusammen, oder Blawski wird von verschiedenen Diensten aus unterschiedlichem Interesse heraus observiert.

Vor dem Eingang stehen zwei riesige Männer in unpassend teuren Anzügen und scheinen jeden Ankommenden mit ihrem Röntgenblick zu durchleuchten.

Im großen Foyer ist ein Buffet aufgestellt. An den Wänden hängen großformatige moderne Gemälde. An die dreißig Personen füllen den Raum. Weitere kommen dazu. Es wird überwiegend Englisch gesprochen. Aber es sind auch russische und deutsche Gesprächsfetzen zu hören. Etliche der Anwesenden sind offensichtlich Russen. Hübsche Mädchen in eleganten Kostümen servieren Getränke.

Eine schlanke Frau mit dunklen Haaren kommt lächelnd auf mich zu.

Ich erinnere mich vage an das ovale Gesicht mit den etwas schräg stehenden Augen.

Mascha Blawski: Sie müssen Michail Dostojewski sein?

Ich: Mascha Blawski!

Mascha Blawski: Meine Güte, das ist lange her. Sie trugen schon damals den Schnauzbart. Nur dass er da noch dunkel war. Und Sie fielen ein wenig aus dem

Rahmen. Vielleicht weil Sie wie ein Intellektueller wirkten. Olga hat das sehr imponiert. Mir auch. Ich glaube, wir haben nicht einmal miteinander gesprochen.

Ich: Nein, ich glaube nicht. Vielleicht hat Olga uns vorgestellt. Ich kann mich nicht erinnern. In den alten Zeiten trank ich häufig mehr, als mir guttat. Aber bei Ihnen scheint die Zeit stehen geblieben zu sein.

Mascha Blawski: Das ist äußerst charmant. Sie sind also Schriftsteller geworden, sagte mir Olga? Das passt zu Ihnen.

Ich: So könnte man sagen.

Mascha Blawski: Ah, da kommt mein Mann schon.

Blawski: Sie müssen Dostojewski sein. Sie sind der Einzige hier, der wie ein Schriftsteller aussieht. Kommen Sie, gehen wir ein wenig aus dem Gedränge. Sind Sie eigentlich mit unserem großen Dostojewski verwandt?

Ich: Nein, in keiner Weise. Ich nehme an, es gibt in Russland einige Tausend, die diesen Namen tragen. Für einen Schriftsteller ist das natürlich sehr ungünstig. Ich schreibe unter einem Pseudonym.

Blawski: Sie kannten also Serkassow?

(Ich ziehe den alten Fotoabzug hervor, auf dem Serkassow, Berischkin und ich auf einem Kindergeburtstag zu sehen sind. Blawski sieht es eine Weile stumm an und schüttelt den Kopf.)

Blawski: Es ist schon beängstigend, wie im Rückblick die Zeit vergeht. So vieles, das man vergessen und verdrängt hat, und dann sieht man so ein Foto und man erkennt darauf jemanden wieder.

(Er zeigt mit dem Finger auf das Foto.)

Und das, das sind Sie? Die Nase und die Augen! Und wer ist das? Etwa Berischkin?

Ich: Ja, Berischkin. Er und Serkassow sind jetzt beide tot. Und hier auf dem Bild waren wir noch Kinder und hatten alles vor uns.

Blawski: Ja, man darf gar nicht erst anfangen, darüber nachzudenken.

Wenn Sie mich jetzt vielleicht kurz entschuldigen würden, ich habe noch ein Dutzend Gäste zu begrüßen. Danach können wir uns sicher für einen Moment in eine ruhige Ecke zurückziehen und uns ein wenig unterhalten.

(Komme mit einigen anderen Gästen ins Gespräch. Die meisten sind Geschäftsleute mit internationalen Unternehmen oder Beteiligungen und fragen mich, ob ich im Energie-, Rohstoff- oder Geldgeschäft tätig bin.)

21:20

(Blawski kommt wieder auf mich zu.)

Blawski: Kommen Sie, setzen wir uns dort in die Nische. Haben Sie etwas von dem Hummer probiert? Den lasse ich zu besonderen Anlässen immer aus Kanada einfliegen. Und den Kaviar dürfen Sie auf keinen Fall versäumen. So einen können Sie nämlich nirgendwo kaufen. Diese Sorte wird nur für mich hergestellt. Und für meine Freunde natürlich. Ich verrate Ihnen etwas: Ich persönlich esse nur sehr selten Kaviar. Aber dieser hier gehört zum Besten, was es gibt.

Ich: Das habe ich bemerkt. So einen könnte ich jeden Tag zum Frühstück verspeisen.

Blawski: Freut mich, dass Sie ihn zu schätzen wissen. Hier sind ein paar Leute, die würden auch Exkremente essen, wenn Sie 100 Dollar pro Gramm kosten und auf goldenen Tellern serviert werden. Ich werde dafür sorgen, dass man Ihnen ein paar Dosen einpackt, bevor Sie gehen. Dann haben Sie eine Weile etwas Gutes zum Frühstücken. Und jetzt erzählen Sie! Sie wollen ein Buch über Serkassow schreiben?

Ich: Nicht direkt. Der Fall hat viel Aufsehen erregt. Mich persönlich hat er natürlich auch betroffen gemacht. Aber ich hatte Serkassow für lange Zeit aus den Augen verloren. Wir haben uns zwar später zufällig einmal wieder in Moskau getroffen. Doch ich kannte ihn nicht wirklich. Würde ich ein dokumentarisches Buch schreiben wollen, würde ich kaum an die nötigen Informationen gelangen, um in die Tiefe gehen zu können. Ich habe an einen Roman gedacht. Ich werde auch andere Namen verwenden. Davon abgesehen ist der Fall nur so mit Stolperfallen gespickt. Bis jetzt hat noch niemand einen eindeutigen Täter ausgemacht.

Blawski: Verdächtigungen gab es genug. Dann sind Sie jetzt in London, um zu recherchieren?

Ich: Nun, ich denke, an wirklich wichtige Informationen werde ich wohl kaum gelangen können. Dazu fehlen mir das detektivische Talent und die Mittel.

Blawski: Wollen Sie so etwas wie die metaphysische Wahrheit herausfinden?

Ich: Das haben Sie sehr schön gesagt. Vielleicht. So ähnlich. Vielleicht geht es mir um die allegorischen und symbolischen Momente. Die Fakten kann ich größtenteils der Presse entnehmen.

Blawski: Das, was man Fakten nennt. Aber in dieser Sache haben sich die Fakten bis zum heutigen Tag ständig verändert.

Ich: Natürlich bin ich an einigen authentischen Aussagen interessiert. Sie haben ihn offenbar gut gekannt oder waren mit ihm befreundet.

Blawski: Nun, Serkassow hat sporadisch für mich gearbeitet. Unsere Kontakte beschränkten sich meistens auf das Sachliche. Ich denke, wir waren uns sympathisch. Und uns verbanden die gleichen politischen Überzeugungen.

Ich: Soweit ich der Presse entnehmen konnte, hat es ein sehr breites Spektrum an Verdächtigungen und Mutmaßungen gegeben, die sich teilweise sogar auf bizarre Weise widersprochen haben.

Blawski: Das kann man wohl sagen. Das kommt daher, dass Scotland Yard absolut im Dunkeln tappt.

Ich: Das glauben Sie?

Blawski: Ja, natürlich. Stellen Sie sich vor, man hat sogar mich in Verdacht gehabt, in die Sache verwickelt zu sein, einmal war ich auf der Täterseite, ein anderes Mal sollte eigentlich ich selbst vergiftet werden. Aber letztlich wird das alles auf der politischen Ebene abgehandelt.

Ich: Was war Serkassow für ein Mensch?

Blawski: Das kann ich nicht sagen. Serkassow kommt aus demselben Stall wie Romanow. Sie alle haben beim KGB und FSB gelernt, sich so perfekt wie möglich zu verstellen. Persönlich habe ich ihn stets für loyal gehalten und auch so erlebt.

Ich: Der Mord an Serkassow gilt als einer der teuersten in der Geschichte des Verbrechens. Daraus haben manche Journalisten gefolgert, dass er vielleicht von Romanows Freunden unter den Oligarchen finanziert wurde.

Blawski: Ja, da kann man sich alles zusammenreimen. Aber wer sagt denn, dass das Polonium so viel gekostet haben muss. Der FSB würde es umsonst bekommen. Die Nuklearfabrik *Avantgarde* ist in Russland Monopolist für dessen Herstellung. Die Sicherheit liegt natürlich in Händen des Innenministeriums. Woykow hat übrigens früher im Bereich Reaktorschutz gearbeitet. Er hätte Kontakte in dieser Richtung gehabt.

Ich: Das ist allerdings sehr interessant. Darüber stand in der Zeitung nichts zu lesen. Angeblich hat Woykow auch für Sie gearbeitet.

Blawski: Nein, das hat er nur indirekt. Er hatte mit der Sicherheitsfirma *ARIS* zu tun, und *ARIS* deckt auch Engpässe in meinen Unternehmen ab. Ich kannte ihn allerdings. Einer wie er gehört zur Gattung der Ratten. Wie soll Ihr Buch enden, wenn es noch kein Ende gibt?

Ich: Eine gute Frage. Ich sage Ihnen, was ich denke: Alle, denen man konkrete Verdachtsmomente unterstellen kann, werden ohnedies sterben. Woykow hat bereits den Anfang gemacht. Irgendwann wird man jemanden präsentieren, der das Polonium beschafft haben soll, der wird zu diesem Zeitpunkt aber auch schon nicht mehr am Leben sein. Und so wird es weitergehen. Glauben Sie, dass er, wie Scotland Yard behauptet, im *Itsu* vergiftet worden ist?

Blawski: Alle Hinweise sprechen dafür, sofern keine gegenteiligen Indizien unterschlagen wurden.

Ich: Was halten Sie von der Geschichte mit dem großen Unbekannten?

Blawski: Ja, das ist typisch. Dass es ihn gibt, steht wohl außer Frage. Das hat man sehr raffiniert aufgebaut. Man hat jemanden ins Spiel gebracht, der letztlich als Hauptverdächtiger übrig bleiben wird. Dass seine Identität so beharrlich im Dunkeln bleibt, lenkt dann bestens von den wahren Hintermännern ab. Irgendwann wird man ihm vielleicht sogar einen Namen geben. Das ist eine exzellente Spielkarte.

Nur Serkassow hätte die Identität des Mannes lüften können. Es ist mir rätselhaft, warum er es nicht getan hat. Angst um sein Leben musste er ja nicht mehr haben. – Wann soll Ihr Buch erscheinen?

Ich: Es ist noch nicht einmal geschrieben. Ich werde dafür sicher ein Jahr benötigen.

Blawski: Wenn ich Ihnen in irgendeiner Weise bei den Recherchen behilflich sein kann, sagen Sie es. Wenn es ein gutes Buch wird, würde ich es Ihnen auch finanzieren.

Ich: Vielen Dank, aber ich habe einen Verlag, der das übernimmt.

Blawski: Ich halte Anteile an Medienkonzernen. Da sind auch Verlage dabei. Geben Sie mir die Rohfassung, sobald Sie sie fertiggestellt haben. Wenn Sie einen guten Vorschuss bekommen wollen, brauchen Sie schon ein wenig Vitamin B.

Ich: Ich bin Ihnen sehr zu Dank verpflichtet, dass Sie sich die Zeit genommen haben, um mit mir zu reden. Ich denke, es war recht hilfreich.

Blawski: Nun, viel habe ich nicht beitragen können. Rufen Sie mich bei Gelegenheit wieder an. Vielleicht können wir einmal zusammen essen gehen.

Ich: Lässt man Ihr Haus überwachen?

Blawski: Natürlich! Ich weiß nicht, was das soll. Sie versammeln sich aus allen Fraktionen. MI5, MI6, Scotland Yard, CIA, FSB und Private. Ich bin daran gewöhnt. Offensichtlich gehört das mit zum großen Spiel. Es ist ein lächerlicher Kindergarten. Ich habe nichts zu verbergen. Jeder kann mit mir jederzeit einen Termin machen und mich befragen. Scotland Yard will mich wahrscheinlich schützen, der MI6 bespitzelt Scotland Yard, die CIA will einfach nur am Ball bleiben und der FSB würde mich mit Freuden aus dem Verkehr ziehen, wenn das, ohne großes Aufsehen zu erregen, möglich wäre. Nein, darüber kann ich nur lachen. In Russland wäre das machbar gewesen. Romanow ist meine beste Versicherung. Er wird alles tun, damit ich am Leben bleibe. Haben Sie schon mitbekommen, dass Brolin verhaftet worden ist?

Ich: Nein. Das ist mir neu.

Blawski: Der amerikanische Fernsehsender CNN hat es heute Mittag gebracht. Sie machen das mit dem üblichen Steuertrick. Er sitzt schon seit einer Woche in Untersuchungshaft, ohne dass die Presse etwas davon erfahren hat. Und stellen Sie sich vor, man hat ihn jetzt in ein Straflager nach Sibirien gebracht. Ich bin gespannt, wie man in Europa darauf reagieren wird.

(Mascha Blawski kommt hinzu.)

Mascha Blawski: Wollen Sie etwa schon aufbrechen?

Ich: Ich lebe normalerweise sehr zurückgezogen. Das ist das einsame Los aller Schriftsteller. Und ich bin Empfänge nicht mehr gewohnt.

(Blawski wendet sich anderen Gästen zu.)

Mascha Blawski: Hat mein Mann Ihnen ein wenig weiterhelfen können?

Ich: Ich denke, dass unser Gespräch meinen Blickwinkel durchaus erweitert hat.

Mascha Blawski: Wo haben Sie denn Olga gelassen? Ich dachte, sie wollte für ein paar Tage nach London kommen.

Ich: Das hatte sie auch vor, aber ihre Mutter liegt im Krankenhaus.

Mascha Blawski: Ach, ich dachte, ihre Mutter wäre

vor zwei Jahren gestorben.

Ich: Wie gut kennen Sie Olga eigentlich?

Mascha Blawski: Eigentlich nicht sehr gut. Aber als wir uns kennenlernten, haben wir uns auf Anhieb gut verstanden. Olga hat einige Male für einen Geschäftsfreund meines Mannes gearbeitet. Sagt Ihnen der Name Wayne Darth etwas?

(siehe **doku a-serk-109**)

Ich: Nein, wer soll das sein?

Mascha Blawski: Ein amerikanischer Milliardär, der seine Geschäfte überwiegend von seiner Yacht aus tätigt. Olga hatte den Auftrag, bei Überführungen ohne den Eigner für die Sicherheit der Yacht zu sorgen. Einige Monate im Jahr liegt sein Schiff in Nizza. Mein Mann hat dort auch eine Yacht im Hafen liegen. Da haben wir uns kennengelernt.

Aktennotiz

09.11.06

Das wirft wieder ein neues Licht auf Olga. Treibt sie doch ein doppeltes Spiel, wie ich schon anfänglich befürchtet habe?

Aktennotiz

10.11.06 – 11:00

Ein Besuch in der Buckminster Street 23 im *Garden Island* Hotel hat ergeben, dass Ryschkowa in aller Frühe die Rechnung bezahlt und das Hotel verlassen hat. Wie nicht anders erwartet, hat sie keine neue Adresse hinterlassen.

doku a-serk-194
(eig. Recherche)
10.11.06 – 18:00
Besuch beim ehemaligen Redakteur der *Iswestija,* Genadi Wondrowski, in der Newhaven Street 138
Protokoll (verdeckter Tonbandmitschnitt)

Ich: Erschrecken Sie bitte nicht, ich heiße Michail Dostojewski. Ich bin ein Jugendfreund Alexander Serkassows und ich weiß, dass Anna Ryschkowa einige Tage bei Ihnen übernachtet hat.

Wondrowski: Dostojewski! Ha, was euch nicht alles einfällt! Hören Sie, wer auch immer Sie sind und in wessen Diensten Sie auch immer stehen, wir sind hier in England, in London und nicht in Russland. Ich werde sofort die Polizei anrufen.

(Ich hole das alte Foto hervor.)

Ich: Ich habe erwartet, dass Sie so reagieren. Vielleicht sollten Sie sich das kurz ansehen.

(Wondrowski starrt eine Weile stumm auf das Foto.)

Wondrowski: Woher wollen Sie wissen, dass eine Anna Ryschkowa bei mir gewesen ist?

Ich: Ich habe eine Detektei beauftragt.

Wondrowski: Auch das noch. Was soll das Foto beweisen?

Ich: Hören Sie, ich habe Alexander kurz vor seinem Tod in Berlin im Krankenhaus besucht. Ich weiß, dass Anna Ryschkowa und Alexander für einige Zeit eine Beziehung hatten. Dann tauchte Alexander unter und der Kontakt war für viele Jahre unterbrochen. Anfang dieses Jahres hat er sich bei Anna gemeldet. Er hatte einen E-Mail-Zugang unter dem Namen Jan Poulsen.

Wondrowski: Da wissen Sie ja einiges!

Ich: Ich appelliere an Ihre Menschenkenntnis als Journalist. Wenn Sie mich noch immer für einen FSB-Agenten halten, werde ich Sie nicht weiter belästigen. Ich habe vollstes Verständnis für Ihr Misstrauen.

Wondrowski: Sie haben Serkassow also noch lebend gesehen. Anna war das nicht mehr vergönnt. Sie kam zu spät.

Ich: Er hatte sich bereits auf den Tod eingestellt.

Wondrowski: Wo haben Sie in Russland gelebt?

Ich: Überwiegend in Moskau.

Wondrowski: Könnten wir uns schon einmal begegnet sein?

Ich: Und wo sollte das gewesen sein?

Wondrowski: In Moskauer Intellektuellenkreisen sah man sich bei Dichterlesungen, Kunstausstellungen und in der Universität.

Ich: Wäre möglich. Ich habe Sprachwissenschaften studiert und danach für einige Zeit als Dozent gearbeitet.

Wondrowski: Kommen Sie doch erst einmal herein.

Ich: Serkassow ging es zu dem Zeitpunkt, als ich ihn sah, schon sehr schlecht. Aber er hat mir noch einiges sagen können.

Wondrowski: Wollen Sie etwa auf eigene Faust versuchen, mit Scotland Yard zu konkurrieren?

Ich: Ich nehme an, Scotland Yard wird in diesem Fall von der Regierung an der kurzen Leine gehalten. Man ist an einem guten Verhältnis zu Romanow interessiert. Niemand will wirklich die Wahrheit herausfinden.

Wondrowski: Damit haben Sie wahrscheinlich recht. Aber meine Frage ist damit nicht beantwortet.

Ich: Ich bin Schriftsteller und ich habe Alexander versprochen, dass ich ein Buch über den Fall schreiben werde, damit sein Tod nicht völlig sinnlos war.

Wondrowski: Wenn das so ist, würde Anna Sie sicher gerne treffen wollen. Sie ist in ein kleines Hotel gezogen. Es ist mehr eine Pension und heißt *Garden Island.*

Ich: Ja, ich weiß, ich war schon dort. Aber sie ist schon wieder ausgezogen.

Wondrowski: Dann kann ich Ihnen auch nicht weiterhelfen. Sie ist davon überzeugt, dass sie observiert wird.

Ich: Hat Anna Ihnen etwas erzählt? Geht sie konkreten Spuren nach?

Wondrowski: Ich weiß so gut wie nichts. Sie wollte nicht über ihre Recherchen reden, um mich nicht in Gefahr zu bringen. Alle ihre Unterlagen hat sie bei der *London Times* deponiert. – Und haben Sie schon etwas herausgefunden?

Ich: Ich habe einige Nächte im *Millennium Hotel* übernachtet und von da aus Serkassows Wege am Tag des Anschlags nachvollzogen. Ich fange gerade erst an, mir ein Bild zu machen. Wird Anna mit Ihnen in Kontakt bleiben?

Wondrowski: Ich nehme an, genau das wird sie vermeiden. Sie ist davon ausgegangen, dass die Leute, die hinter ihr her sind, meine Wohnung eine Weile beobachten werden. Aber ich kann das alles nicht richtig beurteilen. Vielleicht ist sie ja auch paranoid, aber das wäre schließlich kein Wunder. Es gab in Russland mehrere Mordanschläge auf sie. Sie hatte einfach nur Glück. Deswegen ist sie ja auch untergetaucht. Mich hat man in Moskau auch bedroht, aber das sind nur Andeutungen gewesen. Ich war Redakteur bei der *Iswestija.* Zuletzt haben sie mich einfach durch eine Kündigung mundtot gemacht.

Ich: Glauben Sie, dass Anna inzwischen schon etwas herausgefunden hat, was den Ermittlern von Scotland Yard entgangen ist?

Wondrowski: Ich sage Ihnen, was ich denke: Anna hat nie aufgehört, Serkassow zu lieben. Sie meint, sie sei es ihm schuldig. Aber sie wird nur gegen Mauern rennen. Sie sind doch auch Russe, da müssen Sie doch wissen, wie Journalismus in Russland funktioniert. Information ist für die übrig gebliebenen Regimekritiker keine Ware wie im Westen, es geht um die Sache und man arbeitet zusammen. Hier ist sie völlig auf sich allein gestellt, und Nachrichten zählen nur nach ihrem Verkaufswert. Was will sie hier denn schon herausfinden? In Moskau gab es wenigstens Kontakte zu ausgestiegenen FSB-Agenten, die nicht gut auf ihren ehemaligen Arbeitgeber zu sprechen waren.

Ich: Ja, Sie haben wohl recht. Sie steht vermutlich auf verlorenem Posten. Ich danke Ihnen auf jeden Fall, dass Sie doch noch mit mir gesprochen haben. Dann will ich Ihre Zeit jetzt nicht weiter beanspruchen.

Wondrowski: Ist schon in Ordnung. Zeit ist das Einzige, wovon ich im Augenblick mehr als genug habe. Werden Sie weiter versuchen, Anna zu finden? Ich bin in ernster Sorge um sie.

Ich: Das werde ich!

doku a-serk-195
(Quelle: der Koi)
07.11.06
MI6 – Dep. 3
Interner Bericht
Thomas Cromby – r-75/228
an Jeremy Landers
Betr.: Serkassow

Wie ich inzwischen von Rosenberg erfahren habe, hat die CIA Abschriften der Vernehmungsprotokolle der Berliner Polizei erhalten.

Offenbar verfügen die Amerikaner über einen besseren Draht zu den deutschen Ermittlungsbehörden als wir. Interessanterweise wurden die Vernehmungen nicht von der Mordkommission durchgeführt, sondern von einer Sonderabteilung für organisiertes Verbrechen. Gezeichnet wurden die Protokolle von einem Georg Olbricht im Rang eines Hauptkommissars. Der CIA ist bekannt, dass Olbricht nach der deutschen Wiedervereinigung vom aufgelösten MfS, dem Ministerium für Staatssicherheit der DDR, in die BRD-Polizei übernommen wurde. Olbricht arbeitete im Rang eines Majors bei der Hauptabteilung 28, die sich in erster Linie mit Terrorismus beschäftigte. Zu DDR-Zeiten wurden ihm gute Kontakte zum KGB und dem späteren FSB nachgesagt. In einem der Protokolle fragt Olbricht Serkassows Lebensgefährtin Dorothe Hülsen im Krankenhaus, ob sie Besuch von einem Dostojewski bekommen hätte. Rosenberg erwähnte Gerüchte über geheime Ermittlungen zum Fall Serkassow, in deren Zusammenhang mehrmals der Name Dostojewski eine Rolle spielte. Das ist ein alter Hase aus der Russland-Sektion, der noch während des Kalten Krieges aktiv war und Akten aus der ausgehenden Breschnew-Ära hervorgeholt hat. Es soll beim KGB eine merkwürdige Gruppe gegeben haben, die „Das Puschkin-Kommando" genannt wurde. Die Mitglieder dieser Abteilung nahmen ihre Codenamen aus der russischen Literatur. Diese Abteilung war so geheim, dass nur der Chef des KGB die Klarnamen kannte. Ein Überläufer hat 1983 davon berichtet. Diese Leute waren keine normalen Agenten, sondern überwiegend Akademiker, die aus dem Lehr- und Wissenschaftsbetrieb der Universitäten kamen. Aus den spärlichen Informationen folgerte die CIA, dass es sich beim Puschkin-Kommando um Spezialisten handelte, die in keiner Weise mit dem Geheimdienst in Zusammenhang gebracht werden wollten.

Ich habe Hanson in der Angelegenheit konsultiert. Er ist der Einzige, der bereit war, mit mir über die Gepflogenheiten alter Zeiten zu reden. Er konnte sich erinnern, dass es Gerüchte über eine ultrageheime Abteilung von Analytikern gab, die mehr über ihr eigenes Land wussten, als dem Politbüro lieb war. Diese Leute sollen an einer Beendigung des Kalten Krieges interessiert gewesen sein und sogar subversive Kontakte zu den Amerikanern unterhalten haben. Rosenberg vermutet, dass Dostojewski diesem Kommando angehörte und in unbekanntem Auftrag nach dem Serkassow-Mörder sucht.

doku a-serk-196
(in eig. Sache)
10.11.06
E-Mail an Grischin

Lieber Nicolai,

jetzt bin ich schon etliche Tage in London. Ich weiß nicht, was ich mir vorgestellt habe. Wahrscheinlich habe ich gedacht, ein Füllhorn neuer Informationen würde dort auf mich warten.

Sollte ich mich etwas unverständlich ausdrücken, liegt es daran, dass mein Schädel zu zerspringen droht. Ich habe gestern Abend ganz alleine eine halbe Flasche Wodka in meinem Hotelzimmer geleert. Das ist schon lange nicht mehr vorgekommen. Es gibt Indizien dafür, dass es sich inzwischen herumgesprochen hat, dass ein gewisser Dostojewski sich in den Fall eingeschaltet hat. Meine Situation wird immer desolater. Ich habe immer noch nicht herausgefunden, warum und für wen ich die Akte Serkassow anfertige. Ich weiß nicht, ob jemand seine schützende Hand über mich hält oder ob ich mich in ernsthafter Gefahr befinde. Ich kenne die üblichen Geheimdienstspielchen, aber dieser Fall ist anders, und die Anzahl der Personen, die auf die eine oder andere Art verwickelt scheinen, geht in die Legionen.

Was mich jedoch am allermeisten bedrückt, ist Olgas Part und mein Misstrauen ihr gegenüber. Das frisst an meiner Seele wie Salzsäure. Schon der Zeitpunkt, zu dem sie mit mir wieder Kontakt aufgenommen hat, gab Anlass zu Misstrauen. Jetzt gibt es neue Indizien dafür, dass sie ein falsches Spiel mit mir treibt. Sie hat sich in Widersprüche verwickelt und ich weiß noch nicht, was das zu bedeuten hat. Sie war schon früher eine Wandlerin zwischen den Welten. Nervenkitzel und Gefahr waren der Treibstoff für ihren Erlebnishunger. Ich könnte mit dieser Unsicherheit weit besser umgehen, wenn mein Verhältnis zu ihr ein neutrales wäre. Aber Tatsache ist, dass ich seit Olga nie wieder eine Frau wirklich geliebt habe. Der einzige Schutz, auf den ich noch vertrauen kann, ist meine Anonymität. Und damit wäre ich an dem Punkt, dir ein Geständnis zu machen. Michail Dostojewski ist meine Legende, und als wir uns kennenlernten, hatte ich bereits alle Hinweise auf meine wahre Identität für immer aus der Welt geschafft. Das ändert natürlich nicht das Geringste, denn du hast mich stets als der gekannt, der ich wirklich bin, niemals habe ich mich auch nur eine Winzigkeit verstellt. Aber alles, was meine Herkunft betrifft, musste ich der Legende unterordnen. Vielleicht habe ich damals schon geahnt, dass dieser Umstand eines Tages vielleicht mein Leben retten wird. Einzig Olga könnte sich gewisse Fragen gestellt haben. Wenn man jemanden liebt, kann es selbst bei höchster Umsicht dazu kommen, dass man einmal etwas sagt, was nicht ganz zur Legende passt.

Jetzt habe ich schon zwei Kopfschmerztabletten eingenommen, und noch immer stellt sich keine rechte Wirkung ein. In meinem augenblicklichen Zustand finde ich London absolut deprimierend. Das liegt vielleicht nur daran, dass ich nicht an einem sogenannten normalen Leben teilhaben kann. Himmel Herrgott, ich glaube, mich hat eine echte Depression erwischt. Midlife-Crisis? Auch! Und Olga … das geht an meine psychischen Reserven. Früher wäre es mir mit einigen Tricks bestimmt gelungen, meine Gefühle bis zu einem gewissen Grad abzuschalten. Aber irgendwie funktioniert das nicht mehr. Das macht mich verwundbar. In mehrerlei Hinsicht!

Immerhin habe ich aus einem der Dokumente entnehmen können, dass sich Serkassows Lebensgefährtin, die ebenfalls wegen hochgradiger Vergiftungssymptome durch Polonium in die Charité eingeliefert wurde, im Zustand der Besserung befindet. Ihr Schicksal und das ihrer beiden Kinder, deren Vater Serkassow ist, hat mich sehr berührt. Der Gedanke, dass die Kinder auch noch ihre Mutter verlieren würden, ist mir eiskalt in die Seele gefahren. Verdammt, ich bin niemals ein Unmensch gewesen, aber derartiges Mitgefühl ist eine Strafe. Auch das ist ein Indiz dafür, dass ich meiner Aufgabe nicht mehr gewachsen bin. Du bist der Einzige, der mich verstehen wird. Du bist schon immer ein erklärter Humanist gewesen, und dafür habe ich dich auch immer respektiert und bewundert, nein, mehr noch: Deine Haltung ist eine leuchtende Fackel der Hoffnung in einer Zeit allgemeiner Verdunklung der Seelen. (Das ist wahrscheinlich eine pathetische Übertreibung, die nur wieder auf meinen zerrütteten Zustand schließen lässt.)

In meinen guten Zeiten galt ich als der beste Analytiker, den man finden konnte, und was ist jetzt? Ich verfolge fast ein halbes Dutzend Richtungen und kann mich für keine entscheiden. Entweder ist alles auf eine perfide Weise miteinander verzahnt, oder die Spuren verlaufen parallel und haben gar nichts miteinander zu tun. Manchmal habe ich das Gefühl, mehrere Geheimdienste arbeiten zusammen, um jede Logik durcheinanderzuwürfeln und sämtliche Spuren zu verwischen. Einige Dokumente aus meiner Akte scheinen dafür zu sprechen. Und dann gibt es auch noch neue Hinweise, dass der Mord an Serkassow vielleicht doch aus höchsten Kreisen der Regierung in Auftrag gegeben wurde. Bislang habe ich zwar alle Hinweise in dieser Richtung verfolgt, aber nie wirklich daran geglaubt, dass man ein solches Risiko eingehen könnte. Aber es kann natürlich auch sein, dass für sie überhaupt kein Risiko existiert hat.

Manchmal denke ich, meine Akte wird ihnen eines Tages als Alibi dienen. Dazu werden sie vermutlich verschiedene Manipulationen vornehmen. Die wirkliche Akte wird niemals jemand zu sehen bekommen. Sie enthält nämlich auch die Kommunikation zwischen mir und Puschkin und meine E-Mail-Korrespondenz mit Olga. Die offizielle Akte beschäftigt sich einzig mit dem Fall Serkassow, für mich geht es aber immer mehr um die Frage: Wer sind die Auftraggeber und wozu soll die Akte verwendet werden? In meine Originalakte habe ich auch unsere E-Mail-Korrespondenz eingefügt. Ich werde sie später löschen, aber im Moment gehört unser Austausch für mich dazu, weil er mir eine gewisse Distanz zu mir selbst ermöglicht und so meine Beurteilung der Zusammenhänge in ein anderes Licht stellt.

Sollte sich meine Arbeit als Teil einer perfiden Täuschung erweisen, wird aus der Akte Serkassow die Akte Dostojewski, und diese Akte wird einem anderen Zweck dienen, sofern ich nicht Serkassows Nachfolge antrete.

Es wird sich zeigen, ob auch Puschkin mit darin verwickelt ist. Er ist das Verbindungsglied zu den eigentlichen Auftraggebern. Ich möchte es zwar nicht glauben, aber jeder Mensch ist letztendlich erpressbar. Er war derjenige, der damals das Puschkin-Kommando gründete. Zu Zeiten des KGB war er eine der integersten Personen, die ich kannte, und galt als unangreifbar. Aber die Werte haben sich radikal verändert. Es sind nun allgemein mehr Geld und mehr Gewalt mit im Spiel. Ich könnte jetzt natürlich einfach aussteigen, aber wo sollte ich hin?

Nein, das wird nicht gehen, ich bin in ein Netz verwoben, aus dem ich möglicherweise nie wieder herauskomme. Werde ich langsam verrückt? Ich würde mich über ein paar Zeilen von dir freuen. Wenn du mir eine Mail senden willst, bitte an folgende Adresse. Sie ist im Moment noch sicher: soho@intercom-mail.com

Ich hoffe, meine Stimmung schlägt dir nicht auf den Magen.

In aufrichtiger Freundschaft, dein Michail
(später löschen)

doku a-serk-197
(eig. Recherche)
aus *Nowaja gaseta* vom 09.11.06
Titel: Countdown für den Tag X
von Anna Ryschkowa

Es ist schon merkwürdig, dass man fern der Heimat manchmal mehr über sein Land erfährt als in Moskau. 8.000 Polizisten der gefürchteten OMON-Einheiten knüppelten in St. Petersburg auf 2.000 Demonstranten ein. Es mag paradox erscheinen, aber physikalisch gesehen könnte man von einer hoch sensiblen Reaktion sprechen, ähnlich einem Präzisionsmessgerät, das ein mikroskopisch kleines Energiephänomen zu einem riesigen Ausschlag auf der Messskala verwandelt.

Alles deutet darauf hin, dass Russland sich auf den

Wechsel der Präsidentschaft vorbereitet. In jedem westeuropäischen Land ein normaler demokratischer Vorgang, sieht man in Russland den dafür notwendigen Wahlen mit größter Skepsis entgegen. Jeder freilich aus anderen Gründen. Da nimmt es nicht Wunder, dass viele annehmen, Romanow könne auf die Idee kommen, die Verfassung zu ändern. Ich glaube, das wird er nicht tun. Und dafür gibt es einige gute Gründe. Romanow, der den Oligarchen nicht den Reichtum, aber die Macht beschnitten hat, ist selbst zu einem Oligarchen geworden. Einige glauben, dass unser Präsident in Wahrheit der reichste der 61 russischen Dollar-Milliardäre ist. Der Oppositionspolitiker Kasparow sagte in einem Interview: „Nentjew und Adamowitsch bringen es jeder auf 21 Milliarden, Potowski und Strocherow kommen jeder auf 14 bis 15 Milliarden. Was glauben Sie, wie viel der Mann besitzt, der alle an einem Tag ins Gefängnis werfen kann?“

Wenn die Vermutung zutrifft, dass Romanow schon lange selbst zu den Milliardären zählt, stellt sich die Frage, was er mit all seinem Geld tun will. Vieles deutet darauf hin, dass er eine Lösung bevorzugt, die Macht und Reichtum miteinander verbindet. Um dieses zu erreichen, wird er das tun, was sich bereits andeutet: den richtigen Nachfolger ins Amt lotsen. Und der richtige Nachfolger wird nach den Weisungen Romanows und derjenigen, die ihm die Macht verliehen haben, handeln. Aber auf lange Sicht könnte auch alles ganz anders kommen. Zu Zeiten der alten Sowjetunion hat sich immer wieder gezeigt, dass die Nachfolger schon bald, nachdem sie ihre Macht gefestigt hatten, ihren eigenen Vorstellungen folgten, die im Geheimen bereits lange ausgearbeitet worden waren. Und wie sich am Beispiel

Juri Blawskis zeigt, können Freunde jederzeit zu Feinden werden. Auch das weiß einer wie Romanow nur zu genau, und darum muss bis zu den Wahlen alles genau nach Plan laufen. Jede Form von Demokratie kann da nur stören. Und so werden weiter Gesetze erlassen, die der Opposition allein schon die Teilnahme an den Wahlen unmöglich machen, werden Journalisten drangsaliert oder ermordet und die Unternehmen der wenigen übrig gebliebenen Gegner des Systems mit absurden Steuerforderungen in den Ruin getrieben. Die Europäer, so scheint es, haben andere Sorgen, als sich um die Demokratie in Russland zu kümmern. Sie sehen nach Amerika und zeigen mit dem Finger auf den Herrn im Weißen Haus, wenn ein Terrorist unter menschenunwürdigen Umständen eingesperrt und verhört wird. Mit Romanow sitzen sie auf seiner Datscha und plaudern über die Pipelines, die die Welt der Zukunft bedeuten. Für sie ist unser Land ohnedies kein regulärer Staat, sondern eine einzige riesige Tankstelle und der Kreml das eigentliche Verkaufsbüro.

Anna Ryschkowa aus London

doku a-serk-198

E-Mail-Korrespondenz
Von: <netpub@london.talk.com>
An: <Carla@gronski-media-ru>
Gesendet: 09.11.06

Liebe Carla,

die ersten Tage in London habe ich mich noch sicher gefühlt, aber das ist jetzt vorbei. Ich war an zu vielen Orten und habe nach Alexander gefragt. London ist eine quirlige Stadt, in der sich alle möglichen Nationalitäten mischen, da ist es schwierig festzustellen, ob man observiert wird. Aber so wie sie Alexander gefunden haben, können sie auch meinen Aufenthalt herausbekommen. Ich ziehe im Moment alle zwei Tage um. Ob das etwas nützt, bezweifele ich. Ich habe verschiedene Redaktionen besucht und war erstaunt, dass ich hier als eine Art Kultfigur gehandelt werde. Ich habe mich bei der *Times* recht lange mit einem Redakteur aus dem Politik-Ressort unterhalten. Der Mann war erstaunlich gut über Kreml-Interna informiert. Er kennt jemanden beim Auslandsgeheimdienst MI6 und kann mir vielleicht einen Kontakt verschaffen. Was den Mord an Alexander angeht, gibt es vielleicht eine neue Spur. Ich bin mehrmals auf einen Namen gestoßen, der bei mir etwas zum Klingeln gebracht hat: Boris Levin! Vielleicht kannst du deine Archive durchforsten und mir schnellstens Nachricht geben, sobald du etwas findest?

Deine Anna

doku a-serk-199

E-Mail-Korrespondenz
Von: <Carla@gronski-media-ru>
An: <netpub@london.talkcom>
Gesendet: 10.11.06

Liebe Anna,

ich bin erleichtert, endlich ein Lebenszeichen von dir zu bekommen. Ich habe mich sofort an die Arbeit gemacht, sämtliche Karteikästen durchsucht, und bin fündig geworden. Es handelt sich um Notizen, die ich mir am 05.07.03 gemacht habe. Ein Mann mit dem

Namen Boris Levin kam in unsere Agentur und legte einen Stapel Verschwörungstheorien auf den Tisch. Levin behauptete, ein KGB-Veteran zu sein, den man aufgrund einer Intrige in eine Falle gelockt habe, als der jetzige Präsident noch FSB-Chef war. Ich habe dir damals davon erzählt, weil er einige der Theorien, die auch Alexander vertrat, zu bestätigen schien. Dabei ging es besonders um die Sprengstoffanschläge auf Moskauer Wohnhäuser 1999. Zwei der daran beteiligten Tschetschenen sollen FSB-Agenten gewesen sein. Levin behauptete ferner, der FSB habe 1998 den al-Quaida-Führer Aiman al Sawahiri in Dagestan trainiert. Er gab an, jetzt überwiegend in Rom zu leben und gute Kontakte zum italienischen Geheimdienst zu unterhalten. Durch diesen wollte er erfahren haben, dass der jetzige italienische Premier, Giuglio Cassini, 1981 in den Anschlag auf Papst Johannes Paul II. verwickelt war. Ebenso wie Alexander hatte er allerdings für keine seiner Behauptungen Beweise. Ich hoffe, dir ist mit diesen Informationen gedient.

Bleib bitte mit mir in Kontakt. Ich mache mir Sorgen um dich.

Gott beschütze dich, deine Carla.

doku a-serk-200

(in eig. Sache)

11.11.06

von Puschkin an Dostojewski

Wie ist die Lage an der Front? Ich benötige einen neuen Zwischenbericht. Außerdem hatte ich erwartet, dass sich mittlerweile eine eindeutige Richtung herauskristallisiert. Liegt es am Fall oder liegt es an Ihnen? Sie müssen sich dringend etwas einfallen lassen. Im Augenblick erwarte ich von Ihnen, dass Sie mir eine Expertise anfertigen, die den Auftraggebern das Gefühl vermittelt, dass Sie bereits etwas Gewichtiges an der Angel haben. Die Interpretation der Fakten ist entscheidend.

Puschkin

doku a-serk-201
(in eig. Sache)
11.11.06
von Dostojewski an Puschkin

Anbei eine Liste sämtlicher Dokumente mit Zusatzerläuterungen.

Aufgeblasene Phrasen, die ich zu einer Analyse erkläre, sind im Moment nicht angebracht. Wie man aus den entsprechenden neuen Dokumenten ersehen kann, gibt es gewichtige Gründe, die Verantwortung tatsächlich im engsten Kreis um Romanow zu suchen. Welche Konsequenzen sich daraus ergeben würden, ist mir nicht einsichtig. Eine andere Sache betrifft mich persönlich. Ich scheine zunehmend ins Visier der kontrahierenden Gruppen zu geraten. Mittlerweile observiert jeder jeden. Ich habe so gut wie keine Erklärung dafür, dass der Name Dostojewski durchgesickert ist. Haben Sie vielleicht eine zweite Garnitur hinter meinem Rücken aufgestellt, um mich abzusichern, oder spielen die Auftraggeber falsch? Dazwischen gibt es noch einige andere Versionen, über die ich am liebsten nicht nachdenke. Sie wissen von meinem netten kleinen Koffer in der Schweiz. Glauben Sie mir, meine exquisite Kompromatsammlung ist purer Sprengstoff. Und ich werde sie rücksichtslos einsetzen, wenn es sich als notwendig erweisen sollte. Gegen jeden, ohne Ausnahme. Einzig die Tatsache, dass Sie über die Qualität meiner Sicherheitspolicen Bescheid wissen, lässt mich hoffen, dass ich mich noch auf Ihre absolute Loyalität verlassen kann. Davon abgesehen existiert noch eine zweite Version der Akte, die alle zusätzlichen Vorgänge enthält, die sich während meiner Arbeit an diesem Fall ergeben haben und die ich gesammelt habe. Diese Version wird in einer Anwaltskanzlei hinterlegt.

In Erwartung Ihres Kommentars,
Dostojewski

doku a-serk-202
(Quelle: der Koi)
09.11.06
MI6 – Dep. 3
Interner Bericht
Thomas Cromby – r-89/125
an Jeremy Landers
Betr.: Anna Ryschkowa (Serkassow)

Aufgrund der Vermittlung unseres Informanten bei der *London Times* erhielt ich heute um 16:00 einen Anruf der russischen Journalistin Anna Ryschkowa.

Protokoll

Ryschkowa: Ich heiße Anna Ryschkowa. Man sagte mir …

TC: Mr. Collins hat mich informiert. Ich habe Ihren Anruf erwartet. Wir sollten uns treffen. Sie sind nach

London gekommen, um den Fall Serkassow auf eigene Faust zu recherchieren?

Ryschkowa: Das war meine Absicht.

TC: Und was haben Sie herausgefunden?

Ryschkowa: Sehr wenig.

TC: Sie haben Angst?

Ryschkowa: Allerdings. In Russland bin ich zwei Mordanschlägen nur durch puren Zufall entkommen. Ich vermute, sie wissen, wo ich mich aufhalte.

TC: Wer sind *sie?*

Ryschkowa: Entweder der FSB oder ehemalige FSB-Agenten, die jetzt freiberuflich die Dreckarbeit erledigen.

TC: Und wo halten Sie sich gerade auf?

Ryschkowa: Das sage ich nicht.

TC: Ich könnte einen meiner Leute zu Ihrem Schutz abstellen.

Ryschkowa: Nein. Es ist besser, wenn niemand weiß, wo ich mich aufhalte.

TC: Denken Sie an Serkassow. Er war selbst Agent und hätte alle Tricks kennen müssen. Wenn Profis Sie finden wollen, werden sie es auch schaffen. Ich schlage vor, wir treffen uns in irgendeinem Restaurant. Je schneller, desto besser.

Ryschkowa: Woher weiß ich, dass ich Ihnen trauen kann?

TC: Ich bitte Sie, wir sind hier doch nicht in Russland, Sie sprechen mit einem Agenten der englischen Krone. Ich bin vermutlich der Einzige, der zum augenblicklichen Zeitpunkt für Ihre Sicherheit sorgen kann. Wir haben jetzt 10:25. Sagen wir, um 12:00?

Ryschkowa: Nein, das geht nicht, ich habe heute noch mehrere Verabredungen, die ich auf keinen Fall absagen kann. Morgen!

TC: Es ist Ihre Entscheidung. Rufen Sie mich morgen früh an. Haben Sie eine Vermutung, warum Serkassow umgebracht worden ist?

Ryschkowa: Ja, allerdings. Ich werde es Ihnen morgen erzählen.

TC: Seien Sie vorsichtig. Sie können mich rund um die Uhr erreichen. Wenn ich nicht im Büro bin, werden wichtige Anrufe auf mein Handy umgeleitet. Nennen Sie der Vermittlung das Stichwort Merlin!

doku a-serk-203
(eig. Recherche)
London Times vom 12.11.06
Der lange Arm des russischen Phantoms

Gestern Abend, gegen 18 Uhr, verließ die russische Journalistin Anna Ryschkowa ein Haus in der Walton Street in Kensington. Sie überquerte die Straße und ging in einen Supermarkt, keine hundert Meter entfernt. Nach kurzer Zeit kam sie mit zwei großen Plastiktüten wieder zurück. Was dann geschah, beschreibt eine Zeugin, die unmittelbar nach Anna Ryschkowa den Supermarkt verließ und die gleiche Richtung einschlug. Sie bemerkte, wie eine Mercedes-Limousine aus der Richtung des Supermarktes die Straße entlangfuhr und ihre Geschwindigkeit auf Schritttempo verlangsamte. Der Fahrer ließ die Fensterscheibe herab und sprach Anna Ryschkowa an.

Die Zeugin war inzwischen auf gleicher Höhe. Sie bekam mit, dass ein Mann seinen Kopf halb aus dem Fenster reckte und nach einer Straße fragte. Ryschkowa sagte, sie kenne sich in dem Viertel auch nicht aus und sei überdies Ausländerin. Die Zeugin war ebenfalls stehen geblieben und hatte die Frage des Mannes mitbekommen. Doch bevor sie etwas sagen konnte, hatte sich das Fenster wieder geschlossen und der Wagen fuhr weiter. Die Frau sah dem Auto einen Moment hinterher, während Anna Ryschkowa die Straße überquerte. Dann wendete sie ihren Kopf in Richtung Supermarkt, weil sie das Geräusch eines laut aufheulenden Motors gehört hatte. Sie sah nur einen großen dunklen Schatten auf sich zukommen. Dann erst bemerkte sie, dass der Wagen nicht auf sie, sondern geradezu auf Ryschkowa zufuhr. Ein Passant auf der gegenüberliegenden Straßenseite sah, dass die Scheinwerfer des Wagens aufgeblendet wurden und Anna Ryschkowa wie angewurzelt stehen blieb und sich eine Hand vor die Augen hielt. Dann ließ sie die Plastiktüten fallen und strauchelte bei dem Versuch, dem Fahrzeug noch zu entkommen. Anna Ryschkowa wurde frontal gerammt und noch zehn Meter mitgeschleift.

Die Zeugin behauptet, sie hätte gesehen, wie das Auto kurz anhielt und ein Männergesicht aus dem Fenster sah. Danach hätte der Fahrer derart Gas gegeben, dass die Reifen quietschten. Weder die Zeugin noch der Passant auf der anderen Straßenseite waren geistesgegenwärtig genug gewesen, sich die Nummer des Wagens zu merken. Die Polizei und ein Krankenwagen trafen schon nach zehn Minuten ein. Der Notarzt konnte jedoch nur noch den Tod Anna Ryschkowas feststellen.

Anna Ryschkowa war Russlands profilierteste Journalistin. Seit Jahren vom FSB drangsaliert und von anonymen Drohungen zermürbt, verschwand sie vor mehreren Monaten spurlos von der Bildfläche, genauso wie Alexander Serkassow, dessen Ermordung sie zum Anlass nahm, um ihr Versteck zu verlassen und auf eigene Faust in London zu recherchieren.

Vermutlich ist das Schicksal Ryschkowas aufs Engste mit dem Serkassows verwoben, aber Scotland Yard spricht von einem tragischen Unfall und von Fahrerflucht. Das Auto, ein Renault Espace, ist inzwischen gefunden worden. Es war als gestohlen gemeldet worden. Vom Fahrer fehlt jede Spur, aber eine junge Frau hat auf einem Parkplatz beobachtet, wie das Fahrzeug mit den auffälligen Unfallspuren abgestellt wurde. Sie hat Scotland Yard eine Beschreibung des Fahrers gegeben, nach der eine Phantomzeichnung angefertigt wurde, die ein Gesicht mit eindeutig kaukasischen Zügen zeigt. Die offiziellen Stellungnahmen vermeiden bis jetzt, einen Zusammenhang zum Serkassow-Mord herzustellen. Sicher wird es bei Scotland Yard Gründe für die Zurückhaltung geben, die Frage ist nur: welche?

Die altehrwürdige Institution, das Vorbild aller kriminalistischer Investigation, ist in den letzten Jahren immer wieder durch peinliche Pannen aufgefallen, die der Öffentlichkeit hartnäckig als Erfolge präsentiert wurden. Da wurde ein harmloser Student mit einem Rucksack erschossen, weil man ihn für einen Selbstmordattentäter hielt, da ließ man Oleg Woykow, einen der Verdächtigen im Fall Serkassow, einfach wieder nach Moskau zurückfliegen, da wurden penible Messwerte von Polonium-Strahlung als sensationelle Ermittlungsergebnisse verkauft, während die berühmten Fähigkeiten der klassischen Detektive in der Kunst der Kombination gänzlich verloren gegangen zu sein scheinen.

Vielleicht liegt es daran, dass die Männer mit den Trenchcoats und den Röntgenblicken jetzt in Großraumbüros vor ihren Bildschirmen sitzen und mit den Überwachungskameras, die jeden Quadratmeter der Londoner Innenstadt im Blickfeld haben, Big Brother spielen. Noch interessanter als die Frage nach der Effizienz Scotland Yards ist allerdings das Schweigen der Geheimdienste. Wofür haben wir unseren MI5 und MI6? Wo bleiben die Nachfolger James Bonds? Wissen sie vielleicht etwas, das wir nicht erfahren sollen?

doku a-serk-204

(eig. Recherche)
12.11.06
Telefonat mit Mister Frobisher von der *London Times*

Ich: Mein Name ist Michail Dostojewski. Ich war ein Freund Alexander Serkassows und habe mit Anna Ryschkowa an der Aufklärung des Mordes gearbeitet.

Frobisher: Was Sie nicht sagen! Frau Ryschkowa hat Ihren Namen nicht erwähnt.

Ich: Natürlich nicht. Ich war einer der wenigen, die noch kurz vor seinem Tod mit Serkassow gesprochen haben. Dafür gibt es Zeugen in der Charité.

Frobisher: Das hört sich interessant an. Hat er Ihnen etwas gesagt, das er den Ermittlern in Berlin verschwiegen hat? Warum kommen Sie nicht in die Redaktion?

Ich: Ich wollte Ihnen keine Informationen anbieten. An dem Tag, als ich bei Serkassow war, ging es ihm so schlecht, dass er kaum geredet hat. Ich rufe aus einem anderen Grund an. Anna Ryschkowa hat alle Unterlagen ihrer Recherchen bei der *Times* hinterlegt.

Frobisher: Wenn Sie mit ihr zusammengearbeitet haben, wundert es mich schon sehr, dass Sie nicht wissen, was sie wirklich bei uns abgeliefert hat. Es war ein Paket alter Zeitungen in einem Karton. Wir waren befugt, die angeblichen Ergebnisse ihrer Nachforschungen bei Bedarf zu verwenden. Jetzt begreife ich erst, in welcher Angst sie selbst hier, in London, gelebt haben muss. Sie hat wirklich niemandem mehr getraut und offenbar überall Spitzel vermutet. Ihre Unterlagen in unseren Tresoren zu deponieren, war wohl dazu gedacht, ihre vermuteten Verfolger in die Irre zu führen. So gesehen passt es wieder ins Bild, dass Sie nichts davon wissen.

Ich: Dann erübrigt sich ja alles Weitere.

Frobisher: Wir würden Ihnen für weitere Informationen ein Honorar zahlen. Überlegen Sie es sich noch einmal, ob wir uns nicht doch treffen sollten.

Ich: Das werde ich tun.

doku a-serk-205

(in eig. Sache)
12.11.06
Puschkin an Dostojewski

Ich weiß, was Sie mir sagen wollen, und ich verstehe Ihre Vorsicht. Ich versichere Ihnen, meine Loyalität ist hundertprozentig. Wir sitzen in ein und demselben Boot, falls die Auftraggeber falsch spielen. Die Möglichkeit besteht tatsächlich. Die Höhe des Honorars könnte durchaus bedeuten, dass damit noch etwas anderes bezahlt wird. Doch im Moment möchte ich noch nicht so weit denken. Auch ich habe meine Absicherungen getroffen. Fürs Erste habe ich die Auftraggeber über den Stand der Dinge informiert und einige Interpretationen serviert, die ihnen den Eindruck vermitteln, Sie seien nahe dran. Ihre Reaktionen deuteten darauf hin, dass ihnen die Richtung Romanow gefällt. Aber ich kann mich da auch täuschen. Sollte es jedoch so sein, stellt sich die Frage, warum ihnen diese Variante so gut gefällt. Das muss nicht unbedingt bedeuten, dass sie zu Romanows Feinden gehören. Sie verstehen, worauf ich hinauswill?

Machen Sie weiter und versuchen Sie aus Vermutungen Tatsachen zu machen. Für den Fall, dass es inzwischen ein Leck in den Kommunikationswegen gibt, werde ich mir etwas einfallen lassen. Ich informiere Sie, sobald ich etwas arrangiert habe. Sollte nach Abschluss Ihrer Arbeit alles zufriedenstellend verlaufen, erwarte ich von Ihnen, dass nach einer Sicherheitsfrist, die es noch zu vereinbaren gilt, Ihre persönliche Version der Akte vernichtet wird.

Puschkin

doku a-serk-206

(in eig. Sache)
13.11.06
an Trebko

Benötige dringend Informationen über Oleg Woykows frühere Tätigkeit für das Innenministerium (Reaktorsicherheit). Für mögliche neue Quellen stelle ich eine weitere Honorarerhöhung in Aussicht.

doku a-serk-207
(in eig. Sache)
13.11.06
Mitteilung an den Koi

Wer ist Boris Levin? Angeblich ist der Mann ein alter KGB-Veteran. Es kann sich nur um einen Decknamen handeln. Er lebt jetzt eventuell in Rom. Wie aus einem der Dokumente hervorgeht, hat Serkassow den Mann auf einer Kunstausstellung getroffen. Aktivieren Sie jede nur erdenkliche Quelle. Das Spesenkonto wird ab sofort erhöht.

doku a-serk-208
(Quelle: der Koi)
12.11.06
MI6 – Dep. 3
Interner Bericht
Thomas Cromby– r-90/125
an Jeremy Landers
Betr.: Treffen mit Genadi Wondrowski
Ort: Illy Coffee Bar
Datum: 11.11.06 – 14:30

TC: Ich möchte Sie gleich zu Anfang darauf hinweisen, dass dieses Treffen absolut inoffiziell ist. Meine Abteilung ist nur indirekt an dem Fall Serkassow interessiert. Die Ermittlungen liegen in Händen Scotland Yards. Wie Sie mir am Telefon sagten, waren Sie mit Anna Ryschkowa befreundet?

Wondrowski: Ich habe für die *Iswestija* gearbeitet, als diese noch eine liberale und kritische Zeitung war. Alle

Journalisten, die sich qualifiziert mit der Innenpolitik befassten, kannten einander. Anna genoss unser aller Bewunderung. Ich habe mit ihr auch noch Kontakt gehalten, als ich schon in London war.

TC: Sie sagten, Ryschkowa hätte drei Tage lang bei Ihnen gewohnt.

Wondrowski: Zwei Nächte. Sie hätte auch länger bei mir bleiben können, aber sie war davon überzeugt, dass man sie observiert. Sie wollte in Bewegung bleiben, um so wenig Angriffsfläche wie möglich zu bieten.

TC: Hat Ryschkowa mit Ihnen über Serkassow und Ihre Recherchen gesprochen?

Wondrowski: Ich glaube, sie hat nicht viel herausfinden können.

TC: Und was ist mit dem Besuch, den Sie erhalten haben?

Wondrowski: Der Mann nannte sich Michail Dostojewski.

TC: Und dieser Dostojewski interessierte sich für den Serkassow-Fall?

Wondrowski: Ich habe natürlich zuerst geglaubt, er gehört zu denen, die hinter Anna her sind. Es ist heute nicht mehr einfach, Täter und Opfer auseinanderzuhalten.

TC: Und Sie glauben, dass Sie sich jetzt ebenfalls in Gefahr befinden?

Wondrowski: Jetzt, nachdem sie auch Ryschkowa ermordet haben …

TC: Das ist keineswegs bewiesen.

Wondrowski: Ich bitte Sie, ein solcher Zufall ist doch völlig unwahrscheinlich.

TC: Allerdings. Bis jetzt hat man den Fahrer des Wagens noch nicht gefunden. Und das Auto war natürlich gestohlen.

Wondrowski: Als dieser Dostojewski meine Wohnung verließ, habe ich ihm vom Fenster aus nachgesehen. Wenn ich mich nicht getäuscht habe, ist er von einem parkenden Wagen aus fotografiert worden. Vielleicht kommen sie nun als Nächstes zu mir und wollen wissen, wer der Mann war.

TC: Dieser Dostojewski hat Ihnen nicht zufällig gesagt, wo er sich aufhält?

Wondrowski: Natürlich nicht, ich habe von ihm nur erfahren, dass er wohl einige Tage im Hotel logiert hat.

TC: Das ist ja schon einmal etwas. Sagte er, wann das war?

Wondrowski: Nein, aber ich denke, das wird noch nicht so lange her sein.

TC: Ganz sicher wird er einen anderen Namen benutzt haben, vermutlich aber einen russischen. Selbst wenn er gut Englisch spricht, nehme ich an, dass man einen deutlichen Akzent bemerken wird. Und wie es scheint, befindet sich dieser Dostojewski auch in Gefahr. Wenn der Mann ein Profi ist, wird er aller Wahrscheinlichkeit nach alle Orte aufgesucht haben, an denen auch Serkassow war. Die Eingangshalle des *Millennium Hotel* wird von mehreren Videokameras überwacht. Ich werde mir die Bänder des in Frage kommenden Zeitraums aushändigen lassen und Ihnen vorspielen. Vielleicht können Sie Dostojewski ja identifizieren. Ich melde mich bei Ihnen.

doku a-serk-209
(Quelle: Faber)
10.11.06
Berlin
AZ 3-87-621-szj/r
Hauptkomm. G. Olbricht
Protokoll: Befragung der Dorothe Hülsen – Charité

GO: Wie ich sehe, geht es stetig bergauf.

Hülsen: Nur dem Anschein nach. Es ist ein Wechselbad von Hoffen und Aufgeben.

GO: Der Arzt sagte mir, man wolle Sie bald entlassen.

Hülsen: Ja, das kann auch bedeuten, dass sie eigentlich nichts mehr für mich tun können.

GO: Ich hatte nicht den Eindruck, dass man Sie belügt. Sie dürfen so etwas gar nicht denken.

Hülsen: Das hat der Arzt auch gesagt. Depressionen schwächen das Immunsystem. Aber es ist nicht nur die Angst um mein Leben. Wiktors Tod steckt in allen meinen Zellen. Wer auch immer er in Wirklichkeit war, ich habe ihn geliebt, und er mich auch. Von den Kindern will ich gar nicht erst reden. Es ist ein Albtraum! Und er beginnt jeden Morgen mit dem Aufwachen aufs Neue. Die Jahre mit Wiktor ziehen an mir vorbei. Vieles, das mir merkwürdig erschien, hat sich nun geklärt, aber es bleiben noch genug Fragen offen, um den Geist am Grübeln zu halten.

GO: Ich nehme an, Sie wissen, dass Anna Ryschkowa bei einem Unfall ums Leben gekommen ist?

Hülsen: Es ist gruselig. War es ein Mord?

GO: Das ist bis jetzt nicht bewiesen, aber einen Zufall schließe ich aus.

Hülsen: Hat sie noch etwas herausfinden können?

GO: Darüber weiß ich nichts. Scotland Yard hält sich bedeckt. Wenn es irgendwelche relevanten Erkenntnisse gibt, dann bei den Geheimdiensten. Wahrscheinlich hat man inzwischen herausgefunden, wo und wie das Polonium beschafft worden ist. Und ich bin überzeugt, dass man höheren Orts um jeden Preis verhindern will, dass die Presse die wahren Hintergründe erfährt. Das gilt für den englischen MI6 genauso wie für die CIA. Eines Tages wird eine Aufklärung präsentiert, die aus Halbwahrheiten und puren Fiktionen bestehen wird.

Hülsen: Mein Gott! Das ist zynisch!

GO: So ist die Wirklichkeit! Ich kenne mich da aus. Ich habe früher für unseren guten DDR-Geheimdienst gearbeitet.

Hülsen: Was? Sie waren eine von Mielkes Ratten? Gehen Sie! Verlassen Sie augenblicklich das Zimmer.

GO: Beruhigen Sie sich. Ich habe in einer Sonderabteilung gearbeitet, die erst sehr spät gegründet wurde und sich mit Terrorismus beschäftigte. Ich habe Konzepte entwickelt und niemals einen Bürger bespitzelt. Man hat mich nur übernommen, weil die eigenen Leute ein Dossier über mich angelegt hatten, in dem meine Expertisen als regimekritisch betrachtet wurden. Schließlich kannten wir den Zustand der DDR besser als die Politiker. Wir wussten schon lange, dass die Mauer fallen wird. Nur Honecker wollte es nicht wahrhaben.

Hülsen: Es war nicht so gemeint.

GO: Ich habe Sie nur deshalb noch einmal aufgesucht, um Sie zu fragen, ob sich in der Zwischenzeit noch jemand bei Ihnen gemeldet hat, der sich für Serkassow interessierte?

Hülsen: Nein, niemand.

GO: Und der Name Dostojewski sagt Ihnen immer noch nichts?

Hülsen: Glauben Sie, dass dieser Mann etwas mit dem Tod meines Mannes zu tun hat?

GO: Nein! Ganz sicher nicht. Ich kann Ihnen leider nicht mehr darüber sagen. Aber etwas anderes: Alexander Serkassow hat zwar den russischen Präsidenten beschuldigt, die Vergiftung persönlich angeordnet zu haben, aber nicht gesagt, wen er verdächtigt, die Tat ausgeführt zu haben. Ich finde das sehr merkwürdig. Sie haben doch noch mehrmals vor seinem Tod mit ihm sprechen können. Wenn er Ihnen gegenüber etwas geäußert hat, sollten Sie das spätestens jetzt sagen.

Hülsen: Mich hat das alles schrecklich aus der Bahn geworfen und die Gespräche waren nicht einfach. Einerseits, weil es Alexander überwiegend sehr schlecht ging, andererseits, weil jede Minute zählte. Das Private stand im Vordergrund.

GO: Versuchen Sie, sich noch einmal zu erinnern, ob nicht doch eine Bemerkung gefallen ist, die Ihnen zum damaligen Zeitpunkt nicht wichtig erschien. Er muss einen Verdacht gehabt haben.

Hülsen: Er hat sich schon überlegt, ob die beiden Russen, dieser Sawronski und dieser Woykow, darin verwickelt gewesen sind. Und der dritte Mann wollte ihm irgendwelche spektakulären Informationen über eine Todesliste der russischen Regierung verkaufen, auf der auch sein Name und der von Anna Ryschkowa gestanden haben sollen.

GO: Und Serkassow hat keinen Namen erwähnt?

Hülsen: Schon möglich. Aber ich hatte andere Sorgen, als mir Namen zu merken. Auf jeden Fall hatte der Mann nichts mit Sawronski und Woykow zu tun.

GO: Denken Sie nach, fällt Ihnen noch etwas anderes dazu ein? Serkassow muss sich doch gefragt haben, wie das Polonium in die Teekanne des Restaurants gelangt sein könnte.

Hülsen: Natürlich hat er das. Alexander war davon überzeugt, dass jemand vom Küchenpersonal beteiligt gewesen sein muss.

GO: Scotland Yard hat natürlich alle Mitarbeiter verhört, ist aber zu keinem Ergebnis gekommen.

Hülsen: Das Einzige, woran ich mich erinnere, ist, dass Alexander eine Beteiligung Sawronskis ausschloss.

(Eine Schwester kommt ins Zimmer und kündigt die Arztvisite an.)

Hülsen: Sie müssen jetzt gehen.

GO: Ich hatte sowieso keine Fragen mehr. Ich wünsche Ihnen von Herzen, dass Sie das hier bald alles hinter sich haben.

Hülsen: Warten Sie, es gibt da noch eine Sache! Dieser dritte Mann, ich glaube, Alexander hat gesagt, er wäre aufgrund eines Missverständnisses über die verabredete Zeit schon vor ihm im *Itsu* gewesen.

GO: Das ist nicht uninteressant. Sie meinen, er könnte die nötigen Arrangements für die Vergiftung vorbereitet haben? Ich werde die Information an Scotland Yard weitergeben.

doku a-serk-210
(Quelle: Trebko)
Eingang: 14.11.06
Moskau
Innenministerium Russland
Abt. Reaktorsicherheit
Referat Nuklearprodukte/Kalinowski
Datum: 04.03.1987
Oberst Palinow zur Kenntnis
Betr.: Nuklearinstitut *Avantgarde*

Genosse Oberst,

mir liegt ein Bericht von Major Woykow vor, der die Probleme der Polonium-Kontrolle betrifft. Woykow wurde vor einem Jahr vom GUR, dem militärischen Nachrichtendienst übernommen, um die Sicherheit der Isotopenlagerung und -verarbeitung zu reorganisieren. Speziell bei der Polonium-Kontrolle spielen bereits Mengen im Mikrogrammbereich eine Rolle. Bislang wurde mit russischen Präzisionswaagen gemessen. Durch Major Woykows Initiative wurden seit drei Monaten die produzierten Mengen und die Ausgänge mit einem amerikanischen Gerät auf Laserbasis nachgeprüft. Dieses geschah, wie uns von Dr. Galitsyn, dem technischen Leiter des Isotopen-Labors, mitgeteilt wurde, ohne das Wissen von Direktor Schetjonowitsch.

Die mir vorliegenden Unterlagen deuten darauf hin, dass Major Woykow ein geheimes Dossier über Unregelmäßigkeiten anlegt, das nur dem Zweck dienen kann, Kompromat gegen Direktor Schetjonowitsch zu sammeln.

Die Absicht wird sich wahrscheinlich nicht beweisen lassen. Auch werden wir nicht in Erfahrung bringen können, ob Schetjonowitsch bereits von Woykow erpresst worden ist. Ich schlage vor, Woykow mit sofortiger Wirkung vom Dienst zu suspendieren.

gez. Kalinowski

doku a-serk-211

(Quelle: der Koi)
23.06.06
Rom
Ital. Geheimdienst
Ltn. Bessini

Ltn. B: Herr Levinetschko, vorweg möchte ich betonen, dass Sie sich ohne behördlichen Zwang zu diesem Gespräch bereitgefunden haben. Sie halten sich nach unseren Informationen seit zwei Monaten in Italien auf. Am 20.04.2006 haben Sie sich im Hotel *Imperial* eingetragen.

Levinetschko: Ich heiße Boris Levin! Und wenn ich freiwillig hier bin, kann ich ja auch wieder gehen.

Ltn. B: Das können Sie, aber ich würde Ihnen dennoch davon abraten. Es ist uns völlig egal, wie Sie sich nennen, Sie sollten den italienischen Geheimdienst nur nicht für dumm halten. Wir wissen, dass Sie für den GUR, den militärischen Nachrichtendienst, gearbeitet haben.

Levinetschko: Dann wissen Sie mehr über mich als ich selbst.

(Levinetschko wird ein Dokument vorgelegt.)

Ltn. B: Sie strapazieren meine Geduld.

Levinetschko: Was wollen Sie eigentlich von mir? Ich bin hier als freier Journalist und mein Aufenthalt verstößt gegen keinerlei Gesetz.

Ltn. B: Journalist? Nun ja, so kann man das auch nennen. Was wollen Sie mit Ihren Verschwörungstheorien denn erreichen?

Levinetschko: Das sind keine Verschwörungstheorien.

Ltn. B: Vielleicht. Wir wissen auch, dass Sie 1998 in eine geheime Mission verwickelt waren und ausgerechnet vom damaligen Chef des FSB, Romanow, enttarnt wurden. Ein anderes Opfer dieser Aktion, einer Ihrer Kollegen, lebt seit dem Eklat in Italien und berichtete, dass Sie geschworen hätten, sich an Romanow zu rächen, und dafür auch einen langfristigen Plan in der Tasche hätten.

Levinetschko: Ersteres ist richtig und ist gleichzeitig ein Beweis für die zwielichtige Rolle des FSB. Diese Leute sind zu allem fähig. Genau genommen sind sie noch schlimmer als der alte KGB. Die Agenten sind intelligenter, die technischen Mittel fortschrittlicher und Geld spielt praktisch keine Rolle mehr. Sie führen Todeslisten und übertragen die Durchführung der Morde in Fällen, bei denen sie sich die Hände nicht selbst schmutzig machen wollen, einfach an die Mafiapaten.

Ltn. B: Ja, ja, das mag es ja vereinzelt geben.

Levinetschko: Was erzähle ich Ihnen, Sie sind doch Italiener, Sie wissen doch auch, wie hier die Polizei mit der Mafia zusammenarbeitet.

Ltn. B: Sie haben meine Frage nach Romanow nicht beantwortet.

Levinetschko: Muss ich das?

Ltn. B: Wie ich schon sagte, das hier ist kein offizielles Verhör. Es hätte mich nur interessiert.

Levinetschko: Die europäischen Regierungen wollen

es ja nicht wahrhaben, Romanow ist höchstpersönlich in mafiöse Machenschaften verwickelt und unterhält höchstselbst Beziehungen zum Paten der Mambow-Mafia, wie hinreichend bekannt ist. Wenn ich genügend Material beisammen habe, werde ich meinen Teil dazu beitragen, dass dieser Mann zu Fall gebracht wird.

Ltn. B: Und was hat es mit Ihrer abenteuerlichen Behauptung auf sich, Giulio Cassini wäre in das Attentat auf den Papst verwickelt gewesen?

Ltn. B: Der FSB betrachtete Papst Johannes Paul II. als Feind. Diese Einstellung hat man vom KGB übernommen. Und Giulio Cassini war ein Agent des FSB.

Ltn. B: Ich verstehe. Das sind ja auch ziemlich alte Geschichten, für die sich wohl kaum noch jemand interessiert. Und dafür haben Sie auch Beweise?

Levinetschko: Selbstverständlich.

Ltn. B: Die würden wir natürlich gerne sehen. Wenn italienische Politiker vom FSB erpresst werden können, wie ihre Anschuldigung nahelegt, sind wir natürlich an Informationen interessiert.

Levinetschko: Die entsprechenden Dokumente sind in London in einem Banktresor verwahrt.

Ltn. B: Ja, ja, so ähnlich habe ich mir das schon gedacht. Ich denke, im Moment gibt es weiter nichts mehr zu besprechen. Sie können sich auch gerne weiterhin Boris Levin nennen, uns ist das egal. Aber wir werden Sie im Auge behalten.

doku a-serk-212
(Quelle: der Koi)
14.11.06
MI6 – Dep. 3
r – 92/125
Interner Bericht
Thomas Cromby
an Jeremy Landers

Am 13.11.06 traf ich mich zum zweiten Mal mit Genadi Wondrowski, um mir mit ihm zusammen die Videobänder der Überwachungskameras im *Millennium Hotel* anzusehen. Auf einer Sequenz vom 05.11.06 – 17:40 hat Wondrowski einen Mann vor der Rezeption als Dostojewski identifiziert.

Gestern Nacht um 3:25 ging bei der Feuerwehr die Meldung über einen Brand in der Newhaven Street 138 ein. Es handelte sich um Genadi Wondrowskis Wohnung. Nach Aussagen des Einsatzleiters der Feuerwehr müssen die Räume in kürzester Zeit vollständig ausgebrannt sein. Es bestand schon bei der ersten Untersuchung kein Zweifel, dass große Mengen Benzin verwendet wurden. Von Wondrowski fehlte jede Spur. Um 6:45 entdeckte ein Arbeiter vom Wartungsdienst eine männliche Leiche, erhängt an einem dünnen Stahlseil, am Geländer der Chelsea Bridge. Sie wurde wenige Stunden später von Scotland Yard identifiziert. Es handelte sich um Genadi Wondrowski.

Nach meinen Informationen ist Scotland Yard angewiesen, vorerst nur von einem mysteriösen Selbstmord zu reden. Ich gehe jedoch davon aus, dass Wondrowski ermordet wurde, glaube aber nicht, dass der Grund dafür in dem Treffen mit mir zu suchen ist. Wahrscheinlich haben die Mörder in seiner Wohnung nach Unterlagen Ryschkowas gesucht.

Ich gehe davon aus, dass der Mann, der sich Dostojewski nennt, ebenfalls in Lebensgefahr schwebt. Bislang gibt es keine Spur von ihm und keinerlei Erkenntnisse über seine wahre Identität. Das Gerücht über eine Todesliste scheint sich zu bestätigen. Dazu passt, dass Juri Blawski vor zwei Tagen England verlassen hat und sich jetzt auf der Yacht von Wayne Darth befindet. Das Schiff hat gestern mit unbekanntem Ziel den Hafen von Nizza verlassen. Sein Pressemanager gab an, dass Blawski sich zurzeit in London nicht mehr sicher fühle.

doku a-serk-213

(Quelle: Trebko)
12.10.06
FSB
Ltn. Terschinski
Betr.: Vernehmungsprotokoll Oleg Woykow

Ltn. T: Mir liegen hier die Vernehmungsprotokolle von Scotland Yard vor. Und eine Akte über Ihre Zeit beim Innenministerium. Ach, das hatte ich noch vergessen: dazu ein Dossier, das ich über Sie erstellt habe.

Woykow: Was wollen Sie von mir? Ich habe den Aussagen in London absolut nichts hinzuzufügen.

Ltn. T: Ich habe erwartet, dass Sie das sagen würden. Fangen wir einmal so an: Wie wir von Dr. Galitsyn wissen, haben Sie Kompromat gegen Direktor Schetjonowitsch gesammelt.

Woykow: So ein Unsinn. Ich habe lediglich die

Buchführung reorganisiert und genauere Messmethoden durchgesetzt, also die Interessen des Innenministeriums wahrgenommen. Die Zustände bei *Avantgarde* waren chaotisch und gefährlich.

Ltn. T: Ja, man sollte Ihnen nachträglich wohl noch einen Orden dafür verleihen. Sie haben aber die Überprüfungen hinter dem Rücken Schetjonowitschs vorgenommen, und Dr. Galitsyn kann anhand der Unterlagen beweisen, dass Sie Abweichungen im Bereich der normalen Toleranzen manipuliert haben. In Wirklichkeit haben Sie also Kompromat gegen den Direktor gesammelt.

Woykow: Das ist nicht wahr, ich habe niemals …

Ltn. T: Ich habe keine Zeit für eine Märchenstunde. Ich sage Ihnen jetzt, was ich denke: Sie sind der Einzige, der von allen, die mit Serkassow am 13.09. zu tun hatten, die Möglichkeit hatte, eine entsprechende Menge Polonium zu beschaffen. Und durch ihre Tätigkeit beim Innenministerium wussten Sie auch, an welchen Grenz- und Flughafenkontrollen Strahlungsscanner aufgestellt sind. Hinzu kommt noch, dass bei Ihnen eine weitaus höhere Strahlendosis gemessen wurde als bei Sawronski. Was liegt da also näher, als Sie für den Mörder Serkassows zu halten?

Woykow: Die Strahlendosis! Hören Sie, ich bin selbst ein Opfer. Meine Gesundheit hat schwer gelitten und die Ärzte wissen noch nicht, welche langfristigen Auswirkungen ich zu erwarten habe. Nein, nein, das werden Sie mir nicht in die Schuhe schieben. Ich hatte nicht das Geringste damit zu tun.

Ltn. T: Auftragsmorde gegen gute Bezahlung sind an der Tagesordnung. Aber darum geht es gar nicht. Wir weinen Serkassow gewiss keine Träne nach. Uns interessiert nur das Motiv.

Sie haben ausgesagt, die Person, die mit Serkassow im *Itsu* zusammen war, nicht gekannt zu haben und sich nicht erinnern zu können, ob ein Name gefallen ist.

Woykow: Als ich mit Sawronski kam, hatte der Mann sich praktisch schon verabschiedet. Auf jeden Fall hat Serkassow ihn nicht vorgestellt.

Ltn. T: Ja, das hat Sawronski auch ausgesagt. Nun, um es kurz zu machen, ich stelle Sie vor eine einfache Wahl: Entweder behaupte ich, dass Sie der Mörder Serkassows sind, oder dass Sie nur das Polonium für den Mord beschafft haben. Ich nehme an, Sie wissen, was ich Ihnen damit zu verstehen geben will? Brauchen Sie noch ein wenig Zeit, um sich Ihre Antwort zu überlegen? Ich habe gute Gründe anzunehmen, dass Sie den Mann kannten.

Woykow: Ich bin für den Mord an Serkassow nicht verantwortlich! Das können Sie mir nicht in die Schuhe schieben.

Ltn. T: Sie sind doch vom Fach, Sie sollten eigentlich wissen, dass ich das kann. Also reden Sie. Viel haben Sie nicht zu verlieren, aber eine Menge zu gewinnen.

Woykow: Und was habe ich zu gewinnen?

Ltn. T: Wir könnten es so arrangieren, dass Sie nicht wussten, wofür Sie das Polonium beschaffen sollten. Also überlegen Sie genau, was Sie jetzt sagen!

Woykow: Ja, ich hatte ein Dossier über die Direktion angelegt. Es verschwanden ständig kleine Mengen. Ich musste nicht viel Druck ausüben.

Ltn. T: Sehen Sie, es geht doch! Wie viel Polonium haben Sie bekommen?

Woykow: 200 Milligramm. Vielleicht auch weniger.

Ltn. T: Wissen Sie, dass man damit halb London

hätte vergiften können, wenn es richtig eingesetzt worden wäre? Und jetzt sagen Sie mir, wer der mysteriöse Unbekannte war!

Woykow: Er nannte sich Boris Levin, heißt aber in Wirklichkeit Levinetschko.

Ltn. T: Na endlich! Da haben wir ja alles zusammen! Levinetschko. So, so! Dann werde ich einmal sehen, ob wir ein Dossier über ihn haben. Ich erinnere mich da an eine alte Geschichte, als Präsident Romanow noch Direktor des FSB war.

Woykow: Levinetschko wollte eine alte Rechnung begleichen. Es war geplant, die russische Regierung und den Präsidenten persönlich in Verdacht zu bringen.

Ltn. T: Nun, das ist zum Teil ja auch gelungen. Und haben Sie eine Ahnung, wo Levinetschko sich jetzt aufhält?

Woykow: Sie glauben doch wohl nicht, dass er mich davon in Kenntnis gesetzt hat. Soweit ich weiß, hat er in Italien gelebt. In Rom. Mehr kann ich Ihnen beim besten Willen nicht sagen.

Ltn. T: Ich denke, wir werden die Vernehmung jetzt beenden. Sie können sich vorerst frei bewegen. Aber nur in Moskau. Das Land dürfen Sie natürlich nicht verlassen.

doku a-serk-214
(in eig. Sache)
16.11.06
an Puschkin

Die Akte Serkassow ist abgeschlossen. Es besteht meiner Ansicht nach kein Zweifel, dass Boris Levin (Klarname Levinetschko) den Mord ohne Auftrag anderer arrangierte. Die Motive sind einleuchtend und die Dokumente lassen keinen anderen Schluss zu.

Wie aus dem Geheimtreffen zwischen Terschinski und Minister Gergjew hervorgeht, plante der FSB seinerseits Serkassows Beseitigung, aber das ist jetzt irrelevant geworden. Ich vermute, dass die Regierung es als Vorteil betrachtet, dass ein Außenseiter ihr die Arbeit abgenommen hat. Sie wird möglicherweise nicht daran interessiert sein, dass eine Aufklärung an die Öffentlichkeit dringt, um in den Kreisen der Opposition die Unsicherheit aufrechtzuerhalten. Sie wollen, dass man es ihr zutraut. Aber natürlich legt sie Wert auf Beweise für ihre faktische Unschuld an dem Serkassow-Mord. Bei Nachfragen befreundeter europäischer Regierungschefs wird es Romanows Rücken stärken, wenn er entsprechende Dokumente in der Hinterhand hält. Diese Erwägung legt nahe, die Akte gleich zweimal zu verkaufen. Wie viel wäre Romanow bereit, dafür zu zahlen? Wissen Sie inzwischen, auf welcher Seite die Auftraggeber stehen?

Anlage: 223 Dokumente

doku a-serk-215
(in eig. Sache)
17.11.06
E-Mail von Olga

Lieber Michail,

meiner Mutter geht es wieder besser. Sie ist heute wieder aus dem Krankenhaus entlassen worden. Ich habe dir ja gesagt: Aufgeschoben ist nicht aufgehoben.

Wie sieht es aus, wollen wir jetzt unser geplantes Treffen in London nachholen? Wie geht es mit deinen Nachforschungen voran? Ich habe den Serkassow-Fall in der Presse verfolgt. Wie es aussieht, treten die offiziellen Ermittler wohl auf der Stelle. Ich habe nichts anderes erwartet. Also, wenn du noch magst, brauche ich nur noch deinen augenblicklichen Aufenthaltsort. Schick mir doch bitte umgehend eine Antwort.

Ich freue mich auf dich.

Deine Olga

doku a-serk-216
(in eig. Sache)
17.11.06
E-Mail an Olga

Liebe Olga,

ich habe gute Gründe, dir jetzt nicht mitzuteilen, in welchem Hotel ich mich befinde. Der Fall Serkassow ist so gut wie abgeschlossen. Es gibt allerdings noch einige offene Fragen. Wenn ich nicht einer Inszenierung auf den Leim gegangen bin, steht auch fest, wer Serkassow umgebracht hat. Darüber mehr, wenn wir uns sehen. Ich freue mich ebenfalls auf dich. Ich werde hier bald meine Zelte abbrechen. Am besten, du buchst einfach einen Flug für die nächsten Tage. Teile mir mit, wenn du ankommst. Ich nenne dir dann einen Treffpunkt. Dann erfährst du auch, warum ich es ein wenig kompliziert mache.

Also bis bald, dein Michail

doku a-serk-217
(in eig. Sache)
18.11.06
E-Mail von Olga

Was ist los mit dir? Ist alles in Ordnung? Deine Mail war reichlich kryptisch. Komme morgen um 11:20 mit British Airways in Heathrow an. Ich bin schon ganz aufgeregt. Schließlich ist es ja schon eine Weile her, seit wir uns zum letzten Mal gesehen haben.

Also bis morgen, deine Olga

doku a-serk-218
(in eig. Sache)
18.11.06
E-Mail an Olga

Endlich klappt es doch noch mit uns. Treffpunkt: das italienische Restaurant *Ostia* an der Pall Mall, kurz vor dem Trafalgar Square. Ich erwarte dich um 14:00.

Bis morgen, dein Michail

doku a-serk-219
(in eig. Sache)
18.11.06
Puschkin an Dostojewski

Es ist schon eine Ironie des Schicksals, dass Boris Levin (Levinetschko) Terschinski die Arbeit abgenommen hat. Ich hatte ehrlich gesagt einen anderen Verdacht. Ich habe die Auftraggeber sofort informiert. Entgegen meiner Erwartung sind sie mit dem Ergebnis nicht zufrieden. Man möchte, dass Sie weitere Dokumente aufspüren, aus denen hervorgeht, dass der FSB Boris Levin ohne dessen Wissen für seine eigenen Zwecke benutzt hat.

Dafür wird ein Extrahonorar in Aussicht gestellt. Damit wäre zumindest geklärt, dass die Auftraggeber der Opposition angehören.

doku a-serk-220
(in eig. Sache)
20.11.06
E-Mail an Grischin

Lieber Nicolai,
meine Arbeit in London ist abgeschlossen. Ich weiß nun, wer Serkassow vergiftet hat und warum. Zumindest glaube ich das. Aber es nützt mir nichts. Und bis auf ein paar wenige wird das auch niemand von mir erfahren.

Wie ich schon seit einiger Zeit vermutet habe, war die Akte Serkassow niemals zur Aufklärung gedacht. Sie ist nur Mittel zu einem anderen Zweck. Und wie sich jetzt erwiesen hat, scheint Olga für die Auftraggeber zu arbeiten. Ich habe ihr eine Falle gestellt.

Wir hatten geplant, uns in London zu treffen. Das ging von Olga aus. Aber sie hat es dann verschoben. Gestern sollte sie am späten Vormittag in London ankommen, und als Treffpunkt hatte ich ein italienisches Restaurant in der Pall Mall angegeben. Zwei Stunden vorher habe ich dann angefangen, das Restaurant zu observieren. Eine Stunde vor dem verabredeten Termin kam eine Mercedes-Limousine vorgefahren. Drei Männer stiegen aus. Einer blieb draußen und bezog Posten im Eingang einer Einkaufspassage, die beiden anderen gingen in das Restaurant.

In einem kleinen Winkel meines Bewusstseins hatte ich immer noch gehofft, dass das alles vielleicht nicht das Geringste mit mir zu tun haben würde. Dennoch hatte ich das Restaurant sorgfältig ausgewählt. Große Fensterscheiben zur Straße ermöglichten mir genügend Einblick, um zu beobachten, dass einer der beiden mehrmals sein Handy nahm und eine Nummer wählte. Der Anruf galt jedes Mal dem dritten Mann draußen vor dem Geschäft. Also hatte ich mit meiner Vermutung recht. Das Essen, das sie bestellt hatten, schien sie nur wenig zu interessieren. Kurz vor 14:00, die Zeit, zu der ich mit Olga verabredet war, wurden die Männer unruhig. Von Olga keine Spur. Sie blieben noch eine weitere halbe Stunde und ließen den Nachtisch unberührt. Keine Olga! Nach einem weiteren Handytelefonat zahlten sie die Rechnung. Zweifellos würde Olga nicht mehr kommen. Draußen stiegen alle drei Männer in den gerade vorgefahrenen dunklen Mercedes. Ich bin dem Wagen in einem Taxi gefolgt. Die Limousine hielt erst vor der russischen Botschaft. Der Mann, der draußen die Sicherung übernommen hatte, stieg aus und verschwand in der Botschaft. Mehr brauchte ich nicht zu wissen.

Jetzt besteht kein Zweifel mehr, dass ich auf der Abschussliste stehe. Man hat mir zwar mein Resthonorar überwiesen, aber Puschkin antwortet nicht mehr. Ich glaube zwar nicht, dass er mit darin verwickelt ist, aber auch das kann man nie wissen. Wie das Beispiel Serkassow gezeigt hat, wird es keinen Platz auf der Welt geben, an dem sie mich nicht früher oder später aufstöbern können.

Ich bin die halbe Nacht über noch einmal jedes Dokument durchgegangen und habe über den Sinn der Akte nachgegrübelt. Ich bin zu dem Ergebnis gekommen, dass die Auftraggeber ganz sicher weder aus Kreisen regierungsfeindlicher Oligarchen noch der politischen Opposition kommen. Intrigen dieser Art können nur auf höchster Machtebene inszeniert werden.

Ich denke daher, dass die ganze Aktion von Leuten ausgeht, die zu Romanows engstem Freundeskreis zählen, demselben Kreis, aus dem auch der nächste Präsident hervorgehen wird. Und derjenige, der das sein wird, trifft schon jetzt Maßnahmen, um seine eigenen Ziele durchzusetzen.

Der einzige Zweck der Akte ist ihre Existenz. Was wirklich geschehen ist, spielt nur eine geringe Rolle. Man wird Romanow zum geeigneten Zeitpunkt zu verstehen geben, dieses und jenes liege in ihren Tresoren, alles sei dokumentiert, und sie könnten ihm verschiedene Versionen in die Schuhe schieben, je nach Bedarf. Und ganz sicher wird Romanow nach dieser Drohung die Hände von der Verfassung lassen. Im Moment scheint es mich nur wenig zu berühren, dass Olga mich verraten hat. Aber ich bin sicher, es wird mich nachträglich überrollen.

Herzlich, dein Michail

doku a-serk-221
(eig. Recherche)
Internetzeitung *Russnet*
21.11.06
Iwan der Prophet

Heute werde ich euch eines der größten Geheimnisse der Geschichte unseres Landes verraten. Ihr alle glaubt noch immer, der Kommunismus hätte schändlich versagt und sei nichts weiter als ein schrecklicher Irrtum gewesen, bei dem etliche Millionen Menschen unschuldig ums Leben gekommen sind. Heute kann ich endlich das Geheimnis lüften: Der Kommunismus hat in Wahrheit den Endsieg angetreten.

Iwan wird wahnsinnig, werdet ihr jetzt sagen. Wiederum muss ich euch entgegnen: Nein, keineswegs, ich bin bei bester geistiger Gesundheit. Ich kann euch jederzeit ein Attest eines unabhängigen Psychiaters vorlegen. Und wie alle meine Offenbarungen könnt ihr auch diese überprüfen.

Das Geheimnis beinhaltet ein wahrhaft gigantisches Komplott, und es ist in Wahrheit gar kein Geheimnis, denn alle Fakten sind historisch verbrieft und jeder Student kann sie sämtlich in einer guten Universitätsbibliothek nachlesen: Die kommunistische Revolution ist von Anfang an ein Geheimprojekt des frühen Kapitalismus gewesen. Leo Trotzki (mit eigentlichem Namen Bronstein) kam 1917 in New York an und bekam einen amerikanischen Pass. Die Millionäre Jakob Schiff und Rockefeller finanzierten das Training der Rebellentruppe Trotzkis, der mit 20 Millionen Dollar aus Schiffs Privatschatulle die Vereinigten Staaten verließ und mit seinen Getreuen auf dem Dampfer *SS Kristianafjord* nach Russland reiste, um die bolschewistische Revolution zu starten.

Mr. Schiff legte später noch einmal 15 Millionen dazu. Weiterer Geldsegen kam von Rockefeller, fünf Millionen flossen aus Rothschilds Kassen und sechs Millionen aus denen von Max Warburg, dem Chef des deutschen Geheimdienstes, der Lenin und seine Mitstreiter mitsamt ihrer Rebellenausstattung in einem versiegelten Zug von der Schweiz durch Deutschland geleitete. Max Warburgs Bruder, Paul Warburg, war wiederum der Vorsitzende der *Federal Reserve Bank* von Amerika. Auch Trotzkis Rote Armee war ein Werkzeug der Kapitalisten.

So, jetzt müsst ihr erst einmal durchatmen. Das war starker Tobak. Und ich sage es noch einmal, das alles ist absolut keine Erfindung eines Irren. Wenn es denn wirklich wahr sein sollte, fragt ihr kopfschüttelnd, warum das alles? Was war das Motiv für ein derart widersinniges Komplott?

Das ist recht einfach zu erklären. Der Kapitalismus ist in Europa entstanden, und als er in Amerika modernisiert und perfektioniert wurde, haben die gebildeten Eliten dem Ganzen ein humanistisches Kleid verordnet, das sie Demokratie nannten und mit Kultur gleichsetzten. Schon damals glaubte man gewisse Schattenseiten und Schwächen des Systems zu erkennen. Auch der Hang zum Idealismus beschränkte den Handlungsspielraum. Weitsichtig konnte man sich vorstellen, dass die Menschen sich eines Tages aus purer Übersättigung dem nackten Gewinnstreben verweigern könnten. Schon damals gab es die ersten Pläne für die Globalisierung des Kapitals.

Nach ihrem Sieg transferierten die Bolschewiken 600

Millionen Rubel an die *Khun Loeb Bank* in New York. 1927 baute Rockefellers *Standard Oil* die erste Raffinerie in Russland und verkaufte russisches Öl nach Europa. Dafür flossen wieder 75 Millionen Dollar in die Kassen der Bolschewiken. Die Keimzelle für den globalen Radikalkapitalismus war geschaffen. Aber erst einmal sollte der Kommunismus den Menschen alles nehmen und sie über einige Jahrzehnte mit Entbehrungen misshandeln. Selbst die Religion hat man konfisziert. Was der Kapitalismus im Westen nicht geschafft hatte, der Kommunismus hat es erreicht: Er schuf den perfekten Materialisten. Denn schließlich ging es einzig und allein darum, all das, was fehlte, eines Tages im Überfluss zu besitzen. Russland sollte ein Land von lauter Millionären werden, das war der Geheimplan der Kapitalisten.

Gut, gut, aber so weit sind wir noch nicht, werdet ihr sagen. Ja, sage ich dann, aber wir sind auf dem besten Wege dorthin! Und alle, die es nicht schaffen, werden sich auf dem Weg zum Endziel gegenseitig umbringen.

Welch eine Schreckensvision, werdet ihr sagen! Recht habt ihr! Wollt ihr, dass eure Kinder in einer solchen Welt leben? Nein, das könnt ihr nicht wirklich wollen. Also, ihr seid das Volk und ihr seid die Millionen, die das alles ändern könnten. Denkt darüber nach. Es ist eure Zukunft und die eurer Kinder.

Euer Iwan der Prophet

Im Glauben an die Auferstehung in Christus
verstarb nach einem Nierenversagen

Michail Dostojewski
am 24.12.2006

Seine Freunde betrauern einen Mann,
der sein Leben der Suche nach der Wahrheit
gewidmet hat.

Die Erben werden gebeten, sich bei der
Kanzlei Shriver & Winford, London, einzufinden.

Losung: Akteneinsicht

Christine Westendorf
Und jeder tötet, was er liebt

fredeboldundfischer
ISBN: 978-3-939674-02-3
Krimi
Originalausgabe
Preis: 15,95 €
416 Seiten

Gleich an ihrem ersten Fall beißt sich Anna Greve, nach einer langjährigen Erziehungspause wieder zurück beim LKA in Hamburg, die Zähne aus.

Esther Lüdersen, die Erbin des Bauunternehmens LÜBAU, ist gekidnappt worden. Aber warum? Schließlich gibt es keinerlei Bekennerschreiben und keinen Erpressungsversuch. Wenige Tage später hängt die Frau tot über dem Gartenzaun einer Neubausiedlung. Ein zweiter Toter wird kurz darauf mit völlig entstellten Gesichtszügen aus einem Kanal herausgezogen, und Olaf Maas, Esthers Mitarbeiter bei einem ihrer Sozialprojekte, wird gleich, nachdem er der Kommissarin gegenüber erwähnt hat, eine wichtige Entdeckung gemacht zu haben, erschlagen aufgefunden.

Alle Spuren führen ins Leere.

Allein Alfons Lüdersen könnte als Geschäftsführer der LÜBAU ein gewisses Interesse am Tod seiner Frau gehabt haben, denn er hat deren Firma als Generalunternehmer für die Errichtung des neuen Fußballstadions hoch verschuldet. Außerdem ist er dem Hamburger Fußballverein, dem Auftraggeber des Bauprojektes, als förderndes Mitglied zugetan.

Anna beginnt zusammen mit ihrem Kollegen Lukas Weber vorsichtig im Fußballmilieu zu ermitteln. Aber was sie dabei entdeckt, geht nochmals in eine ganz andere Richtung als erwartet und macht ihr rasch klar, dass es tatsächlich nichts gibt, was ein Mensch dem anderen nicht antun könnte.

Jens Johannes Kramer
Das Delta

fredeboldundfischer
erscheint September 2007
ISBN: 978-3-939674-05-4
Historischer Roman
Originalausgabe
Preis: 16,95 €
528 Seiten

1894: Die 32jährige Mary Cooley reist im Auftrag der Royal Geographic Society in eine der gefährlichsten Regionen der Welt, um dort Fische zu katalogisieren: ins Nigerdelta. Noch bevor sie ihr Ziel erreicht, wird ihr prophezeit, dass sie dort einen Mann sehen wird, der ein Geist ist und einen Toten, der nicht tot ist. Und sie wird auf die Liebe stossen, die schon lange auf sie wartet.

Die Prophezeiung wird sich bewahrheiten, doch zunächst sticht die unkonventionelle und unerschrockene Mary nach ihrer Ankunft gleich in mehrere Wespennester. So gerät sie in die Kämpfe der Eingeborenen und der Engländer um die Vorherrschaft im Delta, kommt nebenbei einer Verschwörung auf die Spur und wird heimlich zur Zeugin eines mörderischen Fetischkultes. Und sie trifft auf den undurchsichtigen Grafen Charly DeCardi, der ihr bei ihren Abenteuern zunächst etwas unwillig, aber zunehmend fasziniert, zur Seite steht.

Roman Schreiber
Ausgespielt

fredeboldundfischer
erscheint September 2007
ISBN: 978-3-939674-07-8
Trendroman
Originalausgabe
Preis: 15,95 €
288 Seiten

Protziges Büro, dickes Auto, loyale Sekretärin, serviler Mitarbeiter – alles stimmt bei dem biederen Düsseldorfer Wirtschaftsanwalt Ingo König. Und eine Frau, die ihn von der Arbeit abhalten könnte, hat er auch nicht.

Doch mit den dicken Aufträgen hapert es. Die Konkurrenz ist einfach größer und erfolgreicher. So kann Ingo sein Glück nicht fassen, als ihm unvermittelt ein reicher Mandant ins Büro schneit und ihn mit Arbeit überhäuft. Und nicht nur das. Der fürsorgliche Kunde überlässt ihm sogar noch die eigene, rassige Frau, die es Ingo schon auf den ersten Blick angetan hat.

Als ihm sein Mandant jedoch auch noch ein riesiges Vermögen anvertraut, beginnt für Ingo im wahrsten Sinne des Wortes ein Trip durch Himmel und Hölle auf Erden. An dessen Ende muss Ingo schließlich einsehen, dass nichts so war, wie es schien, nicht einmal er selbst.